이상李箱 문학의 재인식

필자 소개 (논문순)

양문규(梁文奎, Yang Mun Kyu) 강릉원주대학교 국어국문학과 교수
최현식(崔賢植, Choi Hyun Sik) 인하대학교 국어교육과 교수
김영민(金榮敏, Kim Young Min) 연세대학교 국어국문학과 교수
이현식(李賢植, Yi Hyun Sik) 인천문화재단 한국근대문학관 관장
한수영(韓壽永, Han Soo Yeong) 연세대학교 국어국문학과 교수
김재용(金在湧, Kim Jae Yong) 원광대학교 국어국문학과 교수
유성호(柳成浩, Yoo Sung Ho) 한양대학교 국어국문학과 교수
장철환(張哲煥, Jang Cheul Whoan) 연세대학교 BK21박사후연구원
신형철(申亨澈, Shin Hyoung Cheol) 조선대학교 문예창작학과 교수
배현자(裵賢子, Bae Hyun Ja) 연세대 근대한국학연구소 전임연구원

이상李箱 문학의 재인식

초판인쇄 2017년 1월 25일 **초판발행** 2017년 2월 10일

지은이 문학과사상연구회 **펴낸이** 박성모 **펴낸곳** 소명출판 **출판등록** 제13-522호
주소 서울시 서초구 서초중앙로6길 15, 1층
전화 02-585-7840 **팩스** 02-585-7848 **전자우편** somyungbooks@daum.net **홈페이지** www.somyong.co.kr

값 24,000원   ⓒ 문학과사상연구회, 2017
ISBN 979-11-5905-147-0 93810

이상李箱 문학의 재인식

A NEW UNDERSTANDING OF YI SANG'S LITERATURE

문학과사상연구회

소명출판

책머리에

"1996년 발족한 문학과사상연구회는 한국 근대문학 연구 학계에 생산적·창조적 개입을 모색하다가 한국 근대문학의 중요한 작가를 다양한 시각에서 연구하고 이를 단행본으로 묶는 작업을 진행하기로 한다." 1998년 2월 출간된 『염상섭 문학의 재인식』(2016년 5월 개정판 출간) 「책머리에」 박혀 있는 말이다. 가만히 따져보니, 학술·연구공동체 '문학과사상연구회'가 출범한 지 어언 20년을 넘어섰으며, 그 학문적 성과물 '재인식 총서'도 오늘 출간된 『이상(李箱) 문학의 재인식』으로 꼭 10권을 채웠다. 우리 모임의 씨름과 열정, 비판적 자의식과 풍요로운 상상, 냉철한 논리와 다채로운 대화를 어김없이 끄집어낸 위대한 작가와 시대의 문학으로는 횡보(橫步)와 김해경(金海卿)을 사이에 두고 채만식, 한설야, 임화, 이태준, 근대계몽기, 이광수, 이효석, 신경향파가 쟁쟁한 목소리를 아낌없이 울리고 있다.

총9권의 '재인식 총서'를 한 장 한 장 넘겨보건대, 우리의 땀과 눈빛은 저들의 표면적 화려함과 능수능란함보다는 그들이 파고들던 모순된 현실의 후미진 구석으로 자주 인도되었고 또 저들의 날카로운 시대와 시간의 창에 자꾸 찔렸다. 하지만 그럼으로써 우리는 한 달 한 번의 맹렬한 쟁론과 1년 반을 사이에 둔 지독한 글쓰기가 한국문학사와 더불어 역사현실의 틈틈으로 또 숨겨진 길로 씩씩하게 흘러들고 세세하게 스며드는 먹먹하고도 즐거운 경험을 좀처럼 놓치지 않게 되었다.

과연 '재인식 총서' 10권의 주체이자 타자인 이상(李箱)의 경우도 저 고통과 희열의 오래고 반복적인 학문적·심미적 경험을 필자들에게 허락하기를 전혀 마다하지 않았는가? 심혈을 기울여 작성된 10편의 이상론(李箱論)에 대한 간략한 소개로 그 장면을 대신하기로 한다.

하나. 양문규 선생의 「이상(李箱) 소설 연구방법론의 역사」. 이 글은 이상 소설 연구를 위해 과학적으로 체계화된 성격을 갖고 활용된 문학이론 또는 방법론을 시기순 또는 연구방법의 유형에 따라 구분해 검토한다. 이는 취택된 연구방법론들이 이상 소설 텍스트가 인간 또는 사회에 대해 깊고도 진지한 성찰을 보여주거나, 혹은 그것들을 보는 관점이나 인식에서 획기적 전환이나 의미 있는 진전을 이룩했는가를 정확히 파악하기 위함이다. 그가 제시한 주요 연구방법론은 '리얼리즘과 모더니즘론의 구도(식민지 시기)', '사회·윤리적 비평(1960~70년대)', '심리학적·전기적 방법론(1970~80년대 이후)', '마르크스주의와 문화연구의 방법론'이다.

둘. 최현식 선생의 「이상(李箱) 문학의 정전화 과정에 대하여」. 이상 문학은 대학 이상의 강단비평과 현장비평에서 인기 높은 품목이다. 하지만 중등과정의 『국어』와 『문학』 교과서에서는 열세를 면치 못한다. 필자는 그 까닭을 1930년대~현재까지의 이상 문학의 정전화 과정을 파고듦으로써 해명하고자 한다. 근대국가의 기획과 관련된 '국어' '국문학'의 이념과 규율, 청소년 대상의 글 읽기와 쓰기의 제한성을 주요 요인으로 제시한다. 한편 각종 이상 『전집』과 『선집』의 발간 및 변모 과정을 세밀하게 살펴봄으로써 그것이 이상 텍스트의 확정 및 확산뿐 아니라 후속

세대 문학권력의 작동과도 밀접히 연관되어 있음을 밝힌다.

셋. 김영민 선생의 『12월 12일(十二月十二日)』 다시 읽기—발표 매체의 특성과 문단사적 의미를 중심으로」. 필자에 따르면, 국문판 잡지 『조선』에 장편 연재된 『12월 12일』을 이상의 정신세계의 미숙성과 서사기법의 한계가 드러난 작품으로 평가하는 것은 잘못된 판단이다. 또한 서사 구조를 전반부와 후반부의 균열 및 불일치로 파악하는 것도 옳지 않다. 필자에 따르면, 이상은 '어떤 국어'로 생각을 표현할 것인가, 또 언어 문제와 관련하여 '어떤 매체'를 통해 작품을 발표할 것인가를 지속적으로 고민한 작가다. 이를 바탕으로 필자는 이상은 원래 작성해둔 초고의 문체와는 관계없이, 작품의 발표 매체에 따라 최종 문체를 선택하고 결정했을 가능성이 크며, 『12월 12일』 역시 이런 선택에서 벗어나지 않는 작품으로 판정한다.

넷. 이현식 선생의 「이상(李箱)의 「지주회시(鼅鼄會豕)」에 대한 해석—한국문학에 대한 에세이 1」. 이상의 「지주회시」는 그 형식과 내용이 매우 새로운 작품으로, 예컨대 띄어쓰기가 무시되고 제목도 해석이 어려운 문제작이었다. 필자는 이 문제를 세세히 풀어나가며 다음과 같은 새로움과 깊이를 움켜쥔 것으로 판단한다. 첫째, 그간의 한국소설이 보지 못했던 현실을 보여주었으며, 식민지 도시적 삶의 실체를 보여주었다는 것, 둘째, 괴상하게 단절되고 소외된 인간관계는 허구라기보다 확대경으로 투사·과장된 부인할 수 없는 진짜배기 현실이었다는 것, 셋째, 그가 본 도시적 삶의 실체는 식민지와 자본주의 문명을 동시에 포괄하는 보편적인 것임을 알아차렸다는 것, 넷째, 이상(以上)의 사항들을 절절하게 보여주기 위해 형식 파괴와 현실 일탈의 서사 등을 통해 자기만의 최선의 화법을 만들어냈다는 것이 그것이다.

다섯. 한수영 선생의 「질투의 오르가즘—이상(李箱)과 아리시마 타케오[有島武郎], 그리고 오토 바이닝거에 관하여」. 필자는 이상 소설에 나타나는 여성형상 및 성적 관계 묘사의 특징, 예컨대 지속적이고 반복적인 남자에 대한 배신과 불륜, 이를 토대로 모든 여성을 매춘부적 기질의 태생적 소유자로 파악하는 태도 등을 작가의 여성 경험에서 비롯된 것으로 간주하는 입장을 비판적으로 검토한다. 필자는 이런 이상 소설의 성향이 일본 아리시마 타케오의 소설 「돌에 짓눌린 잡초」와 매우 유사하다는 사실, 이 소설의 이론적 근거가 오스트리아의 오토 바이닝거의 여성 기질론에 있음을 밝혀낸다. 이를 토대로 아리시마의 소설은 이상 소설의 새로운 원천 텍스트로 간주될 수 있을 만큼 그 인물 유형과 심리, 세부에서 참조할 만한 유사성이 많으며, 따라서 이것은 이상 소설의 난해함을 다른 차원으로 접근케 하는 유익한 통로로 작동할 수 있음을 주장한다.

여섯. 김재용 선생의 「이상의 근대 비판과 일본」. 필자는 이상의 동경행을 '근대의 출장소 일본'으로의 건너감으로 파악한다. 그 까닭은 이상이 '미달된 근대'로서 경성의 원본 도쿄 역시 서구의 근대에 비추어 본다면 '뒤처진 근대'이기는 마찬가지이기 때문이다. 물론 필자의 강조점은 서구의 식민지 혹은 타자로서 '경성'과 '도쿄'의 동일성과 그에 대한 비판이 아니다. 오히려 이상이 도쿄에서의 글쓰기를 통해 사물화 현상이 갓 시작된 '경성'이 그것에 둘러싸인 '도쿄'에 비해 더 나은 삶을 위한 새로운 인식과 실천이 가능한 잠재적·긍정적 공간일 수 있음을 새롭게 깨닫고 있음을 읽어낸다. 이러한 '경성'의 새로운 발견은 소련 중심의 사회주의와 일·독·이 중심의 파시즘 체제를 동시에 성찰·비판할 수 있는 시각과 태도를 제공했다는 것, 하지만 어느 것도 선택할 수 없는 곤경이 질병을 낳았고 그것이 이상을 죽음으로 몰고 갔다는 게 필자의 주장이다.

일곱. 유성호 선생의 「최후의 모더니스트 이상(李箱)」. 필자는 이상 시가 소멸 지향의 모더니티를 통과함으로써 한국 근대시의 폭넓은 변용과 진화에 기여하는 것으로 파악한다. 이런 입장에 설 때, 우선 '오감도' 연작은 그렇게 부정 정신을 통한 해체와 통합의 양가적 가능성을 균형 감각으로 제시한 결과라는 것, 다음으로 '거울'은 '면경'이나 '망원경', '현미경'이나 '만화경'이 아니라 존재 내적 투시를 감당하는 '내시경'에 가깝다는 것, 마지막으로 그 '내시경'에 비친 자아의 소멸해가는 병든 몸이야말로 이상이 바라본 근대의 허망한 꿈과 등가적이었을 것이라는 사실이 중요해진다. 이상은 여기서 식민지 근대의 적폐와 모순을 발견하고 그것을 가능케 한 힘에 대해 예술적 저항을 시도했다는 점, 이것이야말로 그의 아방가르드적 성격을 분명히 하며 최후의 모더니스트답게 한다는 것이 필자의 주장이다.

여덟. 장철환 선생의 「이상(李箱) 시의 시간의식 연구」. 필자는 이상 시의 시간의식을 살필 때 '과거로의 소급 운동'과 '미래로의 투기'가 현재에서 벗어나려는 탈주 욕망에 의해 추동되고 있음을 주목한다. 이를 근거로 이상 시에서 현재로부터의 탈주 욕망이 세 가지 방법으로 현상되고 있음을 밝혀낸다. 주체의 운동의 속도조절을 통한 과거로의 회귀, '시각의 이름'의 명명을 통한 '시간방향 유임(留任) 문제'의 해결, 아버지의 부정을 통한 새로운 혈통의 개시가 그것이다. 하지만 필자에 따르면, 중첩된 시간과 회귀하는 시간에 대한 인식은, 주체의 기원에 대한 탐색과 타자와의 결합을 통한 주체의 재탄생에 대한 열망이 실패로 귀결됨을 알리고야 만다. 결국 이상의 시간의식은 '절망→기교'와 '기교→절망'이라는 환유적 대칭 운동의 한 양상이라는 것이 필자의 판단이자 주장이다.

아홉, 신형철 선생의 「'가외가(街外街)'와 '인외인(人外人)'—이상(李箱)의 시 「가외가전(街外街傳)」(1936)에 나타난 일제강점기의 공간 정치와 주체 분할의 이미지들」. 기존 연구에서 「가외가전」은 이상의 매매춘 체험을 기록한 시로, 혹은 병든 신체 기관을 해부하듯 들여다보는 시 능으로 흔히 읽혀왔다. 하지만 필자는 이 작품이 식민지 도시화 정책의 결과로 배제된 공간('가외가')들의 이야기('전')를 들려주는 것으로 다시 연구되어야 한다고 본다. 왜냐하면 육교, 골목, 우물, 토막(土幕) 등을 순차적으로 관찰하는 이상(李箱)의 시선은 그곳의 실상을 은밀하게 재현하면서, 또 그곳에 거주하는 조선인들의 삶의 풍경 역시 냉정하게 관찰하고 있기 때문이다. 그를 통해 '가외가'(길 밖의 길)에 거주하는 '인외인'(인간 밖의 인간)의 형상이 드러남은 물론이다. 이를 주목한다면, 「가외가전」은 식민 권력의 '공간정치'와 '주체분할'의 메커니즘을 예리하게 사유한 시로 재배치될 수 있다는 것이다.

열. 배현자 선생의 「모나드적으로 연결된 이상(李箱)의 작품 세계」. 필자는 이상의 작품 속에서는 오브제로 쓰인 하나의 기호마저도 하나의 모나드이기 때문에 그 안에서 다양한 해석의 주름을 만들어낸다고 본다. 이 모나드는 다른 모나드와 중층적으로 연결되면서 은유의 미로를 파생시킨다. 이 미로는 해석의 출구를 쉽사리 열어주지 않기에 난해할 수밖에 없고 매우 환상적인 세계를 구축하는 곤란에 직면케 한다는 점에서 문제적이다. 하지만 역설적이게도 모나드는 그로 인해 무수히 많은 해석이 나올 수 있는 보고(寶庫)로 다시 가치화된다. 게다가 이 모나드를 접하는 독자 역시 다양한 경험과 사유를 통해 이루어진 하나의 모나드이다. 그 때문에 이상 작품의 모나드와 독자의 모나드가 접합되는 지점에서 무수한 해석의 주름이 저절로 파생될 수밖에 없다. 이런 상호 접속은 텍스트 내부에서 독자 자신의 관념과 사유, 세계관과 무의식을 만나게 하는, 독자의 성숙과 발전의 내발적 기제라 할 만하다.

간단하게 일별했지만, 『이상(李箱) 문학의 재인식』은 작품의 실제에 기초하면서도 이상이 지향했던 바의 '부재하는 본질'과 그것으로 충만한 현실 저편의 풍경을 새로 구성하고 조직하는 작업에 열심이었다. 속마음을 고백컨대, 우리는 이런 노력과 성취에 대한 동의와 격려만을 함부로 탐하지 않을 것이다. 오히려 독자 제위의 비판적인 읽기와 해석 속에서 문학과사상연구회의 이상 문학 독해가 널리 탐독되고 공감되기를 바랄 따름이다.

이번에도 우리의 '재인식 총서' 이상(李箱) 편은 소명출판의 따뜻한 후의를 입고 험난한 세상을 향해 우쭐우쭐 첫 발을 내딛는다. 어려운 사정에도 흔쾌히 출간을 허락해준 박성모 사장님과 어지러운 원고들에 차분한 서책의 꼴을 입혀준 편집부의 이영웅 선생께 거듭 고마움을 전한다. 두 분을 향해 이른 봄빛이 따스하고도 여물게 속삭이기를 바란다.

2017년 초봄을 나지막하게 기다리며
문학과사상연구회 적음

차례

제1부

이상李箱 소설 연구방법론의 역사

양문규

1. 머리말

김기림은 이상 추도문에서 니체의 말을 빌려 이상은 한 번도 잉크로 자신의 시를 쓴 적이 없고 자신의 혈관을 짜서 "시대의 혈서"를 썼다고 했다.[1] 또 자신의 시집 『바다와 나비』(1946) 머리말에서는 이상을 "우리들이 가졌던 황홀한 천재"라고도 격찬했다. 그러나 솔직히 말하자면 이상의 시 특히 초기의 시는 대다수가 요령부득이라 그 시적 진의가 의심스러울 정도이다. 이는 비단 그의 시뿐만 아니라, 시만큼은 아니지만 소설에서도 마찬가지이다. 게다가 「날개」 등의 삼부작은 '수상쩍은 여인' 금홍(錦紅)과의 스캔들에 불과한 이야기가 아닌가 하며 늘 한국문학의 스캔들로 회자되기도 한다. 더불어 이상의 요절은 그의 문학을 신비화,

---

[1] 김기림, 「고 이상의 추억」, 『조광』, 1937.6, 312쪽.

또는 신화화하는 데 일정 부분 기여하고 있기도 하다. 이 글은 그럼에도 이러한 이상의 문학을 가능한 한 객관적이고 과학적인 방법으로 이해하고 설득력 있게 설명하려 한 연구들에 초점을 맞춰 논의를 전개하고자 한다.

이 글은 이상 문학 가운데 소설을 대상으로 지금까지 그에 대한 연구가 어떻게 이뤄져 왔는지를 검토한다. 이 글이 기존의 이상 연구사를 기술하는 방식과는 다소 성격을 달리하는 것은, 이 글의 목적이 '연구사'가 아니고, '연구방법론'의 역사이기에 에세이 수준에서 논의된 글들은 우선적으로 제외하고자 한다는 점이다. 대신 이상소설을 객관적으로 설명하는 논리를 정초하는 작업으로 구성된 성격의 글들을 논의 대상으로 삼고자 한다. 즉 이상 소설 연구를 위해 과학적으로 체계화된 성격을 갖고 활용된 문학이론 또는 방법론을 시기 순 또는 연구방법의 유형에 따라 구분해 살펴보고자 한다. 당연히 연구방법이 두루뭉술하거나 모호하다고 판단된 것들은 논의 대상에서 제외코자 한다.

연구방법의 이론이란 결국 생산된 문학작품의 해석에 빛을 던져 주는가의 여부에 따라 그 가치가 결정된다. 이 글에서 주목하고자 하는 이상 소설의 연구방법론이란, 그것이 이상 소설 텍스트가 인간 또는 사회에 대해 깊고도 진지한 성찰을 보여주거나, 혹은 그것들을 보는 관점이나 인식에서 획기적 전환이나 의미 있는 진전을 이룩했는지를 판단하고 있는지를 따져 보았는지의 여부다. 특정의 연구 방법 이론이 얼마나 정확하고 구체적으로 이해되었는지는 이를 실제 소설 연구에 얼마나 적절하게 성공적으로 적용시켰는지에 의해 가늠된다. 작가 또는 작품이라는 텍스트는 연구방법론을 통해 지속적으로 재생산 된다. 좋은 연구방법론이란 우리가 미처 인지하지 못했던 작품의 의미를 발견하거나, 아니면 익히 알고 있던 작품의 의미를 갱신한다. 의미를 산출하는 것은 텍스트의 객관적 기호가 아니라 연구방법론이다.

2. 리얼리즘과 모더니즘론의 구도 — 식민지 시기

이상의 「날개」 삼부작이 발표된 해는 1936년이다. 「날개」가 발표되기 전 해인 1935년에는 강력한 이념문학 단체인 카프가 해체되고, 「날개」가 발표된 다음 해인 1937년에는 중일전쟁이 터졌다. 이러한 위기의 와중에 우리 소설사에서 형식이나 내용에서 도저히 그 전례를 찾아보기 어려운 작품이 발표된 셈이다. 당시 이러한 이상의 소설을 나름의 방법론을 갖추고 체계적인 연구를 하려 한 이는 구 카프계의 임화 같은 리얼리즘 논자와, 이와는 대조적 입장에서 새로운 모더니즘론으로 이상의 소설을 논하려 한 최재서가 있다. 최재서는, 김기림이 이상의 시에 관심을 기울인 것과 달리 그의 소설을 주목한다. 최재서는 애초 「날개」가 발표되기 전 「풍자문학론」,[2]에서 조선 문학의 장래를 논하면서 조선 문학이 나갈 가장 합리적인 방향을 풍자문학이라고 설정한다. 카프가 해체된 직후에 나온 이 글은 이 시기 조선 사회가 위기에 도달했다고 본다. 이 상황에서 작가가 현실에 대해 취할 수 있는 태도에는 수용적 태도, 거부적

---

2   최재서, 「풍자문학론」, 『조선일보』, 1935.7.14~7.21.

태도 그리고 비평적 태도의 세 가지가 있다. 그런데 최재서가 보기에 당대 현실은 문학이 무조건 수용하기도, 그렇다고 무조건 거부할 수도 없는 "과도기적 상황"이라는 점에서, 문학이 가져야 할 가장 바람직한 자세를 수용적 태도와 거부적 태도의 중간에 위치한 비평적 태도로 본다. 이러한 비평적 태도에서 풍자가 나오는데, 그 중에서도 '헉슬리'의 자기 풍자를 강조한다. 현대의 위기는 자기 분열에서 비롯된다. 이러한 분열의 비극을 성실하게 표현하는 방법은 자기풍자이며, 이는 자아 탐구의 주요한 형식이 된다.

최재서는 이상이 「날개」에서 구사한 풍자를 비롯한 위트, 야유, 기소 (譏笑), 과장, 패러독스, 자조를 자아 탐구의 지적 수단이라 단정한다. 그리고 이로써 빚어지는 이상의 소설이 가진 난해성에 오히려 주목한다. 최재서는 「리아리즘의 확대와 심화」[3]에서, 박태원의 「천변풍경」(1936)을 "객관적 태도로써 객관을 보았"던 '리얼리즘의 확대'로 파악한 데 비해, 「날개」는 "객관적 태도로서 주관을 보았"던 '리얼리즘의 심화'로 파악한다. 최재서가 '심화'란 용어를 사용한 것은 카프 등이 사용한 리얼리즘과 구별하기 위한 것으로, 이를 통해 모더니즘론으로 나가려 했던 의도가 보인다. 최재서는 자기 내부의 인간을 예술가의 입장으로 관찰하고 분석한다는 것은 병적일 수도 있으나 인간예지가 도달한 최고봉이라 한다. 이는 자의식의 발달, 의식의 분열을 전제로 하기 때문이다. 의식의 분열은 현대인의 현상이며 성실한 예술가는 그 분열 상태를 정직하게 표현한다. 이러한 점에서 「날개」는 우리 문단에 드물게 보는 리얼리즘의 심화다. 이상만큼 현대의 분열과 모순에 대하여 고민한 개성도 없으며,

---

3   최재서, 「리아리즘의 확대와 심화」, 『조선일보』, 1936.10.31~11.7.

더 나아가 그는 고민을 영탄할 뿐만 아니라 이를 실재화한다. 이상의 「날개」는 김기림의 「기상도」와 더불어 새롭게 우리 문단에 '주지(主智)적' 경향이 결실을 보이기 시작한 예증이다. 이상의 문학은 새로운 모더니즘 문학이다.

이에 비해 임화는 이상의 소설이 온전한 리얼리즘 소설, 그가 주장한 이른바 '본격소설'로 나가는 데 결함을 가진 것으로 본다. 임화는, 최재서의 리얼리즘의 심화와 확대를 각각 내성의 소설과 세태소설로 명하고, 두 경향의 동시출현이 실은 작가의 내부에서 "말하려는 것과 그리려는 것의 분열(주관과 객관의 분열)"이라는 공통의 기반에 뿌리를 두고 있다고 본다. 성격과 환경의 하모니가 소설의 원망(願望)이지만 작가들이 이러한 조화를 단념한 데서 내성에 살든가 묘사에 살든 가의 어느 일방을 택하게 된다. 어떤 이들은 이상을 보들레르와 같이 자기 분열을 향락하려고 한다든지, 자기무능의 실현으로 보나, 그것은 표면상의 이유이고 이상은 제 무력(無力)과 상극(相剋)을 이길 어떤 길을 찾으려고 수색(搜索)하고 고통에 차있는 자이다.[4]

물론 이상의 「날개」는 현대 조선 청년의 신념화되지 않은 기분이나 심리를 반영한 이 시기 등장한 여러 소설들 가운데 한 작품이다. 그의 소설이 소설 형태도 갖추지 않고 난삽하지만 일부 독자에게 강렬함을 주는 것은 보통 사람들이 보기를 기피하고 두려워하는 세계의 진상 일부를 개시하기 때문이다. 임화는 이상 문학이 극도의 주관주의를 드러냄에도 불구하고 그의 소설 속에서 현실세계가 도착(倒錯)되어 투영되고 그는 물구나무서서 현실을 바라보기를 즐기는 '물구나무선 형태의 리얼리스트'

---

4 임화, 「세태소설론」, 『동아일보』, 1938.4.1~4.6.

로 본다. 이와 비교해 비슷한 시기의 「소설가 구보씨의 일일」의 박태원은 현대 심리주의의 에피고넨을 면치 못했다고 본다.[5]

3. 사회·윤리적 비평—1960~70년대

해방 후 백철은 최재서의 논의를 좇아 이상의 문학을 기법 중심의 모더니즘의 시와 비교하여 이십세기의 병든 현실을 배경으로 태어난 '주지주의' 문학으로 설명한다.[6] 이상 소설 자체의 맥락보다는 그것을 어떤 특정한 문학사상, 기법의 유파에 해당된 특정한 표제를 중심으로 보려고 한다. 조연현 역시 한국문학의 근대성 또는 현대성을 기법의 측면에서 고찰하는 입장을 보이면서, 이상의 소설은 한국소설이 현대성을 갖추는 데 중요한 역할을 한 것으로 본다. 우리의 근대문학이 서구의 근대적 문예사조 즉 자연주의, 낭만주의를 따르는 데 반해, 현대문학은 서구의 현대적 문예사조 즉, 초현실주의, 모더니즘, 신심리주의, 실존주의 등을 따르는데, 이상의 소설은 바로 이의 대표적인 예가 되며 외부묘사가 아닌 내부묘사를 특징으로 하는 현대소설로 가는 계기를 갖는다.[7]

기법 또는 사조 등을 중심으로 이상의 문학을 검토한 이전의 논의와

---

5 임화, 「방황하는 문학정신」, 『동아일보』, 1937.12.12~25.
6 백철, 『조선신문학사조사 현대편』, 백양당, 1949.
7 조연현, 『한국현대문학사』, 성문각, 1974, 24쪽.

달리, 1960년대 후반 문학의 사회·윤리적 역할을 강조하는 연구방법론이 등장하면서 이상 소설의 도덕적, 윤리적 진정성 여부를 따져보고자 하는 논의가 등장한다.[8] 불문학자 정명환은 일단 이상 소설의 모더니즘적 특성을 설명한다. 이상의 소설에는 사회와 단절된 채 내향적이고 폐쇄적인 자아의 절망적 성격이 나타난다. 이러한 특징은 작품 안에서 인물 간의 대화가 부재하는 것으로도 입증이 된다. 작품 안에서는 인물의 행동에 필요한 최소한의 배경만이 설정되고 모든 일어나는 일이 철저히 주인공 '나'의 시선을 통해서만 인식의 대상이 된다. 그리고 이를 최대한으로 함축된 언어를 통해 하나의 캐리커처로까지 발전시켜 놓은 상징성으로 소설의 시화(詩化)가 이뤄진다.

정명환의 주요 관심은 이상의 소설에 나타난 폐쇄적 자아의 절망의 모습과 그것의 원인이 된 사회적 상황은 무엇인가를 따져보는 것이다. 이상 소설에 나타난 자아의 절망은 다음의 세 가지 문제에서 비롯된다. 첫째는 신구사상의 대립에서 온 것으로 이상 소설의 주인공은 봉건과 현대의 틈바구니에 끼여 있는 자신을 자조적으로 바라본다. 둘째는 속악한 삶의 환경에서 비롯되는 것인데, 일상은 속악하기 짝이 없지만, 주인공은 생명의 유지를 위해 아내에게 기생해서 살아야 하는 일상의 불가피한 수용이 이뤄진다. 셋째는 이룩될 수 없는 대타관계에서 비롯된 것으로 이상의 소설은 타자 소유의 불가능성을 보여준다는 점에서 현대서구의 몇몇 대표적 작가들과 생각을 같이 한다.

이러한 사회적 상황에서 비롯된 폐쇄된 자아는 절망에서 벗어나기 위해 의식의 절멸을 꾀한다. 이상 소설에 나타난 의식의 절멸은 게으름(반

8　정명환, 「부정과 생성」, 김붕구 외, 『한국인과 문학사상』, 일조각, 1968.

수상태의 침거)이나, 심심풀이를 위해 인간적인 것을 배제하고 금붕어의
지느러미 수를 세는 또는 돋보기를 갖고 불장난하는 행위들(no man's
land의 상황)로 나타난다. 의식절멸의 유혹의 마지막 형태는 자살이다. 그
렇지 않으면 「종생기」와 같이 타자소유의 불가능성을 남의 시선 앞에서
경악하게끔 춤을 추는 '태도의 희극'으로 전환한다. 그것은 일종의 자기
기만이며, 그렇게 함으로써 자신은 속중(俗衆)과 다르다는 것을 보여준
다. 그러나 이상은 그러한 태도의 희극을 보이는 자신을 스스로 고발함
으로써 자포 상태에 이른다.

정명환은 일단 이상의 문학사적 의미는 무엇보다도 그가 '자아'를 살
펴볼 줄 안 최초의 작가라는 데서 찾는다. 이상은 우리 소설사에서 자신
의 '존재'에 대해 의문을 가졌던 최초의 작가이다. 이상은, 이광수, 이효
석 등과는 도드라지게 프랑스의 지성들과 견줘 볼 때 한국의 작가들 중
에서 그나마 지적이었던 유일한 작가이다.[9] 그러나 사회윤리의 관점에
서 평가한다면, 그의 문학의 부정적 한계는 비극적 환경을 극복하지 못
하고 결국 자포에 이르게 된다는 사실에 있다. 이러한 평가는 인간과 사
회에 지성적·윤리적으로 기여할 수 있는 문학만이 가치 있는 문학이라
면서, 「날개」를 건전한 지성의 마비와 윤리의 왜곡으로 본 송욱과 같은
관점에 서있다.

영문학자 송욱은 지식인의 사회적 책무, 작가의 지성적·윤리적 책임
을 강조한다.[10] 이상 소설에서 윤리를 기대하기란 어렵다. 이상 소설의
인물은 "무위와 부재의 인물"이고, 주인공은 "창부(娼婦)화된 윤리와 피

9　이상섭, 「부끄러운 한국문학과 경이로운 동양사상」, 『문학과지성』 34, 1978 겨울, 1313쪽.
10　송욱, 「잉여존재와 사회의식의 부정─이상 작 「날개」」, 『문학평전』, 일조각, 1969.

학대증의 인형"이다. 「날개」의 주인공은 창부인 아내의 직업과 금전의 효용을 하나같이 모른다. 단지 주인공은 "돈을 주는 쾌감"만을 어렴풋이 짐작한다. 금전은 부부생활까지도 교환가치로 규정해버리는 등 모든 윤리의 물질화를 초래하는 수단이다. 그러나 주인공은 그 자신이 노리개와 같은 존재임을 인정하기 때문에 이런 현상에 반항하지 않는다. 이러한 무위와 부재의 주인공은 어떤 인간적 가치를 창조할 수 없다. 오히려 작가는 주인공의 부재를 감각적 미화작업으로 메워보려 한다. 송욱이 판단하기에 창부로서의 아내는 일제하의 우리 사회를 상징하고, 이러한 아내에 대해 아무런 반항을 못하는 남편은 "초(超)패배주의" 혹은 "자조의 극치"를 보이는 인물이다. 그런데 이상은 오히려 이를 "지성의 극치"라고 눈가림하면서 오히려 모든 윤리의 부정이 새로운 윤리라는 착각을 보급시킨다.

송욱은 이상을 이 시기 유행한 프랑스의 행동적 실존주의 사르트르나 까뮈의 '반항하는 인간'들과 비교한다. 사르트르의 희곡 〈공손한 창부〉(1946)를 소개하며 「날개」는 이에 비해 아무런 인간적 사회적 가치 혹은 사상성도 없는 "사춘기의 습작"이자 "자의식의 과잉"으로 본다. 사르트르의 희곡이 사회정의, 사회윤리에 대한 날카로운 감수성을 갖고 있고, 인간의 자유라는 가치에서 용솟음치는 증언정신을 보여주는 데 비해 이상은 "박제된 지성"이라고 공박한다. 프랑스적인 것과 한국의 융합을 희구하는 1960년대 한국지성의 윤리비평의 한 예이다.

1960년대의 참여론이나 그 이념적 줄기는 사르트르의 앙가주망 이론이다. 앙가주망에서 실존적 수정이란 개인의 주체가 그 자신의 가능성을 일깨우고 그것을 선택하는 과정이다. 이는 세계를 변화시킨다기보다는,

세계에 대한 자신의 태도를 변화시키는 것이다. 세계의 혁명적 변혁이 아니라, 세계 속에서의 한 개인의 극적 사건으로, 그것은 귀족적이거나 낭만적인 금욕주의를 향한다.[11] 이러한 실존주의 또는 자유주의적 자세는 우리의 현실을 통과하면서 서구가 아닌 자기 현실의 발견으로 나가게 하며 자기 이론 구성을 나름내로 촉구하게 된다. 이는 1970년대 이후 우리 토양으로부터 생겨나는 민족문학론으로 전화·발전 해간다.[12]

4. 심리학적·전기적 방법론—1970 ~ 80년대 이후

작가연구 또는 전기연구는 작가의 예술의지의 개인적이며 사회적 기반을 살피지만 이상과 같이 개성적인 작가들에게는 그 개인적 기반에 대한 관심이 상대적으로 더 커진다. 이는 작가의 창작과정의 배경이 되는 작가의 정신, 심리에 대한 관심으로 이끌고, 여기서 작가심리학의 연구방법론이 등장하게 된다. 이상은 이러한 방법론의 유용한 연구대상이 돼 왔다. 1970년대 들어 구조주의, 신화비평 등 여러 가지 다양한 문학연구 방법론이 등장하는 가운데 이상 문학을 정신분석학에 의거해 논의한 정신과 의사의 논문이 있다. 소설이 아닌 『오감도』(1934)를 대상으로 한 연구이지만 이상 문학을 정신의학적으로 설명하는 첫 시도이다.[13]

---

11 K. 코지크, 박정호 역, 『구체성의 변증법』, 거름, 1985, 74쪽.
12 염무웅, 「1960년대와 한국문학」, 『작가연구』 3, 새미, 1997, 228쪽.

시든, 소설이든 이상의 문학에 나타나는 가장 주요한 정서는 '불안'이다. 이러한 불안은 작가의 유아기의 정신외상에서 비롯된다. 그 정신적 외상은 두 가지로 대별된다. 하나는 '동일시의 붕괴'이다. 자신의 존재를 확인하는 방식을 심리학에서는 '아이덴티티'라고 한다. 대개 동일시 대상은 성(sex)이 동일한 자신의 부모이다. 그런데 이상은 어린 시절 큰아버지에게 양자로 들어갔고, 실제로 할아버지에 양육되는 등, 어린 시절 자신이 동일시해야 하는 대상이 여러 명이라 혼동(confusion)을 갖는다. 그리고 또 다른 외상은 어린 시절 양자로 입적되는 데서 빚어진 친부모로부터의 '분리불안'과 양자로 들어간 큰아버지 집안에 재취로 들어온 큰어머니의 구박과 큰어머니의 전실 자식과의 갈등이라는 '형제충돌'의 외상이다.

이러한 유아기의 정신적 외상들은 이상 문학의 불안의 근원이다. 이상 문학은 이러한 불안에 대한 심리적 방어기제로 『오감도』 등에서 무의미한 반복적 음송증이 두드러지게 나타난다. 또 소설에서는 메마른 말들의 중첩과 띄어쓰기가 안 된 혼란스러운 문장 등으로 표현된다. 그리고 그의 소설에서 자주 나타나는 주인공들의 조울증과 만성자살 경향 등도 그러한 방어기제의 하나이다. 이상이 죽기 이십일 앞서 김유정이 사망했는데, 김유정은 죽기 전까지도 기어코 병을 정복하고 다시 일어나려 끊임없는 노력을 아끼지 않은 것에 비해, 이상은 이전에도 혹간 절망과 같은 의사 표시가 있었고, 동경에 간 뒤에도 사망하기 5개월 전(1936.11.20)에 이미 「종생기」 같은 작품을 써서 자신의 죽음을 예견한다. 그러나 이상의 소설이 현대인에게 호소력이 있고 의미 있는 문학으로 다가오는 것은

13 김종은, 「이상의 정신세계」, 『심상』, 1975.3.

독자심리학의 관점에서 이상 문학에 나타난 극도의 불안 의식이 현대인의 불안의 고통에 공감하고 연민함으로써 이를 치유해주는 기능을 해주기 때문으로 해석된다.

또 다른 정신과 의사는 이상의 「날개」 삼부작을 대상으로 구체적 분석을 시도한다.[14] 「지주회시」·「날개」·「봉별기」(1936)에서 나타난 '금홍'이라는 여성에게 주인공이 갖는 양면 감정은 역시 작가의 유아기의 정신적 외상과 연결된다. 전기적 사실에 의하면 이상은 1933년 건강이 극도로 악화돼, 총독부를 사임하고 백(배)천 온천으로 요양을 갔고 그 곳에서 기생 금홍을 만나 동거생활에 들어가고 상경하여 다방 '제비'를 개업한다. 1934년 9월 금홍은 가출, 두 달 후 다시 돌아와 카페여급으로 이상을 잠시 벌어 먹이는데, 1935년 봄 둘은 아주 헤어졌다. 「날개」는 금홍과의 동거생활, 「지주회시」는 그녀가 가출했다가 돌아온 후의 생활을 그린다.

이상 소설에서 금홍으로 추정되는 여성에게 작가가 갖는 감정은 존경과 경멸의 양면 감정이다. 이러한 양면감정의 근원은 아마도 작가가 어려서 자기를 버렸다고 여겼던 친어머니에 대해 품었던 무의식적 정서이다. 「지주회시」에는 주인공의 아내에 대한 주인공의 가학성이 나타나는데, 아내는 이상의 무의식에서는 친어머니이다. 이 작품의 창작 동기는 마음껏 젖을 빨아대지 못했던 작가의 어린 시절의 좌절된 소망에서 비롯된 친어머니에 대한 분노와 파괴욕이라는 무의식이 표출된 것이다.

「날개」에는 주인공의 심리적 퇴행과 피학성도 두드러지게 나타난다. 아내가 나가고 난 뒤 주인공이 마주하는 화장품 병들과 거울은 이상이

---

14 조두영, 『프로이트와 한국문학』, 일조각, 1999.

양자로 오기 전 친부모가 경영하던 이발소에서 보던 것들이다. 주인공의 '해가 영영 들지 않는 웃방'은 이상이 양자로 와서 할머니와 함께 쓰던 건넌방이며, 주인공의 아내가 쓰는 아랫방은 양어머니인 큰어머니가 쓰던 안방이다. 「날개」의 창작심리는 작가가 친어머니를 그리워하고, 기가 죽어지내며, 툭하면 큰어머니에게 구박받고 야단맞던 양자로서의 초기 시절, 즉 만 2~4세 시절의 기억과 정서에 깊이 연관되어 있다.

「지주회시」의 가학성은 「날개」의 피학성과 연결되는데, 작가의 어린 시절 친어머니와 떨어져 나오고 큰어머니를 양어머니로 맞게 된 데서 오는 상처와 갈등들이 작가의 피학성을 키워 나갔고 그것이 작품을 통해 표출된 것이다. 이상 소설에서 주인공과 아내의 결합은 곧 친어머니와의 결합이다. 아내를 친어머니로 보았기 때문에 주인공은 놀면서 아내에게 생계를 의존했고, 또한 증오했기 때문에 아내를 반(半)창녀화 시켜 학대한다.

이러한 정신과 의사들의 이상 소설 분석에 대해서는 초보적인 심리학 지식에 머문 일반 문학연구자들로서는 논의의 타당성을 가늠해보기가 어렵다. 그러나 중요한 사실은 이러한 정신과 의사들의 연구가 이상 소설 해석의 지평을 새롭게 넓히는데 일정한 계기와 역할을 담당했느냐 하는 점이다. 이런 점에서 이들의 연구는 여러 가지 추리소설 거리의 흥미를 제공하지만, 기존 연구에서 어느 정도 합의된 것을 확인하는 수준을 넘지 못하며, 이상 문학에 내렸던 기존의 해석을 반복적으로 되풀이하는 데 그친다. 이러한 정신분석적 연구방식은 이상 소설을 해석해내는데 중심 방법론이 되기보다는 참조사항으로 활용하는 것이 더 유효할 듯싶다. 그럼에도 이러한 참조가 자주 원칙이 되어 연구의 본질을 놓치게 한다.

이상 작품에 대한 과도한 정신분석학적 해석들은 이상이 오직 정신분석을 수행하기 위해 작품을 썼다는 착각까지 낳게 한다.

정신분석적 연구가 몇몇 정신과 의사들의 논의에서 머문 것과 달리, 한국문학연구자들은 이상의 전기적 연구를 통해 이상의 문학을 새롭게 해석하고자 하는 논의들을 지속적으로 마련해간다.[15] 애초에 고은의 『이상 평전』(1974)은 이상 연구의 전기적 토대를 마련하지만 이상은 '무서운 사생아'라는 과도한 해석을 보여준다. 이상의 본질과 의식의 기원을 지나치게 '성교주의' 쯤으로 단순화시켜 보는데, 이는 후일 이상 문학을 연구하는 많은 이들의 연구 동기를 자극한다. 이상과 그의 예술을 여성편력과 성적 판타지와 관련지은 것은 모든 문제를 '여자문제'로 귀결시키는 한국적 마초주의 남근중심 시각에서 본 문학적 상상력의 폐해이다.[16]

작가론 연구는 작품 생산에 관련된 작가의 모든 면모, 가령 예컨대 작가의 정신적 자세, 교육, 교우관계, 신체적 조건, 심지어는 입맛까지 작품생산에 관련이 있다고 판단되면 가치 있는 정보로 간주하여 수집, 정리한다. 이어령은 이상이 임종 직전 레몬 향기가 맡고 싶다는 사실을 밝힌 적도 있다. 이상의 아내였던 변동림에 따르면 이상이 갈망한 것은 '셈비끼야의 메롱', 멜론이다. 그녀는 그의 임종을 지켜보았고, 실제 그 과일을 사러갔던 사람인데, 레몬은 멜론의 음가적 혼동, 또는 와전으로 본다.[17] 이러한 논의들은 전기 연구자들의 호사가적 취미라는 인상을 준다. 단 전기적 연구방식 중에 이상과 그의 문우인 정인택의 관계에 초점

---

15 김윤식, 『이상연구』, 문학사상사, 1987.
  김주현, 『이상 소설 연구』, 소명출판, 1999.
16 김민수, 『이상 평전』, 그린비, 2012, 11쪽.
17 김주현, 『실험과 해체』, 지식산업사, 2014, 51쪽.

을 맞춰 이상 소설연구의 지경을 넓혀 보고자 한 논의가 흥미롭다.[18]

「이상과 정인택 1」은 이상의 친구였던 정인택의 「업고」와 「우울증」 등을 예로, 이상이 죽은 후 이상의 유고가 정인택의 이름으로 발표되었을지도 모른다는 사실, 그리고 그런 추정이 가능하도록 하는 몇몇 정황에 대해 논의한다. 이어 「이상과 정인택 2」는 정인택의 「준동(蠢動)」(『문장』, 1939.4), 「미로」(『문장』, 1939.7), 「범가족(凡家族)」(『조광』, 1940.1) 등을 통해 그 신빙성의 폭을 좀 더 확대하고자 한다. 이러한 논의는 연구자의 호사가적 취미에서 나온 것이 아니라, 이를 통해 이상의 전기 및 작가론을 위한 새로운 과제를 제시한다.

그 중에서도 정인택의 「준동」은 이상의 동경생활을 쓴 이상 그 자신의 소설일 것이라는 추정을 하게 된다. 「준동」에서 기술되는 3년은 이 작품이 이상의 작품임을 결정적으로 증명한다. 왜냐하면 작품의 상황 상 터무니없는 삼 년이 무리하게 설정되었다는 것 자체가 이미 이상의 원작품을 거의 살려나가는 식으로 진행된 정인택의 간단한 가필 및 수정을 암시하기 때문이다. 「준동」은 이상이 구금되기 이전의 동경생활을, 「미로」는 구금되었다가 석방된 후의 생활을 기술한다. 이 작품에 등장하는 "유미에"는 동경에서 만난 이상의 새로운 여성일지도 모르는데, 그렇다면 이는 이상의 전기연구에, 이제까지 논의된 바 없었던 전혀 새로운 요소를 추가한다. 이에 대한 믿을만한 증언이나 객관적 자료는 전혀 없어 이 같은 추정을 명백히 실증할 수는 없다. 그러나 작품 외적 증거와 함께 작품의 내적 증거를 찾아 이상의 동경에서의 마지막 행적에 관련된 새로

---

18 이경훈, 「이상과 정인택 1」, 『작가연구』 4, 1997.
    이경훈, 「이상과 정인택 2」, 『현대문학의 연구』 13, 1999.

운 사실을 밝히는 것은 이상 문학의 해석 지평을 넓히게 할 가능성을 보여준다.

5. 마르크스주의와 문화연구의 방법론—1990년대 이후

1960년대 말 정명환은 이상 문학에 나타난 자아의 모습을 폐쇄적 자아의 절망으로 보고, 절망의 원인이 된 사회적 상황은 무엇인가를 살펴보았다. 그의 명쾌한 분석에도 불구하고 그는 이상의 문학을 낳게 한 사회적 상황을 고정화된 사회적 제약이라는 형태로서 외부로만 존재하게 한다. 사회적 상황을 알기 위해서는 그것을 인간에 대한 사회적 현실로 변형시켜야 한다. 어떤 사상의 구체성, 개체성, 또는 일회성은 그 초월적 본질보다는 그것의 역사적 성격에서 나온다. 마르크스주의적 연구 방식은 사회적 상황을 역사 안에 놓아, 사회적 현실이란 역사적 인간의 객관적 활동을 기초로 전개하고 있다는 점에서 출발한다.

앞서 1960년대 사회윤리 연구 방식은 그 시기에 유행했던 실존주의 비평의 영향을 받고 있다. 작가에게 사회의 부정적 상황을 넘어서는 주체의 윤리적, 실존적 결단을 요구했던 실존주의 비평의 방식들은, 한국의 작가들 중에서 이상이 그나마 지적인 작가였지만 그러한 결단을 성공적으로 수행하지 못한, 결국은 유럽의 지성들에 비해 열등한 작가로 본다. 그러나 마르크스주의적 연구방식은 이상소설에 나타나는 절망을 역사적으로 자본주의 사회에서 겪는 인간 소외를 상징적으로 드러낸 것으로 본다. 「날개」 등의 이상 소설은 한마디로 말하자면 자본주의 사회 안에서 물화(物化)된 인간관계의 비판이다.[19]

「날개」에서 작중인물인 '나'의 아내는 '나'와 한 지붕 밑에 살지만 고립된 의식체이다. 나는 아내의 몸에서 나는 냄새의 정체를 알아내려고 그녀의 화장품을 살핀다. 그러나 나는 그녀와 결코 소통하지 못한다. 오히려 아내가 자기의 방에 다른 남자를 데리고 와 나를 거북하게 한다. 나와 아내는 "숙명적으로 발이 맞지 않는 절름발이"의 관계이다. 부부 각자의 방은 얇은 칸막이로 나눠져 있다. 그런데 바로 '나'는 아내에게 돈을 줌으로써 간신히 같이 잠자리를 하는 기이한 관계를 갖는다. 이는 '나'가 오로지 화폐 지불을 통해 아내와의 시공간을 점유하게 되는 것을 의미한다. 돈이 떨어졌을 때는 더 이상 그 관계라는 것을 이루지 못해 우울해 하는 역설적 상황이 연출된다. 이는 자본주의 사회에서 인간소외의 심각한 양상을 보여주는 것으로, '나'가 아내로부터 받은 돈을 넣어두었던 저금통을 변소에 집어던지는 데서 가장 분명하게 드러난다.

나와 아내 사이는 돈으로 매개되는 물질적 관계 이외에 다른 어떤 것도 이뤄지지 않는 불모(不毛)의 삶이다. 단 「날개」는 인간의 소외를 폐쇄된 공간 속의 인간의 내면심리로 절대화시키고 물신화 시켜 그것을 마치 영원불변한 인간조건으로 바꾸어 버린다. 이 점은 이 작품에서 드러나는 깊은 절망감과 허무주의를 통해서 분명하게 읽을 수 있다.[20] 「날개」에는

---

19 김재용, 「1930년대 후반 한국소설의 세 가지 조건」, 『한국현대대표소설선』 5, 창작과비평사, 1996.
20 김재용 외, 『한국근대민족문학사』, 한길사, 1993, 715쪽.

부부가 돈을 주고받는 이외에는 어떠한 부부 간의 행위, 대화도 존재하지 않는다. 심지어 아내는 나의 추궁에서 벗어나기 위해 자신의 흔적을 없애고자 하고, 아스피린 대신 수면제를 주어 나를 죽이고자 한다.

이상의 소설은 이러한 상황을 리얼리즘 소설과는 달리 시화(詩化)하여 상징적으로 형상화한다. 카프카의 「변신」(1915)에서도 집안의 부양자였으나, 흉측한 곤충이 되어버린 '그레고르'에 대한 가족의 멸시가 드러난다. 이는 가장 아름다운 가족 간의 사랑조차 경제적인 관계에 토대를 두고 있다는 상징적 통찰을 보여준다. 「지주회시(䵷䵷會豕)」는 지식인과 카페·걸의 관계에서 화폐로 맺어지는 인간관계와 사회의 황폐한 성격을 좀 더 선명하게 보여준다. 박태원의 소설도 지식인과 카페 여급의 관계를 통해 사회의 황폐함을 그리지만, 「지주회시」는 그러한 황폐함의 중심에 '돈'이 있음을 극명하게 보여준다. "옛날 화가를 꿈꾸었던" 주인공의 친구는 '취인점'의 '미두꾼'이 되어 "돈의 노예"로 변해버렸다. 작품 안에는 취인점의 분위기가 인상적으로 그려진다. 그리고 주인공은 "여급을 하여 벌어다 주는 돈으로 연명하는 거미"와 같은 존재다.

아내는 미두꾼 전무에게 술자리에서 모욕을 받고 양돼지라고 항거하다가 층계에서 굴러 떨어진다. 그러나 나는 그 전무에게 아무런 항거도 못한 채 무마조로 건네준 돈을 갖고 수습을 한다. 화폐의 가치전도 현상(물화)을 보여준다. 유서처럼 남긴 작품인 「실화(失花)」(1939)에서는 선망하던 식민지 모국의 수도 동경에 가서 부닥치게 된 자본주의의 모습, 그리고 서구근대의 모조품에 불과한 동경에 대한 야유가 나타난다. 「실화」에는 동경 진보초(神保町)에 있었던 "NAUKA社"라는 러시아 전문 서점 및 출판사가 나온다. 과학 또는 학술을 뜻하는 러시아어 나우카를 사명(社名)으로 한 이 서점은 소련연구를 위해 설립된 진보적 출판사이다. 작가 이상이 소설에서 굳이 '나우카'를 그것도 알파벳 문자로 강조하는데, 이는 이상과 사회주의의 관계를 따져보는 단서가 될 수도 있다.[21]

이어 문화연구는 마르크시즘 연구방식의 주장과 유사하면서도 좀 더 다채로운 해석을 내놓는다. 가령 이상 작품에 나타난 풍속이나 일상문화와 관련된 근대성의 미시적 차원에 대한 연구가 진행된다. 1930년대의 대표적 모더니즘 작가인 이상과 박태원 소설에 나타난 '돈'의 풍속을 통해서 역시 이들이 어떻게 자본주의의 핵심적 모순을 드러내는지를 보여준다.[22] 이상과 박태원의 모더니즘 소설은 식민지 근대화가 진행되는 상황에서 구체적 생산과는 인연이 없는(농민, 노동자 계급이 아닌) 룸펜 성향 도시인의 삼차 산업적 악성 소비 및 소외를 그린다. 이상 소설에는 매춘이라는 풍속이 등장한다. 「날개」에서 주인공이 살고 있는 집은 결국 돈을 낸 손님에게 시공간(그리고 육체)을 대여하고 있는 일종의 매춘 장소이다. 이는 자본주의 사회에서 인간소외의 심각한 양상을 보여주는데 시공간을 점유할 화폐가 없을 경우의 삶이란 주인공이 집밖으로 쫓겨나듯이 그 자체가 이미 방황에 불과하다.

또 「날개」는 매춘과 화폐 사이의 숙명적 유사성을 보여주는데 양자가 모두 순수한 '수단'으로 기능한다는 점 때문이다. 소설 안에서 주인공의 생산과 생활은 부재하나, 그럼에도 그의 사회적 존재 형식 자체는 화폐에 의해 매개된다. 이상과 박태원 소설에는 농민, 노동자 말고 자본주의

---

21 최원식, 「서울・東京・New York—이상의 「실화」를 통해 본 한국근대문학의 일각」, 『문학의 귀환』, 창작과비평사, 2001.

22 이경훈, 「모더니즘 소설과 돈—이상과 박태원의 작품을 중심으로」, 『현대문학의 연구』 12, 1999.

적 삶을 첨예하게 가늠하게 하는 또 다른 강력한 주인공이 출현하고 있
는 셈인데 이들이 바로 모더니즘 소설의 주인공으로 이들은 프로계열의
리얼리즘 소설이 잘 인지할 수 없었던 계층이다. 「아스피린과 아달린」[23]
은, 이상이 진통을 위해 아편을 사용했거나 더 나아가 그것에 일시적이
나마 중독되었을 가능성을 밝힌다. 그러나 「날개」에서 아내가 '나'에게
아스피린을 주었든, 아달린을 주었든 양자는 그 본질에서 전혀 대립적이
지 않다. 해열제이건 최면제이건 간에 이 둘은 모두 약품이기 때문이다.
아스피린과 아달린은 자연에 인위적 작용을 가하는 근대적 '처방'이라
는 면에서 통일된다. 문제는 서로 다른 계획과 목적을 위해 아스피린과
아달린이 대체될 수 있다는 근대의 이중성에 있다. 아스피린과 아달린의
남용과 과용은 근대적 '처방'인 동시에, 이 동시에 근대성 자체를 소모하
고 탕진하는 행위이기도 하다. 그리고 결국 이 모두는 근대인의 근본적
인 질병을 암시한다.

끝으로 이상의 작품을 분석하기 위해 풍속, 패션, 인쇄, 출판, 영화 등
과 같은 대중문화의 물질적 조건에 주목하는 방식의 문화연구가 있다.
예컨대 이상을 그와 같은 구인회 회원이고 절친한 친구였던 박태원의 소
설과 영화의 몽타주 기법을 매개로 하여 대비적으로 고찰한 논의가 있
다.[24] 박태원과 이상은 시공간을 자유롭게 분할하는 시공간 몽타주를 통
해 서사를 축조한다. 그러나 구성방식에서는 상이한 양상을 보인다. 「소
설가 구보씨의 일일」(1934)에 나타난 몽타주 기법은 푸도프킨의 몽타주

---

23 이경훈, 「아스피린과 아달린」, 『한국근대문학연구』 2, 2000.
24 김지미, 「구인회와 영화－박태원과 이상 소설에 나타난 영화적 기법을 중심으로」, 『민족
    문학사연구』 42, 2010.

이론을 연상시킨다. 푸도프킨의 영화에서 모든 것은 다른 사건들과 연관되어 있으며 숏과 숏 사이에는 명백한 연관관계가 존재한다. 박태원 소설은 서사적 공간을 현재에서 과거로, 경성에서 다른 공간으로 이동시킬 때 언제나 정신적 전환이 이뤄지는 계기를 제시한다. 아주 작고 사소한 이유들이긴 하지만 독자는 자유로운 연상 작용들이 어떠한 연결고리를 통해 직조되는지를 간파할 수 있다. 이는 숏들 사이의 관계를 명확하게 드러내는 합리적인 순서를 편집의 가장 중요한 원칙으로 삼았던 푸도프킨의 태도와 유사하다.

이에 반해 이상 소설은 에이젠스타인의 몽타주 기법을 연상시킨다. 즉 이질적인 요소들을 아무런 논리 없이 결합하는 그로테스크 기법이다. 에이젠스타인은 특정한 주제 효과를 내기 위해서 임의로 선택된 독립적인 어트랙션들의 자유로운 몽타주인 어트랙션 몽타주를 이론화한다. 에이젠스타인이 〈파업〉에서 데모하는 군중이 학살당하는 숏과 도살장에서 소가 도살되는 장면을 접합하여 인간을 소처럼 도살하는 무자비한 정부라는 영화적 은유를 선보인다. 에이젠스타인이 주창한 몽타주의 기본 원리는 '내적 모순'의 상호 작용 속에서 새로운 '통합'을 이루어내는 것에 있다. 그는 충돌에 의해 새로운 개념이 나온다고 믿었기 때문에 인과적으로 아무런 관련이 없는 상이한 이미지들이 담긴 숏들을 충돌시키는 '충돌몽타주'를 즐겨 사용했다. 그는 충돌몽타주의 완성태로서 '지적영화'를 꿈꾸었는데 이것은 서사가 최대한 약화되어 이야기가 사라진 자리를 주제에 관한 연상 작용을 불러오는 추상적 이미지들을 채워 넣는 영화를 말한다. 이상의 「지주회시」에서 '거미'라는 이미지와 '안해'와 '방'이 중첩되어 사용되는데, 이는 에이젠스타인의 충돌몽타주를 연상시킨다. 이러한 점에서도 이상의 소설은 박태원의 「구보씨의 일일」과 달리 현저하게 인물과 상황의 캐리커처가 심화돼있고 시화(詩化)되어 있다.

참고로 에이젠슈타인이 영화 편집 기법에서 보여준 몽타주 수법은, 이상이 문학작품 외에도 소설, 수필 등의 일러스트레이션을 제작할 때도 적용한다. 이상은 니즐로 모홀리 나기(Laszlo Moholy Nagy)를 언급하기도 한다.[25] 나기는 바우하우스 교수를 역임했고, 히틀러의 탄압으로 미국 시카고로 이주한 후 뉴 바우하우스를 설립해 미국 디자인 발전에 기여한다. 그는 이미지와 텍스트가 결합된 포스터 스타일의 그래픽 작업을 중요하게 생각했고, 그의 타이포그래피 작업은 현대시대의 잡지와 광고이미지 등 그래픽 작업에 큰 영향을 주었다. 또한 그는 사진이 기록의 도구로 인식되던 시대에 표현수단으로서의 사진의 가능성을 간파하고 포토그램, 포토몽타주 등 다양한 실험을 계속해 '기록성'이 우선시되던 사진이라는 매체를 새로운 미학적 표현매체로 인정받게 했다.[26]

기법적으로 미숙한 습작 정도로 평가되던 『12월 12일』의 서사적 배열 및 사건의 전개방식 역시 현대 시각예술이 선보인 이미지 경관과 관련돼 있기도 하다. 그것은 서사구조에서 다중시점의 전개와 콜라주와 몽타주 구성 기법을 사용하여, 인물의 분열, 죽음, 공포 등의 의식을 반영한 표현주의 영상을 만들어낸다. 『12월 12일』은, 표현주의 미술의 특성을 내면화한 이상의 「1928년 자화상」에서 보여준 시각 텍스트로서의 자화상 이미지가 문학 텍스트인 글로 변환된 것이다.[27]

---

25 이상, 「권두언 11」, 『朝鮮と建築』, 1933.8.
26 전정은, 「현대미술 이야기 no. 26−나즐로 모홀리 나기」, 『중앙일보』, 2015.12.22.
27 김민수, 『이상 평전』, 그린비, 2012, 71쪽.

이러한 문화연구가 보여주는 학제적(trans-disciplinary) 연구방식은 이상 문학을 파악하는데 많은 암시를 준다. 이상의 「1928년 자화상」은 독일 표현주의의 '다리파' 화가 키르히너의 「군복을 입은 자화상」과 비교되기도 한다. 나치 정부는 키르히너를 비롯한 독일 표현주의 화가들을 1937년 기획 개최한 '퇴폐미술전'을 통해 모욕하고 조롱한다. 키르히너는 1912년과 1913년 사이 베를린에 거주하면서 밤거리 풍경을 집중적이고 반복적으로 그린다. 그의 화면은 검은색과 분홍색, 하늘색, 회색 등이 어우러져 화려하지만 병적인 분위기를 자아내는데, 이는 전쟁 직전의 불안하고 긴장된 상황과 그 자신이 마주했던 정신적 위기감의 표현이다.[28] 식민지 조선의 이상은, 파시즘에 대한 반발로 귀착될 수밖에 없는 표현주의 화가들의 문제의식에 심히 공감할 수밖에 없지 않았는지?

6. 맺음말

이상 문학의 연구는 최소한 알아볼 수 있는 작품들을 대상으로 해야 할 필요가 있다. '알아 볼' 수 있다는 것의 기준이 자의적이고 주관적이기는 하지만 오래 전 이뤄진 이상에 대한 김종철의 논의를 상기해볼까 한다.[29] 그는 이상의 문학이 점차적으로 알아볼 수 없는 세계에서 알아

---

28 조은령 외, 『혼자 읽는 세계미술사』 2, 다산초당, 2015.
29 김종철, 「1930년대의 시인들」, 『시와 역사적 상상력』, 문학과지성사, 1978.

볼 수 있는 세계로 이행한다고 본다. 이는 어떤 점에서 이상이 대단히 열렬한 도덕적 의식을 가지고 있음을 뜻한다. 초기에는 그의 선배, 동료 시인들이 사용해 온 언어로써는 그가 직면한 불행한 삶을 기술할 수 없었다. 그래서 숫자를 가지고 일본어의 흔적이 가시지 않은 생경한 관념어로 자기 경험을 이해해보려고 했는데, 물론 이들 시에 문학적인 가치를 부여할 수는 없다. 이러한 시들은 수수께끼를 풀 때의 호기심과 재미에 관계하는 것이지 문학적 감명과는 거리가 멀다. 그러나 1933년의 「꽃나무」·「거울」부터 달라진다. 그리고 1935년 이후 「권태」(1937) 등의 수필에서 이상은 그의 경험을 표시할 수 있는 자유를 가장 크게 얻고 있다. 그 외에도 시 「지비(紙碑)」, 「추구」, 「가정」 등의 시, 동화 「황소와 도깨비」 등이 주목된다. 「황소와 도깨비」에 나타나는 이상의 따뜻한 마음은 그의 도덕적 성실성을 보여준다. 과격한 실험의 바닥을 치고 있거나, 아니면 늘 호들갑스런 풍문 속에 놓인 또는 여성편력과 성적 판타지에 관련됐다고 보는 이상 문학의 진정성부터 파악할 필요가 있다.[30]

한 작가를 연구할 경우, 그의 예술의지의 개인적인 기반은 물론이요 그가 살았던 시대의 특징과 관련하여 그 사회적 기반을 검토하지 않을 수 없다. 이런 점에서 1990년대 이후부터 최근에 이르기까지 활발히 진행되는 마르크스주의적 방법론과 문화연구 등은 세계와 삶의 제 현상들을 과학적으로 해석할 수 있는 훌륭한 해석 틀이다. 그럼에도 그것은 결코 일반 원칙 이상은 될 수 없으며 연구자의 창의적 노력을 통해 그릇에

---

30 이상이 동경으로 떠나기 전에 정인택에게 하였다는 말을 들어보면 다음과 같다. "이제는 다시 『오감도』나 「날개」를 쓰는 일 없이 오로지 정통적인 시 정통적인 소설을 제작하리라" 박태원, 「이상의 편모」, 『조광』, 1937.6.

부어진 액체처럼 대상에 맞게 변형시켜야 한다. 그것은 이상과 같은 상 징성이 강한 소설을 해석할 때 더욱 필요한 노력이다. 그렇다고 이상 소설의 개인적 상징성에만 집착할 때 기존의 연구들에서 보는 바와 같이 주관적이고 자의적인 해석을 낳게 되며, 이는 그의 문학의 신비화로 이끌고 이러한 신비화는 또 다시 악무한적인 자유방임적 해석을 낳게 하는 동기가 된다.

이상 작품의 탄생을 야기한 사회적 조건의 변화란 대체 무엇이었을까? 무엇보다도 식민지 조선에서의 폭풍과 같은 자본주의 세계의 성장과 더불어 식민지 자본주의의 기형성을 고려하게 된다. 이상 외에도 이 시기 박태원, 오장환 등의 문학에 등장하는 미두, 여급, 매춘 등은 자본주의 과정에서 기형적으로 발전된 도시적 삶의 불구적 성격, 기형성을 보여 준다. 개인적으로 건축과 미술 등에 조예가 있고 관심이 많았던 이상이 서구의 표현주의, 심리주의 등의 현대적 충격을 받았으면서도 서구의 그들과는 어떻게 다른지에 대한 사회적 조건의 주요한 차이들이 설명돼야 한다. 아시아에서의 자본주의, 식민지, 파시즘에 대한 대항으로 무기력한 자신의 내면성을 어떻게 텍스트화하려 했는지 등등이 떠오르는 생각들이다.

이상李箱 문학의 정전화 과정에 대하여

고등학교 『국어』·『문학』 교과서의 경우

최현식

1. 이상(李箱)과 정전(正典), 그리고 교과서

이렇게 질문해보자. 이상 문학 텍스트는 언제 처음 교과서에 실렸을까? 또 해방 이후 지금까지 어떤 작품이 몇 편이나 실렸을까? 연구와 비평 등 2차 텍스트의 생산과 유통에서 거의 최고를 자랑하는 이상이고 보면 교과서의 이상 역시 이른 시기에, 또 상당수의 텍스트로 성수를 맞았을 듯하다. 과연 그러한가? 국어교과서 첫 수록은 1955년 『고등 국어』 2의 에세이 「권태」다. 도합 작품 수 150여 편 가운데 8편, 그러니까 시 : 『오감도』, 「거울」, 「가정」, 「운동」, 소설 : 「날개」, 에세이 : 「권태」, 「산촌여정」, 「조춘점묘」만이 70여 년 역사의 『국어』·『문학』 교과서의 선택을 받는다. 그러나 옹색하게도 『국어』(국정 및 검인정)에는 「권태」를 시작으로 「날개」와 「산촌여정」('제7차교육과정') 정도가 실렸을 따름이다.

『문예독본』을 포함한 『문학』도 사정이 별반 다르지 않다. 역사현실은 물론 교과서 편찬의 주요 변곡점이 되는 1987년('제5차교육과정'[1] 출발점) 이전에는 '제4차교육과정'(1981~1986)에 「거울」[2]만이 유일하게 실렸다.[3] 그러니 해방 이후~1980년대 중반까지 이상의 텍스트는 1988년 해금, 문학의 장(場)에 간신히 복귀한 '구인회' 동인 정지용, 김기림, 이태준, 박태원과 마찬가지로 국가 지도 및 관리의 교과서 장(場)에서 차갑게 배제된 상태였다고 말해도 좋겠다.[4]

그러나 28살 청년으로 졸한 이상의 텍스트는 '불우하게 요절한 천재 작가'라는 암묵적 동의 아래 거의 최다의 전집 편찬 대상으로 군림해왔다. 나아가 일본과 미국, 유럽에서 한국문학의 근대성을 측정하는 심미적·심리적 게이지(gauge)로도 명랑하게 징발되어 왔다. 이런 사실을 감

---

1   '제4차교육과정'까지의 『국어』가 교사 지도 위주의 학문 중심 교육과 가치관 교육에 초점을 맞췄다면, '제5차교육과정'부터는 국어 학습의 결과보다는 과정을 중시하는 학생 중심, 활동 중심의 교수·학습에 초점을 맞췄다. 그렇다고 국민의식 함양 및 국어 기능 신장이라는 국민국가의 기본 목표가 약화된 것은 아니다. 하지만 학생 활동에 초점을 맞추는 만큼 교과서와 교사 중심의 가치관 교육은 주어진 과제에 대한 기능 중심의 맥락 이해와 구성의 방식으로 간접화될 수밖에 없다. 이것은 발화의 형식으로 본다면 교사 : 간접 발화에서 학생 : 직접 발화로 전환되는 것이라는 점에서 학생 주체의 이해와 실천이 더욱 강화되는 방식이랄 수 있다.

2   해방 이후 『문학』(『문예독본』 포함)은 문교부 발행의 국정교과서 체제보다는 특정 편자와 출판사들이 경쟁하는 검인정 교과서 체제를 유지했다. '제4차교육과정'의 『문학』 5종 발행은 한국교육개발원 산하 '사이버교과서박물관'과 한국교과서연구재단에 대한 방문 조사에서 확인한 것이다. 이 글에서 사용하는 교과서 관련 자료들은 대개가 두 기관에서 확보한 것임을 밝혀둔다. 따라서 두 기관에서 확보하지 못한 자료에 실린 이상 텍스트가 존재할 수 있음을 미리 알려둔다.

3   이상은 '제3차교육과정'(1974~1981)의 『국어』 3(문교부, 1979)에서 텍스트는 실리지 않았으나 조연현 집필의 「국문학의 발달(3)」에서 초현실주의와 심리주의를 도입한 선구자로 언급되었다. 『국어』 3에 대한 '교사지도서'에서 『오감도』는 초현실주의 시로, 「날개」는 최초의 심리주의 소설로 소개되고 있으며, 두 작품을 통해 현대시와 현대소설의 새로운 장을 열었다고 평가된다.

4   부제에서 고등학교 『국어』·『문학』으로 제한한 까닭은 지금까지 설명한대로 중학교 『국어』에 이상 텍스트가 단 한 번도 실리지 않았기 때문이다.

안하면, 학술연구자 및 독서대중의 이상 편애와 중고생 문학교육의 정본 (正本) 교과서의 이상 텍스트 배제 사이에 놓인 머나먼 간극은 어딘가 아이러니하고 모순적이다. 독서와 연구, 교육 대상으로서 이상 텍스트의 분열과 갈등. 이런 현상은 한 연구자의 지적대로 무엇보다 '교육적 가치'와 '문학적 가치'가 상충한 결과일 것이다. 그는 교과서 내 가치상충의 요인으로 이념과 체제 선택, 미적 난해성, 성적 기표의 문제, 교과서 '정전' 구성의 원리로서 순수문학과 저항문학, 성장소설의 전통을 꼽은바 있다.[5] 이를 따른다면 이상 텍스트의 대(對) 교과서 소원(疏遠)은 미적 난해성과 성적 기표의 문제, 교과서 자격을 충족하는 세 요소의 부족과 관련되지 않을까?

하지만 이상 문학과 교과서의 유난한 거리는 단순히 텍스트 이해의 어려움이나[6] 청소년들에게 적합한 문화적·미학적 맥락에 저촉되기 때문에 발생하지만은 않는다. 거기에는 다양한 분야의 정책과 전략의 실험, 연구와 적용의 시뮬레이션을 거친 어떤 표준과 규준, 그 이면에 도사린 규율과 통제, 문법과 억압의 담론이 곳곳에 박혀 있다. 그 대표적 양상으로 이상 텍스트를 총괄하고 '정전' 구성을 끊임없이 획정 / 갱신하는 종합과 변화의 동시적 실천을 탐탁찮아 하는 국정 교과서 특유의 국가주의적·문화민족주의적 보수 이념의 일상화를 들어야할 것이다. 이

---

5 유성호, 「문학교육과 정전 구성」, 한국문학교육학회 편, 『정전(正典)』, 역락, 2010, 322~323쪽.
6 김중신은 이상과 그의 작품을 분석과 가치화의 '텍스트'로 동시에 호명하여, '난해' '요절' '천재'를 기표로 '역사성', '당대성', '함의성', '현재성', '흥미성'의 기의를 톺아낸다. 이상 문학의 '정전성'은 특히 함의성 : 원전(原典)의 형태 및 맥락을 둘러싼 새로운 해석의 가능성, 현재성 : 영화와 연극으로의 장르 전환과 다매체적 활용의 가능성, 흥미성 : 문청(文靑)적 삶과 그것의 기호화, 문학과 삶에서의 동시적 현실 일탈이라는 측면에서 여전히 현재적인 것으로 판단한다. 김중신, 「문학교육에서의 정전 형성 요건에 관한 시론(試論)—이상(李箱)을 중심으로」, 한국문학교육학회 편, 『정전(正典)』 참조.

상 텍스트 자체와 교과서 텍스트의 거리는 결국 아카데미와 교육 당국이 서로 다르게 해석하고 구성하는 '한국적인 것으로서 이상(李箱)'의 차이로 드러나기 마련이다. 전자가 한국적이되 심미성과 보편미학의 가능성에 중심을 둔다면, 후자는 '한국적인 것'의 교육을 통한 국민의식과 국가 이념의 개진에 초점을 맞춘다. 이런 차이는 이상 텍스트와 교과서 사이는 물론 어느 정도는 『국어』와 『문학』 사이에서도 발생한다. 상대적으로 『국어』는 '교육적 가치'를, 『문학』은 '심미적 가치'를 보다 강조하는 경향이 존재하기 때문이다. 이 점, 이상 텍스트를 둘러싼 시대별 '정전'의 구성과 변화, 교과서 수록의 정치학과 교육학에 대한 관심의 지리지를 이후 글쓰기의 출발점으로 삼게 하는 핵심 요인이다.[7]

정전(正典, canon)은 그 기준과 범주를 독자대중이 거치기 마련인 학생 대상의 교과서에 맞춘다면 '문학교육을 위해 현재 사용되고 있는 권위적 교재의 목록'을 뜻한다. 그런 만큼 문학 교재의 '현실'과 '당위'를 동시에 지시하고 표현하며, 양자의 조화와 결속은 '문학의 범례적 가치에 대한 효과적 체험' 및 세계와 존재, 문학을 향한 '문학적·심미적 능력의 확장과 심화'에 달려 있다. 이 범주는 '국민국가'의 교과서와 결합될 때 넓게는 독자대중(학생)의 국가의식과 민족혼의 앙양, 좁게는 특정 국가 체제와 이념에 대한 동의 내지 묵인을 또 다른 핵심 자질로 수용한다. 따

---

[7] 이상의 문제의식에 유의미한 계발을 환기해준 연구로는 한국문학교육학회 편, 『정전(正典)』 수록 논문들 몇 편, 정재찬, 「문학 정전의 해체와 독서현상」, (『독서연구』 2, 한국독서학회, 1997), 심선옥, 「1920~30년대 근대시의 정전화 과정─시인선집을 중심으로」, (『상허학보』 20, 상허학회, 2007), 김창원, 「시교육과 정전의 문제」, 『한국시학연구』 19, 한국시학회, 2007), 이명찬, 「중등교육과정에서의 김소월 시의 정전화 과정」, (『독서연구』 20, 한국독서학회, 2008), 최지현, 「근대 문학 정전의 형성과 소월시의 탄생」, 『독서연구』 22, 한국독서학회, 2009) 등이 있다.

라서 보편의 '문학적' 정전과 교과서의 '교육적' 정전은 '이념 공동체의 정당성' 승인과 구현 및 '한 이념 공동체 안의 가치관의 갈등과 균열' 사이에서 서로 길항하고 때로는 반목할 수밖에 없다.

그런 의미에서 우리는 '정전'의 선택과 배치, 구성 원리를 시공간을 초월한 보편성 및 인류 공동문화의 보존이나 갱신과 관련된 문화적 규범의 측면에서만 찾을 수 없다. 오히려 '정전'이란 특정한 체제와 이념, 가치를 독자대중 및 학교 제도의 수준과 능력에 맞춰 어떤 텍스트를 보급하기 위한 문화적·역사적 역학의 작동결과로 생산되는 이념적·문화적 자본의 일종일 수 있다. 특정 시대와 주제, 혹은 작가와 시대정신을 반영한 엔솔로지의 발행, 한 작가의 전집 발간과 선집 구성의 갱신적 반복, 교과서의 텍스트 선택과 배제는 따라서 '공통된 국민문화의 보급'이라는 상수항 아래 자연스럽게 묶일 수 있다는 주장은 회의적이다. 그보다는 오히려 하나의 운명공동체라는 상상적·허구적 가치에 맞서 다양한 집단과 제도, 개인들 사이의 정치적·문화적·심미적 욕구와 소비를 의식적으로 구별하는 문화적 성층화의 실천이라는 게 보다 타당한 견해일 듯싶다.[8]

학술 연구와 보편의 독자대중을 향한 수차례의 이상전집과 무수한 선집 발간, 거의 최다수의 연구 성과의 발표와 축적은 대체로 반봉건의 19세기와 끔찍한 모더니티의 20세기를 동시에 항(抗)하고 저격하는 불온한 정신과 미학적 실험에 보다 예민하고 긍정적이다. "현대 문명에 파양(破壤)되어 보통으로는 도저히 수습할 수 없는 개성의 파편"(최재서), "근

---

8 지금까지의 '정전'에 대한 논의는 송무, 「문학교육의 '정전' 논의─영미의 정전 논의를 중심으로」, 『문학교육학』 창간호, 한국문학교육학회, 1997, 293~298쪽.

대정신의 해체"(조연현) 같은 이른 시기의 고평 역시 이로부터 출발된 것이다. 요컨대 이상 텍스트 자체의 현대성과 불온성이 '이상'이라는 문제적 주인공의 문학적·문화적 의미, 그간 선택된 '정전' 자체의 지속과 변화, 텍스트를 둘러싼 해석과 가치화의 역동적 경쟁과 쇄신에 매력적인 동력을 제공하고 있다 하겠다.

하지만 거듭 강조하건대 체제의 억압과 검열이 최고조에 달했던 '제4차교육과정'까지 『국어』에 「권태」(『고등 국어』2, 1955), 『문학』에 「거울」(『현대문학』, 1985)만 수록됨으로써[9] 독서와 연구에서의 이상 붐을 무색케 한다. 이런 현상은 "교육제도란 국가의 교육 이념 및 교육 목적을 달성하기 위한 국가적 차원의 인위적 장치로서 교육 활동(교육 목적, 교육 내용, 교육 방법, 교육 평가 등), 학생, 교원, 교육기관, 교과용 도서, 그리고 조직 및 기구 등에 관한 표준은 물론 기준을 총칭하는 개념이다"[10]라는 규정과 밀접히 연관될 것이다.

멀리 갈 것도 없다. 『국어』 교과 과정에서 빠짐없이 강조되는 언어 능력의 신장, 국어문화의 전달, 언어생활의 개선을 예시로 30여년에 걸친 이상 문학의 대 교과서 실종 / 부재의 까닭을 간단히 짚어보면 어떨까? 해방 이후 한국어 관련 최대의 주제는 민족어∞국가어로서 '국어에 대한 이해'의 심화와 확장이었다. 이희승은 이를 두고 보편적 언어 차원의

---

9 「권태」와 『오감도』는 따라서 파울러가 정의한 '공적인 정전(official canon)', 곧 "적어도 일정 기간 동안 배타적인 완결성을 구가하는 작품들의 집합체"의 탁월한 예시에 해당한다. 물론 이런 지속적 선택의 까닭은 아래에서 상술하겠지만, "국민 혹은 국가의 이념형과 분리될 수 없다는 사실" 및 "이데올로기 국가기구로서의 학교라는 제도, 학과, 교육과정, 실라버스, 그리고 그에 의한 교육과 연구활동이라는 물질적 차원을 통해 실현된다는 사실"과 깊이 관련된다. 이상의 인용은 정재찬, 앞의 글, 114쪽 및 116쪽.

10 한국교육행정학회, 『교육제도론』, 한국교육행정학회, 1995, 5쪽.

2항목 '국어는 언어다'와 '국어는 일종의 구체적 언어다' 및 국가어(ㄹ민족어) 차원의 2항목 '국어는 국가를 배경으로 한다'와 '국어는 표준어라야 한다'를 제시했다.[11] 이것을 '문학' 분야의 가치관 및 주제 형태의 교수요목으로 제시한다면, ① 성장과 성찰 : '젊은 시절' '사색의 제목들' '면학의 서' '문학과 인생', ② 자연과의 동화 : '자연을 찾아서' '계절의 감각', ③ 국가의식과 민족공동체 : '우리 문화의 모습', '겨레의 얼과 말' '나의 소원' '국토와 역사' '창조의 길' 등으로 정리될 수 있다.[12]

이상과 그의 텍스트는 월북한 '구인회' 몇몇과의 친밀감을 제외하고는 반공 국시의 이념과 체제에 대하여 전혀 문제될 것 없다. 하지만 김윤식의 이상 문학어에 대한 '인공어'라는 명명이 암시하듯이, 토속어와 거리가 먼 한자어와 일본 발 근대어 투성이의 해사체 비문(非文), 성적 기표 및 자기 파괴의 감각으로 가득 찬 아이러니 과잉의 내면은 저 '국어'의 이념과 그것의 문학적 번역, 그리고 그것들이 수행하는 청소년의 영혼 성숙과 세계 도전을 향한 자기계발에 크게 도움 되지 않았다. 자꾸만 개성의 기호와 파탄의 수행으로 빠져드는 듯한 '파편화된 자아' 중심의 불온한 아니 불량한 텍스트는 국민(민족)의 공동어와 공통감각에는 썩 어울리기 어려운 일탈과 분란의 '방언'에 오히려 가까웠다. 이상 텍스트의 문학적 가치가 '국가(어)'의 교육적 가치에 의해 파양당할 까닭으로 이만한 것이 또 어디에 있을까?

모두(冒頭)가 다소 길어졌다. 이 글은 독서와 연구, 교육 대상으로서 이

---

11 이희승, 「국어의 개념」, 문교부, 『고등 국어』 1, 대한교과서, 1954. 이 글은 '제4차교육과정'까지 한 번도 빠짐없이 고등학교 『국어』 1에 계속 실린다.

12 이 단원별 요목들은 가치관 교육이 가장 강조되었던 '제3차교육과정'의 『국어』 1~『국어』 3(문교부, 1974)에 실린 것들이다.

상 텍스트의 분열과 갈등의 현상 및 까닭을 살펴보고, 교과서 관련 이상 텍스트의 확장과 심화를 위한 몇 가지 방법과 접점들을 소소하고 미진하게나마 제안하기 위해 작성된다. 그러기 위해 첫째, 독서 일반과 교과서 '정전'의 기초가 되는 사화집과 전집, 선집 관련 이상 텍스트의 정본화 과정을 살펴본 후, 둘째, 해방 후~현재까지의 고등학교 『국어』·『문학』 교과서에 수록된 이상 텍스트의 현황 및 그 선택과 배제의 문화정치학을 해명하며, 셋째, 이상 텍스트에 대한 현재 교과서의 긍정적 현상 및 개선되어야 할 수행평가의 내용과 형식을 나름의 방식으로 검토해보련다.

2. 이상 텍스트의 집성과 정전화의 원리 및 배경

애초부터 결정된 '정전'의 목록과 권위 따위는 존재하지 않는다는 명제는 대체로 동의할 만하다. '정전'은 독자와 출판제도, 학교교육의 욕망과 필요에 따라 주어진 개별 텍스트들을 선택, 배치, 구성하는 과정에서, 또 시대적 흐름과 현실의 변이에 따라 기존 목록을 대체 혹은 보충하는 작업을 통해서 창안-구성되고 실현-소비되는 차연적·가상적 목록으로 살아가기 때문이다.[13] 이상 텍스트의 정전화 과정 역시 이런 목록 구

---

13 보다 자세한 내용은 송무, 「국민문학의 이념과 정전의 형성」, 『영문학에 대한 반성-영문학의 정당성과 정전 문제에 대하여』, 민음사, 1997, 351~353쪽 및 정재찬, 앞의 글, 104~105쪽.

현의 서사를 밟으며 제 꼴과 줄기를 갖춰간다. 이때 '정전' 확정과 변이의 서사는 대체로 다수의 작가로 구성되는 선집에서 작가 단독의 선집으로, 드디어는 전집 발간의 과정을 거치면서 발생하기 마련이다.

번즈의 탁월한 지적처럼 어떤 텍스트는 "그것이 최종적이고 정확하며 공적 도서관의 일부이기 때문이 아니라 그것이 일단의 사람을 구속하는 것이 되기 때문에 정전의 지위를 가지게 된다"[14] 이때 특정 작품에 구속되어 그것을 가상의 '정전'으로 창안—구속하는 주체, 곧 해석학적 권력은 나름의 이념과 심미안 아래 작품을 선택, 비평하는 선자(편집자)에 그치지 않는다. 특정 경향을 선호하는 출판자본, 선자가 소속된 문학그룹 내지 문학이념, 당대의 정치·경제·문화와 관련된 문학 환경, 독자대중의 취향 역시 '정전' 구성과 발생에 관여하는 능산적 주체다.[15] 이런 사실에 특히 유의하며 각 시대의 이상 텍스트 선택과 구성 과정에서 구현되는 '정전'을 향한 가상적이며 변별적인 목록은 어떻게 구현되는가?

1) 1930년대 후반의 경우

1931년 비문예지 『조선과 건축』에 「이상한 가역반응」을 발표하며 이름을 알린 김해경, 곧 이상은 불과 6년 가량의 짧은 창작 이력을 남긴 채 치사한 도시 도쿄에서 처참하게 스러졌다. 그의 문학정신과 실험은 새로

---

14 Gerald Burns, "Canon and Power", *Canons*, 송무, 앞의 글, 350~351쪽에서 재인용.
15 심선옥, 「1920년대~30년대 근대시의 정전화 과정—시인 선집을 중심으로」, 앞의 책, 105쪽.

였으되, 『오감도』사태가 예시하듯이, 적어도 독자대중에게는 소통불가의 괴팍한 문청(文靑)의 낯설고 유치한 작난(作亂)에 지나지 않았다. 따라서 이상의 인정투쟁은 대중의 비웃음을 상쇄할 탁월한 텍스트의 생산력에 더해, 텍스트의 심미적·시대적 가치를 승인하는 비평가와 선집의 지원이 절실할 수밖에 없었다.

이상의 창작시대 1930년대 중반은 일제 군국주의의 강화 및 '사실의 세기'의 대두에 따라 전환기의 현실로 급속히 빠져들던 즈음으로, 리얼리즘과 모더니즘의 동시적 부진, 순수문학과 대중문학, 관념적 역사소설의 뒤늦은 발흥이 어색하게 겹쳤다. 이상 텍스트는 '신심리주의' 내지 '전위주의'라는 레테르를 달던 차였으므로 이런 문학 환경에서도 얼마간 소외될 수밖에 없는 처지였다. 이를 고려하면 이상 텍스트의 선집 수록은 기호와 형식의 신기성보다는 그것의 실험적 가치에 대한 역설적 관심이나 암묵적 동의로 이해될 수 있겠다. 이상 텍스트가 수록된 1930년대 후반의 선집을 예시하면 〈표 1〉과 같다.[16]

1930년대 후반이라야 근대문학 출범 30년에 지나지 않는다. 하지만 당대의 조선문학은 '현란을 극할' 만큼의 압축적 근대를 경험해온 터라, 또한 현실과 미래의 불확실성이 편만하던 때라 각종 조선문학선(전)집과, 임화로 대표되는 '신문학사'의 서술이 바쁘게 요청되던 때였다. 그래야만 "분열 가운데서 고통하고 발버둥치는 이외에 아무런 능력도 없"[17]는 처지로 내몰리던 담천하의 현실을 흐릿하게나마 조감할 수 있었기 때

---

16 1930년대 후반 출간된 시선집과 전집, 수록 텍스트 정보, 그 가치와 의미에 대한 설명은 심선옥, 위의 글 참조.
17 임화, 「세태소설론」, 『문학의 논리』(학예사, 1940), 소명출판, 2009, 276쪽.

〈표 1〉 1930년대 후반 문학전집·선집 수록 목록

전집·선집명	편집자	출판사	연도	수록 작품
을해명시선	오일도	시원사	1936	「아츰」, 「가정」
현대조선시인선집	임화	학예사	1939	『오감도』「시 제1호」
신찬시인집	시학사	시학사	1940	「파첩(破帖)」, 「무제」
현대조선문학전집 3 －단편집(중)	조선일보 출판부	조선일보사	1939	「날개」

문이다. "캄캄한 공기를 마시면 폐에 해롭다"는 「아츰」, "콩크리-토 전원 (田園)에" 던져진 "고독한 기술사(奇術師) '카인'"의 「파첩」, "내 마음의 크 기는 한개 궐연 기러기"만하다는 「무제」를 제외한 「가정」과 『오감도』, 「날개」는 이상의 오래될 '정전' 목록이다.

당시 편집자와 출판사의 파급력, 편집자의 실력을 감안한다면 역시 『현대조선시인선집』(학예사)과 『현대조선문학전집』(조선일보사)의 해석 학적 권력이 주목된다. 먼저 조선일보사의 문학전집, 이상 텍스트는 '단 편집'에 「날개」가 실렸을 뿐 '시가집'과 '수필기행집'에서는 제외되었 다. 한 연구자에 따르면, 이 전집은 일제 검열 기구의 작동, 출판자본의 상업성 고려, 텍스트의 문학성(조선 정서 중심)을 수록 기준으로 삼은 까 닭에 프로문학 및 전위문학 수록에 다소 인색했으며 또한 시가 역시 순 수시로 경도되는 경향이 있었다.[18] 이를 감안하면 그의 전위시 미수록은 오히려 당연한 것이며, 「날개」 역시 공감의 문학성보다는 최신의 문학경 향으로 간주되어 수록되었을 법하다. 예민한 독자라면 벌써 간파했겠지 만, 조선일보 전집의 작품 선택 기준은 상업성을 제외한다면 해방 이후

---

18 유용태, 「근대 한국 문학정전의 문학제도적 접근－『현대조선문학전집』을 중심으로」, 『어문론집』 47, 중앙어문학회, 2011, 310~311쪽 참조.

구성될 한국문학의 '정전' 목록에 비교적 가까운 모습이다. 해방 이후 '민족적인 것'과 '국(가)어'의 강조 속에서 이상 텍스트의 교과서 수록은 이때부터 어려운 것으로 판별된 셈이랄까.

이즈음 이상 텍스트의 미학성을 간취하기 위해서는 「날개」와 『오감도』를 보더라도 최재서와 임화를 빼놓을 수 없다. 임화는 『현대조선시인선집』 편찬 목적을 "첫째는 확실히 현대적 관점에서 모으는 것이요, 둘째는 신시를 역사적 관점에서 모으는 것"[19]으로 규정했다. 그는 선집에 수록한 『오감도』를 비평 대상으로 삼은 적이 없다. 하지만 「날개」와 「종생기」에 대해서는 두어 차례 비평의 조감도를 아끼지 않았다. 리얼리즘의 재인식과 주체의 재건에 지나치게(?) 충실했던 그이지만, 그러나 임화에게 이상은 세계를 도착된 채 두뇌에 투영할 줄 알았고 "가끔 물구나무를 서서 현실을 바라보기를 즐긴 사람"이었다. 그럼으로써 "보통 사람이 다 같이 느끼면서도 한 걸음 더 들어가 보기를 기피하고 두려워하는 세계의 진상(眞想) 일부를 개시한" 작가였다.

그런데 이상의 "가슴 속에 저미(低迷)하는 가장 깊은 구름이 페시미즘"이었다는 사실. 임화가 이상 텍스트에서 "제 무력(無力)과 제 상극(相剋)을 이길 어떤 길을 찾으려고 수색하고 고통한 사람들"[20]을 발견하면서도, 최재서가 주장한 「날개」 발 '리얼리즘의 심화' 곧 "현대의 분열과 모순에 이만큼 고민한 개성도 없거니와 그 고민을 부질없이 영탄치 않고 이만큼 실재화한 예"라는 사실을 선뜻 수용하지 못한 까닭이겠다. 그러

---

19 임화, 「편자의 말」, 『현대조선시인전집』, 학예사, 1939, 9쪽.
20 직접 인용은 윗단락부터 차례로 임화, 「방황하는 문학정신」, 앞의 책, 198~199쪽 및 「세태소설론」, 앞의 책, 276쪽 및 277쪽.

나 최재서 역시 이상 한계를 매섭게 질책했는바 '모랄(moral)'의 부재가 그것이다. "상식을 모욕하고 현실을 모독하는 것이 작자의 습관"[21]이라는 지적, 그것은 임화가 주장한 '페시미즘'의 또 다른 형식이다. 또한 해방 이후 '은근'과 '끈기'를 강력히 요청했던 보수 우익의 '민족문학'에서 이상을 배제하기에 더할 나위 없는 미학적 병인(病因)이기도 했다. 과연 순수문학과 보수적 민족주의에 다정했던 정부 주도의 『국어』·『문학』 교과서는 청소년들을 위한 저 '페시미즘'의 방역과 방어에 기꺼이 앞장섰다.

2) 해방 이후~1950년대 중반의 경우

해방 이후 10년의 교과과정은 흔히 '미군정기'와 '교수요목기'(1945~1955)로 불린다. 해방에 따른 일제와 미국의 교체, 좌우이념의 극심한 갈등과 대한민국의 출범, 한국전쟁에 뚜렷이 획정된 남북분단. 이즈음의 역사적 격변을 먼저 서술한 까닭은 이 엄혹한 현실이 '국민 만들기'의 기초로 제공되는 『국어』·『문학』에 고스란히 반영되었기 때문이다. 헌데 이런 현상이 이상의 정전 목록의 건축에 어떻게 관련된다는 말인가? '국어학'은 문외한에 가까운지라 옆으로 젖혀두더라도, '미군정기'와 '교수요목기'만큼 정전 구성에 관련된 해석학적 권력의 부침과 변화가 자심했던 시절은 따로 없다. 이를테면 미군정기의 이병기 편 『문학독본』(상)(상문당,

---

21 인용한 최재서 비평은 「『천변풍경』과 「날개」에 관하야」, 『문학과지성』, 인문사, 1938, 111~112쪽.

1948)[22]과 종전 후 문교부 발행의 『고등 국어』 1(대한교과서, 1954) 사이의 깊고 넓은 문학지리의 차이를 보라.

해방기 『문장』의 이병기는 '조선어학회' 출신의 민족주의자로 신뢰되었고 동시에 좌파의 '조선문화건설중앙협회' 맹원들과는 친분이 깊었으며, 그 탓인지 끝내 '보도연맹'의 명단에 이름 석 자를 올렸다. 『문학독본』(상)에는 임화의 「해협의 로맨티시즘」, 이인직의 「혈의 누」, 이은상의 「압록강」, 염상섭의 「화홍문」, 김진섭의 「백설부」, 나빈(도향)의 「그믐달」, 김소월의 「가는 길」, 이기영의 「재강」, 박태원의 「강아지」, 박종화의 「기철의 무리」가 올랐다. 리얼리즘과 모더니즘, 전통과 현대를 막론한 좌우합작의 교과구성이라 할만하다. 강진호가 지적한 『중등국어교본』의 특징과 마찬가지로 반공주의 흔적이 아직 엷고 좌우 공동의 민족문화 탐색이 두드러진 반면, 친일문인들의 텍스트는 거의 찾아볼 수 없다.

이에 반해 문교부 발행의 『고등 국어』 1에는 김소월의 「산유화」 외 3편, 김영랑의 「모란」, 이양하의 「신록예찬」, 심훈의 「대한의 영웅」, 김진섭의 「독서에 대하여」, 이헌구의 「시인의 사명」, 김광섭의 「해방의 노래」, 조지훈의 「승무」, 이은상의 「오륙도」, 이효석의 「화초」, 조연현의 「소설의 첫 걸음」, 황순원의 「산골 아이」, 서정주의 「시작 과정」 등이 올랐다. 김소월과 김진섭, 이은상을 제외하곤 겹치는 작가들이 없다. 『문학독본』(상)에 비해 우파 민족주의의 이념을 담보한 문장 투성이며, 시

---

22 이병기는 미군정기(1946~1947) 중학교용 『중등국어교본』(군정청문교부, 1946)의 편수 책임자였다. 편찬을 위임받은 조선어학회의 추천에 의한 것이었으며, 중등국어 기초위원의 한 명으로 이태준(1948년 월북)을 선임했다.(강진호, 「반공 이데올로기와 '국어' 교과서」, 강진호 외, 『국어 교과서와 국가 이데올로기』, 글누림, 2007, 149~153쪽) 『문학독본』(상)의 성격을 얼추 짐작케 하는 요소다.

와 소설 역시 진보적 색채를 배제한 순수문학 일색이다. 김소월과 이은상 등을 통해『문학독본』(상)의 범조선적 전통과 민족의식(정서)을 공유하는 정도다. 좌파는 그렇다 처도 염상섭과 박종화 등의 배제는 '청문협' 전신(轉身)의 '문협정통파'가 교과서 '정전' 선택과 구성의 해석학적 권력을 확실히 기머쥐었음을 명백히 한다.[23]

『문학독본』(상)에 비교할 때 10년 뒤『고등 국어』1의 변별적 자질은 비교적 분명하다.[24] 첫째, 우파 문인들의 중용과 소장파 친일문인들의 결합이 두드러진다. 두 집단이 공유하는 것은 혈연과 지연, 문화와 언어, 정서와 풍습, 역사와 인종의 공통성을 강조하는 보수적 민족주의겠다. 둘째, 국가주의적 사고의 확산과 친미적 시각의 고착화 현상이 눈에 띤다. 이를테면 문학 이웃의 조용만의「민충정공」, 이병도의「민족정기론」, 조만식의「죽지 않는 진리」가 그렇고, 2, 3학년『고등 국어』의「민족과 국가」, 김재원의「아메리까 통신」, 버틀란트 러셀의「현재의 암흑시대를 극복하려면」등 역시 동류의 문장들이다.

결과론적 현상이겠으나, 이병기『문학독본』과 문교부『고등 국어』의 조선문학 정전을 향한 해석학적 권력의 교체는 의미심장하게도 이상의

---

23 이병기·정인승·백철 공편의『표준문예독본』(신구문화사, 1955)은 한국전쟁 뒤 이병기가 처한 위치를 착잡하게 일러준다. 최남선, 이광수, 김동인, 김억, 주요한, 김동환, 유치진, 유진오, 모윤숙, 노천명에서 한용운, 현진건, 나도향, 이헌구, 박종화, 이효석, 정비석, 계용묵, 방정환, 박두진, 박목월의 조합이 특히 그렇다. 신문학의 주요작가를 두루 포함하지만 단 두 집단이 빠졌다. 이상(李箱)을 제외하면 월북한 리얼리스트와 모더니스트, 그리고 서정주, 김동리, 조연현, 조지훈이 빠졌다. 맨 끝의 문단 좌파와 우파는 배제되었으나, 여전히 부정적 선택지였을 친일파는 대거 수록되었다. 이들을 제외할 경우 유의미한 '독본'의 구성과 한국적 문장의 모본(模本)을 보장하기 어렵다는 판단이 작용한 결과였을 것이다. 이것은 그즈음 한국 근대문학사의 두께와 폭이 그만큼 얇았다는 안타까운 사정의 반증이기도 하다.

24 두 지표는 강진호, 앞의 글, 148쪽을 참조한 것이다.

'정전' 목록을 취택하는 주체들의 전환에서도 거의 동일하게 발생한다. 해방 이후~1950년대 중반 이상 문학선의 주요 담당자는 김기림과 서정주로 대표된다. 비평 수행과 텍스트 선택에서 그 역할이 엇갈리지만 근대문학사 서술의 핵심주체이기는 마찬가지인 조연현과 백철 역시 이상 담론에서 주의함직하다. 미리 말해두자. 이들 4인은 어떻게 조합하느냐에 따라 세계주의와 보수적 민족주의, 친일과 보도연맹, 청문협(문협정통파)와 중간파로 서로 결합되고 또 서로 갈린다. 그러나 만약 이상 문학에 공통의 이해와 해석, 가치와 의미를 부여했다면 '정전' 목록과 비평적 언술에서 유의미한 결과를 생산했을 것이다. 과연 이들의 선택과 판단은 우리의 기대를 충족시킬 만한 수준의 것인가?

해방 이후 이념의 덫에 걸려 문학 활동이 현격히 위축된 '구인회' 동인의 저조는 이상을 더욱 고독케 할 것이었다. 하지만 『새 노래』(아문각, 1947)의 패퇴 끝에 '보도연맹'과 '한국문학가협회'(1949) 가입으로 돌아선 김기림으로 인해 이상 문학은 독자대중의 관심과 기억을 새로 촉구할 수 있었다. 〈표 2〉는 그가 편한 『이상선집』 수록 텍스트를 정리한 것으로, 교과서 수록 작품 중 시 「운동」과 에세이 「산촌여정」, 「조춘점묘」를 제외한 나머지 5편이 모두 담겼다.

이 텍스트들은 편자의 말에 해당하는 「이상의 모습과 예술」을 빌리자면 그의 짧은 생애가 물리적 시간을 초월할 수 있게 한 위대한 예술의 편린들이다. 김기림은 예의 구분대로 이상 문학을 '감정의 선동'으로 이뤄지는 '리듬'의 변화를 뛰어넘어 '의미의 질량의 어떤 조화 있는 배정에 의해 구성하는 새로운 화술'로 정의한다. 이런 형식의지는 단순한 언어

---

25 연작 형태의 시 목록은 다음과 같다. 『오감도』 시 제1호~제3호, 제7호~제10호, 제12호,

시[25]	창작(소설 - 인용자)	수상(隨想)
『오감도(초)』「정식」,「역단」,「소영 위제」,「꽃나무」,「이런 시」,「1933.6. 1」,「지비」,「거울」	「날개」,「봉별기」,「지 주회시」	「공포의 기록」,「약수」,「실락원」, 「김유정」,「19세기식」,「권태」

기교나 구성의 유희에 그치기는커녕 현실의 부조리에 항(抗)하는 주제의 혁신으로 연동된다는 것이 편석촌의 판단이다. "말기적인 현대문명에 대한 임리(淋漓)한 진단", "비둘기(=평화)의 학살자에 대한 준열한 고발" "착한 인간들의 피와 기름으로만 살이 쪄가는 오늘의 황금의 질서에 항의하는 억누를 수 없는 분노", 이상이라는 "꽃잎파리 같은 나르시스" 가 "점점 더 비통한 순교자의 노기를 띠어간"[26] 소이연이다. 김기림을 거침으로써 이상은 문학과 시대의 순교자로, 다시 말해 좌절과 실패, 파괴와 해체, 죽음과 부패에서 부재하는 본질과 세계를 창안 혹은 발견하는 적극적 니힐리스트로 새롭게 가치화된 것이다.[27]

김기림의 기대에 비하면 지나치게 늦은 사태이겠으나, 거대서사가 무너진 1990년대 이후 그러나 종말론의 유포가 더욱 가파른 오늘날 이상 문학의 대유행과 잦은 교과서 수록의 까닭이 여기쯤에서 비롯되는 것일

제14호, 제15호, 『정식』 I ~ VI, 「역단—화로, 아침, 가정, 역단, 행로」, 『소영위제』 1~3.
26 이상의 인용은 김기림, 「이상(李箱)의 모습과 예술」, 『이상선집』, 백양당, 1949 몇몇 곳.
27 김기림은 1949년 3월말 『이상선집』을 발간한 후 한 달 뒤의 평론 「이상의 문학의 한모」 (『태양신문』 1949.4.26~4.27)에서 이상 문학의 가치를 다음 두 가지 국면에서 찾았다. 하나, "구라파적인 의미의 철저성을 터득한 이채 있는 문학이었으며 그러한 모에서는 동양에 대한 반역이었다." 둘, '절박한 긴장의 매력' 곧 "작품과 작가 사이에 세운 거리가 한낱 무의미한 공간의 토막에 그치는 게 아니라 대상과 자기와의 불이 나는 교섭의 장소로서 팽팽해 있는 실례"를 이상의 문학에서 예외적으로 확인한다. 김기림, 『김기림전집 3— 문학개론·문학평론』, 심설당, 1988, 180~183쪽.

전집·선집명	편집자	출판사	연도	수록 작품
현대조선명시선	서정주	온문사	1950	「아츰」「가정」
작고시인선	서정주	정음사	1950	「꽃나무」「이런 시」「지비」「소영위제」「정식(Ⅳ)」「역단─화로·아츰·가정·역단·행로」「오감도(초)」「시제1호·시제7호·시제10호」「나비」
현대시인선집(상)	김용호 이설주	문성당	1954	「아침」「가정」
현대평론수필선	백철	한성도서	1955	「실락원」

지도 모른다. 여전히 현재적인 김기림의 이상 가치화에 유의하며 이제 후배세대의 이상 목록을 검토해볼 차례가 왔다.

먼저 서정주의 이상이다. 미당이 두 권의 조선시 엔솔로지를 발간한 때가 한국전쟁 서너 달 전이므로 김기림은 두 책에서 고(故) 이상을,[28] 한 책(『현대조선명시선』)에서 오랜 금지 이전의 자신과 정지용을 반갑게 조우했을 것이다. 그 역시 자의반 타의반으로 가입된 '한국문학가협회'의 중심 분자로 확고히 자리 잡은 서정주의 구인회 시편들[29]에 대한 선택과 배치, 평가를 김기림은 어떻게 느꼈고 어떻게 이해했을까.

서정주는 뒷부분의 「현대조선시약사」에서 지용과 편석촌을 이렇게 소개하고 평가했다. 정지용의 순수시 : "시적 표현도의 노력의 아름다운

28　『작고시인선』의 대상은 한용운, 이상화, 홍사용, 이장희, 김소월, 박용철, 오일도, 이육사, 이상, 윤동주 10인이었다. 이명찬은 '작고'라는 이름의 새판을 짬으로써 특히 17편 수록의 김소월을 당대의 모든 시인들이 승계해야 할 민족주의의 전범(典範)으로 적극 추장하고 있는 형국이라고 적었다. 4번째 해당하는 7편의 이상 역시 형식 실험의 모델 이외에도 "「문협」 중심 남한문학의 정통성"(이명찬)을 확인하는 시인으로 일정 정도 가치화되었을 것이다. 보다 자세한 내용은 이명찬, 「중등교육과정에서의 김소월 시의 정전화 과정」, 『독서연구』 20, 한국독서학회, 2008, 331~332쪽 참조.

29　이상(李箱)은 〈표3〉 참조. 정지용은 「향수」, 「따알리아」, 「호수」가, 김기림(편석촌)은 「태양의 풍속」, 「바다와 나비」가 실렸다.

결과가 재래(齎來)되어 얼마나 아름다운 것이 되는가"를 맹렬히 실천함으로써 조선시 "재래(在來)의 무잡성(無雜性)을 덜"었다. 그 결과 지용을 "'주지파'로 배척하는 일부 예맹계와 경향파"(263쪽)마저 '표현상의 효과'를 이용하게 되었다.[30] 김기림의 주지주의 : 서구의 주지주의적 시작 태도를 수입, "모든 낭만주의자와 감상주의자들의 주정적 시작 태도를 조소하고 '시는 감성으로서 쓸 것이 아니라 지성으로서 써야 한다'는 주장을 내세웠다." 그러나 결과는 "감상객 노자영씨 등을 조소하기 위한 또 다른 감상(感傷) — 즉 조소적 풍자적 감각언어의 경박성을 산출한 데에 불과한 감"(264~265쪽)이 없잖다.

현재 통용되는 정지용과 김기림에 대한 평가에 거의 어긋나지 않는 예리한 감식안임에 분명한 내용들이다. 문학성 및 당대 문단에의 기여를 중심에 둠으로써 당대 시인들의 시적 능력을 엄격히 서열화하는 데 성공했다는 평가는 그래서 가능하다. 그와 더불어 제일의 피해자가 "예맹파"와 "경향파"임이 여지없이 드러난다. 물론 그럼으로써 좌파의 전 텍스트를 몰수, 은폐한 까닭이 반공 이념의 편향 때문이 아니라 심미성 부족과 선동성 과잉의 저열한 작품성 탓이라는 '편집자의 변'을 객체화하는 데도 성공하게 된다.

잘 알려진 대로 서정주는 몇몇 산문을 통해 이상과의 만남을 명랑하고도 처연하게 기록해가곤 했다. '박쥐 같은 귀재' '무료병실의 환자'

---

30 미당은 '순수시파'의 궁극적인 기여를 '회화의 화면 같은 선명한 색채의 감각'이나 '음악적 리듬과 정서에 치중한 점'보다는 "시는 사상의 기록이 아니오 천재적 영감의 초속적(超速的)인 기록도 아니다"는 입장에서, 한 편의 시작을 조탁연마하기엔 마땅히 장시일을 소비해도 좋다는—시인들의 새 각오(264쪽)"를 각성시킨 점에서 찾고 있다. '순수한 내면과 맑은 서정의 잘 만들어진 기록'에의 의지를 높이 사고 있으나, 이 주장의 최종 귀착점은 편내용·편이념 시에 대한 거부였음은 물론이다.

'망국인의 운명애' '격리된 사랑의 고독' 'SOS의 초인종' '그 단순한 익살들' '취소될 수 없었던 사형'[31] 같은 중간제목에서 보듯이 미당의 이상 경험은 '전위시편'의 경험이기 전에 끔찍한 근대성과 식민지 권력에 관통당한 "순수히 천사연한 소년"의 불우와 비극으로 남아 있다. 이와 같은 후대의 기억에는 「현대조선시약사」에서 발화된 이상 평가의 흔적이 짙게 배어 있다. 미당은 박래품 '초현실주의'를 "꿈과 잠재의식과 내심의 독백 등에 의뢰하는 이 이십세기의 몽유병"으로 정의하면서, 이상을 "일반인의 생활양식을 거꾸로 전도해서 살면서 몽환과 말쇄신경의 기괴한 네리다지 줄글 시를 발표"(264~265쪽)한 자로 평가했던 것이다.

만약 임화와 최재서, 김기림의 이상 평가를 모아 놓고 서정주의 평가를 판별한다면 역시 임화와 최재서가 발화한 독한 '페시미즘'과 '모랄'의 부재라는 주장에 보다 가까울 듯싶다. 이를 참조하면 서정주는 이상의 과격한 초현실주의 텍스트보다 현실의 생활을 일탈한 이상의 삶 자체에서 동병상련의 연민과 부러움을 느꼈다는 판단이 보다 강해진다. '맑스보이'에서 넝마주이로, 또 함부로의 가출자이자 대책없는 '문청'(文靑)으로, 고향 질마재와 식민지 수도 경성, 나아가 만주 국자가(연변)까지를 무력하게 휘청대는 미당 자신의 방랑과 일탈을 이상의 운명애와 고독, 죽음에서 아프게 엿보았을 것이기 때문이다.

하지만 세심히 유의할 것은 『작고시인선』 이상 편은 「1933.6.1」과 「거울」을 제외하고는 김기림의 『이상선집』과 전혀 똑같다는 사실이다. 김기림의 『이상선집』(1949.3)과 미당의 『작고시인선』(1950.3)은 정확히 1년의 편차를 가진다. 이렇다 할 선집이 없었던 이상 텍스트의 집성이

---

31 서정주, 「이상의 일」, 『서정주문학전집』 5, 일지사, 1972, 86~96쪽.

김기림의 공적이라는 점을 감안하면, 미당의 뛰어난 감식안을 고려한다 해도 김기림의 텍스트 선택과 구성에 대한 영향과 참조가 거의 확실해진다. 「산촌여정」과 「조춘점묘」와 「운동」을 제외한 나머지 5편의 『국어』·『문학』 수록 이상 텍스트는, 아니 '정전' 목록은 이렇듯 끝내 남과 북으로 갈렸던 김기림과 서정주에 의해 벌써 완결되었다는 평가가 이 지점에서 가능해진다. 그런 점에서 김기림과 서정주는 적어도 이상에 관한 한 의도했건 그렇지 않았건 뗄래야 뗄 수 없는 심미적 동맹군이었음이 여지없이 드러난 셈이랄까.

이상의 시가 미당의 몫이었다면 소설과 에세이는 조연현과 백철의 몫이었다. 이후 '문협정통파'와 '중간파'로 갈라선 두 비평가는 한국 근대문학사의 흐름과 대상 작품의 취택을 함께 거머쥠으로써 '한국문학사'의 가상적 총체성 조직에 선편을 쥐었다.

백철의 『조선신문학사조사』는 「날개」와 「종생기」를 심리주의 작품의 대표격으로 지목하면서, "그는 실로 심리상의 주관적 결정에 의하여 현존한 풍색(風色)으로 임의로 바꿔놓을 수 있었다"라는 고평을 잊지 않았다.[32] 이에 더해 백철은 『현대평론수필선』(1955)에 유작(遺作) 「실락원」(『조광』, 1939.2)을 수록함으로써 '최저낙원'의 수렁에 빠진 이상을 정중히 애도한다. 그가 보다 너른 지지를 받던 「권태」(『고등 국어』 2, 1955) 대신 일상의 기록보다는 내면의 흐름에 가까운 6가지 주제의 글로 구성된 「실락원」을 수록한 이유는 무엇일까? 이상 심리주의의 한 극점을 보았

---

32 백철, 『조선신문학사조사』, 수선사, 1948, 240~241쪽 및 317~318쪽. 백철의 언술은 최재서의 이상 평가를 대표하는 '리얼리즘의 심화'론에 기대어 심리주의적 경향을 드러내는 방식을 취한다.

을 수도 있지만, 제목이 상징하는 대로 전쟁의 참화에 쫓겨 더 이상 "천사는 아모데도 없"고 "'파라다이스'는 빈터"[33]인 전후 현실을 비감하게 환기하기 위한 것은 아니었을까. 전후 역사에서 문명의 야만과 자본의 폭력이 더욱 기승을 부릴수록 더더욱 예리한 현대성을 획득해가는 이상 텍스트의 본성을 잘 짚은 선택으로 이해된다.

백철이 문학사에서 텍스트 선택으로 갔다면, 조연현은 단독 평론에서 문학사로 옮겨간 경우다. 평론 제목 「근대정신의 해체—고 이상의 문학사적 의의」(『문예』, 1949.11)[34]가 암시하듯이, 조연현은 『오감도』와 「실화」를 대상으로 "지적 딜레마가 자위와 자독을 발견하게 된" 소이연을 찾으면서 특히 '주체 확립의 부재', 곧 '자기의 통일된 전체적인 의미나 내용 표현'에의 실패를 주목했다. 이런 점에서 이상은 "하나의 완전한 시인도 작가도 못 되는 일개의 특이한 에세이스트"로 그쳤다는 게 그의 최종적 평가다. 하지만 당대의 조선청년들에게 큰 호응을 얻은 까닭으로 "난해한 관념적 도면"의 텍스트들이 야기한 조선 '근대정신의 최초의 해체'를 거론함으로써 이상의 작품성보다는 비극적 운명애를 승인하는 정도로 타협한다.

아마도 이런 평가의 반영이겠지만, 『한국현대문학사』(1957)[35]에서 이

---

33 이상, 「실락원—실락원」, 김주현 편, 『증보 정본 이상문학전집』 제1권, 소명출판, 2009, 137쪽. 김주현은 이 텍스트가 유고로 발표될 때 기입된 '신산문'에 의해 에세이로 간주되지만, 다른 시와의 상호연관성 및 이상 계열시의 전형적 특징을 담고 있다는 점에서 시로 분류한다.

34 여기서는 김윤식 편, 『이상문학전집 4 : 연구논문모음』, 문학사상, 1995 수록분 참조.

35 여기서는 조연현, 『한국현대문학사』, 성문각, 1969(증보 개정판), 463~516쪽. 이상 텍스트로는 『오감도』, 「봉별기」, 「종생기」, 「동해(童骸)」, 「날개」가 '신심리주의적인 경향'이라는 평가 아래 작품명만이 간단하게 언급되었다. 「종생기」와 「동해」가 처음 등장한 책일 것이다.

상은 구인회 발 '순수문학'의 일원이자 신심리주의적 경향의 작가로 소개될 따름이다. 내면과 문장의 해체를 통해 부조리한 세계를 통타하는 한편 스스로를 죽음으로 내몰아간 '자기파괴'의 열정과 냉정을 높이 샀던 김기림 및 서정주와 크게 구별되는 지점이다.[36] 그러나 유의하라, 1930년대 구인회의 문학 활동을 '모더니즘' 이전에 '순수문학'으로 분류한 후 세련된 언어조탁과 개성적 형식미, 내면 탐구나 주지적 이미지의 현대성을 강조하는 태도는 그들이 선택한 해방기의 이념지향적 문장을 은폐, 소거하는 행위인 동시에 근대문학사의 주류를 '프로문학'에 맞서 '순수문학'으로 재구성하기 위한 보수적 (반공)이념의 실천에 해당한다는 사실 말이다. 정지용, 김기림, 이태준, 박태원은 비록 교과서에서는 여전히 금지 대상이었으나 당대 최고의 해석학적 권력 조연현에 의해 '순수문학'도로 재정립됨으로써 한참 후의 해금과 복권을 간신히 기약할 수 있었다는 판단은 그래서 가능하다.

3) 임종국의 『이상전집』—1956~1970년대 중반의 경우

1950년대 중반 이후 20년간의 역사현실을 다음과 같이 정리해보면 어떨까? 이 시기는 김기림이 쏘아붙인 식민지 근대성의 부조리, 곧 '말기적 현대문명' '비둘기의 학살자' '착한 인간들'의 고혈을 짜낸 '황금질서'

---

36 이후 조연현은 이상의 일문시편 및 미발표 텍스트, 일문 원고노트 등을 『현대문학』(1960)과 『문학사상』(1976 및 1986)에 발굴·소개함으로써 이상의 텍스트 창작과정 확인과 텍스트 확장에 크게 공헌한다.

가 점입가경의 형세를 띠어간다. 하지만 이즈음은 이상류의 극단적 해체와 부정은 아니지만 역사현실의 객관적 성찰과 새 방향의 가치론적 삶을 동시에 제안, 실천하는 저항·진보의 서사 역시 유의미한 성장을 이루던 때였다. 서로 반하는 두 흐름의 포스트들은 대체로 이런 것들이지 않을까. 자유당과 5·16 군사정권의 독재, 원조경제와 친재벌적 산업화, 쇼비니즘적 민족주의, 조선어·일본어 공용의 '문협정통파'와 『현대문학』. 이들을 결속·견인하는 공통항은 친미와 친자본, 혈통적 문화주의와 반공주의에 기초한 사회진화론적 발전 서사겠다. 4·19혁명과 전태일, (소)시민문화론 또는 민중주의, '한글세대'와 『창작과비평』과 『문학과지성』. 이들은 민중과 소시민의 정치·경제·문화적 주체화, '보다 나은 삶'의 성취와 개성의 해방을 목적하는 자유와 평등을 변혁 운동의 방법과 기치로 삼았다.

반공 이념과 상품화의 현실을 잠시 미뤄둔다면, 그리고 특히 『국어』·『문학』 교과서를 향한 문화적·언어적 민족주의를 강조한다면, 이상 텍스트의 '정전화'는 국가어·국민어·민족어로서의 '국어' 혹은 '한글'의 주류화에 의해 그 범주와 성격이 더욱 조정될 것이었다. '국어'와 '한글'에 관련된 이 시기의 언어 서사를 조감한다면, 아마도 그것은 한국어·일본어의 이중언어 세대로 총괄될 법한 '문협정통파'와 국어와 한글만의 교수·학습을 통해 문학 장(場)에 진입한 '한글세대'의 동시적 출현과 경쟁이 무엇보다 주목된다. 이런 대조 속에서라면 이상의 이중언어 기반 근대어에 대해서 '문협정통파'가 보다 포용적인데 반해 그들 편찬의 '국어'로 계몽·교육되어온 '한글세대'가 부정적일 듯싶다. 그러나 공식적 '국어' 정책면에서는 '문협정통파'든 '한글세대'든 '한국적인 것'의 새로운 발견과 표현, 가치화의 열정에서는 공통적이었다. 하지만 '국어'와 '한글'의 이념적·문화적 지향은 보수—안정과 진보—변화로 거의 상반된 상황이었다. 그렇다면 최초의 『이상전집』[37]이 벌써 출현한 국면에서 그 공통점과 차이점은 과연 어떤 방식으로 서로들의 이상 텍스트와 '정전' 목록을 구축하고 가치화해 갔을까.[38]

〈표 4〉는 이후 출간될 이상 문학의 장(場)을 거의 울타리 지은 임종국의 『이상전집』 초판과 증보판의 대차대조표에 해당한다. 전집의 목차를 일별하는 것만으로도 한 작가의 '정전'의 기초가 되는 전집이 어떻게 기획, 구성, 발간되는가가 입체적으로 조망된다. 「편자예언(編者例言)」에서 밝혔듯이, 1956년의 『이상전집』은 ① 발표본을 원전으로 존중, 이후 전재된 것 참조, ② 연보에 따른 작품 배열, ③ 철자법과 띄어쓰기 원본 존중, ④ 인쇄상의 오식이나 종래 선집 등의 오류 교정, ⑤ 독자대중을 위한

---

37 김기림과 서정주의 이상 문학선, 임종국의 『이상전집』의 발간 앞에서 이후 모든 선집과 전집은 새롭거나 유의미한 보충의 텍스트이기보다는 편집자들의 가치관과 문학관이 전략적으로 반영되는 반복과 재생의 텍스트로 한계지어질 수밖에 없다. 이것을 가장 극단적이며 소극(笑劇)화된 형식으로 보여주는 선집이 조풍연이 이상의 이름을 달고 낸 『이상선집』(진문사, 1956)이다. 이상 문학의 자료 제공을 위해 백양당본 『이상선집』을 복각하여 발행한다는 서문(「이상선집을 내면서」)을 달고 있지만, 백양당본의 편집자 김기림의 이름은 철저히 숨기고 있다. 시대가 시대니만큼 월북한 김기림의 은폐는 그렇다 쳐도 다른 텍스트는 전부 수록하면서 수상(隨想)의 「김유정」만 왜 누락시켰을까.

38 1960년대 중반부터는 파행적인대로나마의 경제개발의 효과로 독자대중과 대학원 학술연구자의 수효가 점차 증가하는 시기에 해당한다. 이상 텍스트는 그러나 임종국의 『이상전집』 이후 여전히 박종화, 조연현, 김동리, 백철, 박영준, 정비석, 전광용 등이 번갈아 참여하는 여러 출판사(민중서관, 어문각(이후 현대문학사), 신여원, 문원각 등)의 한국문학전집에서 소설을 중심으로 그 '정전' 목록이 구성되어 갔다. 소설은 「날개」, 「지주회시」, 「봉별기」, 「실화」, 「동해」, 「환시기」, 「종생기」, 「단발」 정도가 공통적으로 취택되는데 16편 중 8편이나 50%의 수효다. 1970년대 붐을 일으켰던 문고판 이상 선집도 몇몇 꼽아본다면, 『이상선집』, 을유문고, 1969; 『이상시집』·『이상창작집』, 정음사, 1973·1974; 『날개 외—이상 작품선집』, 삼중당문고, 1975; 『권태』(에세이), 범우사, 1976 등이겠다. 모르긴 몰라도 이 시기는 임종국의 작업이 '이상 선집' 출간의 기반이 되었을 것이다.

〈표 4〉 임종국, 『이상전집』 제1권~제3권(태성사, 1956)의 구성 일람

목 차	구 성 내 용	개정판 『이상전집』(1966)[39]
제1권 창작집	도일 전 사진과 친필, 서, 조용만, 편자예언, 임종국, 창작(「날개」 외 9편),[40] 부록-사신록	「황소와 도깨비」(동화) 제외
제2권 시집	자화상과 24세의 사진, 미발표 유고 9편, 부제 오감도~건축문한육면각체(8항목) 아래 시 73편, 부록-유고시(친필)와 『오감도』 등 일문시 원고	시 76편(「보통기념」, 「청령(蜻蛉)」, 「한 개의 밤」 추가), 유고시 23편(14편 추가)
제3권	중학 졸업시 사진, '제비' 개업식 문인 사진, 수필18편, 부록-이상연구, 이상약력, 작품연보, 관계문헌 일람, 발(拔)-임종국	「황소와 도깨비」(동화) 수록, 「이상연구」가 생애와 일화, 소설, 수필, 시 연구, 이상문학의 본질 5편으로 확대
전집 디자인	장정 : 이승만, 제자 : 배길기, 비화(扉畵) : 이상	장정 : 박영실, 제자 : 임학근, 면지 : 이상 친필
일문시 번역	임종국	유정, 김수영, 김윤성, 임종국

작가 약력과 작품연보, 관계문헌, 연구서지 제시, ⑥ 누락된 작품과 미발표 유고 보완 약속 및 실천(개정판)을 원칙으로 간행되었다. 이후의 다른 『이상전집』은 물론 여타 작가의 전집 발간에 하나의 모델을 제시한 편집 원칙이라 하겠다.

---

39 개정판은 문성사 간행 『이상전집』(1966)으로, 초판 서지에서 '편자 임종국'과 함께 존재했던 '고대문학회 편'을 삭제한 채 단권으로 간행되었다. 그는 개정판 서문에서 『이상전집』 간행으로 말미암아 "출판계에 전집 붐이 일어나면서", "형형색색의 기획 출판물"이 출간되었지만 『이상전집』 초판 간행 당시 많은 출판사가 자신에 대해 냉소했다는 사실, "현대문학사 조연현씨에게 수 편의 미발표 작품이 있었지만, 조씨의 관리소홀로 산일된 채 정리해주기를 기다릴 수밖에 없어 부득이 빠지게" 되었다는 사실, 따라서 『이상전집』은 "이미 발표된 것만을 망라하는 셈이요, 그런 의미에서 전집이라는 제호가 외람된 것은 아니라고 생각한다"(4~5쪽)라는 기쁨과 아쉬움의 소회를 함께 밝혔다. 장르 게제 순서에 변화가 있어, 태성사본과 달리 창작집(소설) → 수필집 → 시집의 순서로 배열했다.
40 「날개」, 「단발」, 「실화」, 「환시기」, 「동해」, 「봉별기」, 「지주회시」, 「지도의 암실」, 「황소와도깨비」, 「종생기」 10편에 부록 사신록(私信錄)이 그것이다. 임종국 자신도 밝혔지만, 이후 한국문학전집의 이상 소설선은 여기서 거의 벗어나지 않는다. 일례로 소설 분야 편집위원으로 박영준, 전광용이, 종합 총괄자로 조연현이 참여한 『신한국문학전집 10-계용묵·김유정·이상 선집』(어문각, 1970)의 경우 위의 11편에 「지팽이 전사」를 더해 이상 소설선을 꾸렸다. 김기림이 '정전' 목록의 단초를 제공했다면, 임종국은 대중을 향한 이상 소설선의 '정전' 목록을 거의 확정지은 셈이다.

김기림의 『이상선집』분 정도에 그쳤던 이상 텍스트 거의를 집성했다는 점이 임종국 『이상전집』의 제일 큰 기여일 것이다. 하지만 나는 텍스트 못지않게 그것을 둘러싼 문인들의 교류와 협력, 출판제도의 환경들을 주목한다. '정전'은 강력한 자기―포섭을 지녀야 하고, 텍스트의 일반적 본성을 재현하는 것이어야 하며, 기술상의 혁신적 가치 등을 가져야 한다는 등의 원칙[41]을 거기서 발견하기 때문이다. 물론 '전집'과 '정전'은 일치하지도 않으며 그럴 필요도 없다. 다만 텍스트를 둘러싸고 있는 '전집' 내의 여러 환경들에 의해 '정전' 선택 및 가치화의 토대와 규준이 더욱 풍요롭고 예각화된다는 사실만큼은 부인할 수 없다.

가령 첫째, 임종국의 『이상전집』에 수록된 이상의 사진과 친필, 초고와 일문시편 등의 새 자료는 대개 이상의 어머니에 의해 제공된 것이다. 이것은 단순한 사후 자료가 아니라 이상 생전의 삶의 기율과 문학 활동을 명랑하게 재현하는 시간 현재화의 주체들이다. 이상의 죽음을 지켰고 도쿄서 생산된 텍스트를 소유했던 변동림과 어떤 경로를 통해 전달받은 이상의 육필을 제공한 조연현의 기여가 상대화되는 지점이다.

또한 자신과 사제지간이었던 조지훈에 대한 곡진한 감사와 개정판에 등장하는 이상 일문시의 번역자로서 유정과 김수영 등의 기록, 그리고 제자와 장정 등 전집 편찬과 관련된 문단제도와 출판제도와의 대화 및 협력관계를 밝혀둔 것 역시 주목할 만하다. 이것은 그가 밝힌 대로 출판과 상품화보다는 이상의 기억과 애도, 그리고 현재화, 그를 위한 학술연구의 자료로 집성한다는 발언에 신뢰를 더하는 장치다. 특히 당대 문단

---

41 Charls Altierim, *Canons ana Consequences*, Northwestern Univ. Press, 1990. 여기서는 정재찬, 앞의 글, 110쪽.

에서 유력한 번역자로 꼽혔던 유정, 김수영과의 대화와 협력은 번역의 신뢰도를 제고하는 한편 이상을 '잊혀진 불우의 시인'에서 여전히 기억하고 주목할 만한 현대성의 시인으로 환기시키는 작업에도 적잖이 기여했을 것이다.

둘째, 편자의 주관과 가치관, 태도가 강하게 스민 '작가연구'의 집필은 텍스트 이해의 편폭을 넓히는 지름길이자 다른 '해석학적 권력'과의 경쟁을 초래하는 원천이다.[42] 임종국은 선배들의 평론과 달리 절망과 허무, 불안과 부정의 심리가 '최후의 것'을 잃지 않기 위한 삶과 미학의 어떤 '농성' 과정을 거쳐 자아의 내면과 외부 현실에 대한 반발로 나아가는가를 변증법적으로 해석했다. 그 결과 퓨리턴 이상의 '준엄성'과 인간의 비극을 철두철미하게 고뇌하는 '인류애', 그것들을 향한 '근대적 자아의 열렬한 표현적 자세'를 새로 읽어낸다. '신심리주의'와 '허무', 현대 부정의 순교자, 근대정신의 해체 같은 명제 중심의 이상론에 그것을 총괄하고 보정하는 '근대적 자아'의 주체 초극 양태를 더함으로써 이상 연구의 기반을 든든히 다진 셈이랄까. 이후 세밀한 연구나 해석의 노력 없이 주어진 텍스트의 적당한 편집으로 '특별기획판' 한국문학전집들을 생산하는 문학권력들에 대한 임종국의 조소가 더욱 인상적인 까닭이 여기 있다.

한편 전집에 함께 부기(附記)되는 편집자의 성실하고도 뛰어난 작가 ·

---

42 임종국의 「이상연구」(263~314쪽)는 「이상론 1 — 근대적 자아의 절망과 항거」(『고대문화』 1, 1955)를 수정 · 개작한 것이다. 최재서, 김기림, 김문집, 김춘수 등의 문학잡지 수록 평론들을 제외하면, 이어령의 「이상론」(『문리대학보』 6, 1955)과 더불어 학교 제도에서 생산된 최초의 성과로, 시와 소설, 수필 전반에 걸친 본격적인 이상론에 해당한다. 다만 임종국은 미래 이어령 발간의 『이상전작집』의 가장 큰 공헌에 해당할 텍스트에 대한 교주(校註)의 과정과 결과, 그리고 성과와 한계를 따로 밝혀 두지는 않았다.

작품연구는 현재의 경우 하나의 미덕이 아니라 반드시 지켜야만할 의무가 되었다. 그 첫머리에 임종국의 「이상연구」가 서 있다. 학술연구에서의 '해석적학적 권력' 아니 대개가 동의 가능한 '권위'가 이로부터 생성, 진화한다. 이것은 '정전' 목록 작성과 획정, 또 다른 수정과 보충에 요구되기 마련인 객관적·학문적 기초로서의 '해석학적 권위'가 제도화된다는 것을 뜻한다.

셋째, 해방 후 '국민국가' 건설과 새 '국민 만들기'의 언어적 기초로서 '국어'와 '한글'의 절대화, '한국적인 서정'의 심미화를 감안하면,[43] 이상의 일문시편에 대한 전집 수록은 위험한 선택일 수 있다. 하지만 이것은 이상의 민낯을 드러내는 것일 수도 있지만, 이상과 마찬가지로 한·일 '이중언어'의 경험을 내면화, 아니 은폐하고 있는 기성 문인들의 '숨겨진 얼굴'을 벗겨내는 작업이기도 하다. 그러나 '문협정통파'를 위시한 선배 문인들은 민족과 전통, 순수의 이름 뒤에 숨어 임종국의 이상을 그들 전집의 알뜰하고 명예로운 살림거리로 채취하는 데 주저함이 없었다. 따라서 제 아무리 한국문학전집의 편찬자였다 해도 그들은 이어령이 말한바 "이상의 그 정신적 위험을 광역렌즈를 통해 바라"[44]본 실천적 작업에는 미달인 것이다.

그런 점에서 임종국은 어쩌면 이상 텍스트의 확장과 독해에 크게 기여했지만, 동시에 국가주의와 순수문학 아래 편제된 『국어』·『문학』으

---

43 이에 찬(贊)하는 입장에 서면 이상 텍스트는 일탈적이기에 앞서 반동적이다. 이것들을 비판하거나 지양하는 입장이라면 이상 텍스트는 정신과 기법 모두에서 혁신적이다. 따라서 과감히 말해 이상은 스스로 '정전'의 가능성을 폐쇄하면서 '정전'의 가치를 새로 창안해가는 '이상한 가역반응'의 언어적·미학적실천자였다.
44 이어령, 「이상전작집에 부치는 글」, 『이상시전작집』, 갑인출판사, 1978.

〈표5〉 한국문인협회, 「신문학60년대표전작집」(정음사, 1968) 수록 목록

시·시조편	소설(Ⅰ)
『오감도』 「시제1호」	「실화(失花)」

로부터의 배제와 탈락에 실질적인 조건과 환경을 제공한 문제적 편집자
로 평가할 만하다. 이런 판단은 다음 선집을 볼 때 더욱 또렷해진다.

신문학60년이면 1908년이 기점이니, 과연 '시·시조'편에는 최남선
의 「해(海)에게서 소년(少年)에게」(『소년』 창간호, 1908.11)가 첫머리에 올
랐다. 반듯한 작품 한 편 갖춘 작가라면 전 장르에서 1편씩의 작품이 실려
있다. 단 반공주의의 덫에 걸린 카프와 구인회의 정지용, 김기림, 이태준,
박태원, 기타 월북작가의 이름은 어디서도 찾아볼 수 없다. 대신 비록 수
록 작품은 그런 사정에서 멀리 벗어나 있을지라도 '친일' 혐의로부터 자
유롭지 못한 작가들은 최남선과 이광수를 위시해 대다수 등재되었다. 〈표
5〉에서 보는 대로 이상은 시와 소설 각 한 편씩이 실렸다. 수필의 「권태」
가 안 보이며 이상 소설을 대표하는 「날개」 대신 해방기 조연현 비평의
대상이었던 「실화」가 꼽혔다는 점이 특징적이다.[45] 아무튼 이렇게 두 편
이 '한국문인협회'가 톺은 이상 '정전' 목록의 정점에 올랐다. 두 텍스트
는 그들 주재의 각종 문학전집에 이은 이상 문학의 공식적 인정이니 그들

---

45 이즈음 조연현에 의해 이상의 「꽃나무」가 지닌 현대문학적 가치와 의미가 새롭게 조명되
고 있어 주목된다. 조연현은 『중학 국어』 3-2(문교부, 1967) 수록 「현대문학의 길잡이」
에서 김소월의 「왕십리」 부분과 이상의 「꽃나무」 전문을 인용하면서 다음과 같이 비교,
분석함으로써 각각을 한국 근대문학과 현대문학을 대표하는 텍스트로 규정한다. "두 개
의 시를 비교해보면, 첫째 것은 감정에 호소하는 서정적 성질을 지닌 작품인 데 반하여,
둘째 것은 지성에 호소하는 성질을 지닌 작품임을 알 수 있을 것이다. 즉, 첫째의 시는 감
정적인 공감(共感)만으로써 전달되는 작품이지만, 둘째의 시에 공감을 느끼기 위해서는
지적인 노력이 요구된다는 뜻이다."(73쪽)

이 '작품성'을 운운하지 않았다고 해서 크게 문제될 것 없다.

하지만 다음의 「발간사」 일절은 작품성의 조건을 제외한다면 국가 주도의 『국어』·『문학』을 규율, 통제하는 공식 문법이니 이른바 소일하며 '읽을거리'에 강제된 편파적 이념성을 기억하기 위해 직접 인용해 둘만한 것이겠다.

> 생각컨대, 이 신문학 60년은, 우리 민족 수난사와 더불어 발걸음을 함께 해온 것이기에 더욱 감명깊은 바가 있다. 문단 또한 60년대로 접어들면서부터, 민족 중흥의 서광과 함께 아연 활기를 띠기 시작했으니, 민족 문학의 장래를 위해 실로 반가운 일이라 아니할 수 없는 것이다.[46]

'민족 수난사'에 해방 이전 이중언어의 상황이나 친일 혐의가 은폐되어 있다면 '민족 중흥의 서광' 속에서 반공의 국가주의와 쇼비니즘적 문화민족주의가 한껏 기지개를 펴는 형국이다. "우리는 민족중흥의 역사적 사명을 띠고 이 땅에 태어났다"로 시작되는 「국민교육헌장」(1968.12)에 방불한 「발간사」다. 자율을 빙자한 타율의 '국민교육'에의 맹세는 1969년 『국어』·『문학』을 비롯한 전 과목의 교과서에 활자화되기 시작하여 1995년(1994.8 삭제 결정)에서야 겨우 우리의 입과 눈 밖으로 사라졌다. 이상은 이때까지도 『국어』에는 다시 돌아오지 못했고, 『문학』에는 '집체적 국민'에 대한 민중적·시민적 비판과 저항이 맹렬히 달아오르던 '제4차교육과정'(1981.3~1987.2)에 「거울」로 간신히 귀환했다. 공식적인 '국어'와 '한글', 순수와 심미의 (전통)서정시의 강력한 테두리는

---

46 한국문인협회 편, 『신문학60년대표전작집─시·시조』, 정음사, 1쪽.

난해성과 성적 기표 못지않은 이상의 수난사를 결정짓는 핵심인자라는 사실이 다시 한 번 또렷하게 부감되는 장면이다.

그렇다면 생산양식에서의 내재적 발전론을 근대문학의 발전 경로에 야심차게 접목·수렴한 것으로 평가되는 김윤식·김현의 『한국문학사』[47]는 이중언어자 이상을 어떻게 평가했을까? 더구나 김현은 '한글세대론'의 실질적 주창자이자 실천자가 아니었던가. 그들은 이상의 문학사적 위치를 첫째, "부정적인 자기 폐쇄를 통해 정당하게 사회와의 통로를 차단당한 인간의 파산을 여실하게 보여주었다는 것", 둘째, "그의 다양한 실험 정신은 새 것에 대한 경사를 의미하는 것이 아니라 그가 표현되어야 할 것과 표현해야 하는 기교 사이에는 떼어낼 수 없는 긴밀한 관계가 있"음을 적확하게 이해한 것에 두었다.

두 가지 명제는 보들레르가 수행한 현대예술가의 특별한 임무 "대도시의 황무지 속에서 인간의 파멸을 보아야할 뿐만 아니라 그때까지 발견되지 않았던 비밀에 찬 아름다움(추와 악, 비극의 모습일지라도-인용자)을 감지하는 능력을 표현해야 하는 것"[48]으로 수렴될 수 있다. 이상 텍스트의 현대성과 미적 원리, 그리고 이후 청소년과 독자대중을 위한 '정전화'의 논리와 충분조건에 값하는 날카로운 분석과 가치화의 담론 장(場)인 셈이다.

하지만 김현 역시 그 부정성과 성찰력의 동시대성이라면 몰라도 '시

---

47 아래의 이상 관련 인용은 김윤식·김현, 『한국문학사』, 민음사, 1973(1992, 22판), 189
    ~193쪽. 이 글에서 김현이 참고한 이상 텍스트는 김기림의 『이상선집』과 임종국의 『이
    상전집』이다.
48 후고 프리드리히, 장희창 역, 『현대시의 구조-보들레르에서 20세기까지』, 한길사, 1996,
    52쪽.

어의 개혁자'로서는 불충분한, 곧 "현대시를 한국에 도입한 하나의 교량에 지나지 않는다"는 정명환의 주장을 추인한다. 그럼으로써 스스로가 주장한 "태도의 희극이라는 문학적 주제를 극한에 이르기까지 몰고 간 식민지 시대의 유일한 작가"라는 제한적 인정을 승인하는 정도에서 타협한다. 이 시점만큼은 김현을 위시한 '한글세대' 공통의 국가어·민족어에 대한 정중한 승인과 이해의 표현이었을 것이며, 김현이 이상의 시를 폭넓게 등장시키지 못한 제일의 까닭일 것이다.[49]

4) 이어령 『이상 전작집』(1978~현재의 경우)

이 시기의 지렛대 받침대를 1990년 무렵에 놓아보면 어떨까? 87년 체제로 통칭되는 군사독재 몰락 후의 민주화 시대로, 산업자본주의에서 소비자본주의로, 혁명과 자유, 평등 따위의 '거대서사'에서 일상과 욕망, 소수자에 대한 관심의 '작은 이야기'로. 1990년대 전후의 역사현실과 문화현상을 조리 있게 가늠할 수 있는 선택지들이겠다. 역사현실의 이런 변화는 한국문학과 『국어』·『문학』의 '정전' 목록의 구성과 수정에 적

---

49 김현의 첫 이상 평론은 「이상에 나타난 '만남'의 문제─소설을 주로 하여」(『자유문학』, 1962.10)이다. 이상 시는 II절에서 「정식(IV)」와 「최후」, 「오감도」 시 제1호와 제4호가 간단히 인용되는 정도다. 이 시들은 이상을 인간의 처절한 고독과 단절을 아는 자로 이해하기 위한 증거 장치에 지나지 않는다. 김윤식·김현의 한국어에 대한 강박의 수준과 정도는 『한국문학사』의 '제4장 개인과 민족의 발견'에 '제7절 한글운동과 그 의미' 및 '제9절 한국어의 훈련과 그 의미'가 함께 포함되어 있다는 사실을 통해서도 충분히 감지된다. 제7절이 '조선어학회' 활동에 초점을 맞춘데 반해, 제9절은 정지용의 시에 유일한 방점을 찍고 있다. 사실 이런 '국어학'과 '문학'의 계열적 배치는 국정 『국어』의 구성 형식이기도 하다. 김현의 선택과 배치대로 정지용은 교수요목기 이후 지속적으로 배제되다가 해금 이후에 해당하는 '제5차교육과정'부터 『국어』·『문학』 교과서에 빠짐없이 실리고 있다.

잦은 영향을 끼쳤다. 해금된 납월북 작가의 귀환, 거리와 무크지로 정당성을 증명하던 진보적 민족문학의 제도화, 본격문학에 맞선 대중문화의 부상. '정전'의 주체와 향유자를 중심에 둔다면, 연구학술제도의 대폭적인 팽창과 확장, 그리고 특정 학맥들의 아카데미화, 국문학 중심의 강단비평과 현장비평, 출판제도의 단단한 결속, '제5차교육과정' 이래 학생 중심 및 활동 중심으로의 교수·학습 방법의 변화. 이런 문학현상과 교육제도의 급속한 변화는 이상의 '정전' 목록 구성과 총체화에도 또렷한 동인(動因)을 제공하고 이전 시대를 월등히 초월하는 성과를 남겼다. 가령 〈표6〉을 보라.

〈표6〉 1970년대 후반~현재 주요 이상 문학전집 목록

전집·선집명	편집자	출판사	연도
이상 전작집 : 시·소설1~2·수필 (전4권)	이어령	갑인출판사	1978
이상시전집·이상소설집·이상수상록50 (전3권)	오규원	문장	1980
이상문학전집-시·소설·수필·연구논문모음 (전5권)	이승훈(시)·김윤식	문학사상사	1989
증보 정본 이상문학전집-시·소설·수필·기타 (전3권)51	김주현	소명출판	2009
이상전집-시·단편소설·장편소설·수필·이상 텍스트연구 (전5권)52	권영민	뿔(웅진)	2009

---

50 각각의 부제는 다음과 같다. 시전집-'거울속의 나는 외출중', 소설집-'거기서 나는 죽어도 좋았다', 수상록-'날자, 한번만 더 날자꾸나'. 이상 문학의 특징을 잘 잡아챈 시인다운 부제 짓기다. 당대까지 발굴된 원본 작품들을 모두 수록하는 것을 원칙으로 했다면서, "아름다운 이상 시 63편을 별도 편집"했다는 점, 텍스트들은 임종국의 『이상전집』을 토대로 했다는 사실을 알리고 있다.
51 제목대로 『증보 정본 이상문학전집』(소명출판, 2005)에서 누락되거나 부족한 주해 등을 보충하고 이상 및 텍스트 관련 객관적 정보 전달에 집중한 판본이다. 전작의 편집 원칙은 첫째, 최초 발표본을 토대로 전집의 최종 텍스트를 구성했으며, 둘째, 모든 작품에 원문의 저자명과 발표 시기를 부기했다. 셋째, 내용 중 특이사항에 대하 주해를 달았다라고 밝혔

1950년대 중반 이상 문학을 "'순수 의식'의 완성과 그 파벽"으로 규정하며, 그의 미학적 실천을 "현실 속에 뛰어 들어가고, 그곳에서 그 현실을 영도하는 진정한 '생'에의 사회에의 인간에의 예술"[53]임을 천명한 이는 이어령이었다. 그는 20여년이 흐른 1978년 이상 텍스트 거의 전편을 십성, 거기에 기호학적 방법론에 의거 풍부하고 세밀한 교주(校註)를 닮으로써 이상 연구와 비평의 새로운 차원을 개척했다. 또한 임종국이 선행 비평을 참고문헌으로 제시했던 것과 달리 최재서, 박○원(박태원), 정○택(정인택), 김소운, 조용만, 김○집(김문집), 서정주 등 이상 교유자들과 김종길, 김춘수, 김윤식, 오생근, 김상태 등 후배 세대의 비평과 연구를 전4권에 고루 배치한 부록들에 나눠 실었다. 이상의 삶과 문학, 그 주변을 기억, 복원하기 위해 월북문인들을 주저 없이 등장시킨 점, 이상 문학의 현재화와 학술제도화를 위해 강단비평가와 현장비평가를 함께 호명한 점이 눈에 띤다.

그러나 이런 '드러냄' 못지않게 '숨김' 역시 중요하다. 이상 선집과 전집의 기초자 김기림과 임종국의 글이 빠졌으며, 이어령 자신의 이상론도 수록하지 않았다. 비평과 연구의 공적은 선배와 동료에게 양보하는 미덕을 발휘할 수 있으나, 적어도 『이상전집』 편찬과 교주의 성과만은 빼앗길 수 없다는 겸손과 자랑의 동시적 전략인 셈이다. 또한 선후배 비평가와 연구자의 동시적 등재는 이상 담론의 역사화와 함께 미래화를 위한

다. 물론 임종국, 이어령, 이승훈·김윤식의 작업에 대한 영향과 더 나은 보충·주해를 목표로 삼았다는 '영향에의 불안'도 적어두었다.

52 이 전집은 『이상텍스트연구』를 제외하고 뿔출판사본과 동일한 제목의 『이상전집』 1~4권으로 태학사에서 2013년 12월 재출간되었다.

53 이어령, 「이상론 ─ '순수 의식'의 완성과 그 파벽(破璧)」, 『문리대 학보』 3권 2호, 1955. 여기서는 김윤식 편, 『이상문학전집 4 ─ 연구논문모음』, 문학사상사, 1995 이곳저곳.

세대교체론의 성격이 짙다. 이에 유의한다면, 비록 전집 출판은 '갑인출판사'의 몫으로 돌렸으나 책 제목 아래 편집주체를 "문학사상자료연구실"로 적고 그 아래 자신을 교주자로 기록한 소이연이 또렷하게 입체화된다. 그 자신 『문학사상』의 주요 멤버였으며 그래서 자료연구의 주체로 '문학사상'을 앞세웠겠지만, 역사전기비평과 기호학에 바탕한 정본 확립과 교주의 실질적 담당자는 이어령 자신의 후배연구자나 제자들이었을 가능성이 크다.

이 때문에 〈표 6〉의 전집 편찬자들이 중요하다. 오규원을 제외한 김윤식과 권영민, 김주현은 이어령과 동일한 아카데미 출신으로, 이어령과의 관계가 그렇듯이 그들끼리도 선후배나 사제의 관계로 묶여 있다. 그런 의미에서 갑인출판사 표지의 작가 '이상'과 자료수집과 확증의 '문학사상자료실연구', 그리고 연구자요 비평가인 '이어령'의 결합은 1980년대 중반 이후의 학술연구와 현장비평, 출판제도, 나아가 교육제도의 통합을 미리 암시하는 극적 장면으로 평가할 수 있다. 이상 관련 문학사상사 비평가의 계보도[54]와 그 의미를 살펴본 후 그것이 문학제도와 교육제도에 끼치는 영향과 효과를 검토하는 작업은 그래서 필요하다. 거기서 이상 텍스트 '정전화'의 현재적 조건과 상황[55]이 자연스럽게 드러날 것이다.

---

[54] 이를 역사화한 상징적 장면이 권영민 편, 『이상 문학 연구 60년』에 뚜렷이 존재하니, 서문으로 이어령의 기조강연과 권영민의 글을, 이어지는 '이상 문학 연구 60년 – 학술 심포지엄'의 첫 논문으로 김윤식의 글을 배치한 것이다.

[55] 다시 강조하거니와, 임종국과 이어령의 『이상전집』을 앞세운 상태에서 김윤식 이하 후속 세대의 전집 편찬 작업은 그 영역과 성취가 더욱 제한될 수밖에 없다. 국어 제도의 준수와 독서대중의 편의를 위한 현대어본 텍스트를 이상 살아생전의 텍스트로 되돌리는 정본화 작업, 보다 풍성한 관련 자료와 연구방법을 동원한 주석의 정밀화, 채 수습되지 않은 미발표 텍스트의 보충 정도겠다. 이 자리에서 각 전집의 특질보다 그것들이 처한 문학과 교육 환경 및 제도를 보다 문제 삼는 까닭이다.

이어령을 잇는 김윤식과 권영민 공히 그 순서는 다르지만 『이상전집』의 편찬자이자 교주자로, 연구모음집의 편집자로, 또 자신들의 학문적 기획과 변화에 발맞춘 수권의 단독저서 집필자로 활동했다. 전집과 학술서는 다른 출판사로도 이월되었으니, 이는 그들 학파의 축소라기보다는 오히려 다른 공간으로의 확장으로 보아야 옳겠다. 아무려나 전집과 대표 편자, 저자에 더해 학부 및 대학원의 교수자로 활동한다는 것은 이상의 '정전' 목록 구성과 획정, 수정과 보충에서 해석학적 '권력'과 '권위'를 동시에, 그리고 폭넓게 구현하게 됨을 뜻한다. 하지만 이상 문학의 연구자이자 전파자로서 이들의 위상은 '제5차교육과정' 이후 『문학』·『국어』의 집필자로 등장함으로써 더욱 넓어지고 굳건해졌다는 게 옳은 진단일 것이다.[56] 그들 책임의 『이상전집』과 연구서(논문)가 『문학』·『국어』 교과서 상의 이상 텍스트 및 작품 해설, 학생들의 수행활동과 성취도 평가의 저변을 형성하고 확장해가는 상황.[57] 이것은 그들 교과서로 중등 교

---

[56] 물론 이들의 위상은 대학제도를 떠난 뒤일지라도 크게 변화될 것이 없는데, 그들의 후배 세대와 제자들이 학계와 교육계(교과서)에 폭넓게 포진되어 있기 때문이다. 이를테면 제자들과 더불어 보다 독자적인 이상 연구에 매진 중인 신범순, 이상 연구서의 저자와 교과서 편찬의 책임자인 방민호가 대표적인 예이다. 2015년 12월 이들을 중심으로 '이상학회'가 결성되었다. 특정 아카데미의 이상 텍스트 및 연구에 대한 지배력 확장을 고려할 때 다양한 아카데미 출신 연구자로 구성된 '이상문학회'의 활동은 더욱 고무되어 마땅하다. 학술지 『이상리뷰』의 지속적 간행, 이미 출간된 시와 소설, 수필 작품론의 증보, 교과서 집필진으로의 참여 등이 전략적으로 요구된다 하겠다.

[57] '제7차교육과정' 『문학』 교과서는 '제6차교육과정'과 마찬가지로 교육부 검인정을 통과한 총18종이 교육현장에서 사용되고 있다. 교과서 집필자의 비중을 따지면 서울대 국어교육과 출신의 교수와 교사가 9종 이상으로 압도적이다. 이들은 작가─작품─독자에 대한 균형적 관심보다는 독자(학생)들의 텍스트 수용과 창조를 강조하는 '문학 능력'의 향상에 '문학교육'의 최종 목표를 둔다. 그만큼 누구에게나 통용되는 작가들의 '정전'보다는 '문학 능력' 향상에 유용한 '강의 요목' 텍스트들이 강조될 수밖에 없다. 그러나 서울대를 비롯한 각 대학의 국문과 출신 집필자들은 전인교육의 이념적 기반을 '인문주의'에 두는 만큼 작가─작품─독자의 균형을 중시하는 문학교육에 보다 초점을 맞출 수밖에 없다. 그런데 흥미롭게도 서울대 국어교육과 출신의 한 연구자는 국문과 출신의 문학교육에 대

육과정을 마치고 사회에 진출하는 미래의 학술연구자와 독자대중에 대한 미학적 지배력, 이를테면 이상 '정전'의 접촉과 대화, 해석과 평가, 기억과 경험 전달에 대한 영향력이 오래 지속될 것임을 암시하는 징후적 대목이다.

3. 『국어』·『문학』에서 이상 '정전'의 선택과 배제의 문법

다양한 작가 공존의 선집과 단독 선집, 전집의 구성과 출판에 호명되는 이상 텍스트가 지시하듯이, 이상의 '정전'은 개별 텍스트들을 '이상'이라는 전통의 창안 과정으로 소급 구성하고 가치화함으로써 형성, 전파된 것이다.[58] 다시 밝히자면, 『국어』·『문학』에 실린 이상 텍스트는 시 : 『오감도』, 「거울」, 「가정」, 「운동」, 소설 : 「날개」, 에세이 : 「권태」, 「산촌여정」, 「조춘점묘」 8편이다. 이 가운데 이상 사후 80년간 공통의 지지를 가장 많이 얻은 텍스트, 곧 '정전'은 『오감도』, 「거울」, 「가정」, 「날개」, 「권태」 5편 정도로 제한된다.

한 새로운 이해와 실천을 위해서라도 국문과 출신의 집필자가 더욱 많아져야 함을 강조하고 있다.(김창원, 「문학 교과서 개발에 대한 비판적 점검―제7차 고등학교 『문학』 교과서를 예로 들어」, 『문학교육학』 11, 한국문학교육학회, 2003, 59~62쪽) 문학교육 대 문학교육, 작가·작품·독자의 상호 결속 대 독자 중심의 '문학 능력'이라는 긴장과 갈등 요인 역시 이상 텍스트의 '강의 요목' 선택과 '정전' 목록 형성에 적잖은 영향력을 발휘할 것임이 보다 뚜렷해지는 대목이다.

58 송무, 앞의 책, 352쪽의 일절을 살짝 변형한 생각이다.

그렇다면 나머지 3편의 교과서 등재는 어떻게 이해하여야 할까? '정전'의 총체성은 가상과 차이의 형식임을 고려하면, 이것들은 조만간 '정전'의 지위에 오를 가능성이 다분한 텍스트들이겠다. 하지만 그것들이 문학적 가치와 교육적 가치를 고루 갖춘 '정전'으로 승인될지는 보다 다양한 선택과 오랜 수용을 통과하고서야 결정될 것이다. 따라서 세 텍스트는 "특정한 제도적 맥락에서 공부를 위해 선정된 텍스트들의 목록"을 뜻하는 '강의 요목'[59]의 일분자로 이해되어 마땅하다. 여기에 비춰본다면 나머지 5편도 사실은 '정전'이기 전에 '강의 요목'이며, 거기서 살아남음으로써 '정전'의 위상을 더욱 확고히 한 것으로 이해된다. 그러므로 이제부터의 과제는 '강의 요목'으로서 이상 텍스트에 대한 선택과 배제의 문법을 살펴보는 작업일 수밖에 없다. 문학제도와 교육제도 동시의 이상 '정전'의 탄생은 당연히 여기서 시작된다.

1) 이상 텍스트, '국어'와 '(민족·순수)문학'의 변방

중등교육 과정을 일관하는 청소년 교육의 목표는 상식적으로 말해 다음 두 가지 차원에 집중될 것이다. 첫째, '질풍노도기'를 통과하는 청소년의 건전하고 조화로운 정신적·육체적 성장 유도, 둘째, 인간의 보편

---

59 위의 책, 352쪽. 이상 텍스트가 1990년대 들어 교과서 수록 빈도가 높아지는 제일 요인은 역시 교과서 검인정 제도의 전면화에 따른 교과서 종수의 대량 증가겠다. '제7차교육과정'의 경우 『국어』 16종, 『문학』 17종이 검인정을 통과하여 학교 현장에서 사용 중이다. 이런 양상은 문학 텍스트의 저변을 넓히는 효과를 불러올 것이다. 하지만 총량의 부피가 커진 텍스트들을 문학사나 특정 주제에 맞춰 배치, 이해, 활용하게 함으로써 텍스트 자체의 편폭과 전체성을 제한하는 역효과 또한 초래한다는 점에 주의해야 한다.

적 가치와 덕성을 계발함으로써 지덕체를 겸비한 전인적 인간형의 가능성 모색이 그것이다. 그러나 최남선 발 '소년(청년)'들의 국가상(像)이 '신대한'에서 '대조선'으로 변모되어간 역사적 경험이 환기하듯이, 청소년 교육과 성장의 보편원리는 그들이 속한 '국민국가'의 발전과 보존에 필요한 '국민 만들기' 기획을 벗어날 수 없다. 『국어』·『문학』에서의 이상 선택과 배제는 어쩌면 문학적 가치보다 교육적 가치에 의해, 다시 말해 '강의 요목'의 목표에 따라 결정된 것이라는 판단은 그래서 가능하다. 건전하고 모범적인 국민의 모습과 소통성과 문법성을 함께 갖춘 국어의 양태를 감안한다면, 모두에서 잠깐 지적했듯이, 이상 텍스트의 오랜 배제는 문자적 난해성과 성적 기표의 과잉 탓만은 아닐 것이다. 그보다는 보편의 교육이념과 건전한 '국민 만들기'에 장해로 작동한다고 간주될 수 있는 이상의 삶과 텍스트의 부정성, 그러니까 '질병과 퇴폐, 분열과 해체로서의 은유'가 더욱 문제시되었을 가능성이 크다.

다시 강조하지만, 작가 이상은 해방 후 우리 교과서를 관통하는 '반공' 이데올로기와 큰 연관이 없다. 따라서 '국민 만들기'의 제일 요건으로서 올바른 '국어'의 이해와 사용, 건전한 성장 서사의 문제, 이 문제들을 언어적·미학적으로 구현하는 (순수·민족)문학에 대한 성찰이 먼저 요청된다. 교과서에서 이상 문학 '정전화'의 확장이나 축소는 예의 '국어'와 '문학' 개념의 상호 진동에 의해 결정될 공산이 농후하기 때문에 이것은 미래의 정전 목록에 관한 예측과도 관련된다.

'제5차교육과정'(1987~1991)까지 국어과 교육은 ① 국어 사용 기능의 신장, ② 국어과 제반 과목(문학, 문법, 독서 등)에 필요한 지식과 개념의 제공, ③ 국어 교육과 문학 교육의 이원적 구조 제공의 세 가지 관점

가운데 하나를 취했다. '제6차교육과정'(1992~1998) 이후에는 세 관점을 언어 사용의 기능 확대, 국어과 교육의 본질 추구라는 상위 목표 아래 통합하는 한편, 특히 '제7차교육과정'부터 학습자의 창의적 국어 능력 향상이라는 목표를 강화하였다. 이를 감안하면, 『국어』는 '(한)국어'의 개념과 규정, 그 발전과 확충을 논리적 글쓰기와 4상르의 '현대문학'에서 확인, 실증해왔다 할 수 있다. 따라서 '국어과의 교육 목표'는 '국어'와 '문학'을 일이관지하는 공통의 '국민(어) 생활'의 기호라 할 만하다. 그렇다면 '제7차교육과정'(1999~현재)에서 일찍이 이희승이 정의한 '국어'의 4가지 요소, 보편어, 구체적 언어, 국가어, 표준어나 '문협정통파'의 (순수·민족)문학은 '국어과의 교육 목표'에 어떻게 변용·수렴되고 있는가? 다소 길지만 그 '전문'과 『국어』, 「문학」 관련 영역을 인용해 보자.[60]

언어활동과 언어와 문학의 본질을 총체적으로 이해하고, 언어활동의 맥락과 목적과 대상과 내용을 종합적으로 고려하면서 국어를 정확하고 효과적으로 사용하며, 국어 문화를 바르게 이해하고, 국어의 발전과 민족의 언어문화 창달에 이바지할 수 있는 능력과 태도를 기른다.

가. 언어활동과 언어와 문학에 대한 기본적인 지식을 익혀, 이를 다양한 국어 사용상황에서 활용하는 능력을 기른다.

나. 정확하고 효과적인 국어 사용원리와 작용 양상을 익혀, 다양한 유형의 국어 자료를 비판적으로 이해하고, 사상과 정서를 창의적으로 표현하는 능력을

---

60 '국어과 교육 목표' 관련의 설명과 아래 표의 인용은 교육인적자원부, 『고등학교 교육 과정 해설―② 국어』, 대한교과서, 1997, 18~21쪽 참조.

기른다.

　다. 국어 세계에 흥미를 가지고 언어 현상을 계속적으로 탐구하여, 국어의 발
전과 국어 문화 창달에 이바지하려는 태도를 기른다.

　이상의 '전문'과 각 항목들은 이희승이 강조해온 '국어'의 4가지 요소
로 얼마든지 치환될 수 있다. 하지만 이보다 중요한 것은 '총체적', '종합
적', '정확하고 효과적으로', '기본적인', '다양한', '창의적으로'와 같은
수식어들이다. 왜냐하면 언어의 자율성이나 민주화에 대한 강조에 의해
'국어'와 '문학(어)'에 어렵게 주어진 어떤 개방성들이 저 수식어의 욕망
과 규율에 의해 하릴없이 폐쇄되기 때문이다. 이 수식어들은 보편어 이
전에 '국가어'·'민족어'로서의 '한국어'에 의해 강제되고 산출된다고
보아 무방하다.[61] 완미한 '국어'의 틀과 정신, 사용법에서 벗어난다면 그
것은 민족정신의 쇠퇴이자 국민의식의 오염에 다를 바 없다는 국가주의
적 언어관은 이렇게 잠류 중이다.

　그렇다면 '국어'의 목표와 욕망에 합당한 '문학(어)'의 형상과 지향은
어떠할까? '문학 교육의 목표'가 담긴 '전문'과 대표 항목 하나만 인용해
보자.

---

61 '제6차교육과정' 『국어』(교육부, 1996)의 '2. 국어와 생활'은 학습할 원리를 다음과 같
이 제시한다. 1. 국어의 발전―① 언어와 민족 ② 우리말 오염의 실상, 2. 새말과 국어 순
화―① 새말의 탄생 ② 새말과 국어 문제, 3. 남북의 언어 차이―① 언어 이질화의 실상 ②
동질성 회복의 방법, 4.'말하기·듣기' 신뢰감을 주는 태도―① 정확성과 보편성 ② 신뢰
감의 평가, 5. '쓰기' 공감 형성을 위한 태도―①공감의 요소 ② 관점의 보편성. '국어'―
'표준어'에 대해 '인공어'와 '방언'의 위치에 서 있는 이상 텍스트는 위의 문제들에서 어
떤 평가를 받게 될까?

'전문' : 문학의 수용과 창작 활동을 통하여 문학 능력을 길러, 자아를 실현하고 문학 문화 발전에 능동적으로 참여하는 바람직한 인간을 기른다.

'항목' : 문학을 통하여 자아를 실현하고 세계를 이해하며, 문학의 가치를 자신의 삶으로 통합하려는 태도를 지닌다.[62]

"문학 교육의 성격은 국어과 교육 일반의 목적과 성격에 따라 결정된다"라는 교육 원리가 환기하듯이, '문학'은 '국어과'의 체계와 목표를 치환·번역하여 그 체계와 목표를 구성하고 있다. 그러므로 '문학' 역시 "미래지향적인 민족의식과 건전한 국민 정서를 함양하"는 문화민족주의와 국가주의적 이념을 그 목적과 실천의 최종심급으로 삼을 수밖에 없다.

지금까지 보아온 '국어'와 '문학'의 목표와 가치체계, 미래지향성은 해방 후『국어』·『문학』을 규율하고 이끌어온 보편적 문법이라 할 만하다. 그러므로 이상 텍스트를 호명하기 전에 완미한 '(한)국어'의 지평에 오래 그리고 다수로 머물렀던 '강의 요목'(대다수는 해당 작가들의 '정전'이지만) 텍스트를 점검하는 것만으로 이상 문학의 변방성을 확인할 수 있겠다.

모두에서 청소년의 성장(성숙)에 필요한 주제군(群)으로 예시한 세 항목에 몇 작품(작가)씩 놓아보자. ① 성장과 성찰 :「생활인의 철학」,「낙엽을 태우면서」,「깃발」, ② 자연과의 동화 :「해」,「나그네」,「신록예찬」, ③ 국가의식과 민족문화 :「3월 1일의 하늘」,「등신불」,「매화찬」정도로 분류될 것이다. 굳이 애국·애족을 거론치 않더라도 위 텍스트들은 순수와 전통, 심미적 일상의 모토 아래 '올바른' 국어 생활, '미래지향

62 '문학 교육 목표'는 교육인적자원부,『고등학교 교육 과정 해설―[2] 국어』, 대한교과서, 1997, 303쪽 참조.

적인' 민족의식, '건전한' 국민정서, '자유로운' 개성을 마음껏 발산·향유하는 '이상적 작품', 곧 '정전'의 가치와 위상을 구가해 왔다.[63]

그렇다면 이상의 「권태」(『국어』)와 「거울」(『문학』)은 세 항목 가운데 어디로 귀속시킬 수 있을까? 아무래도 이것들은 '올바른' 국어 생활이나 세 항목의 실천에 호응되는 텍스트는 아니었던 듯하다. 이를테면 언문일치의 정당성에 더해 "그 감각이나 표현 양식이 훨씬 새로운" 현대적 문장의 예로 「권태」를 드는 장면,[64] 「선에 관한 각서」를 "괴상한 시이며, 지금까지의 시에 대한 상식으로 이해하기 곤란한 시"로 규정하는 장면[65]을 보라.

양자의 관점은 상반되는 듯하지만, 두 텍스트의 '현대성'을 감각과 표현의 신기성에서 찾는 태도만큼은 전혀 동일하다. 식민지 현실의 농촌에서 '공포의 초록색'을 볼 뿐, 또 그것을 '권태'라고 표현하는 일탈적 감각에서 '자연과의 동화'는 너무 멀다. 『수학』교과의 숫자와 수식을 늘어놓은 시형(詩形)을 '선에 대한 각서'로 명명하는 치기어린 '시적인 것'에의 의지에서 신세계의 발견이나 성찰을 깜냥하기란 매우 어렵다. 오히려 이상적 국어와 민족정서, 국민의식과 무관한, 혹은 그것에 반하는 어리숙한 유희의 언어가 막무가내로 돌출한다는 평가가 〈표 7〉 텍스트들의 이상 텍스트에 대한 규범적 반응일 것이다.

---

63 이를테면 〈표 7〉에 실린 시 텍스트들은 "시는 그 자체로 완결되고 독립된 세계를 가진다. 시를 감상함에 있어, 외적 사실을 지나치게 강조함으로써 시 자체를 등한시하게 되면 안 된다"라는 순수문학적 기준에 의해 '이상적' 정전으로 선택, 교육되었다. 그런 만큼 '신비평' 이론에 부합하는 문학 지식, 예컨대 "현대시의 기법으로 중요시되고 있는 비유, 상징, 이미지 등에 대하여 알아보"는 교수·학습이 강조되었다. 보다 자세한 내용은 문교부, 『국어 3-고등학교 교사용지도서』, 대한교과서, 1979, 47쪽 참조.

64 박종화·조연현·김동리, 『고등작문』(문교부인정필), 홍지사, 1957, 60~64쪽.

65 조병화, 『작문』, 장왕사, 1968, 93~94쪽.

〈표 7〉 '제1차~제6차교육과정' 중고교 『국어』(국정) 수록 작가 빈도[66]

작가[67]	빈도	대표 수록작	작가	빈도	대표 수록작
박목월	32	「나그네」	김동리	16	「등신불」
김소월	29	「금잔디」, 「산유화」, 「진달래꽃」	정비석	14	「산정무한」, 「들국화」
박두진	22	「해」, 「3월 1일의 하늘」, 「도봉」	이효석	14	「낙엽을 태우면서」, 「메밀꽃 필 무렵」
김영랑	18	「모란이 피기까지는」	이양하	22	「베이따아의 산문」, 「신록예찬」
유치환	17	「깃발」	김진섭	10	「백설부」, 「생활인의 철학」, 「매화찬」

　　이상 텍스트가 '국정' 『국어』 특유의 완고하며 편협한 이해에서 겨우
벗어나는 때는 '제5차교육과정'이다. 이 시기는 언어 자료의 내용과 형
식의 다양화, 학습자의 생활과 밀접하게 연관되는 제재 선정, 학습 의욕
과 흥미를 고취할 수 있는 자기주도적 교과서 추구 등이 기본방향이었
다. 여기 대응하는 이상의 첫 텍스트는 「거울」[68]이었는데, '심미적·사

66　①「대표 저자 88명의 교육과정별 등재수」(윤여탁 외, 『국어교육100년사』, 서울대 출판
　　　부, 2006(2013), 403~405쪽)를 토대로 작성됨. ② 대표 수록작은 시와 소설, 수필을 대
　　　상으로 고등학교 『국어』에서 가려 뽑음.

67　서정주 총10회 수록. 또한 (저항)시 : 이육사 19회, 한용운 15회, 윤동주 12회, 심훈 15회
　　　수록, 평론 및 산문 : 백철 25회, 조연현 19회 수록, 덧붙여 최남선 22회, 이광수 10회, 현
　　　대시조(론) : 이은상 63회, 이병기 38회 수록. '(한)국어' 관련 설명문 이희승 38회, 이숭
　　　녕 15회 수록. 흥미롭게도 '제7차교육과정' 『국어』에서는 〈표 7〉의 작가들 중 김소월, 정
　　　비석을 빼고는 전원이 탈락한다. 검인정 도입 후 『국어』의 '정전'과 '강의 요목'에 대대적
　　　인 변동이 발생한 것이다.

68　「거울」은 청소년을 위한 효과적인 '강의 요목'으로, 또 독자대중을 향한 기억할 만한 '정
　　　전'의 성질을 두루 갖춘 것으로 생각된다. 첫째, '자화상' 계열의 시인지라 청소년이든 장
　　　년이든 성장·성숙의 서사에 필요한 자아성찰의 범례로 얼마든지 제공될 수 있다. 둘째,
　　　자기소외의 시적 테마는 같은 시대의 후배 서정주의 「자화상」(미적 주체) 및 윤동주의
　　　「자화상」(윤리적 주체)과 좋은 대조를 이룬다. 셋째, 문학 지식 '아이러니'를 효과적으로
　　　설명할 수 있는 텍스트로도 유용하다. 학생들은 스스로를 비춰보거나 타인과의 어긋나는
　　　대화를 통해 '아이러니'를 몸소 체험할 수 있다. 넷째, 다른 텍스트와의 상호텍스트성을
　　　검토할 때도 효과적이다. 가령 「날개」의 부부임에도 서로 소외를 조장하는 '나'와 아내의
　　　사물화 된 관계를 약수를 모르는 현실과 거울 속의 분열된 자아로 환유해볼 수도 있다.
　　　다섯째, 「거울」은 이상 시를 통틀어 문체로나 상황으로나 가장 이해하기 쉬우며, 따라서
　　　독자(학생)와의 동일성 확보 가능성이 가장 높은 텍스트 가운데 하나다.

상적·역사적 기능'의 관점 아래 주체와 세계, 역사와의 관계성을 살핀다는 '문학 교육'의 원리에 맞춰 이해와 감상의 과제가 주어졌다. 학습목표로 제시된 '내면세계의 성찰을 표현하는 방법'의 이해, '이상 시의 현대성 파악', '실험적인 시편 출현의 요인 이해' 같은 명제[69]는 이상 텍스트가 비로소 식민지 현실과 부유하는 지금·여기를 동시에 관통하는 유의미한 형식과 내용으로 인정받기 시작했음을 징후적으로 명시한다.

한편 해당 교과서의 「거울」은 다행히 현대식 표기와 한자의 한글화를 제외하고는 '원전'의 모습을 충실히 확보하고 있어, '올바른' 국어에 반하는 동시에 김동리·조연현 등이 말한 바를 재확인하는 감각과 표현의 현대성, 여기 반영된 자아와 현실의 비판적 성찰을 함께 전달받을 수 있다는 가능성을 열어놓고 있기도 하다. 이런 종합적이며 확장적인 요소들이야말로 「거울」이 이상 시 최초의 '강의 요목'으로 등재되는 힘일 것이며, 김기림·서정주 이래의 '정전'의 권위를 지속하는 장처일 것이다.

2) 이상 텍스트, '강의 요목'과 '정전'의 사이

고등학교 『국어』·『문학』에서 '강의 요목'과 '정전' 사이에서 진동 중인 텍스트를 꼽으라면, 「산촌여정」, 「조춘점묘」,[70] 「운동」의 순서로 나

---

69 김윤식·김종철, 『고등학교 문학』(교육부 검정), 한샘교과서, 1990(초판), 293~294쪽. 학생들의 다양한 이해 및 감상 활동보다는 저자들의 일방향적인 문제제시가 보다 또렷한 교과서다. 그러나 김윤식의 전집과 연구서 간행 과정에서 제출된 식민지 현실의 근대문학에 대한 각종 지식과 정보, 예리한 문제의식이 일정하게 녹아 있는 것으로 보인다.

70 이 텍스트는 유병환 외, 『고등학교 문학』 I, 비상교평, 2012, 352~357쪽에 실렸다. '교술 문학의 수용과 생산'이라는 요목 아래 '소통과 내면화'를 탐구하는 텍스트로 소개된

열시켜 마땅하다.[71] 「산촌여정」으로 갈수록 학계와 대중독자에게 보다 익숙한 텍스트들이기 때문이다. 따라서 검인정 제도에 의한 다수 교과서의 출현에 의거하여 세 텍스트의 부상을 설명해서는 안 된다. 보다 근원적인 까닭에 대해 응답할 수 있는 '해석학적 권위'를 얻을 때야 저 '강의 요목'들은 '정전'으로 승인되거나 신화할 수 있다.

'제7차교육과정'에 의거한 '문학'의 특징과 기능, 가치를 몇 가지로 정리하면 다음과 같다. ①문학과 언어, 문학과 삶의 관계를 이해한다. ②문학이 인지적, 정의적, 심미적 복합 구조물임을 이해한다. ③문학이 개인적 삶의 고양과 공동체 통합의 기능이 있음을 이해한다. ④문학이 가치의 산물임을 이해한다. ⑤문학 활동이 언어적, 문화적 실천 활동임을 이해한다.[72] 인간의 복합적이고 다면적인 삶과 사유, 상상력을 추구·표현하는 작업이 '문학'의 쓰기와 읽기의 핵심임은 주지의 사실이다. 그래서일까, 국가주의적 언어관과 이념관이 비교적 노골적인 '(한)국어'의 실천에 비하면 한결 개방적이고 보다 자유로운 목표들이다. 그러나 이것은 어디까지나 상대적인 자율성에 불과한데, 앞서도 지적했듯이, 교과서 상의 '문학'은 '국어'의 범례와 규준을 우선 준수해야 하기 때문이다. 그렇다면 이상의 텍스트는 어떻게 '국어'와 불화하지 않으면서

것이다. 주로 '도시 생활'의 부정성에 맞춰 학습활동을 제안하며 읽기 자료를 제시하는 방식을 취한다. 하지만 식민지 경성의 '도시 생활'에 표상된 사물화 현상 및 그것을 유발하는 식민지 근대성에 대한 비판적 접근이 다소 미약하다.

71 「날개」, 『오감도』, 「가정」은 그 해석학적 권위나 빈도에서, 그리고 학계와 대중독자, 교과서의 공통성에서 확실한 '정전'의 위치를 점한 것으로 판단된다. 여기서 따로 언급하지 않은 이유다.

72 교육인적자원부, 『고등학교 교육 과정 해설―[2] 국어』, 대한교과서, 1997, 305~309쪽. 이와 더불어 학생들의 문학 활동을 고양·보장하기 위해 '문학의 수용과 창작'도 강조하는데, 그 세목들은 위의 4항목과 거의 대응되어 있다.

'문학' 고유의 기능과 가치를 실현하고 있을까? 이것은 교육과정 상의 특정한 조건과 요구에 부응하는 '강의 요목'을 넘어 스스로 자립하는 '정전'으로 나아가는 방법의 앎이자 실천에 해당한다.

「산촌여정」은 '제7차교육과정'에서 「날개」, 「권태」와 더불어 『국어』와 『문학』에 동시에 실린 텍스트다.[73] 여느 교과서든 그 특징을 '도회에 사는 작가가 시골에서 보고 들은 것을 감각적으로 표현한 수필'로 소개한다. 하지만 『국어』와 『문학』에서 「산촌여정」이 요구받는 역할과 기능은 서로 다르다. 『국어』에서는 작가의 개성 관찰 및 학생 자신의 경험과의 비교에, 『문학』에서는 '한국 문학의 갈래와 흐름' '한국문학의 범위와 역사'에서 보듯이 문학사적 흐름에 초점을 맞추기 때문이다.

그리하여 언뜻 전자는 '공시적 이해'를, 후자는 '통시적 이해를' 요구받는 듯하다. 하지만 학생들은 세 교과서의 「학습활동」에서 그때나 지금이나 예외적이기는 마찬가지인 이상식(式) '표현과 문체'에 대한 주목을 요청받는다. 물론 교과서별로는 텍스트 이해에 도움이 되는 그림과 사진, 이상이 사용하는 외래어 제시, 다른 작가의 시 텍스트와의 비교, 자연물의 심층적 의미, 모더니즘 문학적 특징 제시, '읽기자료'로서 「산촌여정」의 특질과 1930년대 모더니즘 문학 소개, 작가 이상의 삶과 문학 소개 들이 더해진다. 만약 세 교과서가 서로를 넘나든다면 이상의 전체적 이해에 보다 접근할 가능성이 열리는 셈이다.[74]

---

73 여기서는 권영민·방민호 외, 『고등학교 문학』, 지학사, 2013, 228~233쪽., 민현식 외, 『고등학교 국어(상)』, 좋은책신사고, 2010, 40~47쪽, 김창원 외, 『고등학교 문학』, 동아출판, 2013, 286~293쪽.
74 한수영은 『문학』 교과서 및 교사용 지도서에 특정 텍스트의 이해를 돕기 위한 역사적 배경 지식이 차고 넘칠 정도로 많이 등장한다고 보았다. 하지만 "이 '과잉의 역사 지식'은 '역사주의적 유기성'이 결핍되어 있어, 그 각각의 시기가 단절적인 하나의 '배경'이나 '기

그러나 이런 요소들을 중심에 두고 「산촌여정」이 요구받는 위치와 활동의 효율성을 평가한다면 『국어』쪽이 보다 유리할 듯싶다. 다른 목표는 젖혀두더라도, "다양한 유형의 국어 자료를 비판적으로 이해하고, 사상과 정서를 창의적으로 표현하는 능력을 기른다"는 언어활동에 충실할 수 있기 때문이다. 이를테면 우리는 이상은 작가의 개성과 시각, 인생관을 절묘하게 드러내기 위해 어떤 방식으로 일탈적 문체와 표현을 구사했는가라고 물을 수 있다. 이에 답하기 위해서는 국어의 정확한 용법이나 당대 모더니스트들의 문체에 대한 이해가 선행되어야 한다. 예시의 『국어』는 백석의 '「산곡－함주시초」'에 대한 학습활동을 요청함으로써 또다른 '국어'의 쓰임새를 제시하는 한편 식민지 현실 아래서의 '조선어'의 가능성을 나름대로 일깨우는데 성공한 것으로 보인다.

그렇다면 『문학』의 경우 문학사와 관련된 이상 문학의 통시적·공시적 위상을 '종합적·복합적'으로 표현, 전달하기 위해서라면 어떻게 해야 할까? 나는 김창원 외 『문학』이 충실하고 매력적인 '읽기 자료'를 제시함으로써 이 목표에 비교적 근접했다고 생각한다. 「학습활동」에서는 학생들의 수준과 활동 가능성을 고려하여 '「산촌여정」의 표현과 문체'를 강조하는 데 그쳤다. 하지만 다른 교과서보다 친절하고 효과적인 '읽기 자료'의 구성을 통해 「산촌여정」 자체와 그것이 속한 '모더니즘 문학'의 역사적 특질, 이상의 삶과 문학을 소개하고 안내함으로써 학생들의

술적 지식'이 될 뿐이며－진정한 의미에서의 '콘텍스트'로 작용하지 못한다"고 비판한다. 학생들의 보다 종합적이며 지혜로운 「학습활동」을 위해서라도 『국어』·『문학』상의 '보조자료' 구성 시 경청해 마땅한 충고로 여겨진다. 보다 자세한 내용은 한수영, 「문학교과서와 소설 교육의 이데올로기－민족주의와 계급 담론을 중심으로」, 『한국근대문학연구』 7권 2호, 한국근대문학회, 2006, 40~41쪽 참조.

주체적 활동에 효과적으로 기여한다. 물론 다른 장르의 텍스트나 다른 작가의 텍스트에 대한 비교·대조, 식민지 근대성 아래의 일상의 사물화 현상에 대한 비판적 독해가 생략된 점은 적잖이 아쉽다. 그러나 작품과 세계, 작가 세 지평에 대한 충실한 정보 제공 때문에 테스트의 내·외부를 향한 독자(학생)의 심층적 반응과 창조적 재구성에 한결 유용하겠다.

교과서의 이상 텍스트에서 가장 흥미로운 '강의 요목'은 단연 「운동」이다. 「운동」은 김기림 이래의 선집에서도, 학계의 연구서에서도 거의 주목받지 못한 시편이다. 정지용과 김기림의 시와 산문에도 등장하는 첨단의 근대적 건축이자 유희·취미 공간에 해당하는 백화점의 '옥상정원'을 대상 삼았다는 사실은 오늘날의 백화점식 소비문화에 비춰볼 때도 그 현장성과 현대성을 인정받기에 충분하다. 또한 「운동」은 '시간'과 '시계'의 대비를 통해 우주와 자연, 존재 원리로서 인간적–상징적 '시간'의 절대성과 측정되고 상품화되는 기계–시간을 고지하는 '시계'의 폭력성을 함께 드러내는 미적 구조와 형이상적 상상력도 인상적이다. 그런데 왜 「운동」은 현대의 소비문화와 그것의 부조리를 직접하게 재현하면서도 이상의 '정전'은커녕 대표작으로도 널리 회자되지 못한 것일까?

그 까닭은 「운동」을 선택한 교과서[75]의 구성과 '읽기 자료'에 의도치 않게 드러나 있다. 이것은 '강의 요목'에서 '정전'으로의 가능성을 높이는 요소일 수도 있지만, '정전'의 제일 조건, 다시 말해 '강력한 자기–포섭 능력'과 '기술상의 혁신적 가치'를 감쇄하는 악조건이기도 하다. 그렇다면 「운동」의 텍스트 지리지는 어떤 형태를 취하고 있는가?

「운동」은 '문학의 인접 영역'이라는 요목 아래 '문학과 예술' 영역에

---

75 한계전·신범순 외, 『문학(하)』, 블랙박스, 2003, 54~57쪽.

배치되어 있다. 이런 구성과 배치에 적절하게 먼저 '학습목표'인 문학과 인접 예술의 관계를 파리의 문화현상 및 이상—구본웅의 교유, 그리고 화가로서 이상의 소개를 통해 제시한다. 다음으로 「운동」 텍스트를 제시한 후 그 아래에 식민지 시대의 미쓰코시백화점과 화신백화점 사진을 함께 배치한다. 강력한 위세의 식민자본과 기형적 형태의 민족자본 사이의 동일성과 차이성을 탐구할 수 있는 보조자료 활용이라 하겠다. 이어지는 「학습활동」에서는 공간의 형상화 방식, 옥상 위에서 벌인 화자의 행위의 함축적인 의미, 시계를 내동댕이친 내면의식의 본질, 건축가 이상과 화자의 대비가 주어진다. 특히 화자의 양가적 행위, 즉 '태양'을 바라보고 '시계'를 꺼내보는 행위를 통해 자연—시간과 상품시간의 상반된 가치를 이해토록 유도한 문제 설정은 청소년의 성장과 성찰의 장에 유의미한 문제의식을 던지는 것으로 판단된다.[76]

텍스트 이해와 활용을 돕기 위한 '읽기 자료', 바꿔 말해 '학습 도움 자료'는 한수영의 말을 다시 빌린다면 "배경 지식의 '과잉'이 콘텍스트의 '결여'로 이어지는 역설"[77]을 주의해야 한다. 작가 이상 소개나 작품의 이해와 감상을 위한 백화점의 공간적 본질과 시계시간의 문제성 설명은 저 역설의 함정과는 무관하다 할 것이다. 그러나 「운동」에 대한 상호텍스트

---

76 교과서 편찬자들은 '태양'과 '시계'를 모두 부정적인 것으로 설명한다. "태양이 뜨고 지는 것은 무의미하게 반복되는 일상일 뿐이며, 따라서 시간의 흐름을 표시하는 나의 '시계'는 내 인생의 청춘과 노년을 측정할 수 없다"(위의 책, 57쪽)는 설명이 그것이다. 농촌의 여름을 '초록의 공포'로 은유한 이상의 감각을 환기하면 타당한 지적에 해당한다. 그러나 인간적·상징적 시간, 이를테면 '생명'과 '열정', '영원성' 등으로 가치화되는 태양의 본질과 가치에 대한 이해로까지 학생들을 유도하는 것이 끊임없이 돌고 도는 '시계'의 균질성과 사물성을 더욱 입체화하는 작업에 효율적이라 판단되어 '태양'과 '시계'를 대조적인 가치론적 대상으로 설정해 보았다.

77 한수영, 앞의 글, 41쪽.

성의 기호로 제시된, 이상(李箱)이라는 이름으로 처음 발표한『건축무한 육면각체』(1932)와 근일의 영화 〈건축무한육면각체의 비밀〉(1999)[78]은 '배경지식'의 과잉처럼 비춰진다. 물론 문학과 인접예술의 소통, 과거와 현재의 대화, 이상의 내면과 재현된 식민지 공간의 대비 등은 '강의 요목' 으로서「운동」의 가치와 효용성을 유감없이 보여주는 세목들이다. 그러 나 학술연구와 예술의 장에서 압도적인 인지도와 흥미성을 제공하는『건 축무한육면각체』의 '자기−포섭 능력'과 '형식의 파괴성'을 감안하면 비 교적 이해하기 쉬운「운동」의 강점은 효과적인 학습의 유인체가 되지 못 한다. 만약「운동」이『건축무한육면각체』로의 안내를 위한 '강의 요목' 으로 멈춰 선다면, 다시 말해 이상의 '정전' 목록으로 올라서지 못한다면, 같은 제재를 다룬『건축무한육면각체』의 의도치 않은 간섭과 방해 때문 일 가능성이 크겠다.

3) 더 깊고 넓어지는 이상 '정전'을 향하여

이상 문학은 검인정 체제를 맞으면서 고등학교『국어』·『문학』교과 서에 8편이 등재되는 의도치 않은 활황을 맞고 있다. '의도치 않은'과 같 은 제한의 수사를 붙여두는 까닭은 이상 텍스트의 교과서 등재가 과거고

---

78 장용민의 같은 제목의 시나리오(1996)를 기반으로 영화화되었다. 이후 같은 제목의 장 편소설(2007)로 출간되었다. 이상 문학을 대상으로 곧잘 시도되는 장르 전환에 대한 개 방성이 돋보이는 장면들이다. 하지만 소설 소개의 글 "천재시인 이상의 시『건축무한육면 각체』를 모티프 삼고 조선총독부라는 건물을 핵심소재로 끌어들인 팩션으로, 애국주의 적인 정서가 물씬 풍기는 소설"이란 대목은 비록 이상이 '불령선인'으로 몰려 죽음에 이 르렀음을 환기해도 지나치게 쇼비니즘적이며 국가주의적인 발상이다.

현재고 '정전'보다는 '강의 요목'으로 선택되었다는 느낌 때문이다. 만인 통용의 '정전'은 시공간을 초월한 보편적 가치, 문학사와 정신사를 갱신하는 미학적 혁신성을 대체로 갖춘다. 이에 반해 '강의 요목'은 특정 체제나 제도의 교육적·문학적 필요성을 충족하기 위해 호출되는 반(反/半)사율적인 텍스트일 가능성이 높다. 이상 텍스트의 오랜 부진은 올바른 '국어' 사용 및 전통적 정서의 착근과 같은 언어적·문화적 민족주의/국가주의에서 비교적 멀었기 때문임은 이미 밝힌 대로다.

하지만 현재 들어 '강의 요목'은 국가적·교육적 필요성을 완강하게 좇기보다는 학생들의 '문학 능력'을 향상, 신장하기 위한 보다 자율적이며 종합적인 텍스트로 재개념화되고 있다. '문학 능력'은 교사와 교재에 의존한 텍스트의 형식 분석과 내용 이해, 곧 문학 지식 중심의 학습에서 벗어나는 것을 일차적 목표로 삼는다. 이후로는 학생 자신의 경험을 바탕으로 텍스트를 다면적으로 이해, 수용하는 한편 자기를 표현하고 구성하는 자아 텍스트의 생산에 주력한다. 이런 자기 확장의 텍스트 활동은 모델로 주어진 기존의 '정전'을 해체, 폐기하거나 수정, 보완하는 '정전'의 재구성 또는 타자와 구별되는 정전 목록의 형성으로 확산된다.[79] 당대와의 미학적·이념적 불화를 통해 새로운 텍스트의 탄생과 인공화된 조선어의 구성에 적극 참여한 이상 텍스트는 이에 못지않은 기이한 텍스트와 형태 파괴가 일상화되다시피 한 현재의 언어적·문화적 환경에 여전히 시사적이다. 이상 텍스트가 학생들의 '문학 능력' 계발과 신장의 오래

---

[79] '제7차교육과정'에서 처음 등장한 「조춘점묘」와 「운동」은 학계에서 유의미한 연구대상으로 가치화된 「산촌여정」에 비해 '정전'보다는 '강의 요목'의 성격이 강하다. 독자대중의 보편적 지지를 얻지 못할 경우 두 작품은 이상 '정전'의 외연을 넓힐 가능성을 제시했으나 그 내포의 심화에는 이르지 못한 제한적 성격의 '강의 요목'으로 멈추게 될 것이다.

고 오래일 표본으로 늘 개성화되고 있다는 판단은 이 지점에서 비롯된다.

그런데 '정전' 읽기가 학생(독자) 자신의 텍스트 생산이나 타인과 구별되는 '개인 정전'의 구축으로 귀결되어야한다는 '문학 능력'[80]의 목표는 비판의 여지없이 타당한가? 학생들의 미적 주체화라는 장점은 높이 평가되어야겠지만 진선미의 공동재화인 '정전'의 권위와 가치를 신중한 고려나 반성 없이 흐트러뜨릴 위험성이 전혀 없잖다는 사실 역시 부인하기 어렵다. 그래서 한편으로는 공동 감각과 가치의 담지체로 다른 한편으로는 개성적 감각과 가치의 표현체로 동시에 운동하는 복합적 성격의 '정전'이 더욱 바람직하고 갈급한 것이다.

이를 위해서는 다음과 같은 전제가 필요할 것이다. 학생(독자)의 '문학 능력'은 드디어는 자신의 모델 또는 반면교사가 되어준 '정전' 내부로 다시 귀환해야 한다는 사실이 그것이다. 그래야만 해당 텍스트의 내포와 가치는 더욱 풍요로워지며, 그것을 다시 읽고 쓰는 학생들의 '문학 능력'도 더욱 예리해질 것이다.[81] 인용문은 작가와 작품, 독자 상호간의 '문학

---

80 학생들의 '문학 능력' 향상 중심의 '문학교육' 내지 '정전 교육'에 대해서는 김창원, 「시교육과 정전의 문제」(『한국시학연구』 19, 한국시학회, 2007)가 문제제기와 일반 모형 제시 모두에서 참고할 만하다. '학습활동'을 예로 들면 '정전'이나 '강의 요목' 읽기는 "정전의 섭렵→정전의 기원과 다양성 / 다층성 탐색→정전에 대한 메타의식 형성→개인 정전 형성"으로 나아간다. 학생 / 독자의 정전 형성을 강화했을 때 나타나는 최후의 '정전 현상'은 "개인 정전의 송환을 통한 정전 재구성"(78쪽)이다.

81 이와 관련하여 국가 중심의 제도적 평가 장치에 대한 검토도 필요할 것이다. 이럴 경우 학생들의 '문학 능력'과 대학에서의 학습 능력을 함께 평가하는 대학수학능력시험이 문제의 핵심에 위치한다. 이상의 경우, '수능'이 도입된 1994년 이래 '수능' 4회, '수능' 모의평가 1회 하여 총5회가 출제되었다. ① 1995학년도 「날개」, ② 2003학년도 『오감도』「시 제4호」, ③ 2006학년도 「조춘점묘」, ④ 2014학년도 「권태」, ⑤ 2008학년도 9월 모의평가 「날개」가 그것이다. 「날개」와 「권태」는 단독 지문으로, 「조춘점묘」는 정철의 「속미인곡」 등과 함께, 『오감도』「시 제4호」는 '해프닝'이 '예술가들의 정신적 모험의 실천'으로 가치화되는 과정을 묻는 예시 문제로 출제되었다. 이를 통해서도 이상 문학은 역사현실에 비춘 산문적 해석과 통합적 평가가 어느 정도 가능한 「날개」와 「권태」를 중심

능력'에 대한 제고가 어떻게 가능한지를 친절하게 제시하는데, 무엇보다 세 주체 사이의 동일성과 차이성의 동시적 생산과 수렴이 필요하다는 사실을 강조하고 있다.

　　계속적으로 살아남아 정전이 되는 텍스트의 속성은 작품 자체에 내재해 있는 고정된 것이 아니라 주체들이 그것과 상호 작용하면서 다양하게 생산하는 어떤 것이다. 또한 어떤 텍스트의 특정한 면이 서로 다른 시대의 다른 주체들에 의해서 비슷하게 반복적으로 구성되는 것은 구성하는 주체들 자신이 유사한 세계 속에 살기 때문이다.[82]

　　텍스트와 주체의 상호작용에 의해 '정전'의 물질성과 다양한 가치가 생성된다면서도, 시대별·주체별 차이성보다 '특정한 면'에 대한 유사성을 강조하는 태도는 어딘가 모순적이다. 하지만 인용구는 "정전이 공동체의 문화적, 정치적 지배 계급의 필요와 목적만으로 형성되는 것이 아니라" 그런 관심과 목적 자체도 "늘 체제를 거스르는 관심과 상호 작용을 해야 하며, 시간의 여러 우연성(가령 도서관의 화재, 정치적 혁명, 종교적 우상 파괴, 언어와 문화의 피정복)과도 상호작용을 해야 한다"[83]는 주체와 텍

으로 여타의 텍스트들이 배치되는 형태를 취하고 있음을 알게 된다. 기출문제의 검토가 평가 준비의 첫 단계임을 감안하면, 「조춘점묘」나『오감도』「시 제4호」는 고전문학, 평론 등과 함께 묶여 학생들의 문학 일반에 대한 종합적 인지 능력을 묻는 예문으로 활용됨으로써 이상 문학의 공적 확장에 유의미한 기여를 한 것으로 평가된다. 이상 시는 「거울」과 「가정」 등을 제외하면 난해성과 파격성이 지나치기 때문에 중등학교 수준에 맞는 문제 출제 및 능력 평가가 꽤나 어려운바, 그래서 시험 출제에서 계속 제외되고 있지 않을까 하는 추측을 해본다. 따라서 이상 텍스트에 대한 '문학 능력'의 제고는 수업과 문예반 등의 실제 활동에서 더욱 풍부하고 예리해지지만 '평가의 장'에 놓이게 되면 텍스트의 형식적·내용적 일탈성 때문에 여러 제약을 받게 되는 것으로 판단할 수 있다.

82　송무, 앞의 책, 358쪽.

스트, 사회의 변증적·역동적 관계를 강조하기 위한 말로 이해될 필요가 있다. 그래야만 보다 우연적이며 자의적인 '강의 요목'과 보다 필연적이며 보편적인 '정전' 사이에 상호 대화와 소통의 관계가 열린다.

위에서 말한 정전화의 원리를 이상 텍스트에 적용하기 위해서는 왜 이상이고 어째서 이상 텍스트인가를 끊임없이 질문하지 않으면 안 된다. 교과서의 이상 읽기는 교사와 지도서 중심의 단조로운 텍스트 독해나 용이한 평가를 위한 '문학지식'의 일방적 적용에서 비교적 자유롭다. 이는 학생 중심의 교수·학습권을 강화하며, 문학−삶−언어의 문제를 인지적·정의적·심미적 관점에서, 그리고 언어적·문화적 실천 활동을 통해 성찰한다는 교육목표의 도입에 의해 가능해진 현상이다. 하지만 이상 문학의 새로움을 미증유의 표현 기교나 국어 파괴, 인쇄매체의 참신한 활용 등에서 구하는 태도는 스스로 현대성을 창안하고 그럼으로써 불온성을 더욱 확장하는 이상 텍스트의 가변성 내지 정전화 능력을 어쩔 수 없이 제한한다. 이런 형태로 작품(작가)−교사−학생의 '문학 능력' 확장에 제동을 거는 실질적 주체가 국가주의적 검열과 심사 제도임은 공공연한 비밀이다.

이후 이런 한계를 극복하기 위해서라도 이상 텍스트와 독자(학생)를 위한 잘 구성된 '안내'와 '학습활동'을 제공 중인 모범 사례[84]를 함께 검토할 필요가 있겠다. 대상 텍스트는 '정전'의 지위가 굳건한 「날개」다. 따라서 작가−작품−독자(학생과 교사)의 '문학 능력' 향상을 위해서라도 "주체들이 그것과 상호 작용하면서 다양하게 생산하는 어떤 것"에 초점

83　위의 책, 359쪽.
84　정재찬·유성호 외, 『고등학교 문학』, 천재교과서, 2014, 356~365쪽.

을 맞춰본다.

먼저 텍스트 지리지다. 대단락 : '문학과 삶', 중단락 : '문학과 개인', 소단락 : '문학적 사고와 창의성' 영역에 「한국 생명 보험 회사 송일환 씨의 어느 날」(황지우)과 함께 배치되었다. 텍스트의 영향과 참조를 염두에 둘 때 대개는 이상, 황지우 순으로 텍스트를 계열화하는 데 역순을 취했다. 학생들의 생활양식에서 머지않은 「한국 생명~」을 앞에 둠으로써 경험의 친밀성과 해사체의 충격을 동시에 전달함과 동시에 식민지 시대 그 창의성과 불온성을 먼저 선취한 이상 텍스트(시가 아닌 산문)의 기원성과 첨예성을 더욱 강화하는 목적이 숨어 있을 듯하다. 도회생활의 부정적 소묘와 분열적 문장(내면)의 반복적 구성은 식민지 현실의 1930년대와 군사독재의 1980년대가 총력전 아래의 폭력과 불행의 시대였음을 환기하는 바 있다. 다음으로 「날개」 읽기에 앞서 "상징적 장치와 서술 기법의 독창성" 및 "근대도시 문명 속에 처한 인간의 내면"에 주목할 것을 요청한다. 이것은 이상의 전 텍스트를 투시하는 공통의 방법론인지라 이상 문학을 이해하고 감상하는 포괄적 방법에 대한 안내도 되겠다.

저자들은 흥미롭게도 '학습 활동'을 '작품 속으로' '맥락 속으로' '작품 너머로' 삼분한다. ①텍스트 자체에 대한 이해('방의 성격'과 '나의 외출'), ②「날개」 비평문을 통한 개성과 창의성 확인, 그와 연관된 사상과 표현 기법의 탐색, ③영화 〈매트릭스〉와 「날개」에 등장하는 의약품의 상징성 추적, 쾌락 중심의 '가짜 세계'와 맞은편의 '진실의 세계'에 대한 선택의 문제가 각각의 영역에 대응된다. 대략 훑어보아도 텍스트의 내・외부, 현재와 과거, 타 장르와의 대화와 소통이 비교적 자연스럽다. 학생들의 인지적・정의적・심미적 관심을 환기하는 동시에 일상의 취미 활동을 통해 언어적 · 문화적 실천을 유도하는 문제 구성이다. 또한 저자들은 '문학적 가치의 내면화'와 '문학적 사고와 창의성'에 관련된 여러 내용을 간결하게 제시하는 한편 그 영역에 관련되는 '문학 지식', 이를테면 '시적 화자', '정서', '자아', '해체시', '심리 소설' '의식의 흐름' 등을 평이하게 약술한다. 여기에는 개념과 지식 중심의 텍스트 해석과 평가를 거부한다는 독서 전략과 독자의 읽기를 '문학 지식'을 통해 객관화하겠다는 비평 전술이 반영되어 있다.[85]

저자들의 콘텍스트 배치와 활용은 「날개」의 내포와 외연을 확장하는 데 꽤나 효과적이다. 하지만 그들의 궁극적 목표는 「날개」 자체가 아니라 텍스트와의 대화를 통해 획득되는 개성적인 '독자 반응'과 자기 확장적인 '문학 능력'이다. 그러므로 저자들 최후의 질문과 과제가 이상과 「날개」를 향하지 않는다는 사실은 이미 출발 당시 정해진 약속에 가깝다.[86] 그러나 우리는 독자(학생)의 세계와 자아를 향한 또 다른 발걸음과 이상 문학의 시대를 넘나드는 기원성∞현대성의 진정한 가치를 다시 살기 위해서라도 다음과 같은 질문을 빠뜨릴 수 없다. 구체적 서술에 앞서 아래 질문들의 부재와 은폐가 교과서 저자들의 무관심과 회피보다는 건전한 국민 양성과 청소년의 규범적 성장을 목표하는 교과서의 보수적 가

---

85 텍스트를 원점으로 서로 상이한 2차 텍스트, 이를테면 비평 담론과 문학 지식, 문화 환경을 배치하는 까닭은 그것들 사이의 대화 관계를 복원하고 활성화하기 위해서다. 텍스트 교수 · 학습법으로서 대화주의는 서로 다른 배경과 경험, 지식과 목소리를 가진 교사들과 학생들의 주체적이며 자율적인 문학 활동을 보장하는 핵심 요소의 하나다. 이에 대해서는 정재찬, 「현대시의 교육 방향」, 『문학교육학』 19, 한국문학교육학회, 2006, 393~394쪽 참조.

86 위에서 살펴본 「날개」 읽기 과정은 정재찬이 독자(학생)의 '문학 능력'을 신장시키기 위해 설정한 모델 '반응 · 기술하기, 분석 · 심화하기, 비교 · 확장하기, 대화 · 자기화하기'와 대체로 일치한다. 정재찬의 시 읽기 / 문학교육 모델에 대해서는 『문학교육의 현상과 인식』, 역락, 2004, 189~202쪽 참조.

치체계에 의해 빚어진 것임을 먼저 기억해두기로 한다.

첫째, 특히 『국어』에서 이상 텍스트의 소외는 올바른 국어사용과 한글 중심의 표기 체계 고착, 순수문학 전통에서의 일탈에 의한 것임을 우리는 모르지 않는다. 비문(非文), 형태파괴, 형식실험 정도가 '괴상하며 이해하기 곤란한' 이상 텍스트를 『국어』에 수록케 하는 면피성 논리였다. 하지만 '인공어'라는 평가를 얻을 정도로 소외적이며 자의적인 이상의 문학어는 근대화·식민화에 처한 조선어의 가능성과 한계를 동시에 보여준다. 순정한 민족어와 일정한 규모와 규율 아래의 국어로 근대주의의 끔찍한 부조리와 회복 불가한 내면 분열의 참상을 드러낼 수 있는가? 이에 대한 부정적 대답이 아이러니와 모순투성이의 '이상'스러운 언어를 창안했을 것이다. 하지만 이상 이래의 국어 파괴자들, 이를테면 김수영, 황지우 등은 '올바른'이라는 수사학을 배반함으로써 '파멸된 국어'의 반성 능력과 주체 재건의 가능성을 확인하는 전통을 문학사에 또렷하게 각인한다. 이상의 괴팍한 조선어가 한국어의 주어진 한계와 새로운 가능성을 거울과 램프로 함께 비추는 개성적인 모델이자 반면교사에 해당한다는 사실을 함께 토론해보는 일이 더욱 바람직한 까닭이다.

둘째, 이상은 '시적인 것'의 범주를 진선미가 아닌 추악하고 모순적인 것에서 구한 근대시 최초의 사례다. 왜곡된 성적 기표의 활용, 출구 없는 골목의 애호, 악수와 대화를 모르는 소외된 인간 군상의 전면화. 이에 대한 미적 반응과 윤리적 책무가 언어 파괴와 해사체 문장의 고안을 불러들였을 것이다. 요컨대 '형태 파괴'든 '시적인 것의 확장'이든 이 부정적 형식들은 인간 소외의 단조로운 표현이 아니라 「날개」의 마지막 장면이 암시하듯이 새로운 인간형과 그들의 생활이 보장되는 신세계 창조를 위한 언어적·문화적 실천의 일종이었다. 교육의 좌표와 목적에 의해 거의 배제되는 것이기는 하지만, 이상 문학에 고유한 충만한 에로스의 절대 부족과 왜곡된 섹슈얼리티의 과잉 역시 식민지 자본주의에 맞선 '박제가 된 천재'의 주체 회복과 재건 행위의 일종이었음을 어떤 형태로든 함께 읽을 필요가 있다.

그간 많은 변화가 있었지만, '학생' '청소년'과 같은 신분과 연령 지표는 이상 텍스트에서 배우고 읽어야 할 것보다 건너뛰고 숨겨야 할 것을 강조하는 지침의 토대가 되어 왔다. 하지만 이상 문학을 스스로 비추고 빛내는 '거울'과 '램프'에 대한 존중 없이는 '정전'으로서의 이상 텍스트는 누군가의 부분적 필요성에 부응하는 '강의 요목'으로 협소화될 수밖에 없다. 학생들의 '문학 능력'은 그들이 교육환경이나 수업진도 등 여러 이유로 지나칠 수밖에 없었던 이상 문학의 시대적·이념적·미학적 '원본성'을 새롭게 확인하기 위해서만이 이상 텍스트에 또 다시 초점을 맞추지는 않는다. 학생 중심 활동을 문학교육의 최종적 형식으로 또 다시 추인하기 위해서라도 다양한 형질과 다성적인 내용의 '원본성'을 학생들의 현실과 미학으로 다시 이끌어오는 작업이 필요하다. 전통의 현대성과 현대성의 전통을 동시에 추적하고 기입하는 '문학 능력'과 '기호 활동'이야말로 이상 텍스트의 정전화 능력, 곧 '정전'의 가능성과 '정전' 자체의 확장성을 드높이는 일의 기본 요건임이 새삼 확인되는 대목이다.

제2부

『12월 12일^{十二月十二日}』 다시 읽기

발표 매체의 특성과 문단사적 의미를 중심으로

김영민

1. 머리말

이상(李箱)은 한국 근대문학사를 대표하는 인물이면서 동시에 매우 예외적 인물에 속한다. 이상이 예외적이라 할 수 있는 이유 가운데 하나는 그의 등단 과정에 있다. 근대문학사의 주요 인물들은 대부분 종합 잡지나 문학전문지, 혹은 주요 일간신문의 문예면을 통해 등단한다. 하지만, 이상의 경우는 특이하게도 조선총독부가 발행한 잡지 국문판 『조선』을 통해 등단한다.[1] 더구나 이상의 첫 발표 작품은 장편소설이다. 그의 등단작 『12월 12일』(『조선』, 1930.2~12)은 완성된 원고를 편집자가 미리 받아 본 후 분재(分載)를 한 것도 아니었다. 『12월 12일』은 매월 작가가

---

[1] 최덕교 편저, 『한국잡지백년』(현암사, 2004)에는 1896년부터 1953년 사이에 발간된 한국 잡지 380여 종에 대한 해제가 총3권에 걸쳐 수록되어 있다. 하지만, 『조선』은 이 해제 목록집에도 올라 있지 않을 만큼 예외적인 매체이다.

집필한 작품을 그대로 잡지에 게재하는 순수한 의미의 연재소설(連載小說)이었다. 이는 전례를 찾아보기 어려운 일이다. 식민지시기 한국 문단에서 잡지에 소설을 연재하는 일이란, 기성 문인에게도 쉽게 허락되지 않는 일이었다. 한국 근대문학사에서 장편은 잡지보다는 신문을 통해 성장한 문학 양식이다. 연재 지면 확보의 어려움이라는 현실적 이유로 인해, 한국근대소설사에서 장편소설은 1920년대 말까지는 잡지와 일정한 거리를 유지할 수밖에 없었다.[2] 이상이 『12월 12일』을 발표하기 이전까지는 국내 잡지에 5회 이상 연재된 소설조차 찾기가 쉽지 않다.[3]

『12월 12일』에 내려진 가장 적극적인 평가는 이 작품이 이상 문학 세계의 근원을 이루는 작품이라는 것이다. 그런가 하면, 이 작품이 일정한 수준에 미치지 못하는 습작이라는 평가 또한 존재한다. 그런데, 이 두 가지 평가를 꼭 상반된 것이라고만 보기는 어려운 측면이 있다. 즉 전자의 평가가 심리적 양상 혹은 정신세계에 주목한 결과라면,[4] 후자의 평가는

---

2 이와 관련된 논의는 필자의 글, 「근대 개념어(概念語)의 출현과 의미 변화의 계보-식민지 시기 '장편소설'의 경우」, 『현대문학의 연구』 제49호, 2013, 7~46쪽 참조.

3 5회 이상의 연재물로는 염상섭의 「제야(除夜)」(『개벽』, 1922.2~6)와 현진건의 「지새는 안개」(『개벽』, 1923.2~10) 정도가 있다. 현진건의 「지새는 안개」는 단행본으로 간행되면서 장편소설의 모습을 갖추게 된다. 그러나 『개벽』에 9회에 걸쳐 연재된 내용은 작품의 전편(前篇)으로 원고지 400매 정도의 중편 분량에 해당한다. 당시로서는 이 정도 분량의 연재조차도 매우 이례적인 일이었다. 이와 관련된 논의는 박현수, 「세 개의 텍스트에 각인된 미디어의 논리-현진건의 『지새는 안개』 판본 연구」, 『대동문화연구』 제91집, 2015, 325~354쪽 참조.

4 김성수는 『12월 12일』을 이상 문학의 '정신적 기원'으로 읽어낸다. 김성수, 「이상 문학의 정신적 기원-『12월 12일』」, 『이상 소설의 해석』, 태학사, 1999, 33~81쪽 참조. 이경훈 역시 『12월 12일』을 '이상 문학의 근원적 좌표'로 읽는다. 이경훈, 「백부와 문종혁」, 『이상, 철천의 수사학』, 소명출판, 2000, 11~57쪽 참조. 사에구사 도시카쓰의 경우도 '『12월 12일』에 나타난 세계관이 시의 기법으로 그 방향이 전화되어 완성되어 갔다'고 보고 이 작품의 의미를 적극적으로 평가한다. 사에구사 도시카쓰[三枝壽勝], 심원섭 역, 「이상(李箱)의 모더니즘-그 성립과 한계」, 『사에구사 교수의 한국문학 연구』, 베틀북, 2000, 379쪽 참조. 신형기 역시 이 작품이 '그에게 공포가 어떻게 새겨졌는가 보여주는 문학적

서술 기법 등과 연관된 경우가 많기 때문이다.[5] 이런 이유로 인해, 하나의 논문 안에서 이러한 두 가지 방식의 평가가 공존하기도 한다.[6]

이 논문에서는 먼저, 이상이 어떻게 국문판 『조선』과 인연을 맺을 수 있었으며 또한 신인에 불과한 그가 어떻게 장편소설 『12월 12일』의 연재를 시작할 수 있었는가 하는 사실에 대한 개연성을 추적 검증해 보고자 한다. 지금까지 이상의 시와 소설에 대한 수많은 연구들이 수행되어 왔지만, 이상의 등단작을 매체의 성격과 연관 지어 해명한 연구는 아직 없다. 이를 통해 지금까지 상대적으로 주목을 덜 받았던 장편소설 『12월 12일』의 문단사적 의미를 다시 정리할 수 있을 것으로 기대한다. 구체적

원점'의 위상을 점하고 있음을 논증한 바 있다. 신형기, 「이상(李箱), 공포의 증인」, 『민족문학사연구』 제39호, 2009, 122~148쪽 참조. 김주현 또한 "이상의 「十二月十二日」은 첫 장편 이상의 의미가 있다. 이상 문학의 실마리를 제시하기 때문이다"라고 정리한다. 김주현, 『실험과 해체-이상 문학 연구』, 지식산업사, 2014, 238쪽.

5 예를 들면, 이상전집(全集)에 수록된 다음과 같은 해설은 이러한 평가를 대표한다. "이 작품이 보여주는 소설적 성취는 처녀작이라는 한계를 넘어서지 못한다. 그것은 서사적 기법의 미숙성에 기인한다. 특히 서술적 시각의 균형 감각을 유지하지 못하는 데에서 오는 여러 가지 문제성을 드러낸다. 이 작품은 장편으로서의 서사 구조를 유지하고 있지만, 그 서사성을 풍부하게 살려내지 못하고 있다. 인물의 설정이 도식적으로 이루어져 있으며 이야기의 짜임새와 그 전개 방식도 단조롭다. 이 작품이 이상 소설의 원점 또는 그 기원의 형태로 존재한다는 점은 부인할 수 없는 사실이지만 소설적 기법과 정신의 수준 자체를 문제 삼기에는 여러 가지 문제성을 지닌다."(「작품 해설 노트-「12월 12일」의 서사기법과 갈등 구조」, 권영민 편, 『이상전집』 제3권, 문학사상, 2009, 237~238쪽)

6 김윤식의 경우 "표층구조에서 보면 이처럼 도대체 논리적인 문맥이 성립되기 어렵고, 따라서 참다운 소설 측에 들기 어렵다"(김윤식, 「공포의 근원을 찾아서」, 『이상 연구』, 문학사상사, 1987, 42쪽)는 지적과 동시에, "처녀작 『12월 12일』을 이상 문학의 출발점이자 그 회귀점이라 할 것이다. 이 원점의 확인 때문에 이제 우리는 이상 문학의 본질에로 나아갈 수 있게 되었다. 그것은 역설의 미학이다(68~69쪽)"라고 평가한 바 있다. 김주현의 경우도 이 작품의 양면적 의미에 모두 주목한 바 있다. "그러므로 장편 『12월 12일』은 이상 소설의 첫 실험작이고, 자신의 글쓰기 방법을 명쾌하게 보여주는 작품"이면서도 "그 방법상이나 의미 형성에 실패한 작품으로 볼 수 있다"는 지적이 그러한 경우에 해당한다.(김주현, 『이상 소설 연구』, 소명출판, 1999, 373쪽) 김성수의 경우도 이상 문학의 정신적 기원으로서의 가치에 대한 평가와는 별도로, "이 소설은 설득력이나 개연성을 많이 떨어뜨리고 있는 것이 사실이다"(김성수, 앞의 책, 56쪽)라는 지적을 한 바 있다.

인 작품의 분석 과정에서는, 그동안 여러 연구자들로부터 비판 혹은 지지를 받아온 서사 구조의 문제 등에 대해서도 다시 생각해 보기로 한다. 기법과 세계관의 문제를 비롯하여, 작가의 말 및 프롤로그 해석 문제, 복자('×')의 해석 문제, 문체 선택의 문제 등에 대해서도 다시 읽기를 시도해 보기로 한다.

2. 국문판『조선』의 서지와 문예면의 필자들

조선총독부는 식민지 통치전략 가운데 하나로 인쇄매체를 적극 활용했다.『경성일보(京城日報)』와『매일신보(每日申報)』는 이를 대표한다.『매일신보(每日申報)』는 조선총독부가 한일병합 직후인 1910년 8월『대한매일신보』를 인수해 제호만을 바꾸고 지령은 그대로 이어간 신문이었다. 이듬해인 1911년 6월 조선총독부는『조선총독부월보(朝鮮總督府月報)』를 새롭게 창간한다. 이는 조선총독부가 발행한 최초의 월간 잡지가 되는 셈이다.『조선총독부월보(朝鮮總督府月報)』는 1915년 3월부터『조선휘보(朝鮮彙報)』로 제호가 바뀌고, 1920년 7월부터는 다시『조선(朝鮮)』으로 제호가 바뀌는데 이 제호로 1944년 12월호까지 발행된 후 폐간된다.『조선총독부월보(朝鮮總督府月報)』나『조선휘보(朝鮮彙報)』는 모두 일제의 선전 매체로서의 성격을 노골적으로 드러내는 인쇄물이었다. 그러나 이에 비하면『조선(朝鮮)』은 "이전까지의 관보적 성격을 거의 탈각하고 마치 대중용 고급 교양잡지와 같은 형식"[7]을 취한 모습으로 발행된다. 『조선총독부월보(朝鮮總督府月報)』와 『조선휘보(朝鮮彙報)』 그리고 『조선(朝鮮)』은 모두 일본어로 쓰인 잡지였다.[8] 조선총독부는 국문판 잡지의 필요성을 인식하고 새로운 월간지를 추가로 발행하게 되는데 그것이 바로 국문판 『조선』이다. 국문판 『조선』은 일본어판 『朝鮮』과는 내용이 구별되는 새로운 잡지이다. 즉 일본어판 『朝鮮』과 국문판 『조선』은 부분적으로 겹치는 기사가 없는 것은 아니지만, 전반적으로 볼 때 내용과 목차의 구성이 많이 달랐다. 국문판 『조선』지는 처음에 『諺文 朝鮮』으로 시작하여 『朝鮮文 朝鮮』을 거쳐 『됴션문 朝鮮』, 『죠션 朝鮮』, 『조선 朝鮮』 등으로 제호가 바뀐다. 이상의 『12월 12일』 첫 회가 수록된 잡지의 제호는 『죠션 朝鮮』이었다.[9] 이 잡지의 창간호는 확인된 바 없지만, 현존하는 판본의 호수를 바탕으로 역산하면 국문판 『조선』은 1917년 10월에 첫 호를 발행한 것으로 추정된다.[10]

---

7 조형근·박명규, 「식민권력의 식민지 재현 전략」, 『사회와 역사』 제90집, 2011, 180쪽. 『조선총독부월보』가 통치를 위한 자료 수집을 목적으로 창간된 잡지였던 것에 반해, 『조선』은 자료집이나 관보가 아니라 일반 종합잡지에 가까운 형식을 취하게 된다. 이러한 『조선』의 매체적 성격은 일제가 총력전 체제로 돌입하기 이전인 1936년까지 지속된다. 『조선』의 성격 변화는 1919년의 3·1운동의 여파로 시행된 이른바 문화정치의 일환으로 이해할 수 있다. 같은 글, 180~187쪽 참조.

8 참고로, 조선총독부가 발행한 잡지 『조선』 외에도 식민지시기에 간행된 잡지 가운데는 또 하나의 일본어판 월간지 『朝鮮』이 별도로 존재한다. 이는 1908년 3월 일본의 민간인에 의해 창간되어 한일병합 이후까지도 계속 발간된 것으로 1912년 1월부터는 제호를 『朝鮮及滿洲』로 바꾸어 발행하게 된다. 이 잡지는 1941년 1월 통권 398호까지 발간된 바 있다.

9 이후 제2회분이 수록되는 1930년 3월호부터는 제호가 『조선 朝鮮』으로 변경된다. 국문판 『조선』은 자료 전체가 전하는 것이 아니라서 서지사항에 대한 믿을 만한 정리조차 이루어지지 않은 형편이다. 가장 최근에 간행된 판본은 2011년에 문현출판사가 영인한 것으로 1923년 1월호(제64호)부터 1924년 6월호(제81호)까지, 그리고 1925년 7월호(제93호)부터 1934년 3월호(제197호)까지 발행본이 수록되어 있다. 국립중앙도서관에 소장된 호수의 경우는 모두 이 영인본에 포함되어 있고, 이 영인본에 포함되지 않은 것 가운데 구독이 가능한 호수는 연세대학교 중앙도서관 고서실에 소장된 1920년 12월호(제39호) 및 1921년 12월호(제51호)가 있다.

국문판『조선』이 겨냥한 독자는 누구였을까? 일본어판『朝鮮』은 "일본어 해독이 가능한 조선인과 일본인을 망라한 총독부 소속 관리들, 조선 내에 거주하는 일반 조선인들, 일본인들은 물론, 본국에 거주하는 일본인(공직자 및 민간인)들도 독자대상으로 상정"[11]하고 있었다. 국문판『조선』이 대상으로 삼았던 독자층은 부분적으로는 이와 겹치지만, 한글 해독이 가능한 조선인이 주가 되었을 것이라는 점만은 분명하다. 국문판『조선』이 창간된 1917년 10월은 최남선이 창간한 종합잡지『청춘(青春)』이 한참 주목을 받던 시기이고,『신문계(新文界)』의 후신인『반도시론(半島時論)』이 창간된 직후이기도 하다.『반도시론』은 사장이 일본인 다케우치[竹內錄之助]였으며 편집 겸 발행인이 우에노 쇼키치[上野政吉]였다. 당시 조선에 와 있던 일본인 관리들 또한 이 잡지의 필자로 비교적 활발히 참여하고 있었다. 당시『신문계』와『반도시론』이 효율적인 식민지 지배를 위한 문화 매체로서의 역할을 나름대로 수행하고 있었다는 점을 생각한다면, 조선총독부가 별도의 국문판 월간지를 창간했다는 점은 바로 납득하기 어려운 측면이 있다. 이러한 점에서 접근할 때, 국문판『조선』은 조선인 가운데서도 대중독자보다는 관리 및 관공서 관련 업무를 수행하는 사람들을 주요 독자로 상정했을 가능성이 높다. 창간 초기 수년 동안 국문판『조선』이 문학작품 및 학술 기사보다는 일반 행정이나 법규 관련 기사를 주로 수록했다는 사실은 이러한 가능성을 뒷받침한

---

10 참고로, 기존의 연구에서는 '국문판『조선』의 창간 시기는 1919년 1월로 추정 가능하다'(이복규,「조선총독부 기관지 국문판『朝鮮』지(1924.1~1934.3) 수록 문학작품 및 민속·국문학 관련 논문들에 대하여」,『국제어문』제29집, 2003, 425쪽 참조.)고 서술하고 있다.

11 조형근·박명규, 앞의 글, 191쪽.

다.[12] 일본어판 『朝鮮』에 실린 광고 문안에는, 국문판 『조선』의 기사 내용을 "행정, 산업, 납세, 민적, 예규 등 지방행정에 필요한 사항을 망라함"이라 적고, "본지는 기사평이 순언문으로 조선인은 누구나 쉽게 접근하고 내지인도 조선어를 습득하는데 절호의 참고서가 됨"이라고 밝힌 바 있다.[13] 이로 미루어 보면, 일부 일본인 또한 독자로 상정하고 있었다는 추정이 가능하지만, 내용 구성으로 미루어볼 때 국문판 『조선』이 일본인을 위한 조선어 습득 참고서로써 그렇게 적절한 수준이었다고는 생각되지 않는다. 국문판 『조선』은 홍보지의 성격이 짙기는 했으나 무료로 배포된 잡지가 아니라 판매를 위한 유가지로 제작되었다. 발간 초기의 정가는 25전으로 되어 있지만 점차 가격을 낮추어 1930년 당시에는 15전에 판매되었다.

국문판 『조선』에 수록된 문학작품의 편수는 '시 작가와 작품 총 53명에 156편, 동요 작가와 작품 총 38명에 77편, 민요시 작가와 작품 총 4명에 11편, 시조 작가와 작품 총 15명에 79편, 번역시 작가와 작품 총 2명에 5편, 소설 작가와 작품 총 15명에 25편, 동화 작가와 작품 총 1명에 1편, 희곡 작가와 작품 총 3명에 3편, 평론 작가와 작품 총 2명에 2편'[14]

---

12 국문판 『조선』의 성격을 개괄적으로 이해하는 데는 다음의 서술이 도움이 된다. "101호의 「기고환영」 기사를 보건대, 100호까지는 "일반 행정, 산업, 법규 등"에 관한 기사만 실었기에, 문학작품은 수록되어 있지 않았다는 것을 알 수 있다. 101호(1926.3)부터 편집방침을 바꾸어 "조선에 재한 각반 고사자료(攷事資料), 사회개선, 지방의 양풍미속, 각승고적소개, 기행문, 사조(詞藻) 급 내지시찰단 감상기록"등의 기사도 수록하게 되었다는 것을 알 수 있는 것이다. 실제로 현전하는 책들을 보면, 98호까지는 한시 외에는 문학작품이 전혀 실리지 않다가 99호(1926.1)에 와서 배상철의 시 2편이 실리고, 101호에서 새로운 편집방침을 홍보한 후, 103호부터 문학작품이 실리기 시작하였음을 확인할 수 있다. (이복규, 위의 글, 425~426쪽 참조.)

13 정근식, 「조선문 『朝鮮』 해제(解題)」, 『朝鮮文 朝鮮』, 도서출판문현, 2011, 4쪽 참조.

14 이복규, 앞의 글, 428~431쪽 참조. 참고로, 당시에는 동일한 작가가 본명과 필명을 혼용

등이다. 국문판『조선』의 필자는 조선총독부 정무총감, 총독부의 국장
또는 과장, 드물게 국책회사 임원, 일본인 촉탁 등과 함께 면사무소나 관
청에 근무했던 조선인들이었다. 국문판『조선』의 편집자는 명시적으로
나타나 있지 않지만, 오청, 이종준, 성옥환, 심우섭 등이 가능성 있는 인
물로 거론된다.[15] 이상이 등단하던 1930년 당시 문예면의 편집에는 일
본의 시인이었던 마쓰다 가쿠오[松田學鷗][16]가 관여했다. 이 시기 국문판
『조선』의 시단(詩壇)과 한시(漢詩)란에는 "松田學鷗 選"이라는 표기가 되
어 있다. 마쓰다 가쿠오는『12월 12일』의 연재가 시작되던 1930년 2월
호에도 한시의 선자로 소개가 되어 있다. 그가 당시 소설의 선자로도 활
동했는지에 대해서는 기록이 없다. 다만, 국문판『조선』이 시 선자와 소
설 선자를 별도로 두고 운용했을 가능성보다는 통합해 운용했을 가능성
이 더 크다. 매 호 여러 편씩 수록되던 시와 달리 소설의 경우는 게재 편
수가 지극히 적었다는 점도 이러한 가능성을 뒷받침한다. 이 점에서 보
면『12월 12일』의 게재에도 마쓰다 가쿠오가 관여했을 가능성이 있다.
이후 1931년 5월로 가면 문원(文苑)란의 선자로 오청(吳晴)이 등장한
다.[17] 마쓰다 가쿠오와 오청이 문필가였던 것은 분명하지만, 두 사람 모
두 한국 문단에서 활동하던 인물은 아니었다. 마쓰다 가쿠오와 오청의

하면서 동시에 여러 편의 작품을 발표한 사례가 적지 않았다. 따라서 실제 작가의 수는
여기 정리와는 차이가 있다. 예를 들면 이해문(李海文)의 경우, 이고산(李孤山) 등의 필
명을 사용해 여러 편의 작품을 동일한 잡지에 투고했다. 이와 관련된 논의는 김정훈, 「국
문판『조선(朝鮮)』지 수록 현대시 연구,『국제어문』제30집, 2004, 127~131쪽 및 149
쪽 참조.
15 정근식, 앞의 글, 6쪽 참조.
16 본명은 마쓰다 코[松田甲]이다.
17 오청은 민속학자로서는 비교적 잘 알려진 인물이다. 그는 국문판『조선』에 창애생(蒼崖
生)이라는 필명으로 「SK에게」(1926.3)라는 시를 발표한 바도 있다. 이와 관련된 논의는
김정훈, 앞의 글, 113~115쪽 참조.

직책은 조선총독부 촉탁이었다. 국문판『조선』의 문예 작품의 필자들은 황석우(黃錫禹)의 경우를 예외로 할 뿐,[18] 대부분의 경우 문단에 잘 알려지지 않은 인물이다. 국문판『조선』에 가장 많은 작품을 발표하게 되는 이해문(李海文)의 경우는 점차 전문 시인으로 성장해 시집『바다의 묘망(渺茫)』(1939)을 출간하는 등 나름 활발한 활동을 이어가게 되지만,[19] 국문판『조선』에 첫 작품을 발표하던 1929년 당시에는 전혀 알려지지 않은 신인에 불과했다. 이해문은 국문판『조선』1929년 7월호(제141호)부터 1934년 3월호(제197호) 사이 총 44회에 걸쳐 50여 편의 작품을 발표한 바 있다. 거의 매호에 작품을 발표하고 있는 셈이다. 그는 시와 소설뿐만 아니라, 동요와 민요 등 다양한 장르의 작품을 창작 게재한다. 국문판『조선』지에 비교적 꾸준히 활동을 하면서 문단 경력 또한 지니고 있던 인물로는 배상철(裵相哲)의 경우를 들 수 있다. 배상철은 국문판『조선』지에 자유시 작품「새해」와「저금(貯金)」을 1926년 1월호(제99호)에 발표한 바 있다. 배상철은 이 작품을 발표하기 이전 1925년『매일신보』신춘문예를 통해 등단했다. 이후 배상철은 1928년『조선일보』신춘문예에 다시 시가 당선되기도 하였지만[20] 문단에서 크게 주목받는 시인으로 성장하지는 못한다. 배상철은 1926년 1월호(제99호)부터 1933년 12월호(제194호) 사이 총 27회에 걸쳐 약 20편의 작품을 발표한다. 배상철은 시와 번역시 및 동요, 그리고 평론과 번역소설을 연재했다. 이밖에 국

---

18 황석우는 국문판『조선』제132호(1928.10)에「생량(生凉)」과「표박아(漂泊兒)」라는 두 편의 작품을 발표했다.
19 이해문의 시세계에 대한 상세한 정리는 심원섭,「고산(孤山) 이해문(李海文)의 시 연구 —사상적 특성과 현실관을 중심으로」,『국제어문』제35집, 2005, 163~194쪽 참조.
20 배상철의 문단활동에 관한 상세한 논의는 김정훈, 앞의 글, 117~127쪽 참조.

문판『조선』에 10편 이상의 작품을 발표한 인물들로는 전의식(全萱植), 윤서야(尹曙野), 한유순(韓裕順) 등이 있다.

국문판『조선』문예면의 대표적 필자들인 이해문과 배상철의 공통점은 두 사람 모두 충청남도에서 면서기(面書記)를 지냈다는 사실이다. 배상철은 자신의 고향인 연기군에서 면서기를 지냈고 이해문 역시 출생시였던 예산군에서 면서기를 지냈다. 국문판『조선』은 관공서 주변 인물들에게 매우 관대하게 지면을 할애했다. 문단적 지위와는 큰 관계없이, 국문판『조선』은 이들에게 마치 편집 동인에 버금가는 지면을 제공했던 것이다. 이는 학예논문 필자의 경우도 마찬가지였는데, 국문판『조선』지에서 적극적 집필 활동을 펼친 이능화는 당시 조선총독부 산하 조선사편찬위원회를 거쳐 조선사편수회의 위원으로 근무하고 있었다. 이능화와는 정치적 성향이 전혀 달랐던 안확이『조선』지의 주요 필진 가운데 한 사람으로 활동하게 되었던 것도 그가 1928년부터 전통 음악인 아악(雅樂)을 정리 연구하기 위해 이왕직(李王職) 아악부(雅樂部)에 촉탁으로 근무하고 있었던 때문으로 보인다. 이왕직관제(李王職官制)는 조선총독의 지휘를 받고 있었다.「조선민요의 연구」 등 상당수의 민속학 관련 논문을 게재한 김지연(金志淵)도 당시 직위가 총독부 촉탁(總督府囑託)이었다. 김지연은『12월 12일』 첫 회가 발표되던『조선』 제148호에도「조선문학(朝鮮文學)과 어희고(語戱考)」라는 논문을 싣고 있는데, 그의 직책은 경성제대(京城帝大) 조수(助手)로 소개되어 있다.

이해문과 배상철 두 사람은, 1930년 2월 10일자로 충남 예산(禮山)에서 창간된 문학동인지『문예광(文藝狂)』 창간호에 나란히 작품을 발표한 바 있다. 이때 배상철은 자신의 본명으로 작품을 발표했지만, 이해문은

금오산인(金烏山人)이라는 필명을 사용했다.[21] 그런데, 국문판『조선』에
이해문 다음으로 많은 총 16편의 시를 게재한 바 있는 채규삼(蔡奎三)도
『문예광』에 시와 수필 등의 글을 실었다. 채규삼은 고향이 함경남도 정
평(定平)으로 기재되어 있지만,『문예광』에 글을 실은 것으로 미루어 볼
때, 당시 충청남도 지역에서 거주 또는 근무를 하고 있었을 가능성이 크
다. 흥미로운 사실은 이 잡지가 표지 하단에 '무명작가 발표기관지(無名
作家 發表機關誌)'라는 표기를 별도로 하고 있다는 점이다.[22] 결국 국문판
『조선』을 통해 매우 왕성한 작품 활동을 펼친 인물들 대부분이 관공서
주변 인물로, 문단에서는 별반 지명도가 없는 이른바 '무명작가' 군에 속
했던 인물들이었던 셈이다.

3.『12월 12일』 다시 읽기

　국문판『조선』에 소설이 실리기 시작한 것은 1928년 3월부터이다. 이
때 발행된 국문판『조선』 제125호에는 석천(石泉)의 작품「짐생의 신세
타령」이 수록되어 있다. 이후로는 석천의 또 다른 작품「기우(奇遇)의 남
매(男妹)」(1928.6)와 성남생(星南生)의「인정(人情)의 미(美)」(1929.4~5)·
「보원(寶媛)의 참을ㅅ성」(1929.7~8)·「의문(疑問)인 철로(鐵路)의 시체

21　금오산인이 이해문의 필명이라는 사실은 잡지 집필자 방명록(芳名錄)에 따로 밝혀져 있다.
22　최덕교 편, 앞의 책, 417~418쪽 참조.

(屍體)」(1929.9~11)・「효행(孝行)」(1930.1), 그리고 김눌재(金訥齋)의 「순자(順子)의 설음」(1929.12~1930.1) 등이 연재된다. 1930년 1월호에 수록된 「효행」과 「순자의 설음」은 모두 미완성 상태였다. 하지만 그 다음호에는 이 두 작품이 사라지고, 별다른 설명 없이 이상의 『12월 12일』의 연재가 시작된다.

국문판 『조선』의 성격과 문예란 필자들의 명단을 염두에 두면, 이상이 어떠한 과정을 거쳐 이 잡지에 작품을 발표하게 되었는가에 대한 추정이 가능해진다. 국문판 『조선』은 다른 잡지들과 마찬가지로 독자투고를 받고 있었다. 그러나 이상이 독자투고 형식을 통해 잡지사에 원고를 보냈을 가능성은 전혀 없다. 그 이유로는, 국문판 『조선』의 독자 투고가 주로 시와 한시를 중심으로 이루어졌고, 소설의 경우는 응모 분야가 단편소설로 한정되어 있었다는 점을 우선 들 수 있다.[23] 이상의 『12월 12일』은 편집부의 일상적인 청탁 과정을 통해 게재된 원고였다. 『12월 12일』은 국문판 『조선』 1930년 2월호(제148호)부터 그해 12월호(158호)까지 연재되었다. 중간에 8월호(제154호)와 11월호(제157호)는 연재를 걸렀기 때문에 총 발표 회수는 9회이다. 제4회 연재분 서두 '작가의 말'에는 "一九三〇, 四, 二十六, 於義州通工事場"이라는 표기가 되어 있다. 5월호에 연재될 원고를 4월 말에 써서 잡지사에 보낸 것이다.[24] 이로 미루어 보면, 이상은 『12월 12일』의 원고가 완성된 상태에서 분재(分載)를 한 것이 아니라 이를 매달 써나간 것임을 알 수 있다. 1930년 9월호에 게재된 제7회의 말미에 "차회완(次回完)"이라고 예고했다가, 이후 두 회

---

23 「기고 환영(寄稿歡迎)」, 국문판 『조선』, 1929년 5월호, 127쪽 참조.
24 국문판 『조선』은 통상적으로 매월 13일에 인쇄되어 15일에 발행되었다.

를 더 연재한 것을 보아도 이러한 사실을 확인할 수 있다. 이상과 국문판 『조선』이라는 지면 사이의 가장 개연성 높은 연결 고리는, 1930년 당시 그의 근무처가 조선총독부 관방회계과(官房會計課)였고『조선』지의 발행 주관 실무부서가 관방문서과(官房文書課)였다는 사실이다. 조선총독부 내의 여러 부서 가운데서도 서로 이웃한 회계과와 문서과 사이의 관계가, 이상이 원고를 청탁받는 하나의 계기로 작용했을 개연성이 가장 큰 것이다. 조선총독부 내에서『조선』지의 편집진에게 이상이라는 인물의 존재를 알리는 데에는, 그가 1929년 조선건축회(朝鮮建築會)의 일본어 잡지『조선과 건축(朝鮮と建築)』의 표지 도안 현상 모집에 1등으로 당선되었다는 사실 또한 촉매로 작용했을 것이다. 이상이 도안한『朝鮮と建築』의 표지가 1930년 1월부터 사용되기 시작했고, 그의 작품『12월 12일』이 1930년 2월부터『조선』에 연재되기 시작했다는 사실을 단지 우연의 일치로만 돌리기는 어렵다. 그가 문단활동 경력이 전혀 없는 인물임에도 불구하고 장편소설을 연재할 수 있었던 것은, 앞에서 살펴보았듯이 국문판『조선』이 관공서 주변의 '무명작가'들에게 지면을 할애하는 일에 매우 관대했기 때문이다. 그가『12월 12일』의 연재 이후에「지도(地圖)의 암실(暗室)」및「휴업(休業)과 사정(事情)」을 계속 발표할 수 있었던 것도 같은 연유로 가능했다. 창간과 동시에 폐간을 염려하는 등 장편소설의 연재를 시도조차 할 수 없었던 여타 잡지에 비해, 국문판『조선』은 상대적으로 매우 안정적인 잡지였다. 잡지『조선』은 유가(有價)의 잡지였음에도 불구하고 상업적 판매의 성공 여부는 물론 문예란에 대한 독자들의 반응에 대해서도 크게 개의치 않았던 것으로 보인다. 국문판 『조선』에는 시와 시조 및 동요 등에서 동일한 작가의 작품이 여러 호에 걸쳐 반복적으로 게재된 경우가 적지 않았고, 이들 작가의 대부분이 무명이었으며, 그들 작품의 완성도 또한 그리 높은 것이 아니었다는 점이 이를 말해준다.[25] 그런 점에서, 국문판『조선』은 오히려 문학청년 이상에게는 자신의 작품 세계를 마음 놓고 시험해 볼 수 있는 최적의 조건을 갖춘 잡지였던 셈이나. 이는 결국『12월 12일』의 서사 구조에도 영향을 미친 것으로 판단된다.『12월 12일』이 연재 장편소설이었음에도 불구하고, 연재소설이 쉽게 외면하기 어려운 대중성 추구로부터 자유로울 수 있었던 것도 이러한 매체의 성격과 관계가 깊다.

『12월 12일』은 연재 첫 회부터 다음 회까지는 '인정미담(人情美談)'이라는 표제 아래 발표되었다. 그러다가 제3회 이후부터는 이러한 표제가 사라진다. 이에 대해서는 "본격적 창작으로 간주된 것은 그때부터이다"[26]라는 해석이 이루어졌다. 제3회 이후부터 본격적 창작물로 간주되면서 '인정미담'이라는 수식적 표제가 사라졌다는 것이다. 그러나 이러한 해석은 수긍하기 어렵다. 그렇게 해석할 수 있는 근거가 어디에도 없기 때문이다. 오히려,『12월 12일』연재 첫 회분부터 본문 서두에 제목이 "創作 十二月十二日"로 명기가 되어 있다는 점을 주목할 필요가 있다. 잡지 속표지에 이어 나오는 목차 소개에도 "인정미담(人情美談)『12월 12일』(創作)"으로 소개가 되어 있다. '인정미담'이라는 용어의 사용은 전적으로 작품의 내용과 관련된 것으로 보아야 한다.『12월 12일』보다 앞서 발표된, 성남생(星南生)의 소설「인정(人情)의 미(美)」(1929.4~5)가 사회

---

25 국문판『조선』에 수록된 시 작품의 경우 "많은 작품이 문학사적으로나 미학적으로 별 의미를 가지지 못하는 습작"(김정훈, 앞의 글, 149쪽)이라는 지적을 참고할 수 있다.
26 김윤식,『이상 연구』, 문학과사상사, 1987, 23쪽.

미담(社會美談)이라는 표제 아래 연재된 것도 이 작품이 다루는 소재 때문이었다. 국문판『조선』의 편집자가 제3회부터 이 작품에서 '인정미담'이라는 수식을 삭제한 이유는 이때부터 업을 둘러싼 비극이 시작되기 때문이다. 이른바 '허영, 방종, 타락, 액운, 파산' 등으로 이어지는 줄거리를 보면서 거기에 이른바 '정(情)이 넘치는 이야기'를 의미하는 '인정미담'이라는 수식을 더 이상 붙이기 어려웠던 것이다.

『12월 12일』의 연재 첫 회에는 일종의 프롤로그가 첨부되어 있다. 이 프롤로그는『12월 12일』이라는 작품에 담기게 될 작가의 주제의식을 미리 보여준다. 프롤로그를 통해 전달되는 작가의 생각은 이러하다. 첫째, 세상은 돌연적·우연적이고 숙명적이다. 둘째, 세상은 자신이 생각하는 바와는 다른 것이다. 셋째, 불행한 운명 가운데서 난 사람은 끝내 불행한 운명에서 울어야만 한다. 이는 결국, 세상일은 모두 우연 혹은 숙명에 따라 진행되는 것이라는 하나의 결론으로 집약된다. 그런데 엄밀히 말하면 돌연과 우연, 그리고 숙명은 같은 층위에서 말해질 수 있는 단어들이 아니다. 돌연과 우연이 '뜻하지 않게 일어나는' 일이라면, 숙명은 '피할 수 없이 일어나는' 일이기 때문이다. 그럼에도 불구하고 굳이 이 단어들이 함께 사용될 수 있는 근거를 제시한다면, 이들은 결국 '당사자의 의사와는 관계없이 일어나는' 일이라는 공통점이 있다. 세상은 인간의 의지와는 관계없이, 타고난 운명에 따라 예정된 대로 돌아간다. 인간의 삶이 비극적인 이유가 여기에 있다.

이상은 연재분 제4회 본문에 앞서 '작가의 말'을 통해서 또 한 번 작품에 대한 해설을 시도한다. 이상이 '작가의 말'을 통해 전하고 싶은 메시지는『12월 12일』이 '무서운 기록'이라는 점이다. '작가의 말'은 프롤로

그와 더불어, 『12월 12일』을 이해하는 데 중요한 역할을 한다. 그 일부를 인용하기로 한다.

나는 지금 희망한다 그것은 살겠다는 희망도 죽겠다는 희망도 아모것도 안이다 다만 이 무서운 긔록을 다 써서 맛초기 전에는 나의 그 최후에 내가 차지할 행운은 차자와 주지 말앗스면 하는 것이다 무서운 긔록이다.

펜은 나의 최후의 칼이다.

— 「一九三○, 四, 二十六, 於義州通工場」[27]

이상이 여기서 말하는 '무서움'의 정체는 "「자살충동」과 밀접한 관련 밑에서 해명될 성질의 것"[28]이기도 하고, "그 문제의 핵심이 가족 구성원 사이의 대립과 갈등, 그리고 거기서 비롯된 원한과 관련될 수 있다는 사실"[29]이기도 하다. 프롤로그와 '작가의 말'은 유사해 보이면서도 성격상 차이가 크게 나는 글이다. 프롤로그는 작품 속 등장인물의 행위에 대한 해설을 목적으로 한다. 그러나 '작가의 말'은 자신의 글을 쓰는 행위에 초점이 맞추어져 있다. 따라서 이 글에서 보이는 '무서운 긔록'이라는 구절들은, 작품의 내용이 무서운 것일 뿐만 아니라 동시에 글을 쓰는 자신의 행위 또한 무서운 것이라는 의미로도 해석될 필요가 있다. 특히 마지막에 반복되는 '무서운 기록'이라는 구절 뒤에 '펜은 나의 최후의 칼이다'라는 표현이 이어진다는 점을 염두에 둘 필요가 있다. '무서움'을 표

---

27 김주현, 『증보 정본 이상문학전집』 제2권, 소명출판, 2009, 76~77쪽. 단, 띄어쓰기는 현대 맞춤법에 준해 재교열하는 방식으로 인용하였음.
28 김윤식, 『이상 연구』, 문학과사상사, 1987, 23쪽.
29 권영민, 「작품 해설 노트─『12월 12일』의 서사기법과 갈등 구조」, 243쪽.

현하는 이러한 문맥은, 후일 그의 대표작으로 자리 잡게 되는『오감도(烏瞰圖)』「시제1호(詩第一號)」(『조선중앙일보』, 1934.7.24)에서 주체인 '무서워하는 아이'와 객체인 '무서운 아이' 사이의 구별이 불가능한, 혹은 그러한 구별이 아무런 의미를 지니지 못하게 되는 맥락과 동일하다. 이상은 지금 자신이 놓인 상황을 '나의 이 무서운 생활'이라는 구절로 표현한다. 그가 자신의 생활을 무섭다고 표현한 이유는 그가 죽음과 삶 사이에서 줄타기를 하고 있기 때문이다. 서두에 나오는 "노(繩) 우에 슨 도승사(渡繩師)의 모양"이란 구절은 이러한 줄타기를 의미하는 것이다. 그는 모든 것이 무섭지 아니한 것이 하나도 없으나, 그 가운데서도 '죽을 수도 없는 실망'이 가장 큰 좌표를 점유한다고 발언한다. 이상은 죽음 혹은 자살을 행운과 연관 짓고, 살아 있음을 실망과 연관 지어 표현하기도 한다. 그가 자살을 동경하는 이유는 그것이 곧 '복수(復讐)'를 의미하기 때문이다. '죽지 못하는 실망과 살지 못하는 복수'는 곧 그가『12월 12일』의 프롤로그에서 강조하던 운명론과 연관된다. 자살은 곧 운명에 대한 저항과 복수를 의미한다. 하지만 그는 당장은 죽음을 선택할 마음이 없다. 그는 적어도 글을 쓰는 동안에는, 이른바 '최후의 행운'으로 간주되는 죽음조차도 찾아와주지 말았으면 하는 기대를 품는다. 작가 이상은 운명에 저항하는 방식으로, 자살 대신 글을 쓰는 일을 선택한다. 결국 그는 '펜은 나의 최후의 칼'이라는 표현을 사용함으로써, 글 쓰는 일을 통해 자신이 자신의 방식으로 운명에 저항하고 있음을 알리고 있는 것이다.

『12월 12일』은 프롤로그가 끝나고 제1장으로 들어가지만,[30] 엄밀히 말하면 1장 또한 서사의 시작이 아니다. 서사를 이해시키기 위해 다시

---

30 실제 작품에서는 단지 아라비아 숫자 '1'로만 표기되어 있다.

한 번 작가가 개입해 독자에게 설명하는 부분이 제1장인 것이다. 프롤로그가 작품 전반에 대한 해설을 목적으로 한 것이라면, 제1장은 주인공인 '그'의 성격에 대한 해설을 목적으로 쓰인다. 제1장에서 작가는 '통절한 자극과 심각한 인상'은 사람의 성격까지도 변화시킨다는 전제를 제시한다. 그리고 '그'가 지난 2, 3년 동안 아픈 자극을 통해 용모와 표정과 어조까지 변화된 인물이라는 점을 강조한다. 이러한 도입 과정을 거친 뒤 제2장에 이르러서야 『12월 12일』은 비로소 본격적인 서사 구조를 펼쳐보이게 된다. 『12월 12일』의 서사 구조는 조카 업으로 인한 주변 인물들의 비극을 그려내는 일에 초점이 맞추어져 있다. 이 작품에서는 그와 여타 등장인물들이 겪는 비극이 모두 조카 업으로부터 시작된다. 그 점에서 보면 『12월 12일』의 이야기 줄거리를 끌고 가는 외형상의 주인공은 그이지만, 서사구조상 실제 주인공은 업이라 할 수 있다. 이야기 구조의 핵심에 업이 있고 비운을 겪게 되는 '그(X), T, M, C' 등 모든 인물이 업의 주변에 배치되어 있는 것이다. 이들 주변인물은 모두 업과 일정한 관계를 맺고 있고, 그 관계가 결국은 비극을 불러온다. 『12월 12일』은 업으로 인한 비극의 순환을 이야기하고 있는 작품이다. 조카에게 붙여진 '업'이라는 이름은 곧 업(業)을 의미한다는 사실에 대해서는 이미 충분한 논의가 이루어져 있다.[31] '업'이라는 이름은 이른바 중의적 명명법에 의한 것이다. 업(業)은 인과관계(因果關係)를 포괄하면서, 전생의 소행에 따

---

31 이와 관련해서 이경훈은 "업(業)의 의미는 바로 이것이다. 그것은 백부로 상징되는 이상의 업보이다"라는 지적을 한 바 있다. 이경훈, 『이상, 철천의 수사학』, 소명출판, 2000, 16쪽. 사에구사 도시카쓰[三枝壽勝]도 '그의 조카인 「업」은 발음 자체에서 죄업(罪業)의 업(業)을 연상시킨다'는 지적을 한 바 있다. 사에구사 도시카쓰, 앞의 책, 2000, 369쪽 참조.

른 현세의 응보(應報)를 의미하는 어휘이다. '업'이라는 이름의 의미 해석과 더불어 또 하나 주목할 것은, '그'의 이름이 영문 이니셜 'X'가 아니라 복자 '✕'일 가능성이 있다는 견해이다. 이 견해 역시 연구자들에게 적지 않은 공감을 불러일으켰다.[32] 이러한 견해가 개연성이 없는 것은 아니다. 하지만, 작품 내에서 이에 관한 근거를 확인하기는 쉽지가 않다. 그의 이름이 'X' 대신 '✕'로 인쇄된 것은, 특별한 의미가 있다기보다는 단순히 조판상의 편의성 때문이었던 것으로 보인다. 그렇게 보는 이유는, 우선 이 작품에 가장 많이 사용된 부호가 ✕라는 점에 있다. 이상은 장면 전환이나 단락 구분을 위해 거듭 이 부호를 사용했다. 『12월 12일』에서는 '그'의 이름을 '✕'라는 부호로 표기하기 이전에 이미 '✕✕✕'를 4번, 따라서 ✕라는 부호 자체로만 보면 이미 12번을 사용했다. 특히 '✕✕✕'의 사용은 그의 이름이 '✕'로 표기되기 직전 부분에 많이 몰려 있다. 이후로도 이 부호는 무려 200회 가까이 사용이 된다. 따라서 식자공은 연이어 계속 나오는 유사한 부호를 굳이 '✕'와 'X'로 구별해 조판할 필요를 느끼지 못했을 가능성이 크다. 이 둘을 동일한 활자로 조판하는 것이 독자들에게 특별한 의미로 해석될 것이라는 생각을 할 수 없었던 것이다. 이상이 손으로 직접 쓴 원고에서 부호 '✕'와 'X'가 쉽게 구별이 되지 않았을 가능성도 배제할 수 없다. 국문판 『조선』에 수록된

---

[32] 김성수는 국문판 『조선』에 게재된 텍스트를 세밀히 살펴본 결과 "주인공 '그'의 이름이 최초의 게재지 『조선』에는 복자(伏字)인 '✕'로 되어있지만 (…중략…) 주인공의 이름으로 영문자 'X' 대신 '✕'를 사용한 것에 대해서는, 단순하게 조판상의 편의로 보거나, 아니면 '✕'라는 복자가 갖는 부정칭의 의미로 규정하는 두 가지 설명이 가능하다"는 의견을 제시한 바 있다. (김성수, 앞의 책, 52~53쪽) 이경훈 역시 두 가지 가능성을 모두 수용한다. (이경훈, 앞의 책, 17쪽 참조) 이후 조선숙 등 여러 연구자들이 이러한 견해를 받아들여 인물 표기에서 'X' 대신 '✕'를 사용한다.

『12월 12일』 원문에서는 이른바 'X'라는 기호가 '그'의 이름에만 사용된 것이 아니라는 점도 함께 주목해 볼 필요가 있다. 『12월 12일』의 원문에는 '그'가 일본에서 만났던 친구의 이름이 'XX'로 표기가 되어 있다. 작품 내적 근거로 미루어 보면 오히려 '그'의 이름은 영문자 'X'이고, 친구의 이름이 복자 'XX'일 가능성이 더 크다. 친구 이름 'XX'에 대해서는 "XX는 그의 본명은 안이엿다 (…중략…) 여지껏의 자긔를 깨끗이 장사 지낸다는 의미 아래에서 자긔의 본명을 버린 다음 지금의 XX라는 일홈을 가지게 된 것이다"[33]라는 언급이 있다. '그'를 비롯한 다른 인물들의 경우에는 이름과 관련된 언급이 전혀 없다. 이는 영문 이니셜 자체가 그들의 이름을 대체하는 기호로 사용된 것이었기 때문이다.

　『12월 12일』을 통해 작가 이상이 말하고 싶었던 것은 한 인물의 복수 혹은 단순히 한 가정이 겪는 비극으로만 한정되지 않는다.[34] 『12월 12일』의 핵심은 단순히 '비극'이 아니라 누구도 멈출 수 없는 '비극의 순환'에 있다. 작가 이상은, 인간의 비극은 죽음을 통해서도 완결되지 않는다고 생각했다. 죽음조차도 비극을 마무리하는 장치가 되지 못한다고 생각하는 것은 무서운 일이다. 비극은 대를 이어 순환한다. 이상이 '작가의 말'에서 이 작품을 무서운 기록이라 칭한 이유 가운데 하나는 여기에도 있다. 『12월 12일』의 주제를 비극의 순환이라고 보게 되는 실

---

33 김주현, 『증보 정본 이상문학전집』 제2권, 114쪽.

34 사에구사 도시카쓰의 다음과 같은 견해 참조. "기묘한 것은, 이 작품의 머리 부분에서는 그가 복수의 마음을 드러내고 있었음에도 불구하고, 이 소설은 결코 그가 복수를 하는 이야기가 아니라는 점이다. (…중략…) 만약 이 소설이 복수를 주제로 한 것이라 한다면, 그것은 구체적인 대상에 대한 복수가 아니라, 작중의 말을 빌려 말한다면, 「신에게 대한 복수」「운명에 대한 복수」이며, 그것은 주어진 현실 세계의 질서에 대한 복수라는 의미가 될 것이다."(사에구사 도시카쓰, 앞의 책, 377쪽)

마리 가운데 하나는 작품의 결말에 있다. 작품의 결말부에서 그는 기차에 뛰어들어 자살한다. 그리고 남겨진 아이가 울음을 터뜨리는 것으로 작품은 마무리 된다. 한 인간의 죽음 뒤에 남겨진 아이는 새로운 삶을 의미하기도 한다. 불행 가운데서도 사그라지지 않는 희망의 불씨로 상징되는 경우 또한 적지 않은 것이다. 하지만, 이상은 이러한 독자들의 기대에 찬물을 끼얹는다. 그는 남겨진 갓난아이의 울음을 '다시 시작되는 인간의 백팔번뇌의 상징'으로 해석하고, '기막힌 하나의 비극이 그 종막을 내리기도 전에 또 한 개의 비극이 다른 한 쪽에서 그 막을 열고 있는' 광경으로 묘사한다. 무서운 광경이 아닐 수 없다.[35] 작품의 마지막 장면이 그의 죽음이 아니라, 그의 죽음 뒤에 남겨진 아이의 울음에 대한 반복이라는 점도 주목해 보아야 한다. 『12월 12일』은 "으아!" 하는 아이의 울음이 일곱 번이 반복되고 나서야 끝을 맺는다.

이미 여러 연구자들이 지적한 바와 같이 이상의 소설과 시 전반에 걸쳐 드러나게 되는 세계관의 핵심 가운데 하나는 반복과 순환이다.[36] 이

---

35 이 작품을 '공포'의 의미와 연관지어 해석한 신형기의 경우도 "강보에 싸인 아기가 버려져 우는 마지막 장면은 불행한 운명이 여기서 그치지 않을 것임을 암시한다"고 지적한 바 있다. 신형기, 앞의 글, 130쪽 참조.

36 『12월 12일』에서 반복과 순환의 의미에 대해 천착한 기존 연구로는 우선 조선숙의 경우를 들 수 있다. "「十二月 十二日」에서 '十二月 十二日'은 ×의 삶에 있어서 중요한 기점이 되고 있음을 볼 수 있는데 '十二月 十二日'은 떠남과 돌아옴 다시 떠남이 반복되면서 十二의 반복은 순환을 의미하고 있다. 순환으로서의 十二의 의미는 12개월의 순환에서도 볼 수 있지만, 지금도 흔히 항간에서 사용하고 있는 十二支에서도 찾아볼 수 있다." 조선숙, 『음양오행의 관점에서 본 이상의 소설』, 한국학술정보, 2007, 37쪽. 구수경도 『12월 12일』의 스토리의 순환적 상징 구조를 '공간의 순환성, 계절의 순환성, 변증법적 순환' 등으로 세분화시켜 정리한 바 있다. 구수경, 「이상 소설 시론─장편 『12월 12일』을 중심으로」, 『한국언어문학』 제26집, 1988, 401~419 쪽 참조. 황도경의 경우도 "이상 소설의 문장에서 눈에 띄는 문체적 특성 중의 하나는 빈번한 반복법의 활용이다"라는 지적을 한 바 있다 '동일한 어휘나 구절 등의 반복을 통해 시적인 리듬감을 자아낸다'는 것이다. 황도경, 「존재의 이중성과 문체의 이중성─이상 소설의 문체」, 『문체로 읽는 소설』, 소명출

상의 장편소설 『12월 12일』이 중요한 것은 이 작품에서부터 이미 이러한 반복과 순환의 세계관이 강하게 드러나 있다는 점이다. 그의 죽음을 '하나의 비극의 종말'로 표현하고, 갓난아이의 울음을 '또 다른 비극의 서막'으로 표현한 것은 이러한 세계관을 드러낸 것이다. 인간이 불행한 운명의 반복과 순환을 멈출 수 없는 것은 이것이 응보응보(因果應報)와 업(業)으로 인한 결과이기 때문이다.[37] 그가 C에게서 전해 받은 갓난아이가 누구의 소생인가는 이 작품에 전혀 언급되어 있지 않다. C는 그에게 아이를 부탁하며 '제가 낳은 것이라 생각하여도 좋고, 안 낳은 것이라 생각하여도 좋다'는 말을 남겼을 뿐이다. 소설 내적 맥락에서 추론하면 갓난아이는 간호사 C와 조카 업 사이에서 태어난 아이일 가능성이 있다. 갓난아이를 그와 간호사 C 사이에 태어난 것으로 생각해 볼 수도 있다. 물론 아이는 두 사람 모두와 관계없이 세상에 태어난 아이일 수도 있다.[38] 중요한 것은, 홀로 남겨진 아이가 누구의 아이인가 하는 사실과 관계없이 아이의 울음이 불행한 운명의 반복과 순환을 상징한다는 사실은 바뀌지 않는다는 점이다.

판, 2002, 278~310쪽 참조. 이상의 시 세계에 나타난 '악순환'과 '반복'의 모티브에 관련한 논의는 사에구사 도시카쓰, 앞의 책, 379쪽 참조. 최근에는 배현자 또한 이상 문학의 특질인 환상성이 반복과 순환에 토대를 두고 전개되고 있다는 사실을 논증한 바 있다. 배현자는 반복과 순환 세계관의 초기 문학적 표현을 『12월 12일』을 통해 접근한다. 이 작품은 기법과 세계관의 일치를 보이는 작품의 주요 사례로도 지적된다. 배현자, 「이상 문학의 환상성 연구」, 연세대 박사논문, 2015, 117~121쪽 참조.

37 이와 관련해서는 다음의 견해가 참고가 된다. "그러나 이 소설은 일방의 복수담이 아니다. X가 업을 죽게 했고 업의 죽음으로 인하여 X 또한 죽는 과정이 인과응보라는 업(業)의 법의 법칙을 따른 것이라고 할 때, X와 업은 상호적인 연기(緣起) 작용을 하고 있다는 해석이 가능하기 때문이다. 복수는 인과응보의 주관적 해석이거나 연기가 진행되는 한 양상이었다."(신형기, 앞의 글, 133쪽)

38 김주현은 X와 C 그리고 업이 서로 만난 시점을 염두에 두고 계산하면, 아이의 출산이 X나 업과는 무관하다고 해석한다. 김주현, 『실험과 해체─이상 문학 연구』, 260쪽 참조.

이상은 반복이라는 창작 기법을 통해 동시에 순환의 세계관을 드러낸
다. '12월(十二月)'과 '12일(十二日)'은 '12'라는 숫자의 반복으로 이루어
진 날짜이다. 그는 12월 12일에 고국을 떠나 다시 12월 12일에 고향에
돌아오고, 결국 12월 12일에 죽음을 맞는다. 이별과 만남 그리고 죽음이
모두 같은 날짜에 이루어지는 것이다. 이는 우연이기도 하지만 한 편으
로는 운명이기도 하다. 프롤로그에서 밝히고 있듯이, 작가 이상은 우연
과 운명을 분리시켜 생각하지 않는다. 이 작품에서 같은 날에 일어나는
세 가지 사건의 나열을 작위적이라고 비판할 수 없는 것은 이러한 우연
성 속에 이상의 세계관이 반영되어 있기 때문이다. 『12월 12일』 속 12
월 12일에 일어나는 사건들에서 엿보이는 우연성 혹은 작위성은 결코
작법의 미숙성으로 인한 결과가 아니다.[39] 이들은 철저히 기획되고 계산
된 작가의 의도에 따라 서술된 것들이다.[40]

　『12월 12일』의 핵심을 이루는 사건인 조카 업의 죽음과 그로 인한 결
과인 '그'의 죽음 또한 반복과 순환의 기법에 바탕을 두고 있다. '그'가
업이 보는 앞에서 해수욕 용품을 불태운 것은 C와 업에 대한 배신감 때

---

[39]　박상준은 소설의 서사에 나타는 우연을 '존재론적으로 필연적인 우연'과 '구성상 다소 편
의적으로 활용하는 우연'으로 나누어 논의한 바 있다.(박상준, 『형성기 한국 근대소설 텍
스트의 시학 ─우연의 문제를 중심으로』, 소명출판, 2015, 573~574쪽 참조) 『12월 12
일』에서 발견되는 우연적 요소들이야말로 서사구성에서 꼭 필요한 '존재론적으로 필연
적인 우연'들이라 할 수 있다.

[40]　『12월 12일』의 구성과 관련해서는 다음의 서술 또한 참고가 된다. "흔히 이상 연구자들
사이에서 『12월 12일』은 소설의 서술적 객관성과 균형이 훼손되는 등 기법적으로 미숙한
습작 정도로 평가되는 경향이 있다. 그러나 여기서 이상이 구사한 서사적 배열 및 사건의
전개 방식은 입체파, 표현주의, 구성주의 등 현대 시각예술의 전위적 실험과 관계한다는
사실에 주목할 필요가 있다."(김민수, 『이상 평전』, 그린비, 2012, 70쪽) 김민수는 『12월
12일』의 시점 변화에 대해서도 "이러한 시점 변화는 마치 현대미술에서 피카소와 브라크
와 같은 입체파 화가들의 다중시점 이미지와 다를 바 없다"(59쪽)는 견해를 보인다.

문이다. '그'는 업과 함께 해수욕을 떠나겠다는 C의 제안에 모욕감을 느끼고, 해수욕 용품을 불태움으로써 그 모욕감에 대한 보복을 감행한다. 상처받고 병들어 누운 조카 업은 '그'가 보는 앞에서 해수욕 용품을 불태우는 행위를 반복한다. '그'로부터 받은 모욕감을 되돌려 주기 위해 같은 행위를 반복하는 것이다. 조카 업이 해수욕 용품을 불태우는 행위는 단순한 모방이 아니라 계획된 복수 행위이다. 복수는 원인 제공자에게 동일한 행위를 다시 돌려주는 형태로 나타난다는 점에서 반복과 동시에 순환의 의미를 내포한다.

이상은 『12월 12일』을 통해, 세계관과 기법이 어떻게 만나는가 하는 것을 극명하게 보여준다. 우연과 운명의 관계, 그리고 반복과 순환에 대한 이상의 생각은 연재 마지막 회의 다음 구절에도 잘 드러나 있다.

인과에 우연이 되는 것이 잇슬 수 잇슬까? 만일 인과의 법측 가운데에서 우연이라는 것을 차즐 수 업다 하면 그 박휘가 그의 허리를 너머간 그 긔관차 가운데에는 C 간호부가 타잇섯다는 것을 엇쩌케나 사람은 설명하려 하는가? 또 그 C 간호부가 왁자직걸한 차창 밧글 내여다 보고 그리고 그 분골쇄신된 검붉은 피의 지도(地圖)를 발견하얏슬 째에 씀찍하다하야 고개를 돌렷든 것은 엇쩌케나 설명하려는가? 그리고 C 간호부가 닷친 차창에는 허연 성애가 슬어잇섯다는 것은 엇쩌나 설명하려는가? 이뿐일까 우리는 더욱이나 근본적 의아에 봉착(逢着)할 수도 잇다는 것이다.

만일 지금 이 C 간호부가 타고 잇는 객차의 고간이 그적에 그가 타고오든 그 고간일 뿐만 아니라 그 자리까지도 역시 그 갓든 자리엿다 하면 그것은 또한 엇지나 설명하려느냐?

북풍은 마른 나무를 흔들며 부러왔다 먹을 것을 찾지 못한 참새들은 전선 우에서 배곱흠으로 치운 날개를 떨며 쉬이고 잇섯다.

그가 피를 남기고 간 세상에는 이다지나 깁흔 쇠락의 겨울이엿스나 그러나 그가 론공행상을 바드려 행진하고 잇는 새로운 우주는 사시장춘이엿다.

한 령혼이 심판의 궁정을 향하야 거러가기를 이미 출발한지 오래니 인생의 어늬 한 구절이 끈낫는 것인지도 모른다. 그러나 사람들 다 몰켜가고 난 아모도 업는 모닥불 가에는 그가 불을 피하야 다러날 째 놋코간 그 어린 젓먹이가 그대로 노혀 잇섯다.[41]

한 때 '그'가 타고 여행을 하던 그 기차 그 자리에는 이제 간호부 C가 앉아있다. 간호부는 한 인간의 죽음을 목격하지만 그것이 '그'의 죽음이라는 사실은 알지 못한 채 여행을 계속한다. '그'가 죽음 향해 떠나간 바로 그 자리에는, 이제 막 세상을 향해 울음소리를 내기 시작하는 어린 아이가 남겨져 있다. 인연으로 얽힌 사람들은 도처에서 만남과 헤어짐을 반복한다.[42] 더러는 시간이 지난 후 인연을 확인하게 되는 경우도 있지만, 끝내 알지 못하는 경우도 없지 않다. 그가 고향으로 돌아오는 길에 기차에서 만났던 신사와 여자에 관한 에피소드도 그러한 예에 속한다.

반복과 순환이라는 기법은 이상의 문학 작품뿐만 아니라 도안에서도 발견되는 특징이다. 그가 처음으로 자신의 존재를 알린 『조선과 건

---

41 위의 책, 149쪽.
42 간호부 C의 기구한 운명 역시 업으로 인한 것이다. C는 A를 찾아 방랑하다가 그의 병원까지 오게 된다. 그의 병원에서 우연히 만난 조카 업을 만나 사랑하게 되었던 이유는, 업이 사라진 A를 닮았기 때문이다. C와 업 사이의 우연한 만남에도 운명이라는 고리가 이어져 있다.

축』의 표지 도안 당선작의 구성적 특징도 동일한 곡선과 직선을 반복해서 활용한 것이다. 동일한 곡선과 직선의 패턴 반복을 활용한 제자(製字)는 '朝 / 鮮 / 建 / 築'이라는 제자(題字)에 사용된 서른 다른 글자들이 마치 동일하거나 유사한 글자처럼 보이게 하는 효과를 발휘한다. 표지 하단의 글자 도안에서는 이러한 효과가 더욱 두드러져 보인다.[43] 그가 작품 「날개」(『조광』, 1936.9)에 직접 그린 삽화에서도 이러한 반복과 순환의 기법이 활용된다. 이 삽화의 상단에서는 ASPIRIN과 ADALIN이라는 글자가 반복되며 순환한다. 상단의 ASPIRIN과 ADALIN이라는 글자는 두 행으로 나뉘어져 세 번씩 반복된다. 이 글자들의 반복적 배치는 위쪽 행에서 아래쪽 행으로 그리고 다시 아래쪽 행에서 위쪽 행으로 순환하는 효과를 내고 있다.

『12월 12일』을 통해 발현된 반복과 순환의 기법은 이상이 발표한 두 번째 소설 「지도(地圖)의 암실(暗室)」에서도 중요하게 활용이 된다. 1932년 3월 국문판 『조선』에 발표된 「지도의 암실」의 첫 문장은 "기인 동안 잠자고 짧은 동안 누엇든 것이 짧은 동안 잠자고 기인 동안 누엇섯든 그이다"[44]라는 구절로 시작이 된다. 이러한 반복은 다음과 같은 문장으로 가면서는 단순한 반복을 넘어 순환의 이미지 또한 내포하게 된다. "원숭이는 그를 흉내 내이고 그는 원숭이를 흉내 내이고 흉내가 흉내를 흉내 내이는 것을 흉내 내이는 것을 흉내 내이는 것을 흉내 내이는 것을 흉내

---

43 이상의 도안에 대해서는 '현대디자인의 본질을 제대로 이해하지 못하고는 쉽게 표현될 수 없는 특별한 이미지'이며, '이상의 시공간의식은 모호이-너지의 동역학적 디자인 세계와 긴밀하게 연관되어 있다'는 지적이 이루어졌다. 김민수, 앞의 책, 248쪽 참조. 이상이 남긴 그림들과 그의 문학세계와의 관련성을 이해하는 데는 한강의 「이상의 회화와 문학세계」(연세대 대학원, 2012)가 도움이 된다.
44 김주현, 『증보 정본 이상문학전집』 제2권, 151쪽.

내인다."**45** 이러한 구절에 이르면, 흉내를 내는 주체와 객체의 구별조차 모호하게 된다. 원숭이가 그를 흉내 내는 것인지, 그가 원숭이를 흉내 내는 것인지조차 알 수 없다.**46**

『12월 12일』에는 이상의 작품 창작과 관련된 근본적 고민들을 엿볼 수 있는 구절이 적지 않다. 『12월 12일』을 이상 문학의 근원으로 보고, 다시 읽어야 하는 이유가 여기에도 있다. 그 외에 주목해 보아야 할 구절로 다음과 같은 사례 또한 제시할 수 있다.

> 일시에 두 사람을 일허버린 C는 A가 우편으로 보내준 얼마의 돈을 수중에 한 다음 그대로 넓은 벌판에 발길을 드리여 노앗다.
>
> "그동안 칠년─팔년의 저의 삶에 대하야서 엇썬 국어로 이야기할 수 잇겟슴닛싸."
>
> 이곳까지 이야기한 C의 눈에는 몃 방울의 눈물이 분먹은 쌤에 가느다란 두 줄의 길을 내여놋코까지 잇섯다.**47**

C는 자신이 경험했던 불행한 사건들에 대해 눈물을 섞어 전달하면서, 이를 '어떤 국어'로 이야기할 수 있겠는가 질문한다. 여기서 '어떤 국어'는 '어떤 말' 혹은 '어떤 언어'의 대용어로 해석해도 크게 틀리지 않는다. 하지만, 『12월 12일』 이후 이루어지는 이상의 작품 활동들을 염두에 두

---

45 위의 책, 156쪽.
46 배현자는 '첫 소설에서부터 이상이 강조한 반복과 순환 패턴이 이후 이상 문학에 계속 변주되어 나타난다'는 사실을 지적한 후, 「지도의 암실」에 나타난 반복과 순환을 '프랙탈적 세계로 표출되는 반복과 순환'으로 정리한 바 있다. 배현자, 앞의 글, 127~128쪽 참조.
47 김주현, 앞의 책, 115쪽.

게 되면 '국어'는 단순히 '말 / 언어'와는 구별되는 이상의 또 다른 정신 세계를 엿보게 하는 어휘임을 알 수 있다. 이상이 '말 / 언어' 대신에 '국 어'라는 어휘를 사용한 사례는 「지도와 암실」에서도 확인된다. 「지도와 암실」에는 다음과 같은 구절이 나온다. "녀자는 성이나서 닛쌀로 입살를 쌰 쌔물어서 피를 내이고 죽음기와 깃흔 국어로 그에게 향하야 가느다랏 코 길제 막 퍼부어도 그에게는 아모러치도 안타."[48] 여기서 작가 이상이 보여주는 언어 선택의 갈등은 단순히 '조선어' 및 '일본어' 사이의 갈등 이라는 문제로만 수렴되지는 않는다. 그렇게만 보는 것은 언어 선택의 고민을 너무 단순화시켜 이해하는 셈이 된다. 하지만 그럼에도 불구하 고, 이상이 지닌 언어 사용의 고민 가운데 조선어와 일본어 사이의 갈등 이 없지 않았다는 점 또한 분명하다. 이 또한 이상의 문학세계를 이해하 는 데 중요하다. 이상은 그의 첫 시 「이상한 가역반응(異常ナ可逆反應)」, 「파편의 경치[破片ノ景色]」 등을 일본어로 써서 발표했다. 『12월 12 일』이 발굴될 때까지는 이상의 등단작은 일본어 작품이었다. 그가 「異常 ナ可逆反應」 등을 일본어로 발표한 가장 큰 이유는, 이들 작품이 일본어 로 발행되는 잡지 「조선과 건축(朝鮮と建築)」에 수록되었기 때문이다.[49] 마찬가지 이유로, 즉 매체의 성격에 맞추어 그는 『12월 12일』을 일본어 가 아닌 조선어로 국문판 『조선』에 발표했다. 이상은 이후로도 작품 창 작을 하면서 이를 어떤 언어로 표현할 것인가에 대한 고민을 지속했던 것으로 보인다. 그에게는 문자를 활용하는 기록의 경우에는 일본어가 더

---

48 위의 책, 163쪽.
49 이상이 『조선과 건축』에 1931년 7월부터 1932년 7월 사이에 발표한 일문 시들은 모두 28편에 이른다. 이와 관련된 자세한 논의는 김주현, 『이상 소설 연구』, 370~372쪽 참조.

욱 편리했을 수도 있다. 그가 유고로 남긴 여러 편의 시와 산문들이 일문으로 기록되었다는 사실은 이러한 추론을 가능하게 한다.[50] 어떤 언어로 작품을 쓸 것인가 하는 이상의 고민은 결국 어떤 매체를 통해 작품을 발표할 것인가 하는 문제로 연결된다. 자신이 원래 작성해둔 초고의 문체와는 관계없이, 작품의 발표 매체에 따라 최종 문체를 선택하고 결정했을 가능성이 큰 것이다.[51]

4. 마무리

이상의 장편소설 연재는 발표지가 국문판 『조선』이라는 매우 예외적인 매체였기에 가능했다. 국문판 『조선』은 당시 문단과는 일정한 거리를 두고 이른바 '무명작가'들을 중심으로 문예면을 운용했다. 『12월 12일』의 연재를 시작할 무렵 국문판 『조선』의 시 작품 선자는 마쓰다 가쿠오였다. 당시 국문판 『조선』은 시와 소설의 선자를 별도로 두기보다는 이를 통합해 운용했을 가능성이 더 크다. 국문판 『조선』의 문예면 필자 선정 과정에서는 문단 경력 여부가 전혀 중요한 변수로 고려되지 않았

---

50 이와 관련해서는 다음과 같은 견해를 참고할 수 있다. "이상의 일문노트들은 적어도 그가 한글로 작품을 발표하기 시작한 이후에는 하나의 초고 역할을 한 것으로 믿어진다."(방민호, 『이상문학의 방법론적 독해』, 예옥, 2015, 20쪽)
51 매체에 따라 문체를 조절하는 것은 한국 근대문학 전개 과정에서 확인할 수 있는 보편적 특징 가운데 하나이다. 이와 관련된 자세한 논의는 필자의 글, 「근대소설의 문체와 근대성의 발현」, 『한국 근대소설의 형성과정』, 소명출판, 2005, 177~193쪽 참조.

다. 국문판『조선』에서 가장 활발한 작품 활동을 펼친 이해문(李海文)의 경우도 첫 작품을 발표하던 1929년 당시에는 전혀 알려지지 않은 신인에 불과했다. 따라서『12월 12일』의 작가 이상이 국문판『조선』을 통해 등단하고, 첫 작품을 장편소설로 선택하는 것은 별반 무리가 따르는 일이 아니었다. 국문판『조선』의 발행 주무부서인 관방문서과(官房文書課)와 이상이 근무하던 관방회계과(官房會計課) 사이의 관계는 이상의 등단에 직간접적으로 영향을 미치는 계기가 되었을 것으로 판단된다. 잡지『조선』은 유가(有價)의 잡지였음에도 불구하고 상업적 판매의 성공 여부는 물론 문예란에 대한 독자들의 반응에 대해서도 크게 개의치 않았다. 이는 국문판『조선』이 문단 구도라는 측면에서 볼 때는 철저히 주변부에 속한 잡지였기에 가능한 일이었다. 그런 점에서, 국문판『조선』은 오히려 문학청년 이상에게는 자신의 작품 세계를 마음 놓고 시험해 볼 수 있는 최적의 조건을 갖춘 잡지였다. 이상의『12월 12일』이 연재소설이었음에도 불구하고, 대부분의 연재소설이 쉽게 외면할 수 없었던 대중적 흥미 추구의 작품 구조로부터 자유로울 수 있었던 것도 이러한 매체의 성격과 관계가 깊다. 이상의 소설들 가운데서도 특히 국문판『조선』에 발표된「지도와 암실」이나「휴업(休業)과 사정(事情)」에서 내면 의식 강조의 실험성이 돋보이는 이유 또한 여기에서 찾을 수 있다.

국문판『조선』은『12월 12일』의 연재를 끝낸 직후 다시 강우경(姜又慶)의「회색(灰色)의 장미(薔薇)」(1931.2~1931.11) 등 새로운 작품의 연재를 시작한다. 이 무렵부터는 여타 잡지들도 그동안 별 관심을 두지 않았던 장편소설의 연재에 적극 나서기 시작한다.『신여성』이 이태준의 장편소설「구원(久遠)의 여상(女像)」(1931.3~1932.8) 연재를 시작하고,『동

광』이 이광수 장편소설 「무명씨전(無名氏傳)－A의 약력(略歷)」(1931.3~
1931.6)의 연재를 시도했으며, 『신동아』가 독자 참여 장편소설 「연애의
청산」(1931.11~1932.3)의 연재를 계획한 것이 모두 『12월 12일』의 연재
가 끝난 직후의 일이다. 『혜성』이 강경애의 작품 「어머니와 딸」(1931.8~
1932.4)을 연재하면서 잡지의 장편 연재는 국내 문단의 일반적 현상으로
증폭된다. 결과적으로 보면, 이상의 『12월 12일』이 1930년대 근대 잡
지에서 장편소설의 등장을 알리는 의미 있는 돌파구의 역할을 맡아했던
셈이다.

『12월 12일』은 이러한 문단사적 의미에도 불구하고, 이른바 습작으
로서의 미숙한 면모 또한 적지 않게 지니고 있는 작품이다. 예를 들면 장
편소설 『12월 12일』의 첫 문장은 어법에 맞지 않는 비문으로 시작된다.
이러한 비문들은 특히 작품의 전반부에서 빈번히 발견된다. 작가가 작품
곳곳에서 불쑥 자신의 목소리를 드러내는 부분들도 용도가 전혀 없는 것
은 아니지만, 이 역시 자연스러운 것은 아니다.

국문판 『조선』의 편집자가 제3회부터 이 작품에서 '인정미담'이라는
수식을 삭제한 이유는 이때부터 업을 둘러싼 비극이 시작되기 때문이
다. 그의 이름이 영문 'X' 대신 복자 '✕'로 인쇄된 것은, 특별한 의미가
있다기보다는 단순히 조판상의 편의성 때문이었던 것으로 보인다. 반
복과 순환은 『12월 12일』뿐만 아니라, 이후 이상의 문학세계의 핵심
을 점유하는 세계관과 기법으로 자리 잡게 된다. 『12월 12일』에서, 같
은 날짜에 일어나는 세 가지 사건의 병치를 작위적이라고 비판할 수 없
는 것은 이러한 우연성 속에 이상의 세계관이 반영되어 있기 때문이다.
이 작품에서 복수는 원인 제공자에게 동일한 행위를 다시 돌려주는 형

태로 나타난다는 점에서 반복과 동시에 순환의 의미를 내포한다. 『12월 12일』에서 복수는 순환의 세계관을 드러내기 위한 장치이자 기법으로 활용된다. 그런 점에서 보면, 『12월 12일』이 작가 이상의 정신세계의 미숙성과 서사기법의 한계를 드러내는 작품이라는 평가는 잘못된 것이다. 『12월 12일』의 서사 구소를 전반부와 후반부의 균열 및 불일치로 파악하는 것도 옳지 않다. 외형상으로만 보면, 『12월 12일』의 전반부는 '그'에 관한 이야기로 그리고 후반부는 '업'에 관한 이야기로 분리되어 있는 것처럼 생각될 수도 있다. 그러나 이 둘은 서로 분리되거나 균열된 이야기가 아니다. 전반부에 서술되는 그의 부의 축적 과정은 후반부에 제시되는 여러 사건들의 토대를 이룬다. 빈곤한 삶을 살던 그가, 일시적으로 부유한 상황에 처했다가, 다시 빈곤한 삶으로 돌아가는 서사 구조는 프롤로그에서부터 이미 암시된 것이었다.[52] 이상의 등단작 『12월 12일』에는 세계관과 서사구조 및 언어의 선택 등 작가의 창작 행위와 관련된 근본적 고민들을 엿볼 수 있는 요소가 적지 않다. 이상은 '어떤 국어'로 생각을 표현할 것인가에 대한 고민을 지속 했던 것으로 보인다. 어떤 언어로 작품을 쓸 것인가 하는 고민은 결국 어떤 매체를 통해 작품을 발표할 것인가 하는 문제로도 연결된다. 그는 자신이 원래 작성해둔 초고의 문체와는 관계없이, 작품의 발표 매체에 따라 최종 문체를 선택하고 결정했을 가능성이 크다. 『12월 12일』은 이러한 언어 혹은 문체 선택의 고민을 담고 있는 작품이기도 하다. 간혹 정제

---

52 "불행한 운명 가운데서 난 사람은 끗々내 불행한 운명 가운데서 울어야만 한다 그 가운데에 약간의 변화쯤 잇다 하드라도 속지 말나 그것은 다만 그 『불행한 운명』의 굴곡에 지나지 않는 것이다"(김주현, 『증보 정본 이상문학전집』 제2권, 32~33쪽)는 구절 등에서 이를 확인할 수 있다.

되지 않은 표현들로 인해 생겨나는 저항감에도 불구하고, 『12월 12일』을 정독해야 하는 이유가 여기에 있다.

이상李箱의 「지주회시䵷䵷會豕」에 대한 해석

한국문학에 대한 에세이 1

이현식

1.

이상(李箱, 본명 김해경 1910~1937)이 「지주회시」라는 묘한 제목의 소설을 발표한 것은 지금부터 꼭 80년 전인 『중앙』이라는 잡지 1936년 6월호를 통해서였다. 『중앙』은 『조선중앙일보』가 발행하는 월간지였다. 『중앙』에 이상이 소설을 발표할 수 있었던 것은 구인회를 통해 『조선중앙일보』 학예부장이었던 이태준과 교유한 덕 때문이었을 것이다. 초기에 이상이 작품을 발표한 주요 대중적 매체는 『가톨릭청년』, 『중앙』, 『조선중앙일보』 등에 집중되어 있었다. 이 신문과 잡지는 정지용과 이태준이라는 문인들이 편집의 권한을 갖고 있었으므로 이상의 난해한 작품들이 큰 어려움 없이 발표될 수 있었을 거라고 미루어 짐작할 수 있다. 이상은 정지용, 김기림, 이태준, 박태원 등과 함께 구인회의 멤버였고 이 문인들은 이상의 독특하고 난해한 문학 세계를 인정한 사람들이었다. 김기림은 해방 이후인 1949년 출간된 『이상선집』 서문에서 『오감도』가 발표될 당시 『조선중앙일보』 학예부의 책임자인 이태준이 "'사직원서'를 품고 우겨대는 열성이 아니었던들" 그 시는 발표되기 힘들었을 것이라고 회고하고 있다.

이렇듯 이상의 작품은 한국 근대문학사에서 난해함의 상징처럼 알려져 있다. 그럼에도 불구하고 이상 문학의 난해함은 현실이나 대중과는 절연된 자기만족적 위안이나 치기어린 이그조티시즘으로만 볼 것은 아니다. 인천문화재단이 운영하는 한국근대문학관에서는 2014년 1년간 문학관을 방문한 관람객에 대한 설문조사를 진행하면서 선호하는 작가와 작품을 물어본 적이 있었다. 조사 결과 흥미롭게도 선호하는 작가로 이상은 4위를 기록했고 선호하는 작품으로 이상의 소설인 「날개」가 3위를 기록하였다. 1위가 김소월의 시 「진달래꽃」이었고 2위가 윤동주의 「서시」였다는 점에서 소설로서는 「날개」가 단연 1위인 셈이었다. 이 조사는 문학관을 방문한 연간 관람객 중 1,127명을 선정해 진행되었고 이 중 청소년은 508명, 성인은 619명이었다. 설문조사의 신뢰도를 높이기 위해 월별로 조사 대상 관람객 수를 고르게 할당하였으며 단체 관람객의 경우 대표자 한 두 사람으로 조사를 제한하였다. 참고로 선호하는 국내 문인 1위는 김소월, 2위가 윤동주, 3위는 현진건이었다.

이런 단편적인 사례에서 볼 수 있듯이 이상이 한국 근대문학사에서 차지하는 위치는 연구자들뿐만 아니라 일반 시민들 사이에서도 결코 작은 것이 아니다. 이 같은 현상은 분명 여러 가지 측면에서 분석되어야 할 문제들을 내포하고 있는 것임에는 틀림없다. 아울러 이상의 작품들이 그저 난해하기만 하거나 서구 모더니즘 작품들의 유치한 흉내내기 혹은 추종으로만 보기 어렵다는 것을 말해주는 바이기도 하다. 이미 이상의 여러 작품들은 한국 근대문학사에서 정전(正典)의 반열에 올라가 있다. 그가 이 세상을 저버린 후 거의 한 세기가 다가오고 있는 지금도 그의 작품은 여전히 반복해서 읽히고 있는 것이다.

내가 「지주회시」라는 작품을 분석하고자 하는 것은 이 작품을 통해서 이상 문학의 진면목을 확인할 수 있었기 때문이다. 「날개」야 이상의 출세작일 뿐만 아니라 앞의 설문결과에서도 알 수 있듯이 대중적으로도 워낙 많이 알려져 있는 작품이고 우리나라의 대표적인 문학사 연구자들이 한 번 쯤은 거론하지 않은 사람이 없을 만큼 연구가 축적되어 있는 상황이다. 거기에 내가 무슨 말을 더 보탤 것이 있을까 싶은 느낌을 갖기도 했다. 그런데 「지주회시」는 「날개」 이상으로 난해하면서도 이상이 당대를 살아가면서 표현하지 않으면 안 될 정도로 절실하게 느꼈던 문제가 매우 뚜렷하게 다가왔기 때문에 이에 대한 얘기를 하려고 마음먹게 된 것이다.

2.

일단 「지주회시」가 그의 대표작인 「날개」보다도 시각적으로 더 난해하다는 느낌을 주는 것은 띄어쓰기가 거의 안 되어 있다는 점과 제목이

주는 생소함 때문이다. 제목은 나중에 다시 이야기하기로 하고 이상 소설의 많은 작품들은 띄어쓰기가 제대로 안되어 있는 것들이 많다. 활자가 빽빽하게 들어차있는 소설을 처음 대하면 독자는 이게 뭔가 하고 호기심을 가질 수도 있지만 읽기에 거부감을 가질 가능성도 크다. 이상이 띄어쓰기를 할 줄 몰라서 그랬던 것인가 하면 그런 것은 아니다. 완벽하지는 않아도 띄어쓰기를 한 작품도 있기 때문이다. 더구나 한글맞춤법 통일안이 조선어학회에 의해 발표된 것이 1933년이었다. 여기에는 띄어쓰기에 대한 원칙도 포함되어 있었다.

그렇다면 이상은 소설을 쓰면서 왜 띄어쓰기를 하지 않은 것일까? 의도적인 것인가, 실수인가, 아니면 애초에 띄어쓰기가 없는 일본어 문장에 익숙해서 띄어쓰기에 대한 의식이 없었던 것인가? 일본어 문장 쓰기에 익숙해서 띄어쓰기에 대한 의식을 하지 않았다는 것은 합리적인 해석은 아니다. 이상의 모든 문장에서 그런 특징이 일관되게 나타나는 것은 아니기 때문이다. 띄어쓰기에 대한 의식이 없었다고 해석하기에는 무리가 따르는 것이, 어떤 글들은 완벽하게는 아니지만 어느 정도는 나름의 원칙으로 띄어쓰기를 분명히 하고 있는 것이다. 그렇다면 이는 단순한 실수라고 해석하기도 어렵다. 작가가 의도적으로 띄어쓰기를 생략한 것으로 해석하는 것이 타당하다.

그러면 왜 이상은 소설에서 의도적으로 띄어쓰기를 하지 않았을까? 거기에는 여러 이유가 있을 수 있겠고 나아가 작가가 무엇을 의도했건 그렇지 않았건 그 효과를 생각해 보는 것은 의미 있는 일이다. 우선 「지주회시」는 띄어쓰기를 하지 않아 쉽게 읽히지 않는다. 첫 문장부터 살펴보자. 발표된 상태 그대로 옮겨온 것이다.

그날밤에그의안해가층계에서굴러떨어지고 — 공연히내일일을글탄말라고
어느눈치빨은어룬이 타일러놓었다.

띄어쓰기가 제대로 된 소설이라면 어절과 어절이 공간적으로 나뉘어
져 시각적으로도 쉽게 의미가 파악됨으로써 문장의 뜻이 비교석 선명하
게 눈에 들어오게 된다. 예컨대 같은 문장을 아래처럼 띄어쓰기가 되어
있다고 생각해 보자.

그날 밤에 그의 안해가 층계에서 굴러 떨어지고 — 공연히 내일 일을 글탄 말
라고 어느 눈치 빨은 어룬이 타일러 놓었다.

훨씬 가독성이 높아지는 것을 금방 확인할 수 있다. 띄어쓰기가 되어
있지 않은 문장은 단어 하나하나를 어디에서 끊어 읽어야 할 것인지 신
경쓰도록 하는 긴장감을 만들어낸다. 어설프게 읽다 보면 "공연히내일
일을⋯⋯"같은 대목은 '공연히'라는 부사어도 쉽게 파악되지 않을뿐더
러 그 다음 '내일일'도 '내가 해야 할 일'의 오식인지 '그 다음날 벌어질
일을' 뜻하는 것인지 다시 한 번 생각하도록 만든다. 어디에서 띄어 읽어
야 의미가 통할 것인지를 고민하게 만드는 것이다. 즉, 작가는 자기의 소
설이 쉽게 읽히지 않도록 의도적으로 띄어쓰기를 하지 않았던 것으로 추
정할 수 있다. 단어와 단어, 문장과 문장을 눈으로 재빠르게 읽히지 않도
록 의도적으로 붙여놓은 것이다. 이것은 작가가 독자들이 자기의 소설을
쉽게 읽지 말라는 신호, 혹은 의도로 생각할 수 있다. 아울러 쉽게 읽히
는 다른 소설과 자기의 작품을 구별시키고 싶어 하는 의도의 표출로도

읽힌다.

이상은 왜 그랬을까? 독자들에게 자기의 생각하는 바, 혹은 표현하고 싶은 바를 조금 더 뚜렷하게 전달하려는 것이 일반적인 소설가의 욕심일 텐데 이상은 이를 정면으로 위반하고 있다. 쉽게 읽어 버리면 오히려 자신의 뜻이 제대로 전달되지 않을 수도 있을 것이라는 걱정을 했거나 내가 말하려는 것을 천천히 곱씹으면서 읽어보라는 의도일 수 있다. 게다가 이를 조금 더 확대시키면 기존 소설의 문법을 일탈함으로써 소설이 어떤 것인지 생각해 보라는 뜻이 함축되어 있는 것으로도 보인다.

이상은 소설을 쓰면서 장삼이사에게 읽힐 소설을 쓴 것 같지는 않다. 그렇다면 이렇게 소설을 썼을 리가 없다. '나는 대중들 모두에게 읽히는 소설은 거부한다, 내가 절실하게 느끼는 것을 내 방식대로 표현하고 싶은 것뿐이다, 나는 소설이란 걸 이렇게 쓸 수밖에 없다, 그러니 내 소설을 정말 읽을 사람만 읽었으면 좋겠다, 나는 모두에게 이해받고 싶은 생각은 없다, 다만 내 뜻을 알아줄 사람이 조선에 없겠느냐' 뭐 이런 생각을 갖고 소설을 썼을 것으로 이해된다는 것이다.

그런데 이렇게 이상이 띄어쓰기 없이 소설의 문장을 썼다는 것은 다만 문장 기술상의 문제로만 볼 것이 아니다. 띄어쓰기를 하지 않았다는 것은 위에서도 언급했듯이 단어들의 문법적 기능을 숨겨버림으로써 의미의 혼란을 주는 효과를 불러온다. 그런데 이것은 소설 전체의 얼개나 짜임, 전개와도 무관한 것이 아니라고 해석될 수 있다는 데에 그 의미를 더한다. 「지주회시」는 여느 소설처럼 서사가 일목요연하게 구성되어 있지 않다. 등장하는 인물의 캐릭터도 마찬가지이다. 여러 사건들이나 에피소드가 혼재되어 있다. 중심 줄거리도 쉽게 파악되지 않고 사람들 사이의 갈등도, 갈등의 원인도 뚜렷하지 않다. 띄어쓰기가 거의 안 되어 있듯이 사건도 정연하게 정리되어 있는 것이 아니며 사람들의 행동도 인물들의 관계 안에서 명징하게 해석되는 건 아니다.

여느 평범한 소설들을 읽을 때 단어와 단어가 문장 안에서 주어진 바에 따라 의미와 기능을 함으로써 하나의 문장, 더 나아가 그것이 말하고자 하는 주제의식이 비교적 뚜렷하게 파악된다면, 띄어쓰기가 안 된 「지주회시」는 단어도, 인물도, 사건도 모두 그 의미와 기능 면에서 기존 소설과는 전혀 다른 방식으로 쓰인 것이다. 그런데 그런 방식은 작가인 이상이 조금 더 주의 깊게 읽어달라는 주문으로도 이해할 수 있다. 비록 띄어쓰기가 제대로 되어 있지 않다고 하더라도 그의 글을 읽을 수 없는 것이 아니듯이 「지주회시」가 드러내고자 하는 바가 전혀 알 수 없는 오리무중에 빠져있는 것은 아니다. 그의 소설은 문장을 어디에서 띄어 읽어야 할 것인가 주의하도록 긴장감을 주듯이, 내용 역시 마찬가지여서 쉽게 읽히는 소설과 다르게 하나하나 곱씹어 보면 충분히 우리에게 그 의미를 드러내주고 있다. 더구나 그 과정에서 이상 자신의 절실한 문제의식과 만나게 됨으로써 오히려 여느 소설과 다른, 그 특유의 울림을 주는 바도 있다. 더구나 이런 이상의 서술방식은 그 이전까지 한국문학사에서는 전혀 만날 수 없었던 새롭고도 독특한 화법이었다.

3.

　「지주회시」의 이야기 줄거리는 비교적 간단하다. 겉으로는 난해해 보이더라도 줄거리가 파악되지 않는 건 아니다. 주된 배경은 이상이 살던 동시대이므로 식민지 시대인 1930년대 서울의 종로로 짐작된다.

　어느 따뜻한 크리스마스 날(작품이 발표된 것이 1936년 6월이므로 소설의 시간적 배경이 1935년이었다면 12월 25일은 수요일이었다. 크리스마스는 당시에는 휴일이 아니었다) 오후 느지막하게 일어난 그는 오래간만에 면도도 하고 길을 나선다. 그는 직업도 없이 하루하루를 마음껏 게으르게 시간을 죽이며 살아가고 있는 중이다. 작은 단칸방에서 잠으로 세월을 보내고 있다. 특별히 갈 데가 있던 것은 아니었는데 마침 증권거래소에 근무하는 친구 오(吳)에게 찾아간다. 그는 오의 월급날이 24일이었던 것으로 기억하고 있다. 오는 그와 마찬가지로 미술에 꿈을 갖고 있는 친구였으나 미두(米豆)가 폭락하는 바람에 집안이 망하게 되어 미술가로서의 꿈을 포기하고 지금까지와는 전혀 다른 삶인 금융업에 투신한 친구이다. 봄까지만 해도 오는 인천의 한 증권 회사에 근무했었다. 그 또한 오와 함께 어울리며 인천에 한 달 정도 머문 적도 있었다.

　그는 오의 사무실에서 뚱뚱한 신사와 맞닥뜨리는데 알고 보니 아내가 일하러 나가는 R회관이라는 카페의 주인이었다. 뚱보 신사에게 아내는 이백 원의 빚을 지고 있었다. 빚진 돈 중 백 원은 오가 삼 개월 만에 오백 원으로 불려준다고 해서 맡겼지만 3개월 하고도 한 달이 더 지난 지금까지도 오는 돈에 대해서는 아무 말이 없다. 뚱뚱한 신사는 오가 근무하는 중권회사의 주거래 고객이었다. 마침 오가 근무하는 증권회사의 송년회를 다음날 R회관에서 열기로 계획된 상태였다.

오와 그는 회사를 나와 오의 단골 카페로 간다. 그 카페에는 오의 여자라고 할 수 있는 마유미라는 살집 좋은 여급이 있다. 똑같이 카페에 근무하면서도 그의 아내는 하루하루 야위어 가는데 마유미는 오히려 통통한 몸집을 하고 있다. 카페에서 마유미와 희롱거리다가 새벽에 집으로 들어가지만 집에는 아무도 없다. 아내가 들어와야 할 시간인데도 들어와 있지 않았던 것인데 아내는 그날 밤 2층 카페에서 손님에게 발로 채여 계단에서 굴러 떨어져 카페 주인인 뚱보 신사, 행패를 부린 손님과 경찰서에 가 있었다. 손님은 오가 근무하는 회사의 전무였다. 아내가 손님에게 양돼지라고 막말을 한 것 때문에 발로 걸어 채이고 계단으로 굴러떨어진 것이었다. 아내는 다음날 합의금 조로 20원을 받는다. 계단에서 굴러 떨어진 아내는 몸이 아프다고 하면서도 합의금으로 받은 돈을 보고 즐거워한다. 아내는 20원으로 치마와 저고릿감을 끊고 그에게 구두 한 켤레를 사라고 말한다. 그러나 그는 저녁 때 20원을 갖고 집을 나온다. 마유미가 있는 카페로 가서 술값으로 10원, 팁으로 10원을 쓸 생각을 한다. 그는 아내가 그 전무라는 사람에게 다시 양돼지라고 욕을 해서 계단에서 또 한 번 굴러 떨어지기를 기대한다.

소설의 대강 줄거리는 이렇다. 그러나 「지주회시」는 줄거리가 중요한 것은 아니다. 주인공으로 등장하는 '그'의 자의식 넘치는 서술이 핵심이다. 소설은 '그'가 세상을 바라보고 느끼는 것을 자유분방하게 서술해간 문장들로 채워져 있다. 자의식이 뱉어내는 말들은 어느 때는 시구나 경구처럼 보이는 것들도 있는데 심상치 않다. 예컨대 이런 것이다.

꿈에는생시를꿈꾸고생시에는꿈을꿈꾸고어느것이나자미있다.

그저한없이게을으자 — 시끄러워도그저몰은체하고게을으기만하면다된다.
살고게을르고죽고 — 가로대사는것이라면떡먹기다.[1]

위 인용문에는 '그'가 세상을 대하는 태도가 압축적으로 드러나 있다.
'그'의 자의식은 꿈과 현실이 뒤섞여있는 상태이면서도 현실에서의 삶
이란 것은 그저 게으르게 모르쇠로만 일관하면 된다고 여기고 있다. 세
상과는 의도적으로 단절하고 자기 내면에 침잠해서 꿈을 꾸는 것처럼 살
아가는 주인공의 자의식이 소설의 주조를 이룬다. '그'의 게으름은 현실
의 질서에 연연하지 않는 데에서 우러나온 것이기도 하다.

그런데 자의식 넘치는 이런 서술들은 사건들을 차분하게 정리해서 질
서 있게 보여주는 것이 목적이 아니다. 사건은 부차적이고 오히려 그 사
건을 통해 '그'의 의식 속에 느껴지는 것들을 드러내려는 것이 목적이다.
그렇다면 그가 의식하고 보여주려는 것은 무엇일까? 얼핏 보면 무수하
게 많은 것들이 그의 문장 안에 뒤섞여 있다. 인간의 의식이란 얼마나 다
채롭고 변화무쌍한 것인가. 그것은 현실의 시간과 공간에 종속되는 것도
아닐뿐더러 어떤 규칙이나 논리에 의해 기계처럼 움직이는 것도 아니다.
의식 속에서는 상상하기에 따라 순간적으로 과거로도 미래로도 옮겨 갈

---

1   이경훈 편, 『날개─이상 소설선』(문학과지성사, 2001), 위, 아래 인용문 모두 38쪽. 앞으
     로 작품의 인용은 이 책을 대상으로 하고 쪽수를 인용문 뒤에 명기하는 대신 별도의 주석
     은 달지 않기로 한다. 이 책은 발표당시 원본을 근거로 편집되었으며 적어도 「지주회시」
     에 관한 한 가장 믿을 만한 편집자 주석이 달려 있다. 이 문제는 본문에서 다시 언급하도
     록 하겠다.

수 있고 공간적 속박을 받지 않고 어느 것이나 떠올릴 수 있는 것이다.

그러나 「지주회시」는 그렇게 뒤얽힌 의식을 무질서하게 드러내려고 했던 것은 아니다. 소설의 서술이 종잡지 못할 정도로 뒤죽박죽으로 뒤섞여 있지 않다. 오히려 이상은 비교적 주도면밀하게 자신이 드러내려는 것을 사의식이라는 쁘리즘을 통해 그만의 방식으로 보여주고 있다.

이제 그가 말하고자 했던 것이 무엇이었는지를 내 나름으로 설명해 보겠다. 설명의 키워드는 사람과 사람의 관계이다. 「지주회시」에서 작가가 말하고자 했던 것을 찾아가는 열쇠는 소설 속의 '그'가 맺고 있는 인간관계의 양상, 그것의 실질적인 모습에 있다. 그것도 아내와 친구라는, 정(情)으로 얽혀 가장 친밀하다고 할 수 있는 인간관계의 핵심을 통해 드러난다.

먼저 친구인 오(吳)와 나와의 관계는 어떤가. 오는 앞에서 말했듯이 원래 그림을 그리는 미술학도였으나 집안이 망하는 바람에 인천의 증권 거래소에 취직한다. 다음은 '그'가 인천에 내려가 직장인이 된 오를 보고 표현한 문장이다.

> 낡기도전에갈리는방안지우에붉은선푸른선의높고낮은것 − 吳의얼굴은일시일각이한결같지않았다.   밤이면吳를땋아양철조각같은빠아로얼마던지쏘다닌다음 − (시끼시마) − 나날이축가는몸을다스릴수없었건만 이상스럽게吳는여섯시면깨었고깨어서는홰등잔같은눈알을이리굴리고저리굴리고 빨간뺨이까딱하지않고아홉시까지는해안통사무실에낙자없이있었다(47∼48쪽).

오는 모눈종이(방안지가 모눈종이이다)가 가득 붙어있는 사무실에서 모눈종이의 그래프가 오르고 내리는 것에 따라 긴장을 늦출 수 없는 삶을 살고 있다. 주가의 등락을 당시에는 모눈종이의 그래프 위에 시시각각으로 표시했던 모양이다. 그 긴장을 잊어버리기 위해, 더구나 멀리서 친구가 왔으니 바(bar)로 유곽으로 밤새 술을 마시고 제대로 잠도 자지 못하고 아홉시면 영락없이 출근한다. 하루아침에 미술학도에서 직장인으로 변해버린 오의 모습이 인용문에는 선연하게 묘사되어 있다.

해안통 사무실은 지금 인천의 해안동을 가리킨다. 해안통은 미두취인소가 있고 주변에 금융기관이 모여 있는 곳이었다. 해안통에서 멀지 않은 곳, 아마 걸어서 간다면 10분 쯤 떨어진 곳에 시끼시마라는 유명한 유곽이 있는 동네(현재의 신흥동이다)가 있다. 이들은 해안통 사무실에서 나와 주변의 바에서 술을 마시다 시끼시마라는 유곽들이 모여있는 유명한 동네까지 가서 젊음을 불태웠다. 유곽에서 놀았음을 이상은 괄호 안에 은밀하게 표현해놓았다.

조금 다른 말이기는 하나 이 소설에서 시끼시마에 대해 대부분의 연구자들은 주석을 묘하게 붙여 놓았다. 가장 최근인 2009년 소명출판에서 나온 김주현 주해본『증보 정본 이상문학전집』제2권의 240쪽에는 시끼시마를 설명하는 주석이 나온다. 이에 따르면 시끼시마는 "しきしま 敷島：大和國(현재의 奈良縣)의 딴 이름, 일본의 딴 이름"으로 되어있다. 이런 주해로는 소설의 문맥이 전혀 드러나지 않을 뿐만 아니라 오히려 의미를 알기 어려워진다. 2012년에 발간된 권영민교수 편집의 민음사 세계문학전집 시리즈『이상 소설 전집』에도「지주회시」가 실려있는데 시끼시마를 설명하는 주석으로 "敷島. 원뜻은 일본 야마토[大和國]의 다른 이름이다. 여기서는 '바'의 상호"라고 붙어있다. '시끼시마'를 '바'의 이름일 것으로 추정한 것이다.

그러나 지금도 나이든 인천의 원로들이 '부도유곽'이라고 부르는 시끼시마는 당시 유흥가로 유명한 곳이었다. 네이버 뉴스라이브러리에 '부도유곽'으로 검색해 보면 식민지 시대 인천의 시끼시마 유곽을 둘러싼 다채로운 기사들이 검색된다. 그중 하나만 소개해 본다. 1935년 1월 19일 『동아일보』 4면에 실린 기사 내용으로 현대 한국어 맞춤법으로 고쳤다.

인천 부도유곽의 작년 중 유흥비를 보면 조선인 유곽은 아직 확실한 통계가 안 났으나 일본 내지인 유곽의 통계는 유곽 9개소에 창기 89인으로 총 등누인원 16,267인으로 그 유흥비 총액 137,118원 20전이라는 바 조선인 유곽을 합하면 등누자 약 3만에 그 유흥비 약 30만 원 가량 되리라 한다.

'등누자'는 유곽을 이용한 고객수를 이렇게 표현한 것으로 보인다. 일본인을 당시에는 '내지인(內地人)'으로 불렀다. 화폐 단위가 요즘과 다르므로 정확히 추계하기는 어려워도 유흥비 총액이 100억을 훨씬 넘는 규모의 액수이다. 위 기사를 참고해 보면 일본인과 조선인이 운영하는 유곽은 거의 20개 내외에 이르렀을 것이고 창기가 200인 정도 되지 않았을까 추정해 볼 수 있다. 당시 인천의 인구가 10만이 채 안 되었으므로 이런 규모의 유곽은 인천 안에서만 이용된 것으로 보기는 어렵다.[2] 부도유곽과 관련한 사건 기사도 심심치 않게 눈에 띄는데 시끼시마는 일제 강점기 조선을 대표하는 유흥가의 상징으로 보아도 무리는 없을 것이다.

---

2 1935년 인천의 정확한 인구는 82,997명이었다. 이중 남자가 43,554명이고 여자는 39,443명이었다. 이준한, 전영우, 『인천인구사』(인천학연구원, 2007), 116쪽 참조.

이런 사정을 정확히 모르면 이상이 괄호를 묶어 '시끼시마'라고 표현한 본 뜻도 드러나지 않는다. 주인공이 친구인 오와 해안통 사무실을 나와 바에서 술을 마셨고, 그 다음 시끼시마를 괄호 안에 묶어 표기한 것은 유명한 유흥가에 가서 놀았다는 것을 일부러 표현하기 위한 장치로 보아야 맞다. 이경훈이 엮은 책의 주석에는 "敷島. 1902년 12월에 허가된 인천의 敷島遊廓 또는 담배 상표 이름. 여기서는 문맥상 전자에 가까울 듯함"이라고 나와 있다. '이경훈의 주석본'은 2001년에 출간되었고 '김주현 주해본'이나 권영민 편집의 『이상소설전집』은 한참 뒤인 2009년과 2012년에 출간되었는데도 수정되지 않았다. 특히 '김주현 주해본'은 그 전의 모든 전집의 주석을 참고하여 정본을 지향한다고 했는데도 이런 오류가 발생하였다.

그건 그렇고 오는 이렇게 새로운 삶을 살기 시작해 급기야 서울로 입성한다. 그러나 화자인 그가 인천에서 안타깝게 바라본 오의 모습은 딱 거기까지만이다. 이제는 완전히 속물이 되어버린 오의 모습을 보고 그는 불편해 한다.

> 두루매기처럼길다란털외투-기름발른머리-금시계-보석바킨넥타이핀-이런 모든吳의차림차림이한없이그의눈에거슬렸다. 어쩌다가저지경이되었을까. 아니 내야말로어쩌다가이모양이되었을까.(돈이었다) (46쪽)

입성 좋은 오의 모습을 그는 '어쩌다 저 지경이 됐을까'라고 말함으로써 매우 실망스러운 심사를 드러내 보인다. 자신의 처지도 자랑할 건 없지만 친구인 오의 모습이 좋아 보이는 것은 아니다. 그는 가장 친한 친구

관계마저도 돈으로 어긋나 버리고 있음을 작품 곳곳에서 언급하고 있다. 그의 마음이 불편한 것은 오의 차림새나 행동거지도 그렇고 아내가 카페에 나가며 빚을 내어 맡긴 돈을 아무 말도 없이 날려버린 것 때문이기도 하다. 적어도 친구라면 그래서는 안 될 것 같은데도 그렇다. 아내가 계단에서 굴러 떨어진 뒤 합의금 조로 20원을 전한 것도 마찬가지이다. 자신이 근무하는 회사의 전무가 곤경에 처할 것 때문에 오는 돈으로 입막음하려는 것으로 소설에는 그려져 있다.

미술학도에서 증권회사의 직원으로 변모해서 누구보다 직장에 충실한 회사원으로 변모한 친구 오의 모습은 화자인 그와의 관계마저도 불편하게 만들었다. 조금 더 분명하게 말한다면 돈이 사람을 변하게 만들고 인간관계도 비틀어 버리는 것을 '그'는 절실하게 느끼고 있었다. 그러므로 괄호에 묶어 '돈이었다'라고 속마음을 털어놓고 있는 것이다.[3]

작가는 1930년대 경성이나 인천 같은 도시에서의 삶이란 이렇게 자본이 사람과 사람 사이의 관계를 지배하고 있음을 자의식이라는 프리즘으로 보여주고 있다. 그것도 가장 친밀한 관계라 할 수 있는 친구의 모습을 통해 드러내고 있다. 다시 소설의 한 대목을 보자. 계단에서 발로 찬 회사의 전무를 위해 변명하는 친구 오와의 대화이다.

"화해라니 누구를 위해서" "친구를 위하야" "친구라니" "그럼 우리 점을 위해서"

---

3 「지주회시」에는 뜬금없이 단어나 문장이 괄호에 묶어 표현된 대목이 심심치 않게 등장한다. 이것은 자기의 혼잣말이거나 마음속의 또 다른 자신이 하는 말, 혹은 솔직한 고백 등을 일부러 드러내기 위해 사용한 장치로 해석된다. 인천 에피소드의 '시끼시마'도 그렇고 위 인용문의 '돈이었다'라는 언급도, 이후 인용문의 괄호 표현도 모두 그런 점을 감안하고 읽으면 자연스럽게 해석된다.

"자네가사장인가" 그때뚱뚱주인이 "그럼당신의안해를위하야"百원씩두번언어 썼다. 남은것이百五十원 — 잘알아들었다. 나를위협하는모양이구나.(60쪽)

친구라는 관계와 돈이 얽힌 관계를 노골적으로 대비해 놓았다. 작가 이상은 그와 친구인 오, 카페 주인, 아내 등의 관계가 결국 돈 그 자체이 거나 돈으로 매개된 인간관계에 지나지 않음을 보여주고 있다. 뚱뚱주인 처럼 아내에게 돈을 빌려준 사람의 말이 위협으로 받아들여진다는 것도 솔직하게 표현했다.

화자인 그가 아내와 맺고 있는 관계 역시 비틀어지고 왜곡되어 있다. 「지주회시」에서 아내와 그는 정상적인 부부 관계로 보이지 않는다. 아내 는 마음대로 집을 나가고 또 다시 들어온다. 그렇다고 그가 세속적인 질 서나 가치관에 따라 남편 노릇을 잘하고 있는가 하면 그것도 아니다. 부 부 사이의 기초적인 생활을 이끌어가는 것은 남편인 그가 아니라 아내이 다. 오늘날과 같이 여성의 경제활동이 일반화되어있던 시대가 아니라는 것을 감안한다면 이것은 정상적인 부부관계로 보기는 힘들다. 아내는 카 페의 여급 생활을 하며 남편을 먹여 살리고 있다.

양말 — 그는안해의양말을생각하야보았다. 양말사이에서는신기하게도 밤마 다지폐와은화가나왔다. 五十전짜리가딸랑하고방바닥에굴러떨어질때 듣는그 음향은이세상아무것에도 비길수없는가장숭엄한감각에틀림없었다오늘밤에는 안해는또몇개의그런은화를정갱이에서배앝아놓으려나그북어와같은종아리에 난돈자죽 — 돈이살을파고들어가서 — 고놈이안해의정기를속속디리빨아내이나 보다.(55쪽)

인용은 상징적이면서도 중의적인 표현이 섞여 있는 대목이다. 아내가 카페에서 돌아오면 손님들에게서 받은 돈이 양말속이나 정강이에서 떨어진다는 것인데 돈이 살을 파고 들어가 종아리에 돈 자국이 나 있다거나 돈이 아내의 정기를 다 빨아내고 있다는 것이 그렇게 읽힌다. 아내가 키페에 나가 돈을 벌어오고 있고 돈의 노예가 되고 있음을 노골적으로, 그러면서도 우화처럼(황금알을 낳는 거위!) 표현하고 있다.

그렇다고 그가 아내에게 남편으로서의 연민을 갖고 있는가 하면 그렇게 보이지도 않는다. 「지주회시」에서 부부는 "식물처럼 조용하다"고 표현되어 있고 그는 "무슨 연줄로 언제부터 이렇게 있게 되었는지 도무지 기억에 없다"고 말하고 있다. 오와 만나기 위해 인천에 가 있는 동안 아내는 말도 없이 집을 나갔고 또 어느새 말도 없이 "왕복엽서 모양"으로 들어왔다. 그는 돌아온 "아내의 살에서 허다한 지문(指紋) 내음새를 맡았다"고 말하고 있다. 남편인 그가 아내에게서 다른 남자들의 체취를 느꼈다는 것은 그만큼 정상적인 부부 사이가 아니라는 것을 의미한다. 그럼에도 불구하고 그와 아내는 아무 말 없이 부부 관계를 유지한다. 아내는 카페에 나가 돈을 벌어오고 나는 무기력하고도 게으른 삶을 산다. 반면 아내는 현실의 질서에 충실한 사람이고 세속적인 가치관을 갖고 사는 사람이다. 합의금 조로 20원을 받아온 아내의 모습을 보고 그는 이렇게 생각한다.

오후두시─十원지폐가두장이었다. 안해는그앞에서여내해죽거렸다. "누가주드냐" "당신친구吳씨가줍디다" 吳 吳역시吳로구나(그게네百원꿀떡삼킨동화의 주인공이다) 그리운지난날의기억들변한다모든것이변한다. 아무리그가이방턱

문을첩첩닫고—년열두달을수염도안깎고누어있다하더래도세상은그잔인한"관

계"를가지고담벼락을뚫고숨여든다. (62쪽)

　20원 지폐 앞에서 기뻐하는 아내와 그 돈을 준 친구 오를 생각하며
'그'는 착잡한 마음을 버릴 수가 없다. 층계에서 굴러 떨어진 아픔도 잊
고 돈을 받고 즐거워하는 아내나, 아내가 몸을 팔아 맡긴 돈 백 원을 불
려주겠다고 해놓고도 아무 말도 없다가 합의금이라고 돈 20원을 내미는
오 모두 "잔인한 관계"이다. 애초에 백 원을 오백 원으로 불린다는 것이
"동화"같은 이야기였고(이를 작가는 괄호 안에 담았다) 순수했던 지난날은
변하는 것인데 나는 그런 순수함을 아무리 지키려 해도 지킬 수 없음을
한탄스럽게 고백하고 있는 것이다.

　이렇게 이상이 말하고 싶었던 것이 인관관계라는 키워드를 통해 보면
비로소 드러나 보인다. 「지주회시」에서 화자인 그는 친구 관계도 부부
관계도 모두 돈이라는 질서에 의해 세속화되어버리고 거기에 저항하려
세상과 아무리 절연하려 해도 절연되지 않는 것임을 쓸쓸하게 고백하고
있다. 세상과 단절하고 싶지만 도시에서의 삶을 유지하려면 친구와 부부
사이라는 가장 기본적인 인간관계마저도 잔인하게 왜곡될 수밖에 없음
을 「지주회시」는 드러내고 있는 것이다.

4.

이제 '지주회시(䵷䵃會豕)'라는 제목에 대해 말할 차례이다. 이 난해한 한자 제복부터 의미심장하다. 특히 '지(䵷)'는 원래 표기된 한자가 한글 프로그램(hwp)에 등록이 되어 있지 않아 변환이 불가능할 정도로 거의 쓰이지 않는 희귀한 한자이다. 알 지(知) 아래에 '맹꽁이 맹'부가 붙어 이루어진 글자이다. 주(䵃)라는 글자에서 주(朱) 아래에 붙어있는 복잡한 글자가 '맹꽁이 맹'부라고 한다. 이 글을 쓰면서 처음 알게 된 사실이다. '회(會)'라는 한자 또한 오묘하다. 한자 회는 모으다, 만나다, 합치다, 일치하다, 깨닫다 등의 다양한 의미가 있다. 어쨌든 「지주회시」라는 제목을 글자대로 해석하면 '거미가 돼지를 만나다', '거미가 돼지를 모으다', '거미가 돼지를 합치다', '거미가 돼지를 깨닫다' 등의 의미로 해석된다. 따로 '지주회시'라는 사자성어가 있는 것은 아니어서 '지주회시'라는 제목은 이상이 스스로 만든 한자의 조어로 보인다.

아울러 이상은 시각적 이미지를 고려해서 일부러 이렇게 난해한 단어를 골라 제목을 만든 것으로 추측된다. 작품이 발표되던 당시에도 거미를 뜻하는 한자로는 '蜘蛛'가 더 일반적으로 사용되는 글자였다. 그럼에도 불구하고 더 어렵고 복잡한 한자를 제목으로 일부러 사용했다. 문자의 시각적 이미지를 중요하게 생각하고 거기에 예민했던 작가로서는 능히 그럴 가능성이 있다고 생각된다. 이상이 제목으로 사용한 '지주'라는 한자어는 시각적으로도 복잡하게 얽혀 있다. '지주'라는 한자어의 복잡한 시각적 이미지 자체가 작가가 의도한 것으로 해석된다. 이상은 이미 글자를 활용한 시각적 이미지 구성에 남다른 재능을 보여 1930년 『조선과 건축』이라는 잡지 표지 도안 공모에 1등과 3등으로 동시 당선된 바도 있다.

소설의 제목을 '거미, 돼지를 만나다' 혹은 '거미, 돼지를 모으다' 정도로 붙여도 좋았을 것을(소설 「날개」는, '익(翼)(!)'이라고 하지 않고 '날개'라는 순 우리말을 사용했다) 군이 어려운 한자를 사용해 '지주회시'라고 붙인 것은 오히려 이상의 모던한 감각을 드러내주는 바가 있다. '지주'라는 한자어가 주는 시각적 이미지도 있을 것이지만 일부러 어려운 한자어를 사용함으로써 의미가 분명하게 드러나지 않게 하려는 의도로도 읽힌다. 난해한 한자어를 보고 글자의 뜻을 찾아서 곰곰이 생각해 보라는 의도이거나 아니면 작가 특유의 장난기가 발휘된 것이 아닌가 한다. 물론 그 모두일수도 있다. 소설 「지주회시」는 지주회시(䵷䵷會豕)인 것이지 어떤 한글로 그 뜻을 명확히 지칭할 수는 없다.

한편, 거미와 돼지는 실제로 작품 속에 여러 은유로 등장한다. 거미는 아내에 대한 은유나 자신이 사는 '굴 궤짝만한 방', 때로는 자기 자신을 가리키기도 한다. 돈에서 나는 냄새가 거미의 냄새로 표현되기도 한다. 이런 은유들을 모아 보면 거미는 이 작품에서 작가가 특정한 의미를 부여하려는 일종의 상징으로 읽힌다.

거미는 생물학적으로 이로운 곤충이라고는 하지만 그 외양이 혐오감과 거부감을 주는 것은 사실이다. 독을 품은 거미는 사람에게 위협적이기도 하다. 이 소설에서도 거미는 결코 사랑스럽거나 호감을 주는 대상을 의미하거나 표현할 때 등장하지 않는다. 그는 소설에서 아내를 자주거미에 비유하고 있다. 아내에 대한 혐오의 감정을 거미로 표현하고 있는 것이다. 그 혐오의 감정은 매우 강렬하다. 예컨대 이런 정도이다.

> 또 거미. 안해는꼭거미. 라고그는믿는다. 저것이어서도로환투를하여서거미
> 형상을나타내었으면 — 그러나거미를총으로쏘아죽였다는이야기는들은일이없
> 다. 보통 발로밟아죽이는데 신발신기커녕일어나기도싫나. (38쪽)

아내에 대한 혐오의 감정이 이 정도면 극단이다. 실제로 그는 소설 속
에서 아내를 밟기도 한다. 아내가 단지 돈만 쫓아서 그런 혐오의 감정까
지 갖는 것은 아니다. 그것은 조금 더 근본적인 것으로 보인다. 자기를
배신하고 가버리고 아무 일 없다는 듯이 다시 들어오는 것 때문일 수도
있겠으나, 인연의 얽힘이나 속박 자체에 대한 거부감도 강한 것으로 해
석된다.

거미는 아내를 비유할 때만 사용되는 것이 아니라 여러 곳에서 자주
등장한다. 그것은 결국 지긋지긋한 현실과, 그리고 그런 현실 안에서 살
아가는 자기, 자기와 인연을 맺은 아내와 친구 모두를 가리킨다. 이들은
모두 거미줄을 쳐놓고 호시탐탐 먹을 것만을 기다리는 존재들이다. 그는
주변 사람들을 거미라고 비아냥거리지만 그 스스로도 촉수를 드리우고
먹을 것만을 노리는 존재이기는 마찬가지라고 자각한다. 그런 점에서
「지주회시」에서 거미는 우리가 살아가는 비루한 현실 자체를 의미하는
것으로 읽힌다.

그에 비해 돼지는 상대적으로 이 작품에서 많이 등장하지는 않는다.
살찐 여급인 마유미와 증권회사의 전무를 가리킬 때 등장한다. 이들 또
한 돈만 생각하는 탐욕스런 존재들이다. 돼지는 복의 상징이면서도 탐욕

스런 존재를 가리킬 때 흔히 사용되는 비유어이다. 그런 점에서 이 소설에서 돼지가 가리키는 것은 상식적인 상징의 영역에서 크게 벗어나지 않는다. 그러나 마유미가 살이 통통한 먹어야 할 대상(그래서 성적인 상징으로도 해석된다)으로 나오는데 비해 카페의 주인이나 전무는 많이 먹어서 살이 찐 돼지로 묘사된다. 돼지는 누구에겐가 먹히는 존재이거나, 아니면 남보다 많이 먹어 탐욕스런 존재라는 상징으로 작품 속에 등장한다.

그런데 여기에서 다시 소설의 제목을 상기해 보자. 일단 '거미가 돼지를 만난다'로 소설의 뜻을 가정해 본다. 소설의 제목이 뜻하는 바를 곧이곧대로 해석하면 아내가 전무를 만나고 카페 주인을 만나는 것, 내가 친구인 오를 만나는 것, 내가 마유미를 만나러 가는 것이 모두 거미가 돼지를 만나는 것이다. 그러나 이런 제목은 소설 속의 특정한 행위나 사건을 직접적으로 지칭한다고 보기보다는 비루한 현실과 탐욕스런 삶의 대비, 먹고 먹히는 세상, 또는 그런 것들이 중첩되어 있는 자본주의적 질서에 대한 상징적 암시로 보는 것이 상식적이다. '거미가 돼지를 모으다', '거미가 돼지를 합치다' 또한 가능한 해석으로 상정할 수 있다.

다른 한편, 제목이 뜻하는 바가 우화적이라는 점에 다시금 주목해 볼 필요가 있다. 「지주회시」에서 자주 거론되는 거미와 돼지는 특정한 집단이나 대상을 대표하는 상징으로 보인다는 것은 방금 언급한 바와 같은데, 그것이 이솝 우화에 등장하는 여러 동물우화처럼 우화적 효과를 만들어내기도 한다는 것이다. 더 나아가 제목뿐만이 아니라 소설 전체가 우화적인 상징으로 읽히는 바도 있다. 그런데 이는 등장인물의 상징적 효과 때문만이 아니라 서술 방식 때문이기도 하다.

「지주회시」의 서술은 직설적이면서도 단순 명쾌하다. '개미와 베짱이의 우화'에서 베짱이는 매일 노래만 부르고 개미는 부지런히 일하는 모습으로 단순하게 그려지듯이 「지주회시」에서 보이는 현실도 그에게는 단순하게 보일 뿐만 아니라 그에 대한 화자의 판단도 솔직하고 담백하게 표현된다.

> 반다지는참보기싫다. 대체세간이싫다. 세간은어떻게하라는것인가. 웨오늘은있나. 오늘이있어서 반다지를보아야되느냐. 어둬졌다. 계속하야게을른다.(39쪽)

> 동행이라도있는듯이그는팔장을내저으며싹둑싹둑썰어붙인것같이얇학한A 취인점담벼락을-뺑뺑싸고돌다가 이속에는무엇이있나. 공기? 사나운공기리라. 살을점이는 ─ 과연보통공기가아니었다. 눈에핏줄 ─ 새빨갛게달은전화 ─ 그의허섭수룩한몸은금시에타죽을것같았다.(41~42쪽)

대상을 묘사하는 화자의 언어는 단순 명쾌하다. 소설의 언어가 아직 세상 경험이 미숙한 자의 그것처럼 어리숙하면서도 직설적이다. 마치 세상을 처음 접하는 어린이가 반응하듯이 대상에 대한 그의 감각은 싫은 것이거나 의문투성이이거나 공포감 같은 것이다. 그런데 그 대상이 집안의 세간이나 전화처럼 모두 일상적인 사물들이다. 일반적으로 그런 것들이 거부감이나 공포의 대상이기는 어렵다. 문장 그대로만 본다면 상식적으로 이해되지 않는 내용이다. 그러면서도 대상에 대한 감각은 단순하고 명쾌하다. 불필요한 수식어구도 나열되어 있지 않다. 「지주회시」가 우화적 분위기를 드러내는 것은 이런 서술방식의 효과가 크다. 그러면서도 동시에 난해함을 준다. 대체 왜 세간이 싫고 전화기에 공포감을 느끼는 것일까?

세간들, 살림살이들은 도시에서 살아가는 비루한 삶과 인연의 표상들이다. 그런 살림살이들을 보면 자연스럽게 나의 현재와 내가 살아가는 꼴들이 직감적으로 느껴지는 것이다. 작가는 그걸 복잡하게 표현하기보다는 명징하게 '싫다'고 직설적으로 내뱉는다. 그의 감각으로 느끼기에 전화기도 새빨갛게 달아 있다. 증권회사의 전화는 불이 날 수밖에 없다. 주식의 등락에 따라 때에 맞춰 사고팔아야 한다. 촌각에 이익과 손해가 갈리다 보니 눈에는 핏줄이 선다. 전화기에 대고 팔거나 사야하는 주문을 재빠르게 외쳐야 한다. 회사의 분위기는 사나울 수밖에 없다. 전화기는 계속 벨을 울려대고 수화기를 잡고 끊임없이 통화를 하는 모습을 보면 전화기에 자신의 몸이 타 죽을 것 같다는 표현은 오히려 절실하게 와 닿는다. 20세기의 자본주의가 만들어낸 풍경이고 도시의 삶이 만들어낸 상황을 작가 이상은 이렇게 우화적이면서도 직설적으로 말하고 있는 것이다.

그런데 다른 한편 우화는 베짱이와 개미의 이야기에서도 알 수 있듯이 사물이나 대상의 한 측면만을 단순화시킴으로써 하나의 특징이나 상징을 대표하도록 만든다. 베짱이는 게으르고 놀기 좋아하는 사람의 표상이고 개미는 부지런하고 성실한 사람의 표상이다. 그래서 우화는 교훈적이며 때로는 이데올로기적이고 그래서 정치적이다. 개미와 베짱이의 이야기가 지향하는 이데올로기에 대해 우리는 비판적으로 얘기할 수도 있을 것이다. 성실하고 부지런하게 일하라, 게으르고 놀기 좋아하면 세상 살기 힘들다는 것은 보편적 진실이라기보다는 이데올로기에 가깝다.

마찬가지로 「지주회시」가 우화적 표현이나 형식을 차용하는 것처럼 보이는 것은 그런 이데올로기, 혹은 메시지를 작가가 그 안에 포함시키고 있음을 뜻한다. 자본이 만들어낸 도시적 삶과 돈에 의해 왜곡되는 인간관계들이 얼마나 일상의 삶을 숨 막히게 하는가를 「지주회시」는 보여주고 있다. 그 질서에 편입되지 못하면 '그'처럼 살 수밖에 없다. 아니, 그 질서를 거부하면 '그'처럼 사는 셈이다. 세상과 절연하고 문을 닫아건 채 한없이 게으르게 산다고 하더라도 삶이 녹록치 않은 것이다. 자본에 편입된 삶은 눈에 핏발이 서고 잔인한 공기를 들이마시며 시간에 맞춰 회사 의자에 어김없이 앉아야 하는 삶이거나 몸을 팔아 돈을 우려먹어야 하는 삶이다. 누군가를 먹고 누군가에게 먹히는 것이 도시의 일상이다. 그와 그의 아내, 그의 친구인 오, 카페 주인인 뚱보, 살집 좋은 카페 여급 마유미, 증권회사의 전무는 그래서 모두 거미이거나 돼지들이다. 작가는 그런 메시지를 1930년대 조선이라는 현실을 앞에 두고 말한 것이다. 자본주의적 삶이라는 복잡다단한 현실의 실체가 무엇인가를 자기의 방식으로 담백하게 드러내고 싶었던 것이었다.

5.

이상이 「지주회시」를 발표한 것은 『중앙』 1936년 6월호 지상이었다. 그의 출세작인 「날개」는 이보다 3개월 늦은 9월에 발표되었다. 같은 해 2월부터 한설야의 장편 『황혼』이 『조선일보』에 연재되고 있었다. 박태원의 「소설가 구보씨의 일일」은 1934년에 발표되었고 이어 36년 8월부터 10월까지 『천변풍경』이 『조광』에 연재되었다. 강경애의 『인간문제』도 34년 8월부터 12월까지 『동아일보』에 연재되었다. 한국 대중소설가의 대모라 할 수 있는 김말봉은 1935년부터 38년까지 『밀림』을 『동아일보』에 연재하고 있었으며 장편공모에 당선된 심훈의 『상록수』도 같은 시기, 같은 신문에 연재되고 있었다. 1930년대 중반 무렵 한국문학은 이렇게 다양한 소설들로 자못 풍성한 풍경을 연출하고 있었다.

그런데 동시대의 여러 소설들 가운데에 이상의 그것은 이채로울 수밖에 없었다. 그는 지금껏 한국 소설이 전혀 읽어보지 못했던 소설을 쓰고 있었던 것이다. 띄어쓰기도 안 돼 읽기도 어려웠을 뿐만 아니라 제목도 오묘했다. 그나마 박태원의 「소설가 구보씨의 일일」이 새로웠지만 이상의 「지주회시」에 비할 바가 못 되었다.

그러나 잘 생각해 보자. 『황혼』이나 『인간문제』가 동시대에 대해 발언하는 방식은 서로 먼 거리에 있는 것이 아니다. 이기영의 『고향』과도 다르지 않다. 따져 보면 염상섭의 『삼대』도 근본적으로 같은 범주 안에 놓여 있다. 그만큼 익숙하다는 뜻이다. 똑같다고 말하기는 어려워도 『밀림』과 『상록수』도 인간관계를 이해하는 방식이 근본적으로 다른 것은 아니다. 남자와 여자는 사랑을 하고 그 때문에 애태우기도 한다. 박태원이 쓴 『천변풍경』이나 「소설가 구보씨의 일일」 정도가 대상으로부터 떨어져 나와 세상을 관조하거나 때로는 자신의 내면에 충실하다는 점에서 과거의 소설들과 조금 색다른 점이 있었다.

그러나 이상의 「지주회시」는 박태원의 소설들과 비교했을 때조차 질적으로 다르고도 새로울 뿐만 아니라 낯설다. 「지주회시」는 그전에 보던 소설이 아니었다. 전혀 다른 부류의 소설이 1936년 6월호 『중앙』에 발표된 것이었다.

지금까지와 달라서 또는 새로워서 좋다는 것이 아니다. 기존의 소설 문법과 다르다거나 새롭다는 것이 가치를 높이 평가받는 이유가 될 수는 없다. 이상을 두고 모더니즘의 선구자라거나 한국 모너니즘을 개척했다는 말부터 하는 것은 그러므로 그리 중요한 것은 아니다.

이상은 그동안 한국 소설이 보지 못했던 현실을 우리에게 보여준 것이고 식민지 시대 도시적 삶의 실체를 보여주었다. 이상이 우리에게 보여주고 있는 풍경은 지금까지의 소설에서는 볼 수 없었던 사람들이고 관계들이었다. 그런데 그 사람이나 관계들은 소설 속 상상이나 허구가 아니라 확대경으로 투사되고 과장되었지만 진짜배기 현실이었다. 아울러 이상이 보았던 도시적 삶의 실체는 그것이 굳이 식민지가 아니라 하더라도 자본주의 문명이 만들어낸 보편적 삶의 모습이었다는 데에 문제성이 있었다. 그는 식민지 조선의 삶만 문제 삼으려 했던 것은 아니다. 자기가 살아가고 있는 삶의 실체, 그것에 눈을 부릅떴던 것이다.

한 걸음 더 나아가 이상은 그것들을 절절하게 보여주는 자기만의 최선의 화법을 만들어내었다. 이상의 목소리는 그전에 들어 본 바가 없는 낯선 것인 동시에 20세기를 살아가는 어떤 사람들에게는 절실함을 담고 있는 것이었다. 한국의 근대 소설은 이상에 이르러 새로운 세계, 새로운 화법을 만들어내었고 그것은 세계적 보편성을 갖춘 것이었다. 이상은 그런 점에서 우리나라 최초의 모더니스트였다. 더욱 중요한 것은 이상이 담아낸 20세기의 이야기가 21세기를 살아가는 우리에게 여전히 절실한 울림을 주고 있다는 것이다.

질투의 오르가즘

이상(李箱)과 아리시마 타케오[有島武郞], 그리고 오토 바이닝거에 관하여

한수영

1. 이상 문학의 난해성과 상호텍스트적 접근의 필요성

이 글은 이상의 소설텍스트에 등장하는 일련의 여성 인물 및 등장인물들의 성적 관계를, 일본의 근대 작가인 아리시마 타케오[有島武郞, 1878~1923]의 소설들, 특히 그의 「돌에 짓눌린 잡초[石にひしがれた雜草]」(1918) 및 『어떤 여자[或る女子]』(1919)와의 연관성을 통해 살펴보고자 한다.

누구나 동의하는 바이지만, 이상의 텍스트들은 한국 근대문학에서 가장 난해한 경우에 속한다. 역설적으로, 그 난해함이 그의 텍스트들을 이해 가능한 의미연관으로 재구성하고 싶은 욕망의 이유가 되기도 한다. 이상이 한국 근대문학사에서 다시 주목받기 시작한 1950년대 이후, 그는 아마도 연구와 비평에서 가장 자주 호출되는 근대 문인의 한 사람임에 틀림없을 것이다. 전기적 접근이든, 주석비평에 기반을 둔 해석이든 혹은 넓은 의미의 비교문학적 접근이든, 기존의 이상 문학에 기울였던 선행연구의 노력과 수고는, 방법론의 다양성을 막론하고 불가해한 이상 텍스트를 독해 가능한 텍스트로 바꾸는 비평적 번역이었다고 해도 지나친 말은 아니다. 문학사나 예술사의 좀 더 큰 맥락, 이를테면 모더니즘이나 아방가르드의 반경 안에서 이상 문학을 자리매김하거나, 또는 그의 텍스트에 반영되어 있는 (탈)근대성의 인식론적 지향을 논의하기 위해서라도, 일차적으로는 그의 텍스트가 해석되어야만 그러한 작업이 가능하다는 점을 생각할 때, 기존 연구의 이러한 경향은 충분히 이해할 만한 것이다.

이상의 텍스트가 난해함에도 불구하고, 혹은 역설적으로 바로 그 난해함 때문에, 많은 연구자와 비평가들이 그의 텍스트 해석에 매진하게 되는 이유 중의 하나는, 이상 문학이 지닌 독특한 상호텍스트적 성격 때문이다. 이상은 자신의 시와 소설, 그리고 수필들에서 난해한 텍스트의 '의미'에 가닿을 수 있는 열쇠나 단서를 곳곳에 숨겨 두었다. 표면적으로 이것은 비슷한 모티프나 소재의 반복으로 보일 수도 있지만, 하나의 텍스트에 등장하는 유사한 어휘나 에피소드, 혹은 모티프들은 다른 텍스트를 해석하는 열쇠 구실을 하고, 그 다른 텍스트는 또 다른 텍스트의 의미 연관에 가닿을 수 있는 '사다리' 구실을 해 주는 것이다.

「날개」, 「지주회시」, 「동해」, 「종생기」 등에서 반복되어 등장하는 아내나 연인의 가출과 귀가, 배신과 외도의 사례는 너무 잘 알려져 있거니와, 수필 「행복」과 「슬픈 이야기」가 소설 「동해」나 「단발」과 모티프와 줄거리가 겹치는 교직(交織)의 원리로 구성되어 있고, 「공포의 기록」이 「불행한 계승」, 「공포의 성채」 등과 상호텍스트적 연관성을 지니고 있듯이, 그의 텍스트들은 장르를 넘나들면서 서로가 서로에게 열쇠와 단서의 구실을 하거나 음화와 양화의 기능을 하도록 만들어진 것이 많다. 그러므로 텍스트들을 겹쳐 읽으면 읽을수록 이상 문학의 난해함이 지닌 비밀에 조금씩 다가갈 수 있는 가능성을 발견하게 되는 것이다.[1]

그런 상호텍스트성의 또 다른 특징은 외부 혹은 원천과의 상관관계에서 비롯된다. 이상의 텍스트에는 출처를 분명히 밝히지 않거나, 혹은 출처를 짐작할 수는 있지만 그 영향관계를 명료하게 재구성하기 어려울 만큼 교묘히 변형이나 뒤틀기를 시도한 인물, 사건, 묘사 등이 자주 등장한다. 가장 전형적인 사례가, 단편 「종생기」 첫 구절에 등장하는 '郤遺珊瑚'를 둘러싼 그 출전과 해석에 관련된 다양한 논의들일 것이다.[2] 그러나 '극유산호'의 경우만 하더라도, 그것이 최국보의 「소년행(少年行)」이든 이백의 「옥호음(玉壺吟)」이든, 그 유사성을 거론할 전거(典據)가 확보되는 사례라고 할 수 있지만, 훨씬 많은 다른 경우에는 그 전거나 인유(引喩) 관계를 명확히 밝히기 어렵고, 바로 이 사실이 이상 문학의 난해함이 유지되는, 달리 말하면 거듭 반복해서 그의 텍스트를 독해하려는 시도가 끊이지 않는 또 다른 이유의 하나라고 할 수 있다.

그런 점에서, 이상 연구사에서 비교적 최근에 속한다고 할 수 있는 두 개의 시도는 이상 텍스트의 좀 더 풍요로운 독해를 위해 새로운 돌파구를 제공해주었다고 생각한다. 그 하나는, 문학 연구자가 아닌 미술 전공

---

1 여러 논자들이 이상 문학의 이러한 특징에 대해 지적한 바 있다. 대표적으로 김주현, 『이상소설연구』, 소명출판, 1999; 권영민, 『이상텍스트연구』, 뿔, 2009 등을 들 수 있다.
2 이 네 글자가 한시(漢詩)의 변형이란 점에 대해서는 대다수의 연구자들이 동의하고 있으나, 누구의 어느 시를 어떻게 변형했는가에 대해서는 다양한 견해들이 제기되어 있는 상태다. 대표적으로 여영택, 김윤식, 김주현, 이경훈, 서영채 등의 논의를 들 수 있다. 이에 대한 포괄적인 논의는 서영채, 『사랑의 문법』, 민음사, 2004, 341~344쪽 참조.

자로서 김민수가 보여준, 이상 문학과 시각예술(회화, 디자인, 건축 등)의 상관성이나 영향관계의 규명이다.[3] 그동안 문학연구자들이 오로지 '문학'이라는 영역에 한정된 채 이상을 들여다봄으로써, 그가 건축학도이자 미술과 디자인에도 문학 못잖은 지식과 재능을 지니고 있었음에 대해 소홀했었고, 따라서 그의 문학에 얼마나 많은 시각 예술적 요소들이 반영되어 있는가를 주의 깊게 살피지 못했던 부분에 대해, 김민수는 새로운 환기점을 제공해 주었다. 물론, 문학 전공자가 아닌 그가, 시각예술로부터 받은 영향을 근거로 하여 이상의 문학텍스트를 해석한 부분에는, 논리적 정합성을 의심할 만한 과장이나 결락이 없지 않다. 그러나 경성고공에 재직한 일본인 교수들인 노무라 요시후미[野村孝文], 후지시마 가이지로[藤島亥治郎], 『朝鮮と建築』의 필자였던 건축학 교수 나이토 스케타다[内藤資忠] 등으로부터 입은 영향 관계, 표현주의 화가 에른스트 키르히너(Ernst Ludwig Kirchner)에게서 받은 영향, 일본의 다다이스트 시인 하기와라 교지로[萩原恭次郎]와의 상호텍스트적 관계 등, 당시 일본과 유럽의 최신 건축예술의 경향, 일본 다다이즘의 동향에 근거하여 시도한 이상 텍스트의 새로운 비교문화적 접근과 그 성과는, 문학 비전공자로서의 그가 노정한 한계를 충분히 뛰어넘는 것이었다. 무엇보다도, 이상 문학이 보여준 다양한 실험과 관련하여, 우리는 좀 더 풍요로운 기원(起源)과 수원지를 확보할 수 있게 되었다고 생각한다.

같은 맥락에서, 여러 사람의 공동연구 성과로 묶여 나온 『李箱的 越境과 詩의 生成』도, 이상 문학의 기원에 관해 새로운 출구를 마련해 준 최근의 저작이라고 할 수 있다.[4] 이 책에서는 이상의 텍스트와 상관성이

---

3   김민수, 『이상평전』, 그린비, 2012 참조.

있는 다양한 일본 근대문학 텍스트들을 비교 검토하고 있는데, 특히 일본 모더니즘 소설의 기수라고 할 수 있는 요코미츠 리이치[橫光利一]의 소설 모티프들이 이상 소설에서 어떻게 변용되거나 인유되는가를 조밀하게 검토하고 있으며, 한편으로는, 이상의 시텍스트와 일본 모더니즘 시동인지인 『詩と詩論』의 상관성을 논구하고 있다.

이상 문학이 지닌 상호텍스트적 특성의 두 번째에 해당하는 이 외부와 원천에 대한 검토, 특히 일본 근대문학이나 근대예술과의 연관성에 대해서는, 그동안 부분적인 논의가 있어 왔으나 충분한 것이었다고 말하기는 어려운 형편이다. 요코미츠 리이치의 경우는 이상의 소설과 수필 여기저기에서 직접 인용방식으로 등장하는 몇 안 되는 일본 문인의 한 사람인데, 예컨대 「동해」에 나오는 다음과 같은 구절이 그 예이다. "一着 選手여! 나를 列車가 沿線의 小驛을 자디잔 바둑돌 黙殺하고 通過하듯이 無視하고 通過하야 주시기(를) 바로옵나이다 (…중략…) 이 경우에도 語彙를 蕩盡한 浮浪者의 資格에서 恐懼 橫光利一氏의 出世를 사글세 내어온 것이다."[5]

---

4   蘭明 외, 『李箱的 越境과 詩의 生成』, 역락, 2010 참조. 이 이전에도 이상과 일본 근대문학과의 상관관계를 검토한 연구들이 있었다. 대표적으로 이금재의 「한국문학에 있어서 요코미츠 리이치의 수용―이상문체를 중심으로」, 『일본학보』 제44집, 한국일본학회, 2004; 「이상의 '날개'와 요코미츠 리이치의 '새[鳥]'」, 『일어일문학연구』 제40집, 한국일어일문학회 2002; 「아쿠타가와 류노스케와 이상의 문학」, 『일본문화연구』 제13집, 동아시아일본학회, 2005 등을 들 수 있다.

5   이상, 「동해」, 김주현 주해, 『증보 정본 이상문학전집』 제2권, 소명출판, 2009, 328쪽. 이하, 『증보 정본 이상문학전집』에서 인용할 경우에는 『전집 1―시』, 또는 『전집 2―소설』 등의 방식으로 표시한다. 또한, 전집에서 인용문의 형식으로 옮겨올 경우에는 전집의 맞춤법과 표기 형태를 따르되, 본문에서 인용할 경우에는 큰따옴표로 처리하고, 현행 맞춤법과 띄어쓰기를 적용하기로 한다. 이상이 인용한 이 구절은, 요코미츠 리이치의 출세작인 「머리 그리고 배」의 첫 구절을 다소 변용한 것이다. 번역본에 의거해 해당 구절을 옮겨보자면 원문은 다음과 같다. "한낮이다. 특급열차는 승객을 가득 싣고 전속력으로 달리고

란명(蘭明)은 특히 요코미츠 리이치의 장편 『상하이』(1930)와 이상의 텍스트 중에서도 가장 난해한 것으로 손꼽히는 「지도의 암실」을 등치시켜, 『상하이』가 「지도의 암실」의 음화(陰畫)로 어떻게 기능하고 있는가를 주도면밀하게 분석하고 있다. 본 논문과 관련하여, 이진형의 「이상의 여성상에 관한 연구」는 좀 더 중요한 선행연구라고 할 수 있는데, 그는 요코미츠 리이치의 소설들, 「새[鳥]」, 『상하이』, 「七階の運動」 등에 등장하는 여성형상의 모티프들을 이상 텍스트의 그것과 비교함으로써, 이상 문학의 정확한 해석에 접근할 수 있는 또 하나의 통로를 마련해 주었다.

아주 엄격한 실증주의의 잣대를 들이댄다면, 이러한 비교문학(혹은 비교문화)적 작업은 그 영향관계 및 원천과 수용의 송수신적 관계를 명백하게 입증하고 있다고 보기는 어렵다. 그러나 비교문학의 방법론이 그것이 처음 시작된 19세기 유럽에서의 형태와는 사뭇 달라져 그 방법론적 외연이 문화연구(cultural studies)와 거의 구분되지 않을 정도로 확장된 점, 그리고 송수신의 명료한 연락(連絡)체계가 선명하게 드러나지 않는 이상(李箱) 텍스트의 구성적 특성을 고려하건대, 다소 느슨하고 아직은 추정에 불과한 것이더라도, 이상 문학의 다채로운 기원과 원형을 찾아서, 좀 더 풍요로운 해석의 지평을 확보하려는 시도는 계속되어야 옳다고 생각한다. 이상과 일본 근대작가 아리시마 타케오의 연관성을 살펴보려는 이 글의 방법론적 기반도 넓은 의미에서 이러한 맥락 위에 자리 잡고 있다.

이상과 매우 가까웠던 김소운의 회고 한 대목을 살펴보기로 하자.

있다. 선로 변의 작은 역은 돌멩이처럼 묵살 당했다."(인현진 역, 『요코미츠 리이치 단편집』, 지식을만드는지식, 2016, 27쪽)

서울서 아동 잡지를 준비하고 있을 무렵이다. (…중략…) 아동 잡지에는 포스터니, 표지니, 삽화, 컷 같은 일이 수두룩하다. 상(箱)은 고공에서도 건축 회화를 전공했고, 입학할 때 「성가족(聖家族)」의 인물 위치를 정확하게 대답한 단 하나이었다고 상 자신의 입으로 들은 일도 있다.

그런 벗을 편집실에 맞아서 같이 일하게 된 것을 다행으로 생각했다.

그러나 이상은 내 편집실에 길게 있지는 못했다. (…중략…)

모사(模寫)의 특기는 과연 천재였다. 추사(秋史)의 선면(扇面)을 삽시간에 진필(眞筆)과 구별 못하도록 써 내었고, 희롱 삼아 그린 10원 지폐가 서너 자(尺) 거리에서는 쉽사리 진짜와 분간이 가지 않았다. 그런데도 모델 없이는 얼굴 하나, 손 하나도 그리지 못했다.

일본 양화단에 이름이 높던 미나미 군조외(南薰造)는 그렇게 유명한 대가인데도, 사과를 앞에 두지 않고서는 사과를 못 그린다고 했다. 같은 화가라도 표지, 삽화로 이름 난 미야모또 사부로외(宮本三郎) 같은 사람은 그와는 정반대로 모델 없이 무엇이건 그려 냈다. 이것은 본질적인 개성이라 흥허물 삼을 일이 못되지마는, 이상의 경우는 약간 극단(極端)이다. 잡지에 쓸 어떤 작은 컷 하나도 반드시 어느 외국 잡지나 화보(畵報)에서 따 와야 했다.

이상의 화재(畵才)는 잡지 같은 일에는 맞지 않았다.[6]

---

6 김소운, 「李箱 異常」, 『역려기』, 『김소운수필선집』 5, 아성출판사, 1978, 221~222쪽. 김소운의 회고에 등장하는 이상의 모습은 다소 부정적이다. 그의 회고는 철저히 주관적인 것이므로, 그 옳고 그름을 논할 수 없으나, 이상이 너무 신화화되거나 우상화되는 경향이 없지 않음을 고려할 때, 그런 경향에 대한 일종의 '균형추'로서의 역할을 생각해 볼 수는 있을 것이다.

이상의 천재성을 절대적으로 신뢰하는 처지에서 보자면, 위의 회고는 다소간 불편하게 읽힐 수도 있다. 이상이 천재가 아니라 '베끼기의 명수'에 불과했다고 읽을 가능성이 없지 않기 때문이다. 다른 관점도 가능하다. 이를테면, 이상은 자신의 천재성을 아동잡지의 삽화 작업 따위에 쏟아 붓고 싶어 하지는 않았을 수도 있다는 것. 중요한 것은, 이상의 창작방법의 어떤 편모(片貌)가 보인다는 점이다. 김소운은 비록 '화재(畵才)'에 국한시켰지만, 문학의 경우에서도 이상은 자주 원천 텍스트를 철저히 자기의 방식으로 전유(專有)하여, 변형, 인유(引喩) 또는 패러디하고 있기 때문이다.[7] 그렇다고 해서, 그의 예술가적 창의성이 훼손되는 것은 아니다.

요컨대, 우리는 이상의 텍스트들을 더 풍요롭게 해석하기 위해서, 지금까지 진행해 왔던 그의 문학의 기원과 원형에 관한 연구 성과를 바탕으로, 좀 더 다양한 가능성들을 탐색해 나갈 필요가 있다.

그런 맥락에서, 이 글은 허두에 밝혔듯이, 이상의 소설텍스트에 등장하는 일련의 여성 인물 및 등장인물들의 성적 관계[8]를 일본의 근대 작가

---

7 김주현은 김소운의 이 회고를, 이상 소설에 등장하는 여성들이 작가 이상과 관계 맺었던 여성들을 '모델'로 했음을 보여주는 명백한 증거로 동원한다.(김주현, 『실험과 해체―이상문학연구』, 지식산업사, 2014, 295~298쪽) 그러나 나는 회고에 등장하는 '모델'은 실존 여성보다는 원천 텍스트의 유비적 대응으로 읽는 편이 그의 문학을 좀 더 문학답게 수용하는 길이 아닌가 생각한다.

8 '성관계'라고 하지 않고 '성적 관계'라고 하는 이유는, 우리말의 '성관계'의 사전적 정의가 '1.남녀가 육체적으로 맺는 관계 2.곧 남자의 성기인 음경(陰莖)을 여자의 성기인 질(膣) 안에 삽입함을 이른다'로 되어 있어, 이 글에서 논하고자 하는, 동시에 이상 텍스트에 나타나는, 남자와 여자 사이에 '성(性)'을 매개로 한 다양한 관계양상을 포괄적으로 지칭하기 힘들기 때문이다. 이 글에서의 '성적 관계'는 사전적 정의인 '성교'를 포함하여, 연애나 혼인제도 안에서 남녀 사이에 일어나는 다양한 '행위 및 심리적 관계'를 가리키는 개념으로 쓴다.

인 아리시마 타케오[有島武郎, 1878~1923]의 소설들, 그 중에서도 「돌에 짓눌린 잡초[石にひしがれた雜草]」 및 『어떤 여자[或る女子]』와의 연관성을 통해 살펴보고자 한다. 이상을 아리시마와 비교해 보려는 가장 큰 이유는, 이상 소설에 나타나는 매우 독특하고 난해한 성윤리 및 성적 관계, 그리고 그와 연관된 여성관의 어떤 원형이 아리시마를 통해 유추될 수 있다고 보기 때문이다.

2. 이상 소설에 나타난 성윤리와 여성형상의 특징

이상의 에세이 「19세기식」은 그의 독특한 성윤리 및 정조관이 압축 표현되어 있는데, 가장 핵심적인 것은 다음과 같은 문장이다.

> 내가 이 世紀에 容納되지 않는 最後의 한꺼풀 幕이 있다면 그것은 오직 '간음한 안해는 내어쫓으라'는 鐵則에서 永遠히 헤어나지 못하는 내 곰팡내 나는 道德性이다[9]

분량으로 두 페이지 남짓한 이 짧은 에세이는 '정조(貞操)', '비밀', '이

---

[9] 이상, 「19세기식」, 『전집 3—수필, 기타』, 112쪽. 이 구절은 「실화」에서 다음과 같이 변형되어 등장한 바 있다. "20세기를 생활하는 데 19세기의 도덕성밖에는 없으니 나는 영원한 절름발이로다."

유', '악덕'이라는 소제목으로 나누어지는데, 각 챕터에서 피력하고 있는 정조관이나 여성관이 범상하지 않다. 예컨대, '정조'에서는 "정조가 禁制가 아니라 良心이며, 이 양심이란 도덕성에서 우러나오는 것이 아니라 '절대적 애정'을 말한다"고 쓰고 있다. 그러면서도, '비밀'에서는 "치정세세의 비밀—내가 남에게 간음한 비밀, 남을 내게 간음시킨 비밀, 즉 불의의 양면—이것을 나는 만금과 오히려 바꾸리라"고 선언한다. 이 구절의 바로 앞에 유명한 이상의 경구, "비밀이 없다는 것은 재산 없는 것처럼 가난할 뿐만 아니라 더 불쌍하다"[10]는 문장이 놓여 있다. 이어서 '이유'에서는 어떤 경우에도 "간음한 아내에 대해서는 '용서'란 없다"고, 그러나 "다만 내가 한참 망설여가며 생각한 것은 아내의 한 짓이 간음인가 아닌가 그것을 판정하는 것이었다"고 적었다.

이상의 다른 글들이 대개 그렇듯이, 이 짧은 에세이에서 제시되는 성윤리는 어렵고도 독특하다. 예컨대, 그가 말하는 '간음'은 우리가 흔히 상상하는, '배우자 있는 사람이 혼외관계를 갖는 것' 그 자체를 가리키는 것이 아닌 듯하다. 아내가 한 짓이 한참을 망설여가며 '판정'해야 한다는 것이 그 증거다. 이 '판정'은 혼외관계를 했느냐의 여부에 대한 '판정'이 아니라, 이상 자신이 독특하게 만들어 놓은 '간음'의 기준에 해당하는가의 여부에 대한 '판정'이라고 읽힌다. 다시 말하면, 배우자에 대한 '애정'이 확고하다면, 아내가 아무리 '바람'을 핀다고 해도 문제가 되지 않는 셈이다. 이상의 '간음의 기준'에 의하면 그것은 '간음'이 아니기 때문이다. 문제는 배우자에 대한 '애정'을 유지한 채 피는 '바람'이냐 '애정'이 이미 사라진 진짜 '간음'이냐의 여부인데, 그것을 '판정'하는 데 '한참

---

10 이 문장은 소설 「실화(失花)」의 첫 문장이기도 하다.

망설여야 할 정도로' 어려움이 있는 것이다. 그리고 "불행히도 결론은 늘 '간음이었다'"는 것이, 그의 비극이자 고통의 원인이었던 셈이다. 이런 평범하지 않은 '정조관'이나 '간음'의 논리를 이해하면, 비로소 「봉별기」나 「날개」에서의 '나'의 행위가 어느 정도 납득된다.

예컨대, 소설 「봉별기」에서 '나'는 요양지에서 만난 기생 '금홍'이와 금세 사랑하는 관계로 발전한다. '나'는 금홍이에게 '화대'도 주지 않고 같이 잔다. 그런데, 그는 자기의 애인인 '금홍'이를 '우(禹)'라는 프랑스유학생에게 권해 동침하게 만들고, 또 'C'라는 변호사와도 동침시킨다. '나'는 '언짢아하지 않았'으며, '금홍'은 그들로부터 받은 화대를 '나'의 앞에 꺼내놓고 자랑하기까지 한다. "그러나 사랑하는 금홍이는 늘 내 곁에 있었다"[11] 이를테면, '나'가 '금홍'을 유학생이나 변호사에게 기꺼이 권할 수 있었던 것, 혹은 그들과의 동침과 상관없이 '나'가 '금홍'을 사랑할 수 있었던 것은, '금홍'의 '애정'을 확신할 수 있었던 까닭인 셈이다. 그러나 '금홍'과 서울에서 살림을 시작한 이후 이 '애정'의 확신에 균열이 생긴다, 그래서 의심하게 된다. "그런데 이번에는 내게 자랑을 하지 않는다. 않을 뿐만 아니라 숨기는 것이다. 이것은 금홍이로서 금홍이답지 않은 일일밖에 없다. 숨길 것이 있나? 숨기지 않아도 좋지. 자랑을 해도 좋지."[12]

'애정'이 있는 한 '간음'은 없다는, 이상 소설의 남성 주인공들의 '정조관'은 텍스트 내에서 항상 불안하고 흔들린다. 스스로 세운 그 '기준'에 그 자신(自身)조차 신뢰를 할 수 없기 때문이다. 「동해」에서, 「19세기식」에 등장하는 이 '간음'의 기준을 설파하는 이는, 엉뚱하게도 여성인물 '임(姙)'이다.

---

11 이상, 「봉별기」, 『전집 2－소설』, 341쪽.
12 이상, 「봉별기」, 위의 책, 342쪽.

불작난 ─ 貞操責任이없는 불작난이면? 저는 즐겨 합니다. 저를 믿어 주시나요? 貞操責任이 생기는 나잘에 벌서 이 불작난의記憶을 저의 良心의힘이 抹殺하는 것입니다. 믿으세요[13]

그러나 '나'는 '임'이의 이 논리를 결코 믿지 않는다. 이어지는 '가상의 대화'[14]에서 '나'는 '임'이와의 논쟁에 논리적으로 패배하는 것으로 그려지고 있다.

"너는 네말맞다나 두사람의男子 或은 事實에 있어서는 그以上 훨신더많은 男子에게 내주었든 肉體를걸머지고 그렇게도 豪氣있게 또 正正堂堂하게 내 城門을 闖入할 수가 있는 것이 그래 鐵面皮가아니란 말이냐?"

"당신은 無數한賣春婦에게 당신의 그 당신 말맞다나高貴한肉體를 廉價로 구경시키셨습니다. 마찬 가지지요" (…중략…)

"미안하오나 男子에게는 肉體라는 觀念이 없다. 알아듣느냐?" (…중략…)

"肉體에대한 男子의 權限에서의嫉妬는 무슨 걸래쪼각같은 敎養나브랭이가아니다. 本能이다. 너는 아('이'의 오식인 듯─인용자) 本能을 無視하거나 그 稚氣滿滿한 敎養의 掌匣으로 整理하거나하는재조가 通用될줄 아느냐"

"그럼 저도 平等하고溫順하게 당신이定義하시는'本能'에依해서 당신의過去를 嫉妬하겠습니다. 자─ 우리 數字로 따저보실까요?"

評 ─ 여기서부터는 내 敎材에는 없다.[15](강조는 인용자)

---

13 이상, 「동해」, 위의 책, 322쪽.
14 내가 '가상의 대화'라고 하는 이유는, 대화 직전에 "나 스스로도 불쾌할 에필로─그로 귀하들을 인도하기 위하여 다음과 같은 薄氷을 밟는 듯한 會話를 조직하마"라는 서술이 나오기 때문이다.
15 이상, 「동해」, 위의 책, 324쪽. 앞으로 인용문에서의 강조는 특별한 경우가 아니면 대부분 인용자의 것이며, 따로 밝혀 적지 않는다. 원저자의 강조일 경우는 따로 '원저자 강조'

'여기서부터 내 교재에는 없다'는 구절은, '임'이와의 논쟁에서 나의 패배를 뜻한다고 해석할 수 있다. 동시에, 이 '가상대화'의 논쟁에 등장하는 논리는 「19세기식」에서 펼친 논리와도 서로 배치된다. 즉, 「19세기식」에서는 '육체적 교섭' 자체가 '간음'을 판별하는 기준일 수 없고, 그 최종조건은 '애정'의 유무(有無)라고 스스로 주장하면서도, 「동해」에서 그런 논리라면 남녀에게 공평하게 적용되어야 옳지 않냐는 '임'이의 주장에 대해, '나'는 육체에 관한 한 남녀는 철저히 다르며 남자에 있어서 '질투'는 '교양나부랑이(=논리)'의 차원이 아니라 '본능'의 차원에 속한다고 항변한다.

그런 맥락에서, 「공포의 기록」의 다음과 같은 반응이 논리 이전의 가장 정직한 '마음의 민낯'을 보여주는 것이라고 할 수 있다.

넉달 — 이동안이 決코쨀지가안타. 한사람의안해가 남편을배반하고 집을나가 넉달을잠잠하얏다면 안해는 그예용서밧을자격이 업는것이오 남편은 굴썩참아서라도 용서하야서는 안된다

"이 天下의公規를 너는 어쩌려느냐" (…중략…)

어쩐점을 붓잡어 한여인을 밋어야올을것인가. 나는 대체 종 잡을수가업서것다. 하나가티 내눈에비치는여인이라는 것이 그저 슷업시 輕佻浮薄한 음난한妖物에 지나지 안는것이업다. [16]

이상(李箱)의 텍스트에 등장하는 여인들은 끊임없이 남주인공들을 배

임을 밝히기로 한다.
16 이상, 「공포의 기록」, 위의 책, 227쪽.

반하고 가출하고, 그리고 어느샌가 돌아와 사죄하거나 사랑을 고백하고, 다시 가출과 배반을 반복한다. 그래서 이상은 "용서한다는 것은 최대의 악덕"이라고 부르짖고, 마침내 다음과 같은 결론에 이르게 되는 것이다.

계집은 두 번째 간음이 發覺되었을 때 實로 첫 번째 때 보지 못하던 鬼哭的技法으로 용서를 빌리라. 번번이 이 鬼哭的技法은 그 妙를 極하여 가리라. 그것은 女子라는 動物 天惠의 才質이다.[17]

그래서 이상 소설의 남자들은 "어떤 점을 붙잡아 한 여인을 믿어야 옳을 것인가"[18]로 고민하다가, "하고 많은 여인이 본질적으로 미망인이 아닌 이가 있으리까?"라고 반문하거나 "아니! 여인의 전부가 그 일상에 있어서 개개 '미망인'이라는 내 논리가 뜻밖에도 여성에 대한 모독이 되오?"[19]라고 힐난하듯 되묻게 되는 것이다. 결국 배신과 간음의 반복된 경험으로 남자들은 다음과 같은 결론에 도달하게 된다.

女子란 과연 天惠처럼 男子를 철두철미 처다보라는 義務를 思想의 先決條件으로하는 彈性體든가[20]

천사는 ― 어디를 가도 천사는 없다. 천사들은 다 결혼해버렸기 때문에('이'의 오식인 듯―인용자)다.[21]

---

17 이상, 「19세기식」, 『전집 3―수필, 기타』, 113쪽.
18 이상, 「공포의 기록」, 『전집 2―소설』, 226쪽.
19 이상, 「날개」, 위의 책, 263쪽.
20 이상, 「동해」, 위의 책, 318쪽.

게집의얼굴이란 다마네기다. 암만베껴 보려므나. 마즈막에 아주 없어질지언정 正體는 안 내놓ㅅ느니.[22]

배신과 간음, 호소와 변신에 능수능란한 이 무수한 여인들은 어디서 온 것인가? 이상 소설 연구 성과에서 뚜렷한 하나의 주류는, 그의 개인사와 텍스트를 대응시켜 독해하는 방식이다. 대체로, 이상의 소설에서 연애와 관련된 일련의 소설들은, 그의 개인사에 등장하는 여성들인 '금홍', '변동림', 그리고 '권순옥'과의 사실적 연관성을 바탕으로 해석되어 온 것이 큰 흐름을 형성한다. 고은을 비롯해, 김윤식, 이경훈, 김주현 등이 이 방면에서 뚜렷한 족적을 남겼다.[23] 이런 성과들은 그 나름으로 이상 문학을 해석하는 데 크게 기여한 것이 사실이다. 그러나 전기적 사실들에 지나치게 의존할 때의 문제점은, 설사 이상 소설의 여성 캐릭터와 다양한 성적 관계가 경험에 근거한 것이라고 하더라도, 그 모든 것을 개인적 경험으로 환원할 경우, '언어'로 이루어진 '예술텍스트'로서의 독자적인 법칙과 영역의 문제를 결코 해명할 수 없게 된다는 점이다. 이상은 여러 소설과 시에 자신의 이름인 이상(李箱)을 직접 노출시킴으로써, 실제와 허구를 뒤섞는 혼란을 시도했다. 대체로 모더니즘 소설은 다른 소설에 비해 자기반영성이 좀 더 두드러지는 것은 사실이지만, 그 과정에서의 과장과 변형, 실제를 가장한 허구의 예술적 기법이 동원되는 점

---

21 이상, 「실화」, 위의 책, 351쪽.
22 이상, 「실화」, 위의 책, 363쪽.
23 고은, 『이상평전』, 청하, 1992; 김윤식, 『이상연구』, 문학사상사, 1987; 이경훈, 『이상, 철천의 수사학』, 소명출판, 2000; 김주현, 『실험과 해체-이상문학연구』, 지식산업사, 2014.

도 염두에 둘 필요가 있다. 그러므로 우리는 좀 더 다양한 근거와 통로들을 통해, 이상 텍스트의 형성 과정과 그 풍요로운 해석에 접근할 필요가 있다.

3. 아리시마 타케오와 한국 근대문학

─이상의 전사(前史)로서의 염상섭의 경우

아리시마 타케오가 한국 근대문학 연구에서 처음 논의된 것은, 아마도 김윤식이 염상섭의 「제야(除夜)」가 일본 작가 아리시마 타케오[有島武郎]의 소설 「돌에 짓눌린 잡초[石にひしがれた雜草]」로부터 환기 받았음을 주장하면서부터일 것이다.[24] 그 이후, 일련의 연구들이 이어졌다.[25] 김윤식은 염상섭이 「제야」를 쓸 수 있었던 직접적 계기가 아리시마 타케오의 「돌에 짓눌린 잡초」라고 규정하며, '「제야」의 직접적 창작주체'라거나 "「제야」는 작가 염상섭이 쓴 것이지만 동시에 그가 쓴 것이 아니라 유도무랑이 쓴 것이다"[26]라고 말한다. 김윤식이 「제야」를 두고 이렇게까

---

24 김윤식, 『염상섭연구』, 서울대 출판부, 2004(4쇄).
25 몇 가지 예를 들자면, 류리수, 「한일 근대 서간체 소설을 통해 본 신여성의 자아연소 : 아리시마 타케오의 「돌에 짓눌린 잡초」와 염상섭의 「제야」」, 『일본학보』 제50호, 한국일본학회, 2002; 박수영, 「「제야」와 『어떤 여자』에 나타난 신여성의 성 서사전략으로서의 매체 활용 양상 비교」, 『외국문학연구』 제43호, 한국외대 외국문학연구소, 2011; 丁貴連, 「'新女性'の愛と性, そして'戀愛至上主義'─有島武郎 「石にひしがれた雜草」と廉想涉, 「除夜」を手がかりとして」, 『外國文學』 제62호, 宇都宮大学外国文学研究会, 2013; 강인숙, 『佛日韓 3국의 자연주의 비교연구』 2, 솔과학, 2015 등이다.

지 말하는 이유는, 염상섭에 미친 '백화파(白樺派)'의 영향, 특히 그 중에서도 아리시마 타케오를 통한 '고백체'라는 일본 근대소설 형식의 영향 관계를 강조하기 위한 것이다.

엄밀히 말하자면, 「제야」가 아리시마 타케오의 소설 「돌에 짓눌린 잡초」를 직접적 계기로 씌어졌다는 명확한 근거는 없다. 그것은, 또 다른 초기작 「암야」에 직접 등장하는 아리시마 타케오의 또 다른 소설 「다시 태어나는 고통[生まれ出づる悩み]」[27]에 관한 다음과 같은 구절로부터 환기 받은 것이다.

집에 들어온 그는 감안감안히 구쓰를 벗고 自己房으로 바로들어가서, 옷을 버서던지고 들어누엇다. 눈을감고누어서 잠을 請하야보다가 다시니러나서, 不規則하게싸아논 冊덤이에서, 有島武郎의 「出生의苦惱」라는 短篇輯을 쌔서들고 다시누엇다.[28]

이 인용문의 다음에 이어지는 대목은 주인공이 「다시 태어나는 고통」을 오륙 페이지 읽다가 벽을 향해 돌아누워 주체할 수 없이 눈물을 흘리

---

26 위의 책, 180~181쪽.
27 이 소설의 일본어제목은 「生まれ出づる悩み」로, 한글번역본의 제목을 따라 본문에서는 「다시 태어나는 고통」으로 쓴다. 한글번역본은 유은경이 옮긴 「돌에 짓눌린 잡초」『아리시마 다케오 소설집』(소화, 2006)에 수록된 「다시 태어나는 고통」을 참조함.
28 염상섭, 「암야」, 『견우화』, 경성박문서관, 1924, 124쪽. 「암야」에서 염상섭은 「生まれ出づる悩み」를 「출생의 고뇌」라고 옮기고 있다. 인용문에 의하면 「출생의 고뇌」라는 작품을 읽은 것이 아니라 '단편집'을 읽은 것으로 되어 있다. 주인공이 읽은 것은 아마도 1918년에 叢文閣에서 『有島武郎著作集』 제6집으로 출간된 『生まれ出づる悩み』였을 것이다. 여기에는 표제작 「生まれ出づる悩み」와 「石にひしがれた雑草」 2편이 수록되어 있었다. 그러므로 정확히 주인공이 울며 읽은 텍스트가 2편 중의 어느 것인지를 확정하기는 어렵다. 叢文閣 다음으로 나온 단행본은 1940년 간행된 岩波書店 판이다.

는 장면이다. 「암야」는, 물론 그의 다른 산문들에도 그러한 흔적들이 명확히 나오기는 하지만, '백화파'와 특히 그 멤버의 한 사람이었던 아리시마 타케오로부터 염상섭이 얼마나 큰 영향을 받았는지를 명징하게 보여주는 텍스트다.

김윤식이 「제야」를 「돌에 짓눌린 잡초」의 영향 관계 하에 씌어졌다고 주장하는 가장 중요한 핵심은 염상섭의 초기작이 보여주는 고백체의 형식적 기원이 어디서 비롯되었는가를 규명하는 데 있었다. 그는 「표본실의 청개구리」와 「암야」, 「제야」까지는, 아직 상섭이 근대작가로서 자기의 세계를 확보하지 못하고 있었고, 소설형식을 일본의 근대소설로부터 빌려온 것에 불과한 것이었지만, 그럼에도 불구하고 초기 3부작, 특히 「제야」를 '사다리'로 삼지 않았다면, 그 이후 「만세전」은 없었으며, 근대작가 염상섭도 없었다고 정리한다. 이 논증을 위해 편지 형식을 빌린 1인칭 화자의 자기 고백의 서사로서 「돌에 짓눌린 잡초」가 필요했던 셈이다.

한 가지 아쉬운 것은, 김윤식이 '내면풍경'이나 '고백체'와 같이, 김윤식이 우리 근대소설의 형식적 전개과정을 설명하기 위해 동원하는 개념들에 주목하느라, 실제로 「제야」가 「돌에 짓눌린 잡초」의 어떤 부분을 어떻게 빌려 왔는지, 혹은 어떻게 비틀고 자기의 논리로 전유했는가에 대해서는 조밀하게 살피지 못했다는 점이다. 이러한 전유(專有)의 '과정'과 '이유'를 밝히는 것은, 염상섭과 백화파 혹은 염상섭과 아리시마 타케오의 영향 수수관계 못지않게, 상호텍스트성의 적층(積層)을 이해하는 중요한 작업이 된다.

두 소설을 나란히 비교해 보면, 서간체 형식을 빌려 왔다는 점, 그리고 성적(性的)으로 매우 문란한 여성이 등장한다는 공통점을 제외한다면, 아리시마 타케오가 「돌에 짓눌린 잡초」를 통해 나타내 보이고자 한 주제와, 염상섭이 「제야」를 통해 제시하고자 한 주제가 매우 다르다는 사실에 오히려 놀라게 된다. 어쩌면, 아리시마로부터의 '차용(借用)'보다도, '변용(變用)'이 좀 더 두드러져 보일 수도 있다.

우선 두 가지 점에서 그러한데, 첫째는 아리시마의 소설이 남성 주인공을 편지의 집필자로 내세워 철저히 '남성중심적' 사유와 발언으로 일관했던 것과는 달리, 염상섭은 아리시마 소설의 '타자'인 '방종한 여성'을 편지의 서술자로 내세우고 있다는 점이다. 이것은 편지 집필자가 바뀌어 설정되었다는 단순한 사실에 그치지 않는다. 아리시마 소설의 서술자인 '나'[29]는, M코를 사랑해 그와 결혼하게 되지만, 아내인 M코가 자신을 속이고 자신의 친구인 가토(加藤)를 비롯한 여러 남자들과 불륜을 저지르고 성적으로 방종한 생활을 일삼았음을 낱낱이 고발하는 내용으로 되어 있다. 물론, 소설(=편지)에는 M코의 성적 일탈과 더불어 그것을 지켜보는 '나'의 심리적 고통과 분노, 그리고 복수극이 함께 펼쳐지지만, 중요한 것은, 아내인 'M코'는 편지 안에서 발언할 기회도 공간도 얻지 못하고 있다는 점이다. 독자에게 주어지는 모든 정보는 남편인 '나'로부터 제공된다.

염상섭은 이것을 완전히 비틀어, 아리시마 소설(=편지)의 철저한 '타자'였던 'M코'에 해당하는 여성(즉 최정인)을 편지의 서술자로 내세운다. 물론, 'M코'와 '정인'은, 성적으로 문란한 여성이라는 공통점이 있지만, 그 내면세계는 똑같지가 않다. 그들이 성적으로 방종한 삶을 살게 되는

---

[29] 소설에서 그의 본명은 밝혀지지 않고 A라는 이니셜로 가끔 표기된다.

이유도 역시 같지 않다. 아리시마의 소설에서, 독자는 'M코'가 왜 그런 삶을 사는지에 대해, 남편인 '나'가 제공해 주는 정보 이외에는 얻을 수가 없다. 외견상으로만 보자면, 상섭의 「제야」에 등장하는 '정인'은 아리시마의 소설에 등장하는 'M코'보다도 훨씬 성적으로 문란하고 윤리적으로도 '나쁜 여자'라고 할 수 있다.[30] 상섭은, 「제야」에서, 아리시마와는 달리, '나쁜 여자'에게 발언의 기회를 제공한다. 「제야」의 '나쁜 여자' '정인'은, 자신이 왜 그렇게 성적으로 일탈하고 문란한 생활을 했는가(또는 할 수밖에 없었는가)를 남편에게(동시에 독자에게) 일목요연하게 정리해서 전달한다.[31]

다른 한 가지는, 아리시마의 소설과 염상섭의 「제야」가 지향하고 있는 세계관이다. 전자는 '남자의 욕망'에 관한 이야기이다. 여성(아내)의 성적 방종을 지켜보면서 질투와 분노에 괴로워하는 '남자'의 심리상태에 관한 놀라울 정도의 치밀한 묘사가 이 소설의 가장 중요한 지점이다. 아내인 'M코'가 '나'의 타자가 될 수밖에 없는 이유도, 이 소설의 핵심이 'M코'의 성적 일탈을 고발하기 위한 것도, 윤리적 구원도 아니고, 철저히 '남성의 욕망'이 발현되는 메커니즘을 보여주기 위한 것에 있기 때문이다.

---

30 M코의 불륜상대는 '가토' 한 사람뿐이고, 그녀의 독특한 성적 취향 탓에 가끔 '미소년 (들)'과 관계했다는 정보가 주어지는 정도다. 그에 비해, 「제야」의 '정인'은 임신 사실을 숨긴 채 결혼을 하고, P, E 등과 동시에 관계를 가지며, 유학이나 돈을 목적으로 접근하기도 한다.

31 이런 관점에서, 「제야」가 방종한 신여성을 향한 훈계와 계도의 목적으로 쓰인 것이 아니라, 성적 불평등 속에서 고통 받는 여성의 처지를 대변하는 페미니스트 염상섭의 일면목을 보여주는 흥미로운 텍스트라는 해석이 가능해질 수 있다.(김영민, 「염상섭 초기문학의 재인식―「제야」연구」, 문학과사상연구회 편, 『염상섭문학의 연구』, 소명출판, 2016 참조)

그에 비해, 염상섭의 「제야」는 사회 제도와 윤리의 문제로 회귀한다. 이러한 차이점이 가장 극명하게 드러나는 것은, 두 소설(=편지)의 수신자를 비교해 볼 때이다. 아리시마의 소설에서 수신자는 다른 누구도 아닌, 아내의 불륜의 상대(이자 나의 친구)였던 '가토[加藤]'이다. 왜 수신자가 '가토'인가(혹은 '가토'일 수밖에 없는가)는 불가불 다양한 해석을 불러일으킬 수밖에 없다. 반면에, 염상섭의 「제야」의 수신자는 남편인 'A'이다.[32] '정인'이 남편에게 보내는 '편지'이자 동시에 '유서'를 쓰게 된 계기는, 자신을 용서하고 받아들이겠다는 남편의 편지였다. '정인'은 자살을 결심하고, 동시에 남편에게 속죄한다. 상섭이 소설 속에 마련한, '정인'의 행태에 대한 이유(혹은 변명)는 두 가지로 압축되는데, 하나는 '유전적 기질' 때문이며, 다른 하나는 자각한 신여성으로서 목격하게 되는 조선 사회의 성적 불평등에 대한 일종의 저항으로서의 일탈이었다. 그 과정이나 경위야 어찌 되었든, 소설을 통해 독자인 우리가 확인할 수 있는 것은, 염상섭의 궁극적인 지향이 개성과 개인이 보장되는 '일부일처제'라는 제도 본연의 안정이라고 할 수 있다. 동시에, 「제야」의 정인은, 편지의 형식을 빌린 '유서'를 통해 속죄하고, 그와 동시에 세속에서의 삶을 스스로 포기함으로써 '자기의지'를 구현하여, 정화(淨化)와 갱생(更生)의 가능성을 보여주게 된다. 그러나 「돌에 짓눌린 잡초」는 종결되지 않는다. 소설 속에서 M코는 몇 차례나 남편인 '나' 앞에서 속죄와 용서를 빌지만, 그것은 '위장'이거나, 설사 진정이었다고 해도 '지켜지지 않는 약속'으로 끝나고 만다.

아리시마 타케오와 이상(李箱)의 관계를 살펴보기 이전에, 하나의 전

---

32 우연의 일치인지 의도적인지 모르나, 두 소설에서 남편은 모두 이니셜 'A'로 표시된다.

사(前史)로서 염상섭과 아리시마의 관계를 검토한 이유는, 첫째로 한국 근대문학사에서 아리시마 타케오의 영향에 관한 하나의 전거(典據)를 확인해 보기 위해서이며, 두 번째는 이상은 아리시마로부터 어떤 지점들을 환기 받았으며, 그것은 염상섭의 경우와는 어떻게 겹치거나 다른가를 살펴보기 위해서이다.

4. 아리시마 타케오의 소설과 이상의 소설

1) 질투의 오르가즘

아리시마는 1878년 도쿄에서 하급무사 출신으로 메이지 유신 이후 대장성 관리가 된 아버지 타케시[武]와 어머니 유키[幸]의 5남 2녀 중 장남으로 태어났다. 가쿠슈인[學習院]과 삿포로농업학교(홋카이도국립대학의 전신)에서 공부했고, 졸업을 하지는 못했으나 하버드대학에서 역사와 경제학을 공부하기도 했다. 기독교와 사회주의 사상에 크게 공명하여 교회와 사회주의 단체 등에 관여하는 한편, 1910년 『백화』 창간호에 동생들과 함께 참여하면서 문필 활동을 시작한다. 의욕적으로 작가 생활을 펼친 것은 6, 7년 정도인데, 1917년부터 세상을 떠나는 1923년까지 출세작 『카인의 후예』(1917)를 비롯하여, 「다시 태어나는 고통」(1918), 「돌에 짓눌린 잡초」(1918), 『어떤 여자』(1919), 『사랑은 아낌없이 뺏는 것』(1920)

등을 잇달아 발표하여 문단의 주목을 받는다. 45세이던 1923년, 잡지 『부인공론』의 여기자이자 유부녀였던 하타노 아키코[波多野秋子]와 별장에서 동반 자살했다.[33]

　저명한 문학평론가이자 문학사가였던 가토 슈이치[加藤周一]는, 아리시마 타케오가 메이지유신 이후 지식인 제1세대에 속하지만, 대부분의 동시대 지식인들이 메이지의 일본과 자기를 동일화하는 경향을 지니고 있었던 데 비해, 일종의 예외적 사례에 속한다고 규정하면서, "그가 메이지 국가뿐 아니라 그 사회와 명백한 거리를 두고 얽혀지기를 거부하고 비판적인 입장을 고수"했는데, "그는 고토쿠 슈스이나 가와카미 하지메와는 달리 그 사회의 변혁을 지향하는 대신에 그 자신의 자기실현을 목적으로 삼고, 신념과 원칙에 따라 살아가는 일에 자각적이었다"는 것, "그런 뜻에서 개인주의의 한 형태"를 보여주었다고 평가한다. 그리고 유부녀와의 동반자살이라는 하나의 '사건'은, 그의 '개인주의'에 입각한 자기실현의 길이 연애를 통해 하나의 '정점'에 이른 것이며, "죽음조차도 자기확충"이라는 아리시마 자신의 말을 빌려, 그의 문학과 동반자살이라는 '사건'을 모두 '개인주의'로 수렴시켜 해석하고 있다.[34]

　「돌에 짓눌린 잡초」는 잡지 『태양』에 1918년 발표된 중편으로서, 아내인 'M코'와 화자인 '나'의 연애와 결혼, 그리고 부부관계가 파탄에 이르는 과정을 편지 형식으로 쓴 소설이다. 편지의 수신자는 '가토'인데,

---

33　아리시마의 간략한 연보는 『돌에 짓눌린 잡초』와 『어떤 여자』에 번역자가 정리·소개하고 있는 작가 연보를 재구성한 것이다. 이상의 소설과 수필에는 여러 차례 '동반자살' 혹은 'double suicide'에 관한 시도 혹은 욕망이 등장한다. 그리고 항상 그것을 실행할 '용기' 또는 '수양(修養)'의 있고 없음이 뒤따른다. 예컨대, 「단발」, 「행복」, 「슬픈 이야기」 등을 보라.

34　가토 슈이치, 김태준·노영희 역, 『일본문학사 서설』 2, 시사일본어사, 1996, 411쪽.

그는 '나'의 친구이자 아내의 불륜상대였다. '나'는 아내를 만나 사랑하고 결혼하게 된 과정, 아내의 배신과 불륜을 알게 된 이후의 자신의 심리상태와 행동, 그리고 그 과정에서 '나'의 질투와 복수심 때문에 점차 정신적·육체적으로 폐인이 되어가는 자신과 아내의 정황을 세밀하게 묘사하고 있다.

이상의 문학에 관해서는 매우 다양한 연구 성과들이 제출되어 있지만, 「돌에 짓눌린 잡초」와 이상의 소설 텍스트를 비교 검토한 연구는, 필자의 과문을 전제로 아직 없는 듯하다. 가장 큰 이유는 두 작가나 텍스트들 간의 직접적인 영향관계를 확인하기 어렵다는 점일 것이다. 실제로, 이상의 저작물 전체에서 아리시마 타케오에 관한 언급은 딱 한 번 등장한다.

> 한篇의 敍情詩가 서로달착지근하면서 砂糖의分子式 硏究만 못해보힐적이 꽤 만흐니 이것은 엇저녁을굶은 悲哀와 東新株暴落때문인 落膽과 有島武郎의『우마레이즈루나야미』와 한作家의 窮상스러운 身邊雜事와 이런것들의輕重을 무슨天秤으로도 論하기어려운것이나 恰似한일이다.[35]

이상은 일본 유학 경험은 없었지만, 어떤 점에서는 바로 그러한 이유 때문에,[36] 국내에서 누구보다도 열심히 일본 문인들의 작품을 읽고, 문

---

35 이상, 「文學을 버리고 文化를 想像할수업다」, 『전집 3─수필, 기타』, 223~224쪽. 인용문 속의『우마레이즈루나야미』는『다시 태어나는 고통』의 일본어 제목인『生まれ出づる悩み』를 그대로 읽은 것이다.『우마레이즈루나야미』의 서지사항에 대해서는 각주33)을 참조할 것.
36 이상의 여러 소설 텍스트와 사신(私信)에서, '동경행'에 대한 그의 소망이 피력되고 있다. 같은 시대의 동료들처럼 일본 유학 경험이 없는 것이, 그에게 하나의 콤플렉스였음은 사

단동향에 민감했으며, 나아가서는 화단(畵壇)이나 영화계와 같은 예술계 전반의 동향에 민감했었다. 아리시마의 「돌에 짓눌린 잡초」가 1918년도의 작품이므로, 이상이 본격적으로 활동하던 1930년대와는 상당한 시간적 거리가 있는 것은 사실이지만, 인용문에 「다시 태어나는 고통」이 직접 등장한다든지, 요코미츠 리이치[橫光利一]의 1924년도 작품인 「머리 그리고 배[頭ならびに腹]」가 소설 속에 직접 인용되는 것으로 미루어 짐작컨대, 이상은 아리시마를 읽었을 가능성이 충분하다.

「지주회시」에 등장하는 '거미'와 여자를 통해 이를 확인해 보기로 하자. 이진형은 「지주회시」에서 여성을 '거미'에 비유한 것이 요코미츠 리이치의 『상하이』에서 온 것이라고 유추한다.[37] 「지주회시」에서 "안해는 꼭거미.라고그는믿는다 (…중략…) 이방이그냥거민게다.그는거미속에 넙적하게들어누어있는게다.거미내음새다.이후덥지근한내음새는아아 거미내음새다.이방안이거미노릇을하느라고풍기는흉악한내음새에틀림 없다.그래도그는안해가거미인것을잘알고있다"[38]는 구절이 요코미츠 리이치의 『상하이』에 나오는 다음의 구절과 유사하다는 것이다.

스위치를 틀었다. 그러자 벽에서 뿜어내는 증기와 함께 축음기에서 베리마인 이라는 노래가 흘러나왔다. 그 노래에 맞추어서 고야는 잔걸음으로 스텝을 밟 기 시작했다. 그러자 천천히 비틀린 비누거품이 감싸고 있던 육체를 깨끗이 씻

실로 보인다. 그런데, 그의 문학적 삶 전체로 확대해 보자면, 바로 그 '결핍 / 결여'가, 작가로서의 그를 만들었고, 그의 '동경행'을 이끌었고, 그리고 '환상'과 '환멸'의 전화(轉化)를 통해 그를 '죽음'으로 이끄는 것이기도 했다.

37 이진형, 「이상의 여성상에 관한 연구—橫光利一와의 비교를 중심으로」, 란명 외, 앞의 책, 79~80쪽.
38 이상, 「지주회시」, 『전집 2—소설』, 234쪽.

어내면서 꽃이 떨어지듯이 뚝뚝 떨어졌다. 그때마다 오류의 등에서 화려한 거미 문신이 점점 선명하게 드러났다. (…중략…)

오류의 몸을 감싼 듯한 거미 문신 부분에서 땀이 흘러나왔다. 마침내 증기가 욕실을 가득 차게 되자, 사방이 온통 수증기에 뒤덮여 새하얀 안개 속에서, 주인도 손님도 거미도 거품도 희미해져서 보이지 않게 되었다. 증기 속에서 오류의 목소리가 들려왔다.[39]

인용문은 '오류'라는 여성의 등에 그려진 '거미' 문신에 관한 묘사다. 그러나 여성과 '거미'의 유비 관계라면, 그보다 시기적으로 좀 더 앞서는 아리시마의 다음의 문장이 「지주회시」의 그것과 훨씬 더 친연성(親緣性)이 강하다고 생각된다.

육욕의 이빨을 드러내며 몰려드는 남자들을 향해, (이런 남자들이 꼬이게 된 것은 사실 요코 스스로가 뿌리는 유혹의 향기 때문임을 잘 알면서) 요코는 냉소를 흘리며 거미줄을 쳤다. 다가온 인간은 하나도 남김없이 그 아름다운 거미줄로 옭아맸다. 요코의 마음은 부지불식간에 잔인해져갔다. 그저 마력을 가진 무당거미처럼 살고 싶다는 욕구에서 날마다 그 아름다운 거미줄을 확장시켜갔다.[40]

---

39 요코미츠 리이치, 김옥희 역, 『상하이』, 소화, 1999, 23~24쪽.

40 아리시마 타케오, 유은경 역, 『어떤 여자』, 향연, 2006, 164쪽. 물론 「지주회시」의 '거미'는 '여성'만을 가리키는 것은 아니다. 남성 등장인물인 '오(吳)'가 자신을 가리켜 "내가 거미지, 거민줄 알면서도 ……"라는 구절도 있기 때문이다. 요컨대, 「지주회시」의 '거미'는 정당하지 않은 방법으로 남을 수탈하는 어떤 존재를 가리키는 포괄적 상징이라고 할수 있다. 그런 맥락에서 보더라도, 『어떤 여자』에 등장하는 '거미'가 『상하이』보다는 좀더 「지주회시」의 '거미'쪽에 가깝다고 보인다. 한편, 「지주회시」에는 주인공 '그'가 자신을 가리켜 '거미'라고 하는 문장도 나온다. "나는 거미다……거미거미속에서 안나오는것"의 구절은, 착취나 수탈보다는 은둔과 자폐의 의미가 좀 더 강하다.

아리시마의 「돌에 짓눌린 잡초」는, 앞에서 잠깐 밝힌 바 있듯이 (남성의) '욕망'에 관한 서사이다. 거기에는 사랑하는 아내로부터 배신당한 남성의 섬뜩한 질투와 처절한 분노, 그리고 집요한 복수극이 그려지고 있다. 이상의 일련의 소설들, 예컨대 「불행한 계승」, 「공포의 기록」, 「단발」, 「날개」, 「환시기」, 「봉별기」, 「동해」, 「실화」, 「종생기」 등의 소설들에는, 예외 없이 남녀의 '연애'를 둘러싼 복잡한 심리묘사가 중심을 이루고 있으며, 그것도 로맨틱한 연애서사가 아니라, 대체로 여성의 배신이나 혼인한 아내의 가출, 여성의 성적 문란을 계기로 하여, 그것을 지켜보고 감당하는 남성 주인공의 심리와 행동이 주된 서사구조로 되어 있다. 물론, 동서고금의 소설들 중에서 애인이나 배우자의 불륜으로 괴로워하는 '남성'의 심리를 묘사한 소설은 많으므로, 그러한 모티프의 유사성만으로 상호텍스트성을 이야기하기는 어려운 면이 있다. 그러나 좀 더 세부적인 면을 들여다보면 두 소설의 유사성이 충분히 '비교될 만한 것'임을 짐작하게 된다.

이를테면, 「돌에 짓눌린 잡초」의 다음과 같은 장면을 보자. 아내인 M코가 가토와의 불륜관계를 '나'한테 들키고 용서를 빈 이후에도 계속 밀회를 이어가고 있음을 안 '나'는 다음과 같은 행동과 심리를 보여준다.

①M코가 자네 집을 뻔질나게 드나들거나 사나흘씩 집 밖에서 놀며 행선지도 알리지 않은 채 여행을 떠나곤 한 것은 그때부터였지.

자네는 잊었을지언정 나는 잊지 못하지. 자네와 M코가 밀회한 횟수나 장소는 내 일기장에 꼬박꼬박 기록되어 있네만, 그보다도 내 가슴속에 또렷하게 새겨져 있으니까 말이야. 두 사람이 나를 아주 우습게 여기고 온갖 환락을 만끽하고 있을 때, 언제나 내 귀와 눈은 두 사람이 노는 꼴을 옆에서 지켜보고 있었다네. 내 마음은 어느 사이엔가 완벽하게 이중으로 움직였어. 회사 사무실 앞에 앉아 있을 때도, 우리 집 식탁에 혼자 앉아 쓸쓸히 젓가락질을 하고 있을 때도, 내 마음은 두 사람의 뒤를 따라다녔어. 밀정의 전화연락으로 M코를 자네 집에서 찾아냈을 때에는 내 마음도 자네 집에 가 있었지. 전보로 두 사람을 피서지에서 찾아냈을 때에는 나도 그 피서지에 가 있었다네. 그래서 M코의 그림자처럼 늘 그녀의 등 뒤에 머물러 있었지. 꿈에서든 상상에서든 아니면 황혼 무렵의 어슴푸레한 광선으로 야기된 환상에서든, 자네는 언뜻 해골처럼 앙상하게 마른 내가 충혈 된 눈으로 이를 갈면서 M코를 노려보고 있는 걸 본 적이 없나?[41]

이 장면을 이상 소설의 비슷한 장면과 겹쳐 읽어보기로 하자.

②이십삼일 밤 열시부터 나는 가지가지 재조를 다 피워가면서 妍이를 拷問했다. 이십사일 東이 훤－하게 터올때쯤에야 妍이는 겨우 입을 열었다. 아一長久한 時間!

"첫뻔－말해라"

"仁川 어느 旅館"

"그건안다. 둘째뻔－말해라"

"……"

"말해라"

"N삘딩 S의 事務室"

"쎈째번－말해라"

---

41 아리시마 타케오, 유은경 역, 『돌에 짓눌린 잡초』, 소화, 2006, 249쪽.

"……"

"말해라"

"東小門밖 飮碧亭"

"넷째뻔―말해라"

"……"

"말해라"

"……"

"말해라"**42**

③ 貞姬는 지금도 어느삘딩걸상우에서 뜌로워스의 끈을풀르는中이오 지금도
어느 泰西舘別莊방석을 비이고 뜌로워스의 끈을풀르는中이오 지금도 어느松林
속잔디버서놓은 外套우에서 뜌로워스의 끈을 盛히풀르는中이니까가.

이것은 勿論 내가 가만히 있을수없는 災殃이다.

나는 니를 간다.

나는 걸핏하면 까므러친다.

나는 부글부글 끓는다. **43**

인용문 ① 은 「돌에 짓눌린 잡초」의 '나'가 아내와 친구 '가토'의 밀회
를 일일이 기록하고 추적하는 편집증적 광기를 보여주는 장면이고, ②와
③은 각각 이상의 단편 「실화」와 「종생기」의 장면들이다. ②는 '연이'라
는 여성이 '나'와 연애하는 동시에 'S'라는 나의 친구와도 연애를 하는

---

42 이상, 「실화」, 앞의 책, 351~352쪽.
43 이상, 「종생기」, 앞의 책, 393~394쪽.

것을 알고, '연이'를 밤새 닦달하는 장면이다. ③에서는 '나'를 사랑한다고 고백한, 과거에 관계를 가진 적이 있던 R이나 S와도 그 관계를 깨끗이 청산했다고 고백한 '정희'라는 소녀가, 사실은 여전히 연애관계를 유지하고 있음을 알고 난 후의 독백이다.

언세 어니서 누구와 어떻게 사랑을 나누었는가를 세밀히 알고 싶어 하는 마음은, 애인이나 배우자의 불륜 사실 자체를 인지하는 것과는 분명히 다른 차원에 속한다. 후자도 물론 괴로운 일이지만, 전자의 경우는 자학의 고통을 넘어서 어떤 쾌락이나 희열의 단계를 엿보게 한다. 아리시마는 소설 속에서 이를 '질투의 오르가즘'이라고 명명한다. "가슴이 찢어질듯 한 분노가 치밀어 올라 제풀에 주먹을 쇳덩어리처럼 불끈 쥐고서, 무릎이 떨리고 살기로 입술이 바작바작 타 들어가는 것을 굳센 의지로 꾹 참고 견디는 그 쾌락 (⋯중략⋯) 그건 바로 질투의 오르가즘이었어!"[44] 「돌에 짓눌린 잡초」에서 '나'는 아내와 친구가 밀회할 때마다 직접 뒤쫓거나 밀정에게 추적시킨 후 보고받는다. 어떤 경우에는 시나리오를 짜 밀회를 방해하기도 한다. 밀회를 목격하든 상상하든, 배신의 구체적 장소와 일시를 기록하거나 상대에게 자백토록 추궁(가학)하고, 그것을 목격하거나 상상함으로써 자신의 질투심을 증폭시켜 괴로워하는(자학), 이런 방식은 흔하게 마주칠 수 있는 유사성은 아니다.

참조하지 않으면 설정하기 다소 어렵다고 보이는 두 텍스트들의 세부(細部)를 한 가지 더 들어보기로 하자. 아리시마의 소설에 등장하는 대목이다. '나'는 아내를 의심하고 질투하는 고통에서 벗어나기 위해, 그녀의 고백과 사죄를 진심으로 받아들이기로 하고, 한동안 평화로운 가정생활

---

44 아리시마 타케오, 앞의 글, 238~239쪽.

을 유지해 나간다. 예컨대, M코를 의심하고 질투에 괴로워하던 '나'가 아내 앞에서 의심했던 자신에 대해 용서를 구하고, "우리 세계를 언제까 지나 그런 일로 어둡게 하면 우리만 손해야"라든지, "내 신뢰를 저버리 지 않을거지?"라고 확인하고, 그에 대한 화답으로, M코가 "나 같은 죄인 을 당신은 잘도, 잘도…… 난 더 이상 바랄 게 없어요. 제발 부탁이에요. 용서해 주세요. 괴로워 죽을 것 같아요"[45]라고 통곡하던 바로 그 무렵의 어느 날, 욕실바닥에 떨어진 작은 종잇조각을 발견한다. 원래 하나의 종 잇장에서 찢겨 나왔을 조각에는 '안정(安定)'이란 글자와 발신자를 뜻하 는 '로[郎]가'라는 글자만 남아있다. '로[郎]'가 아내의 불륜상대인 '가토 우메지로[加藤梅次郎]'의 '로'일지도 모른다고 직감한 '나'는, 갖은 방법 을 동원해 그것이 결국 가토의 필체와 그의 전용편지지임을 밝혀내고 다 시 질투의 화신으로 돌변한다.

요컨대, 자기 앞에서 울면서 용서를 빌고 정숙한 아내로 다시 돌아올 것을 다짐하는 그 순간에도, 정부(情夫)와 서신을 주고받으며 남편인 '나'를 농락하는 탕녀 'M코'의 행태, 그리고 이전보다 더 심각한 질투와 복수심에 빠져들게 되는 '나'의 심리묘사가 독자에게 극도의 긴장감을 불러일으키는 대목이다.

이상은 「종생기」에서, 이와 유사한 장면을 배치해 놓았다. '나'는 '정 희'로부터 한 통의 속달편지를 받는다. 편지에는 "R과도 깨끗이 헤어졌읍 니다. S와도 絶緣한지 벌서다섯달이나된다는것은 先生님께서도 믿어주 시는바지오? 다섯달동안 저에게는 아모것도 없읍니다. 저의 淸節을 認定 해 주시기 바랍니다"라는 구절이 있고, "永遠히 先生님 '한 분'만을 사랑

---

45 위의 글, 217~218쪽.

하지오. 어서 어서 저를 全的으로 선생님만의것을 만들어주십시오. 선생님의'專用'이되게하십시오"라고 호소한다. 편지 끝에 "三月三日날 午後 두시 東小門 뻐스停留場 앞으로 꼭와야되지 그렇지않으면 큰일 나지요. 내 懲罰을 안받지못하리다"라고 썼다. "청초함이 장히 疾風迅雷를 품은 듯한 名文"이라고, "깜빡 속기로 한다, 속고 만다"고 하면서, '나'는 약속 장소로 나가고, 홍천사 구석방에 들어간다. 성관계를 시도하는 듯한 일련의 장면이 지나가고, 그 직후 일어나는 '나'의 자살소동, 그 와중에 '정희'의 스커트를 잡아채게 되고 스커트 안에서 '편지'가 떨어진다. 바로 '정희'가 절연한지 다섯 달이나 된다는 'S'가 '정희'한테 보낸 속달편지다.

> 정희! 怒하였오 어제밤 泰西館別莊의 일! 그것은 決코 내 本意는 아니었오. 나는 그 要求를 하려 貞姬를 그곤까지 데리고갔든 것은 아니오. 내 不憫을 용서하야 주기바라오. 그러나 貞姬가 뜻밖에도 그렇게까지 다수굿한態度를 보여주었다는 것으로 저윽이 自慰를 삼겠오.
>
> 貞姬를 하로라도 바삐 나혼자만의것을 만들어달라는 貞姬의 熱烈한말을 勿論 나는 잊어버리지는 않겠오. (…중략…) 오늘(三月 三日) 午後여덜시 正刻에 金華莊住宅地 그때 그 자리에서 기다리고 있겠오. 어제일을 謝過도하고싶고 달이밝을듯하니 松林을 거닙시다. 거닐면서 우리두사람만의 生活에對한 設計도 의논하야봅시다.[46]

그러니까, 정희는 내게 속달편지를 띄우던 3월 2일에도 'S'와 만나고 (성관계를 맺었는지는 명확하지 않지만 그런 의미로 파악된다), 3월 3일 오후 2시

---

46 이상, 「종생기」, 앞의 책, 391쪽.

에는 '나'를 만나고(성관계를 맺었는지는 명확하지 않지만 시도가 있었다는 것은 파악된다), S가 보낸 편지의 약속대로 한다면, 같은 날 오후 8시에 다시 S를 만나기로 되어 있는 것이다. "그 낮으로 오늘 정희는 내게 李箱先生님께 드리는 速達을 띄우고 그 낮으로 또 나를 만났다. 恐怖에 가까운 翻身術이다. 이 황홀한 戰慄을 즐기기 위하야 정희는 無辜의 李箱을 徵發했다. 나는 속고 또 속고 또 또 속고 또 또 또 속았다"[47]라고 탄식한다. 이 '속다'라는 어휘는, 이상의 텍스트 여러 곳에서 매우 자주 등장하는데, 아리시마의 텍스트에도 곳곳에 등장한다. 예컨대, "그래도 어떻게든 속여 보려고 할 거야. 속이려면 속여 보라지. 나는 그냥 속아 주는 체하면 되니까"[48]라거나, "가토, 네 녀석이 꾸며댄 말에 내가 속을 줄 알고!"[49] 같은 경우다.

　물론 이 '속다'와 '속이다'의 주체와 대상은, 두 텍스트가 똑같지 않다. 이상의 경우가 훨씬 복잡하고 중층적인데, 그의 소설에서는 상대 여성에게 '속는' 것과, 자기 자신에게 '속는' 것이 겹쳐있다. 앞의 인용문에서 '또'라는 부사가 반복되는 것은, 그런 의미에서 단순히 '속는' 일의 반복 횟수를 가리킨다고 보기는 어렵다.

47　위의 책, 391~392쪽.
48　아리시마, 앞의 글, 206쪽.
49　위의 글, 211쪽.

2) 성모와 매춘부—여성 캐릭터의 또 다른 기원으로서의 오토 바이닝거

아리시마가 소설 「돌에 짓눌린 잡초」를 쓰게 된 경위는, 그의 창작과 정을 밝힌 에세이에서 비교적 분명하게 드러나 있는데, 그것은 다음과 같다. "그(아리시마)는 中村白葉이란 사람으로부터 다음과 같은 복수담을 들었다고 말한다. '한 남자가 어떤 여자와 약혼을 했다. 그런데 남자가 洋行을 하고 있는 동안, 여자는 다른 남자와 연애에 빠졌다. 남자가 귀국 했을 때, 여자는 솔직히 고백을 했다. 남자는 그것을 용서하고 결혼했다. 그리고 마음속으로는 질투를 감춘 채 여자에게 극진한 친절을 다했다. 여자는 폐병에 걸렸다. 그리고 죽었다.'"[50]

전해들은 이 짧고 단순한 이야기를 「돌에 짓눌린 잡초」라는 복잡하고 섬세한 심리극으로 확장하기 위해, 특히 이야기 속의 '여자'를 소설 속 캐릭터 'M코'로 재창조하기 위해, 아리시마는 오스트리아의 요절한 청년학자 오토 바이닝거(Otto Weininger, 1889~1903)를 끌어들인다.

바이닝거는 객관적으로 여자에겐 두 가지 전형이 있다고 주장하는 모양인데, 어느 정도까지는 부정할 수 없는 사실이라고 하더라도, 대부분은 문제가 되는 남녀 사이에서 생기는 관계로 정해지는 경향이 많다고 말하는 편이 옳다네. 예 를 들어 M코는 어떤 다른 남자에게는 현모양처형 여자라고 할 수 있을지 모르 지만, 내게는 분명히 창부형 여자였던 거야.[51]

---

50 우치다 미츠[內田滿], 「有島武郎の創作方法(下)—「石にひしかれた雑草」から『或る女』へ」, 『同志社國文學』 제11호, 同志社大學 文學部 國文學會, 1976, 76쪽에서 재인용. 본문의 번역 은 필자.
51 아시시마 타케오, 앞의 글, 182쪽.

아리시마는 바이닝거의 학설에 약간의 수정이 필요하며, 그것은 기질로서의 여성성의 문제보다는 남녀 사이의 '관계'가 더 규정적 조건이 된다고 말하고 있지만, 사실상 소설에서 M코를 그리는 것은 철저히 바이닝거의 소론(所論), 즉 "모든 여성은 '어머니'와 '창녀'의 두 가지 유형으로 나누어진다"에 기대고 있으며, 특히 '창녀형'의 한 전형으로 'M코'를 배치하고 있다.

창부형 여자는 매력을 여자 자신이 갖추고 있다기보다는 주위를 둘러싸고 있는 남자와 그 여자의 관계 속에서 만들어지는 것 같아. 그런 여자는 희한하게도 남자의 선망과 질투를 도발시키는 데 도가 터 있으니까. 또 그런 여자는 반드시 모든 것을 역이용하기 때문에, 언제라도 상대방의 칼을 빼앗아 쓰러뜨리려고 하지. (…중략…) 설령 그 여자가 한 남자의 소유로 귀착된다고 해도 그런 여자가 남자에게 취하는 수단은 마찬가지야. 남자에게 주는 불안한 느낌. 남자는 여자 그 자체를 사랑한다기보다 불안한 마음에서 자신을 구제하기 위해 발버둥치고, 그 여자를 독점하려고 안달하게 되는 거야.[52]

오토 바이닝거는 오스트리아의 빈에서 유복한 유대인 가정에서 태어나 23살의 나이로 자살한 청년 학자였다. 그의 유일한 저서인 『성과 성격』(1903)[53]은 그의 박사학위 논문의 세 개의 장을 확장한 것으로, 출간

---

52 아리시마 타케오, 앞의 글, 181~182쪽.
53 독일어 원제가 『Geschlecht und Charakter』(1903)인 이 책은 1906년 뉴욕과 런던에 본부를 둔 G.P.Putnam사에서 영어로 번역된다. 아마도 아리시마가 읽은 것은 영역본 Sex and Character였을 것이다. 아리시마는 1903~1907년까지 하버드 유학을 포함해 미국에 체류하고 있었다. 바이닝거의 『성과 성격』은 1925년 영어번역자 村上啓夫에 의해 일본어로 번역된다. 만약 이상이 오토 바이닝거의 책을 직접 읽었다면 이 일역본이었을 가

직후에는 특별한 반향을 얻지 못했으나, 그의 자살과 더불어, 책에 담겨 있는 극단적인 반(反)여성주의와 반(反)유대주의, 육체혐오주의, 그리고 '천재인간'에 대한 극단적인 추종의 논리로 인해, 곧 커다란 화제를 불러 일으켰다.

바이닝거는 대부분의 여성 인에는 '어머니'와 '창녀'의 두 가능성이 모두 들어 있다고 전제하고, 그러한 성향은 한 여성에게 태어나면서부터 주어지는 것이라고 본다. 다만 그 '절대적 형태'가 발현될 때의 특징을 설명한다. 요컨대, "절대적 어머니는 자기가 자식을 만드는 데 필요한 남자라면 어떤 임의의 남자도 취하게 되며, 자기가 아이를 갖게 되자마자 더 이상의 남자가 필요 없게 된다. (…중략…) 절대적인 창녀는 이와는 반대로 어린 시절에 벌써 자식을 갖는 것을 질색하며, 기껏해야 나중에 남자를 감동시킬 효과를 노리고 어머니와 자식 사이의 목가적인 풍경을 그럴싸하게 보이게 함으로써 그 남자를 유혹하기 위한 수단으로 이용할 뿐이다. 이런 여자는 모든 남성들의 마음에 들어야 할 필요성이 있는 여성이다. (…중략…) 자신에게 에로틱한 즐거움을 줄 수 있는 남자라면 누구라도 자신을 맡기게 된다. 이런 즐거움이 그녀에게는 목적 그 자체다"[54]라고 규정한다.

이상의 많은 소설에서, 비록 이름을 바꾸어 등장하기는 하지만 그 캐릭터와 역할은 모두 비슷해 보이는, 예컨대 「불행한 계승」의 '은선', 「공포의 기록」, 「날개」, 「지주회시」의 '아내'들, 「환시기」의 '순영', 「단발」

능성이 있다. 『성과 성격』의 영역본 및 일역본의 연혁에 대해서는 Google, Wikipedia, YahooJapan, 日本國立國會圖書館 등 관련 사이트들의 도움을 받았음을 밝힌다.
54　오토 바이닝거, 임우영 역, 『성과 성격』, 지식을만드는지식, 2012, 495쪽.

의 '선', 「동해」의 '임이', 「봉별기」의 '금홍', 「실화」의 '연이', 「종생기」
의 '정희'는, 텍스트에 따라 조금씩 차이가 있지만, 주인공으로 하여금
질투에 눈멀게 하고, 곁에 있어도 언제 떠날지 모른다는 '불안'에 사로잡
히게 만드는 여성 인물들이다. 그래서 이상 소설의 남주인공들은, 우리
가 앞 절에서 살펴본 바 있듯이, "어떤 점을 붙잡아 한 女人을 믿어야 옳
을 것인가. 나는 대체 종잡을 수가 없어졌다. 하나같이 내 눈에 비치는
女人이라는 것이 그저 끝없이 輕佻浮薄한 음란한 妖物에 지나지 않는 것
이 없다."⁵⁵ "여자란 과연 天惠처럼 남자를 철두철미 쳐다보라는 義務를
思想의 先決條件으로 하는 彈性體든가."⁵⁶ "계집의 얼굴이란 다마네기
다. 암만 베껴 보려므나. 마지막에 아주 없어질지언정 정체는 안 내놓느
니"⁵⁷라고 탄식했던 것이다. 이런 여성 기질에 관한 정의(定義)시리즈의
대미는 아마도 다음과 같은 구절일 것이다.

나는 또 이런 것을 생각하지않았든것도 아니다. 즉 남의 안해라는 것은 貞操
를직혀야하느니라고!
금홍이는 나를 내 懶怠한 生活에서깨우치게하기위하야 우정 姦淫하얏다고
나는 好意로 解釋하고싶다. 그렇나 世上에 흔히있는 안해다운 禮義를직히는체해
본 것은 금홍이로서 말하자면 千慮의 一失 아닐 수 없다.⁵⁸

요컨대, 인용문에 따르자면, '금홍'은 본래의 기질(=창녀형)을 잠시 감

55 이상, 「공포의 기록」, 앞의 책, 226쪽.
56 이상, 「동해」, 앞의 책, 319쪽.
57 이상, 「실화」, 앞의 책, 393쪽.
58 이상, 「봉별기」, 앞의 책 343쪽.

추고, '아내다운 예의를 지키는 척'함으로써 '어머니형(혹은 아리시마의 용어로 말하자면 현모양처형)'을 연기했지만, 그것이 '금홍'으로서는 일생일대의 '실수'라는 것이어서, 이상의 소설 속에서 만들어놓은 여성의 캐릭터는 기본적으로 바이닝거와 아리시마에 연결되는 '기질론'으로서의 이분법과 매우 유사하다는 사실을 알 수 있다.

워낙 극단적인 사유를 펼치고 있는 탓에, 바이닝거의 소론(所論)에 대한 반응 또한 당시나 지금이나 그 호오(好惡)가 극단으로 갈리고 있지만, 그의 사유는 그렇게 단순하거나 소박하지는 않다. 예컨대 그가 견지하는 '어머니'와 '창녀'의 기질론이 일반적인 가치평가를 뒤집고 있다는 점만 봐도 그렇다.

사람들이 유일하게 진정한 여성의 유형이라고 말하기 좋아하는 어머니 타입 여성에 대한 가치 평가가 그렇게 폭넓고, 무제한적이고, 존경스러울 정도라는 것은 어느 면으로 봐도 부당하다. 비록 거의 모든 여성들은 그런 평가를 끈질기게 고수하고, 일반적으로 모든 여성들은 어머니가 되어야 비로소 완성된다고 주장하더라도 말이다. **내가 고백하건대 매춘부가 인간으로서가 아니라 천재로서 내게 훨씬 더 큰 감명을 준다.** (…중략…)

매춘부는 남자들의 평가나 남자들이 여성들에게서 찾는 '처녀성에 대한 이상'을 결코 따르지 않는다. (…중략…) 어머니가 남편의 도덕적 의지에 복종하는 것은 쉽다. 왜냐하면 어머니에게는 오로지 자식, 종족을 유지해 가는 생활이 중요하기 때문이다. 창녀는 완전히 다르다. 창녀는 최소한 전적으로 자신의 삶을 살아간다.[59]

---

[59] 오토 바이닝거, 앞의 책, 514쪽.

아리시마도 이상도, 그의 소설에서 '창녀형' 여성들에 대한 질투와 혐오만으로 일관했다면, 그리고 '정조관념'이 얼마나 소중한 것인가를 역설하기 위해 소설을 쓴 것일 뿐이라면, 우리는 그런 텍스트를 그토록 오랫동안 자주 들여다보며 제대로 해석하려고 애쓰지 않았을 것이다. 두 사람 모두 기실은 '여성'에 대해 이야기하고 있는 것이 아니라 '남성'인 자기 자신들에 대해 이야기하고 있는 것이다. 이것이 아리시마의 소설과 이상 소설에 내재하는 중요한 역설이다. 이 점에 대해서도 바이닝거의 '사랑'에 관한 철학적 소견이 환기시키는 바가 있다.

> 사랑할 때 남자는 언제나 자기 자신만을 사랑한다. (…중략…) **인간은 사랑을 할 때 비로소 어떤 식으로든 온전한 그 자신이 된다.** 그래서 많은 사람들이 '사랑하고 있는 사람'이 되어서야 비로소 '원래의 나'와 '낯선 너'를 믿기 시작하는 것이 설명된다. 이 말은 이미 드러났듯이 문법적으로나 도덕적으로나 상호 개념이다. (…중략…) 이제 왜 많은 사람들이 비로소 사랑에 빠져서야 자신의 존재를 알게 되는지 분명해진다. 그 이전에는 자신들이 영혼을 가지고 있다고 확신할 수 없다. (…중략…) 예술가뿐만 아니라 인간을 심리학적으로 고쳐해 줄 수 있는 말이 있다. "나는 사랑한다. 고로 존재한다(Armo, ergo sum)"[60] (강조는 원저자)

바이닝거의 핵심은, '사랑'은 모든 사람에게 존재의 본질을 각인시키는 '사건'이기 때문에 의미가 있다는 것이다. '사랑'을 통해 대상에게 자신의 '이상적 존재'를 투영시키거나, 혹은 대상의 '이상적 존재'로서의

---

60 위의 책, 561~562쪽.

'자신'을 발견하려고 애쓴다. 그러므로 사실 이상(李箱)의 모든 소설에 등장하는 '여성'들은 종국에 남성 주인공인 '나'의 '존재'를 자각하게 만드는 '계기'이자 '대상적 존재'가 된다. 이 점은 아리시마의 소설 「돌에 짓눌린 잡초」도 마찬가지 원리에 서 있다.

5. 맺음말

이상의 에세이 「혈서삼태」에 이런 구절이 있다.

性慾! 性慾은그럼弄談입니까. 性慾에는정말「스토―리」가 업습니까.[61]

이상의 텍스트가 종종 그러하듯, 인용구절 역시 전후의 맥락과 산뜻하게 연결되지 않는 난해한 문장이다.[62] '농담'과 '스토리'는 그 대비 지점이 얼른 떠오르지 않는다. '농담'에 결여되어 있는 것이 '진지함'이라면, '스토리'는 결국 '성욕의 진지함'에 관한 비유인 것일까. 그러나 한

---

61 이상, 「혈서삼태」, 김주현 주해, 앞의 책, 36쪽.
62 위의 문장은 논리적으로도 정확한 문장은 아니다. "性慾! 性慾은그럼弄談입니까"는 성욕과 농담이 등가적 은유관계로 구성되어 있고, "性慾에는정말「스토―리」가 업습니까"는 성욕과 스토리가 포함관계로 구성되어 있다. 농담과 스토리를 등가(等價)로 대비시키려면, 문장은 "性慾! 性慾은그럼弄談입니까. 性慾은 정말「스토―리」가 아닙니까"이거나, "性慾! 性慾에는 그럼弄談뿐입니까. 性慾에는정말「스토―리」가 업습니까"가 되어야 한다.

가지 분명한 것은 "성욕에는 정말 '스토리'가 없습니까"라는 이 반문(反問)은, 결국 '성욕에서 정말로 중요한 건 바로 욕구라는 추상적 실체가 아니라 '스토리'가 아닙니까!'라고 읽힌다는 점이다. 즉, '성욕'이 발동되거나 소멸되는 과정에서 정말 중요한 것은 '육체'의 반응에 상응하는 생물학적 메커니즘이 아니라, '심리'적 메커니즘이며, 그것은 '기승전결'이나 '인과관계'에 매개되는 '이야기'를 통해 확인할 수밖에 없다는 뜻이다. '이야기'는 곧 '언어'다(이상은 '언어'를 종종 '어휘'로 바꾸어 쓰기도 한다).

예컨대, 이 '스토리론'은 소설 「단발」에 나오는 "이것을 소녀는 자기의 어휘로 설명할 수 없었다"[63]는 구절이나, 「동해」의 "나는 내 언어가 이미 이 황막한 지상에서 탕진된 것을 느끼지 않을 수 없을 만치 정신은 동공이오 사상은 당장 빈곤하였다"[64]와 연동된다. 「동해」의 다른 구절, "여기서부터는 내 敎材에는 없다"[65]의 '교재'도 종국에는 '언어'로 쓰인 것이라는 점에서는 '이야기'에 수렴된다. 결국 이상에게 진정으로 중요한 것은, 정조나 신뢰 같은 미덕이 아니라, 욕망을 둘러싼 심리적 추이(推移)와 그에 결부된 존재의 구성과 결핍에 관한 '언어적' 관심, 바꾸어 말하면 '욕망'을 '언어'를 통해 대상화하는 작업이었으며 동시에 그 대상화 과정에서 '주체'의 형성을 확인하는 것이었다.

이렇게 읽으니 '성욕과 농담, 그리고 스토리'의 상관관계가 조금은 선명해지는 것 같다. 즉, '성욕'은 '농담'처럼 잠시 웃고 지나가거나 소모적

---

63 이상, 「단발」, 『전집 2─소설』, 295쪽.
64 위의 책, 328쪽.
65 위의 책, 324쪽.

인 발화가 아니라, 인물과 갈등, 그리고 행위와 인과관계가 개입되는 매우 '진지한 발화'와 관계되는 '어떤 것'이라는 것이다. 따라서 그의 소설에 등장하는 많은 여성인물들은, 작가 개인의 경험의 산물이라기보다는, 욕망과 존재(주체)의 복잡 미묘한 관계를 언어(=이야기)화하기 위한 설정과 인출의 결과로 해석하는 것이 좀 더 타당하지 않을까. 그리고 아리시마와 이상에게 동시에 해당하는 이 '욕망-존재(주체)-언어(이야기)'를 둘러싼 등식의 상관관계 및 그 함의를 더 깊이 들여다보기 위해서는, 필경 정신분석학과 연관된 후속작업이 이어져야 한다. 여기에서는 분량의 제한으로 미처 그 지점까지 나아가지 못한 아쉬움이 있다. 추후의 논의를 통해 그 점을 좀 더 규명해 보고자 한다.

이 글은, 일본 근대작가 아리시마 타케오의 소설들에 나타나는 여성인물의 특징과 성적 심리의 특이성이, 이상 소설의 그것과 매우 유사하다는 전제 아래, 그 유사성의 몇 가지 사례들을 검토함으로써, 이상 소설의 여성 캐릭터의 원형을 유추해 보고자하였다. 현재로서는 두 작가의 직접적이고 실증적인 영향관계를 확인하기는 어렵지만, 여러 정황과 맥락으로 미루어 보건대, 이상이 아리시마 타케오를 읽었고 그를 깊이 이해하고 있었음을 짐작하는 것은 그리 무리한 유추는 아니라고 생각한다. 따라서 이상과 아리시마를 겹쳐 읽음으로써, 이상 소설의 여성 인물들과 다양한 성적 관계, 그리고 심리적 추이에 관한 새로운 비교 및 참조처를 찾아낼 수 있다는 점, 그리고 그를 통해 좀 더 확장되고 풍요로운 이상 텍스트 형성 과정의 한 단면을 들여다 볼 수 있다는 점을 확인하고자 한다.

이상의 근대 비판과 일본

김재용

1. 근대 비판으로서의 이상의 글쓰기

근대에 대한 이상의 비판은 그 과정이 매우 복잡하다. 이상의 초기작에는 근대에 대한 명확한 비판은 나오지 않지만, 근대를 떼놓고 자신의 삶을 이해할 수 없다는 태도는 아주 분명하게 드러난다. 그의 초기 작품 중의 하나인 『12월 12일』만 놓고 보더라도 이를 어렵지 않게 확인할 수 있을 만큼 근대에 대한 문제의식은 투철하였다. 하지만 이상이 이 근대에 대하여 어떤 태도를 취하고 있는가 하는 것은 결코 간단하지 않다. 이상의 초기작들이 다소 혼란스러운 인상을 주는 것은 상당 부분 근대에 대한 이상의 태도가 제대로 정돈되지 않은 데서 비롯되었다고 할 수 있을 것이다. 후기작에 이르면 이상의 근대관은 한층 분명해지는 양상을 드러낸다. 근대는 결코 바람직한 것이 아니면 극복되어야 한다는 입장을 확고하게 견지하게 된다. 이상의 초기작들이 난해한 반면 후기작들이 비교적 정돈되어 있는 것도 바로 이러한 이유가 아닌가 생각한다.

식민지 조선의 문학장에서 근대에 대한 뚜렷한 인식을 보여주는 예를 찾는 것은 결코 쉽지 않다. 이상이 초기 작품을 쓸 무렵 문단을 지배하였던 카프는 자본주의에 대한 비판은 강하였지만 서구 근대 문명 자체에 대한 폭 넓은 이해를 보여주지는 못하고 있었다. 자본주의를 통하여 현 세계를 이해하려고 하였던 카프로서는 노동자계급과 농민의 틀 속에서 조선의 현실을 보고 세계를 이해하려고 하였기 때문에 서구 근대의 문명 전반을 총찰할 수 있는 위치에 서 있지 못하였다. 카프와 대척점에 서 있던 민족주의 계열이나 순수문학적 지향 역시 근대에 대한 파악에는 현저하게 미치지 못하였다. 당시 문학장에서 근대에 대한 나름의 정리된 인식을 보여주는 그룹으로서는 구인회 정도였다. 구인회는 근대를 제대로 인식하고 이를 넘어서려고 하는 이들이 모였지만 그 내부적으로는 매우 복잡하였다. 구인회의 구성원들이 드나들게 되면서 전기와 후기로 나누어지는 것도 내부적으로 근대에 대한 태도가 분명치 않은 데서 비롯된 것이라 할 수 있다. 그럼에도 불구하고 구인회는 다른 그룹에 비하여 비교적 근대에 대한 확고한 인식을 가지고 있었다고 평가할 수 있을 것이다. 특히 이 그룹의 지적 좌장 노력을 하였던 정지용은 그 중심에 해당한다고 할 수 있다. 이태준과 김기림이 정지용과 더불어 구인회를 이끌던 동력은 바로 근대에 대한 비판 의식이었다.

그런 점에서 구인회의 좌장 정지용이 이상을 끌어들인 것은 결코 우연이라고 할 수 없다. 정지용을 비롯한 구인회 핵심은 이상을 끌어들여 자신들이 추구하던 서구 근대 문명의 극복에 힘을 더하려고 하였던 것이다. 구인회를 이끌던 핵심 문인들은 여러 젊은 작가들을 이런 차원에서 끌어들여 보았지만 실패를 거듭한 상태였기에 이상을 회원으로 들일 때에는 매우 신중하였던 것으로 보인다. 심사숙고하여 이상을 회원으로 받아들였을 때 정지용을 비롯한 구인회 핵심 문인들은 그를 적극적으로 응원하였다. 이상은 구인회 선배들을 만나 교유하면서 자신의 뜻을 더욱 구체적으로 실현할 수 있고 다듬을 수 있는 발판을 마련할 수 있었다. 이상이 조선중앙일보에 오감도 등의 난해한 시를 발표할 수 있었던 데에 구인회의 핵심이었던 이태준의 도움이 컸던 것을 고려하면 이를 어렵지 않게 이해할 수 있다. 이상은 정지용을 비롯한 구인회의 선배들의 조언과 도움을 받으면서 근대에 대한 막연한 태도에서 벗어나 명확한 인식을 가지게 되었던 것으로 보인다. 단편소설「지주회시」이후 그의 후기작들에서 서구 근대 문명에 대한 비판을 구체적으로 보여주었던 것은 비단 이상의 개인적인 능력만은 아니었던 것으로 보인다.

2. 이상의 동경행과 근대의 출장소 일본

「지주회시」,「날개」그리고「봉별기」를 쓰고 일본으로 건너간 이상이 동경에서 보려고 했던 것은 무엇인가? 이상이 그토록 일본으로 건너가 동경을 보고 싶었던 데에는 여러 가지 동기가 있었을 것이다. 우선 생각해볼 수 있는 것은 조선의 근대를 낳았던 일본의 근대를 확인하고 싶은 욕망이다. 책으로 통해 구미와 일본의 근대를 보아만 왔기에 조선 근대의 원형이라 할 수 있는 일본을 보고 싶었을 것이다. 조선의 근대는 일본의 근대에서 시작되었기 때문에 이식의 과정에서 왜곡될 수 있다고 보았기에 일본의 근대를 꼭 확인하고 싶었을 것이다. 다음으로 생각할 수 있는 것은 구미를 가는 통로로서의 일본을 보고 싶었을 것이나. 김기림의 술회에서 잘 드러나고 있는 것처럼, 이상은 김기림과 더불어 일본의 동경을 거쳐 프랑스 파리로 향하려고 하였다. 일본의 근대 역시 구미의 근대를 모방한 것일 수 있기 때문에 일본의 동경을 그 디딤돌로 사용하려고 하였던 것이다. 조선의 경성에서 일본의 동경을 상상할 때마다 동경은 어쩌면 구미의 모방에 지나지 않을 것이라고 추측하던 터라 더욱 그러하였을 것이다.

하지만 동경을 근대의 출장소라고 쓴 것을 보면 그 이상의 다른 이유가 있다는 것을 짐작할 수 있다. 동경으로 건너가기 전에 이상은 이미 구미의 근대 문명에 대해서 강한 비판의식을 가지고 있었기에 일본의 동경이나 프랑스의 파리가 자신이 그동안 몰랐던 특별한 면을 가지고 있으리라고는 생각하지 않았을 것이다. 아무리 이식된 것이기는 하지만 조선의 경성에서 벌어지는 서구 근대 문명의 흔적을 볼 때 일본의 동경이 조선의 경성과 근대적인 측면에서 특별하게 다르리라고 기대하지 않았을 것이다. 또한 동경을 거쳐 파리로 간다 하더라도 특별하게 새로운 것이 있으리라고는 생각하지 않았을 것이다. 정작 그가 동경에서 보고 싶었던 것은 서구의 근대를 충분히 받아들이면서도 이를 넘어서려고 하는 노력의 흔적이 일본의 동경에는 있지 않은가 하는 점이었을 것이다. 구미의 근대를 비판적으로 보았던 이상이기에 일본의 동경에서 서구의 근대 문명을 넘어서는 지적 노력이 있을 것이라고 상상했던 것으로 보인다. 하지만 동경에서 그가 직접 확인한 것은 결코 일본이 서구 근대와 다른 길을 걷지 않고 있다는 점이다. 이러한 환멸에서 나온 표현이 그 유명한 "동경은 근대의 출장소"라는 구절이다.

일본이 서구 근대와는 다른 길을 걸을지 모른다는 기대가 깨어졌을 때 역설적으로 이상은 조선을 발견하게 된다. 동경에 와서 조선을 그리워하는 일련의 글들을 발표하게 되는데 이 글들을 단순한 향수 정도로 해석하는 것은 이상의 글쓰기의 역사를 제대로 살피지 못한 결과이리라. 동경에 와서 이상은 조선을 새롭게 발견하게 된다. 일본은 물화가 상당히 진행되었기에 거꾸로 간다는 것이 불가능할 정도이지만 조선은 물화가 막 시작한 터이라 내적으로 동경과 경성은 다르다는 사실이다. 동경과 일본에서는 사회의 물화를 거슬러 산다는 것이 불가능할 뿐만 아니라 상상조차 어려운 반면, 경성과 조선에서는 물화가 막 시작된 상태라 다른 가능성들을 엿볼 수 있다는 점이다. 동경 시절 그의 산문과 편지에서 자주 드러나는 귀향에 대한 언급을 단순히 포즈로만 보아서는 안 되는 이유가 바로 여기에 있다.

3. 근대 세계체제의 바깥과 막다른 골목의 곤혹

이상이 동경으로 건너갔던 1936년 겨울은 일본 전체가 군국주의 파시즘으로 향하던 시절이었다. 1936년 '2·26사건'으로 일본 사회는 천

황제 파시즘 국가로 치닫기 시작하였기에 이상은 동경에서 근대의 끝을 예감하기에 이른다. 바로 이러한 인식을 바탕으로 쓴 작품인 「실화」는 동경에서 겪은 체험과 그에 바탕 한 새로운 개안을 잘 드러내 주는 작품이다. 동경의 신주쿠에 있는 카페 노바의 체류를 전후한 이야기를 담고 있는 이 작품은 나분히 사소설적이라고 할 수 있을 정도로 이상 자신의 이야기를 환기하고 있다. 동경과 조선을 번갈아 가면서 대비시키는 이 소설의 구성은 앞서 말한 것과 같이 단단한 물화로 무장된 동경과 물화의 문턱에 들어선 경성을 반영한 것이라고 할 수 있다. 이 작품에서 작중 화자가 "20세기를 생활하는데 19세기의 도덕성밖에는 없으니 나는 영원히 절름발이로다"라고 한 대목은 이 작품이 지향하는 바를 응축한 것이라 할 수 있다. 이것을 선진 일본(동경)과 후진 조선(경성)으로 읽으면 곤란하다. 오히려 물화가 심화되어 가고 있어 의식의 마비마저도 자각하기 어려운 일본(동경)과 물화가 막 시작되고 있어 이것을 거슬러 가려고 하는 자의식이 있는 조선(경성)으로 보는 것이 타당할 것이다. 소설 「실화」에서 일본의 동경을 통하여 영국의 런던을 불러내는 것과, 산문 「동경」에서 "개솔린" 냄새가 난다고 하면서 동경을 통하여 미국의 뉴욕을 불러내는 것은 같은 맥락이라고 할 수 있다. 구미의 근대와 이것의 추종에 성공한 듯이 보이는 일본을 직접 목격하면서 물화가 빠르게 진행되어 제도화된 자본주의 중심국 나라들과는 매우 다른 처지에 놓여 있는 조선을 독자적으로 인식하는 것이다.

근대의 불균등한 전개에 눈을 뜬 이상이 이와 더불어 체득한 것은 식민지 조선의 자의식이다. 동경으로 가기 전까지만 해도 이상의 문학에서 식민지적 자의식을 찾는 것은 매우 어렵다. 근대에 대한 비판적 성찰에 이르렀지만 근대의 불균등한 전개까지는 인식이 미치지 못하였던 이상이지만 오히려 동경에 와서 조선을 새롭게 발견하게 된 것이다. 동경 신주쿠의 한 카페에서 갑자기 정지용의 시 「카페 프랑스」를 불러내는 이 소설의 한 대목은 그런 점에서 결코 쉽게 넘길 수 없다. 이 소설에서 정지용의 작품 중 세 편, 「카페 프랑스」, 「해협」 그리고 「말」이 언급되었다. 특히 「카페 프랑스」에 대해서는 세 번 이상으로 집중적으로 따온다. 잘 알려져 있는 것처럼, 정지용의 「카페 프랑스」는 교토로 간 정지용이 일본 모더니즘 시를 추종하다가 독자적인 목소리를 내기 시작할 무렵에 쓰인 첫 작품이라 할 수 있다. 이 시 이후에는 이런 경향의 작품들이 꽤 많이 나오는데 「카페 프랑스」는 그 원형에 해당한다고 할 수 있다. 그리고 조금의 차이는 있지만 「해협」과 「말」도 이러한 경향의 흐름에서 나온 것으로 볼 수 있을 것이다. 이처럼 이상이 정지용의 시 중에서 식민지적 자의식으로 충만 된 「카페 프랑스」를 기대어 자신의 이야기를 하고 있는 것은 동경에서 그가 목도한 근대의 불균등한 전개와 식민지 조선에 대한 자의식을 제쳐두고는 생각하기 어려운 것이다. 이 작품의 마지막에서 작중 화자가 신주쿠의 밤거리를 배회하면서 정지용의 카페 프랑스에 나오는 '이국종 강아지'에 자신을 빗대는 것은 그 절정이라 할 수 있다. 일본의 근대가 서구의 근대를 거의 모방한 것에 지나지 않는다는 인식을 가졌을 때 그의 눈에 새롭게 떠오르는 것은 근대에 완전히 침몰되지 않는 조선이었던 것이다.

이상이 동경에서 쓴 것이 분명한 또 하나의 작품인 「종생기」는 「실화」와는 다른 차원에서 문제적이다. 이상은 근대의 물화가 가장 잘 드러나는 것 중의 하나가 바로 남녀관계라고 생각하였기에 이것을 통하여 시대의 문명을 이야기하곤 했다. 「지주회시」와 「날개」는 이러한 작가의 지향이 가장 빛을 발하는 작품이라고 할 수 있다. 동경행 이전에도 이상은 자본주의에서 진정한 인간관계 즉 물화되지 않은 인간의 관계라는 것이 가능한가라는 질문을 다양하게 한다. 하지만 자본주의에 포섭되어 물화의 문턱에 서 있는 조선에서 한편으로는 불화가 되지 않은 가능성도 엿볼 수 있었다. 조선은 자본주의의 더딘 전개로 말미암아 많은 삶의 영역에서 여전히 물화가 침투하지 않은 그래서 물화를 거부하는 반작용이 적직않게 일어나고 있었기 때문이다. 그렇기에 이 작품의 마지막에서 한 번 더 날자구나 라고 말할 수 있었던 것이다. 조선에서 물화의 문턱에 해당하던 미스코시 백화점 옥상에서 날개가 돋아나는 환상을 가지는 것으로 설정한 것은 이런 맥락에서 이해할 수 있을 것이다.

하지만 일본에 와서 근대에 절망하고 더 이상 환상을 가지지 않게 되었다. 런던과 뉴욕도 예외가 아니다. 이제 이 세계 어디에도 출구가 없다. 「종생기」는 바로 이러한 막다른 골목에 처한 근대에 대한 조가라고 할 수 있다. 근대를 해체하지 않는 한 물화의 바다 속에서 허우적거릴 수밖에 없고 진정한 인간관계의 회복이나 평화는 바랄 수 없다는 것이다. 동경에서의 이상의 생활을 가까이에서 보았던 김기림이 이 시기 이상이 지하운동가들과 접촉했다고 회고하는 것은 결코 가볍게 넘길 수 없다.

하지만 이 시기의 이상과 같은 지식인은 심각한 곤경에 처할 수밖에 없었다. 당시 근대를 극복할 수 있는 가능한 길은 사회주의냐 아니면 파시즘이냐 하는 두 길밖에 없었기 때문이다. 이상도 이 속에서 고민할 수밖에 없었을 것이다. 전통적인 소련 중심의 사회주의에 공감할 수도 없고 그렇다고 파시즘에 경도할 수도 없는 곤경에 처한 것이다. 작가적 상상력이 극도로 요구되던 이 시기에 그를 더욱 어렵게 만든 것은 질병이다. 일본 제국의 혹독한 억압으로 병이 가중된 이상이 나아갈 수 있는 땅은 없었던 것이다.

제3부

최후의 모더니스트 이상李箱

유성호

1. 최초와 최후의 모더니즘

일찍이 김기림은 상이한 아티클에서 정지용을 '최초의 모더니스트'로, 이상을 '최후의 모더니스트'로 각각 명명한 바 있다. 물론 이는 정지용이 누구보다도 선구적으로 미적 모더니티를 보여주었고, 이상은 그보다 훨씬 늦게 미적 모더니티의 한 극단을 보여주었다는 시기적 '최초/최후'의 뜻을 담고 있을 것이다. 하지만 김기림의 명명은 그러한 시기적 분기보다는 모더니즘이 가진 미학적 스펙트럼의 두 극점을 이들 두 시인에게서 발견한 결과로 보아야 옳을 것이다. 말하자면 김기림은 정지용의 초기 이미지즘을 가장 원초적인 모더니즘의 양상으로 보았고, 이상의 아방가르드를 가장 궁극적인 모더니즘의 양상으로 본 것이다. 요약하자면 김기림에게 최초의 모더니즘이란 대상을 감각적으로 재현하는 이미지즘에서 발원하는 것이었고, 최후의 모더니즘이란 근대를 내파(內破)하는 아방가르드의 상상력에서 완성되는 것이었던 셈이다. 김기림의 분법에 기초하건대 모더니즘 시학은 사물의 충실한 감각적 재현으로부터 근대의 내파를 도모하는 작법에까지 두루 넓게 걸쳐 있다고 할 수 있다.

누부 알다시피 미적 모더니티란 부르주아의 가치 척도를 혐오하고 무정부주의에서 묵시록에 이르는 부정 정신을 표현하는 일련의 미학적 개념이다. 따라서 미적 모더니티를 규정하는 것은 역사나 인간에 대한 긍정적 열망보다는 부르주아의 가치가 딛고 있는 기반들 예컨대 테크놀로지, 자본, 진보, 이성, 휴머니즘 등에 대한 거부 및 부정적 열정이라고 할 수 있을 것이다. 따라서 이는 19세기 전반 서구 문명사의 한 단계에 속하는 것으로서의 모더니티와 미적 개념으로서의 모더니티가 분화된 이후, 이 두 가지 모더니티 사이에 화해 불가능한 균열이 생기게 되었을 때 바로 후자의 성격을 띠게 된 것이다. 전자가 부르주아에 의해 주도된 자본주의나 과학기술 혁명에 의해 야기된 사회 변화의 산물임에 비해, 후자는 부르주아 모더니티에 대한 거부 및 소멸 지향적 열정으로 특징지어지는 것이기 때문이다. 따라서 미적 모더니티는 그것이 비록 문학의 자율적 존재 형식에 대한 승인 위에서 발원한 개념이기는 하지만, 역설적으로 자본주의의 심화를 통해 일상 속에 착근된 개념이기도 한 것이다.

그런가 하면 우리가 역사적으로 일컫는 모더니즘이란, 미적 모더니티와 비슷한 개념이기는 하지만, 그보다는 훨씬 제한된 의미를 지니는 것이 아닐 수 없다. 이는 19세기 말엽에서 20세기 전반에 걸쳐 서구 예술을 풍미한 전위적이고 실험적인 예술 운동에 한정되는 것이기 때문이다. 따라서 르네상스 때부터 시작되었다고 해도 과언이 아닌 모더니티와 비교해 볼 때, 역사적 모더니즘은 매우 짧은 역사를 지니고 있을 뿐이다. 일찍이 브래드베리(Bradbury)는 리얼리즘은 삶을 인간화했고 자연주의는 과학화했으며 모더니즘은 다원화하고 심미화했다고 말한 적이 있는데,[1] 이는 모더니즘이 외면적 실재뿐만 아니라 내면적 실재를, 가시적 현실뿐만 아니라 보이지 않는 현실을 드러냄으로써 인간의 삶에 좀 더 균형을 꾀하는 미학임을 강조한 것일 터이다. 이처럼 우리는 모더니즘이 동시대의 외관을 감각적으로 재현하는 데 멈추지 않고, 우리 삶을 둘러싸고 있는 사회적 조건들을 발견하고 그 안에서 소멸의 열정을 통해 동시대를 우화(寓話)하려는 방법론적 모색을 지니고 있음에 상도(想到)하게 된다. 그래서 모더니즘이 생성의 리얼리티 못지않게 소멸 지향의 모더니티를 통해 우리 근대시에서 폭 넓게 변용, 진화하면서 우리 시의 풍요에 기여하고 있다고 말할 수 있는 것이다. 김기림은 그 최종 형식을 이상의 아방가르드에서 발견한 것이다. 항상 느끼는 것이지만, 김기림만의 탁견이 아닐 수 없겠다.

2. 부정 정신을 통한 해체와 통합의 양가적 가능성

이상(李箱, 1910~1937)은, 염상섭과 함께 서울 중인 계층의 감각과 유산을 전형적으로 보여준 문학사적 사례이다. 집안 장손인 백부는 한학에

---

[1] Bradbury, *Modernism*, Penguin Books, 1991. p.99; 이종대, 「근대적 자아의 세계인식」, 상허문학회, 『근대문학과 구인회』, 깊은샘, 1996, 52면에서 재인용.

약간의 지식을 가진 총독부 관리였다. 그러나 아버지는 볼품없는 인물이었으며, 어머니는 결혼 당시까지 이름 없이 지내다가 혼인하면서 이름을 받은 여인이었다. 그는 평생을 이 불쌍한 부모에 대한 의무감과 죄의식에 시달렸다. 백부에게는 자식이 없어 이상에 대한 집안의 애정은 각별했고, 그는 세 살 때부터 백부의 집에서 자랐다. 백부는 그의 실질적 보호자였으므로 그는 비교적 유복하게 유년을 보냈고, 고등교육도 마칠 수 있었다. 그러나 어린 시절부터 쓰러져가는 가문의 마지막 계승자로서 막중한 기대를 한 몸에 받으면서 친부모와 떨어져 살아야 했던 이상의 어린 시절은 불행했다고 할 수 있다. 그는 인왕산 밑의 한식 기와집인 신명학교를 다녔는데 지리와 도화를 제일 좋아했다. 졸업반 때는 담배갑 도안과 화투장을 그대로 모방해 그려 동네 안의 화제가 되기도 했다. 그 후 보성학교를 다니던 시절, 외관은 엉망인 채 해진 모자에 학교에까지 거울을 가지고 다녔다는 일화는 특이한 그의 내면세계를 들여다보게 한다. 화가가 되고 싶어 했던 그는 보성 졸업 후 곧장 경성고공 건축과에 입학하였다. 백부의 강권도 있었지만 당시 고공 건축과는 그나마 미술을 배울 수 있는 유일한 학교였기 때문이다.[2] 여기에서 그는 수학의 순수성에 사로잡혔고, 외국어에도 자질을 보여 3년간 거의 수석을 차지하였다. 조선인이 거의 없는 이 학교의 분위기 속에서 그는 일어를 유창하게 구사하고 일본인 친구들과도 절친하게 지냈다. 그리고 고공을 졸업할 무렵, 백부의 사업 실패로 가세는 더욱 몰락하여 있었고, 그는 졸업 후 바로 총

---

2 이상이 고공으로 진학한 것은 순전히 평소부터 하고자 했던 그림을 위해서라는 것은 경성 고공 건축과 동기인 일본인 오오스미 야지로[大隅彌次郎]가 증언한 것이다. 「이상의 학창시절」, 『문학사상』, 1981.6.

독부 기사직에 취직한다.

그는 설계 일에 열심인 채로 『조선과 건축』 표지 도안에 응모하여 뽑혔으며, 처녀 장편소설 『12月 12日』(1930)과 일문시 「異常한 可逆反應」(1931)을 발표하기 시작했다. 건축기사 생활 3년째, 백부가 사망하자 그의 억압되었던 예술적 열정은 분방하게 발현되기 시작했고, 폐병이 진행되어 직장 생활을 할 수 없게 되었다. 백부의 유산을 정리하여 다시 부모와 함께 살게 된 이상은 가족에 대한 의무감에 질식할 듯 한 억압을 느끼고, 화가 구본웅과 함께 요양차 배천온천으로 떠난다. 배천에서 돌아와 문단에 진입한 그는 정지용과 박태원을 알게 되었고, '구인회'에도 가입하여 편집 일을 맡아보았다. 그 전까지의 시는 전부 일어로 쓰인 것이었는데, 정지용이 관여하던 『카톨릭청년』에 「꽃나무」 등을 발표하면서 조선문단에 한글로 쓰인 시가 수용되기 시작한 것이다. 이 무렵 그는 이태준의 주재로 『조선중앙일보』에 『오감도』 연작을 발표하기 시작했다. 그의 집안 처지는 '악인이 되지 않고서는' 서울을 떠날 수 없을 만큼 참혹해져 있었으나, '대성하는 것만이 죄를 씻는 길'이라는 친구의 권유대로 이상은 「종생기」의 원고와 행장을 챙겨 동경으로 떠났다. 거기서 '삼사문학' 동인들과 어울리며 그가 느낀 것은 '속 빈 강정'에 대한 환멸뿐이었다. 그러나 마지막 생명을 불태우며 이곳에서 많은 글을 썼다. 이처럼 이상의 생애는 가장 강렬한 부정 정신으로, 한국 근대문학의 가장 이채로운 존재로 남게 되었다.

이상은 비교적 균질적으로 시와 소설과 수필을 남겼다. 이상 시의 일차적 외관은, 그가 남긴 다수의 소설이나 수필과는 전혀 달리, 언어유희의 욕망을 철저하게 수반하고 있다는 점에 있다. 이때 이상이 수행하는 언어유희와 그 효과는, 물론 그 자체로 이성적 사유와 큰 관련이 있는 것이지만, 역으로 이성의 효율성을 의심하고 해체하려는 욕망을 동시에 반영한 것이기도 하다. 특별히 이상 시편에서 유희의 욕망은 특유의 반어와 반복, 동음이의어, 단어 대체나 연상 등으로 드러나게 되는데, 이상 시에서 유독 많이 출몰하는 병들고 사라져가는, 하지만 너무도 뚜렷한 몸이 그 물리적 기반이 되어준다. 이는 식민지 근대의 질서에 저항하면서 특유의 불안과 공포를 온몸으로 끌어당겨 마침내 그것을 넘어서려는 의지로 표상된다. 자기 몸속에서 증식해가는 질병을 적극적으로 받아들이고 그것을 탐구하는 쪽으로 나아갈 뿐만 아니라 공포와 슬픔이 환상 쪽으로 진입할 수 있도록 길을 열어준 이상의 방식은, 몸의 규율을 통해 통치 질서를 구상했던 식민지 권력에 맞서려 했던 의지의 표현이 아닐 수 없다. 이러한 저항적 속성은 서정주나 오장환 초기시편과 깊이 연동되면서, 한국형 아방가르드의 한 가능성을 주기에 충분한 것이 아닐 수 없다.

먼저 우리는 내부와 외부 사이의 균형이라는 측면에서 이상 시를 살펴볼 수 있다. 안과 밖, 자아와 세계의 틈에 대한 균형을 잡아가는 지향이 그것인데, 이러한 균형 감각은 분열과 대립의 양상으로 텍스트를 드러내 놓으면서도 동시에 근대의 합리적 이성에 대한 거부 양상을 띰으로써 종래의 이항대립적 분열이 아닌 이를 극복하는 과정을 보여주게 된다. 그만큼 이상 시에서 몸 안팎이라는 것은 그 자신의 존재를 선명히 드러내는 데 매우 중요한 은유가 된다. 몸에서 추방당한 정신과 정신을 추방한 몸은 결핍과 불안을 동력으로 삼으면서, 각각의 분열을 더욱 촉발시키는 쪽으로 작용하게 되는 것이다.

十三人의兒孩가道路로疾走하오.

(길은막달은골목이適當하오.)

第一의兒孩가무섭다고그리오.

第二의兒孩도무섭다고그리오.

第三의兒孩도무섭다고그리오.

第四의兒孩도무섭다고그리오.

第五의兒孩도무섭다고그리오.

第六의兒孩도무섭다고그리오.

第七의兒孩도무섭다고그리오.

第八의兒孩도무섭다고그리오.

第九의兒孩도무섭다고그리오.

第十의兒孩도무섭다고그리오.

第十一의兒孩가무섭다고그리오.

第十二의兒孩도무섭다고그리오.

第十三의兒孩도무섭다고그리오.

十三人의兒孩는무서운兒孩와무서워하는兒孩와그러케뿐이모혓소.(다른事

情은업는것이차라리나앗소)

그中에一人의兒孩가무서운兒孩라도좃소.

그中에二人의兒孩가무서운兒孩라도좃소.

그中에二人의兒孩가무서워하는兒孩라도좃소.

그中에一人의兒孩가무서워하는兒孩라도좃소.

(길은뚫닌골목이라도適當하오.)

十三人의兒孩가道路로疾走하지아니하야도좃소.

—『烏瞰圖』「詩第一號」[3] 전문

　이 잘 알려진 작품의 주인공은 13인의 아해이며 배경은 막다른 골목
이다. '오감도(烏瞰圖)'는 '조감도(鳥瞰圖)'의 오기이다.[4] '조감도'란 어떤
상황에 대한 전체적 투시를 가능케 하는 그림이다. 이상은 건축기사로서
설계 도면을 뛰어나게 잘 그렸으니만큼, 이 시편에서 그는 사람들이 살
아가는 상황의 설계 도면을 그리려 한 것이다. 그것은 까마귀처럼 불길
한, 불안과 공포가 만연한 상황이다. 그래서 숫자는 13이고 길은 막다른
골목이 적당하다. 13이란, 이상의 다른 시에서는 12시를 넘어선 시간 즉
일상적 삶을 넘어선 죽음의 시간에 속하는 숫자이기도 하고, 죽음을 앞
둔 공포의 시간이기도 하다. '아해'란 어른들보다 유약하며 무구한 존재
이고, 공포에 무방비 상태이며 혼란에 쉽게 동요한다. 그러므로 이성이
몰락하고 절대적 가치가 붕괴된 근대인들은 그 나약함과 혼란스러운 모
습이 모두 아해들과 같은 존재라고 할 수 있다. 막다른 골목에서의 공포
의 질주, 그것은 위기의식이 낳은 절망적 상황이다. 그래서 2연은 무의

3　『조선중앙일보』, 1934.7.24. 이상의 시 텍스트는 김주현 편, 『증보 정본 이상문학전집』
　　제1권(소명출판, 2005)을 인용한다.
4　제목에 관해서는 이상이 고의로 '오감도'라는 조어를 만들었다는 설이 일반적이지만, 이
　　상이 원래 '조감도'로 보낸 것을 문선부 식자공들이 오류를 범해 '오감도'로 바뀌었다는
　　설도 있다. 김주현 편, 앞의 책, 82쪽.

미한 동어반복으로 공포를 가중시킨다. 13인의 아해가 무서운 아해와 무서워하는 아해와 그렇게 모였다는 표현은 현재 상황에 대한 단적 제시이다. 그들이 무서워하는 까닭은 그들 중에 누군가가 무서운 아해가 있기 때문이다. 무서운 아해의 숫자가 1인인지 2인인지 그것은 중요하지 않다. 어쨌든 누가 무서운 아해인지를 모르므로 서로를 감시하고 경계할 수밖에 없는 것이다. 이런 상태에서는 자기 자신조차 공포의 대상이 된다. 진정한 만남과 사랑이란 것은 철저히 불가능한 상황이다. 길은 막다른 골목이 아니어도 좋다. 뚫린 길이라 해서 인간의 서로에 대한 절망적 공포라는 상황이 변할 수는 없기 때문이다. 이 시편은 "十三人의兒孩가 道路로疾走하지아니하야도좃소"라는 절망적인 말로 끝난다. 이때 질주는 공포를 잊기 위한 일종의 절망적 유희이다. 그것은 이상 수필 「倦怠」에서 아이들이 지루함을 잊기 위한 놀이가 없어 생각다 못해 배설 놀이를 하는 상황과 흡사하다. 그러나 그것들이 공포를 해소해줄 수는 없다. 어느 것을 택하든 상황은 마찬가지라는 이 의식은 메마른 세계 혹은 식민지 현실에 대한 극단적 절망감의 표현이다. 여기에 그려진 상황은 대상이 분명하지 않은 공포의 세계이다. 삶은 부조리하고 불합리한 것이라는 인식이 이 시의 무의미한 진술 구조를 낳고 있는 것이다. 다음 연작으로 가보자.

싸훔하는사람은즉싸훔하지아니하든사람이고또싸훔하는사람은싸훔하지아니하는사람이엿기도하니까싸훔하는사람이싸훔하는구경을하고십거든싸훔하지아니하든사람이싸훔하는것을구경하든지싸훔하지아니하는사람이싸훔하는구경을하든지싸훔하지아니하든사람이나싸훔하지아니하는사람이싸훔하지아니하는것을구경하든지하얏으면그만이다.

—『烏瞰圖』「詩第三號」 전문[5]

　　이 시편은 텍스트 전체가 하나의 문장으로 구성되어 있다. 한 문장으로 된 이 시편은 상호 대립의 관계를 전제한 후 그것을 마치 하나의 사건처럼 연속적으로 구성하고 있다. 이 시편은 '싸움하는 사람'이라는 대상에 대한 진술이고, 그 진술은 싸움하는 사람과 싸움하지 아니하는 사람의 관계가 대립적이면서도 결국 한 몸임을 말하는 쪽으로 귀결된다. 그 둘의 관계는 대립적이었다가 그 관계가 전도되면서 마침내 그 누구라도 상관없는 싸움의 무의미함을 증언하는 쪽으로 정향되어간다. 이는 상생과 조화와 균형의 귀결이 아니라, 항구적 불화만이 그저 불화인 채로 존재한다는 것을 암시한다. 살아 있는 사람과 죽어가는 사람의 관계처럼, 그것은 언제나 상호 모순이면서 동시에 등가의 위상을 가지게 되는 것이다. 이처럼 이상은 존재론과 관계론의 절묘한 어긋남을 통해 상호 모순의 지표들이 '좋소 / 그만'이라는 순환적 결구(結句)를 통해 해체되고 통합되는 과정을 노래한다. 『오감도』 연작은 그렇게 부정 정신을 통한 해체와 통합의 양가적 가능성을 균형 감각으로 제시한 결과일 것이다.

5　『조선중앙일보』, 1934.7.25.

3. 몸의 상상력으로서의 이상 시

두루 알다시피, '몸'이란 인간을 구성하는 가장 구체적이고 감각적인 물리적 실체이자, 모든 문화가 생성되는 최초의 지점이다. "몸을 통한 세계의 무한한 해석 가능성"(니체)에 입각한 이러한 배타적 정의는, '몸'이 주체와 세계를 잇는 가장 구체적인 매개체라는 인식론적 전회(轉回)의 흔적을 여지없이 보여주기도 한다. 우리 근대문학사에서 몸을 자신의 시적 창으로 설정한 대표적 시인은 단연 이상이다.

> 벌판한복판에 꼿나무하나가잇소 近處에는 꼿나무가하나도업소 꼿나무는제가생각하는꼿나무를 熱心으로생각하는것처럼 熱心으로꼿을피워가지고섯소. 꼿나무는제가생각하는꼿나무에게갈수업소 나는막달아낫소 한꼿나무를爲하야그러는것처럼 나는참그런이상스러운숭내를내엿소.
>
> ─「꼿나무」 전문**6**

'벌판한복판'에 서 있는 '꼿나무'는 '몸'의 은유이다. 아닌 게 아니라 '제가생각하는꼿나무'는 몸 바깥의 다른 자아를 함의한다. 이때 몸은 안팎의 소통을 갈구하지만 '꼿나무'는 '제가생각하는꼿나무에게' 갈 수가 없다. 그러한 안팎 사이의 열망과 단절의 이중성은 이 시편으로 하여금 '달아남 / 숭내냄'의 이중적 행위를 부여한다. 이러한 양상은 「거울」에서도 잘 드러나는데, 거기서는 거울 속의 몸과 거울 밖의 몸이 각기 독립

---

6 『가톨릭靑年』, 1933.7.

적으로 존재할 뿐 서로 악수하거나 진단할 수 없기 때문이다. 분열된 몸과 몸이 대립된 채 서로를 응시할 뿐이다. 그것을 그는 "이상스러운숭내"라고 명명하였다. 여기서 '이상스럽다'는 말은 이상(異常)스럽고 이상(李箱)스러운 것일 터이다. 이상답지 않은가.

　　　거울속에는소리가업소
　　　저럿케까지조용한세상은참업슬것이오

　　　거울속에도 내게 귀가잇소
　　　내말을못아라듯는짝한귀가두개나잇소

　　　거울속의나는왼손잡이오
　　　내握手를바들줄몰으는―握手를몰으는왼손잡이오

　　　거울째문에나는거울속의나를만저보지를못하는구료만은
　　　거울아니엿든들내가엇지거울속의나를맛나보기만이라도햇겟소

　　　나는至今거울을안가젓소만은거울속에는늘거울속의내가잇소
　　　잘은모르지만외로된事業에골몰할쩨요

　　　거울속의나는참나와는反對요만은
　　　또꽤닮앗소
　　　나는거울속의나를근심하고診察할수업스니퍽섭섭하오
　　　　　　　　　　　　　　　　　　　　　―「거울」전문[7]

이상 시편에서 내부와 외부의 대립은 지속적으로 나타나며, 이들은 서로 화합하지 못하고 거울 안팎에 마주보고 서 있는 자신을 대면하듯 상호 불화한다. 이 시편에서는, 현실의 나와 거울 속의 나가 대립하면서 동시에 상호 공존하는 아이러니를 보여준다. 이로써 이상 시가 대립 그 자체를 반영하는 것이 아니라, 상호 공존 속에서의 상호 대립을 보여주는 것임을 알 수 있다. 이는 세계를 통과하여 다시 자기 자신에게로 돌아오는 과정을 보여주는 것이며, 각자의 몸은 자기 몸 밖으로 나갈 때에만 다시 자기 안으로 들어올 수 있다는 것을 알게 한다. 이처럼 전통과 근대라는 대립적 상황 속에서 이상은 자신의 몸을 통해 병든 몸과 세계의 이분법적 갈등을 표출한다. 이상은 훼손된 몸을 혐오하고, 그에 대한 반동으로 죽음과 불구의 세계와 그 너머의 안식을 대립적으로 바라보면서도 그 모든 대립을 세계의 항구적 속성으로 치환하는 것이다.

이 시편은 어떤 시선이 거울에 비친 자신의 모습을 끊임없이 관찰하는 상황을 보여준다. 여기서 거울의 의미는 자의식 속의 밀폐된 자아를 투영시켜 보여주는 매개물이면서 동시에 자아의 분열을 조장하는 도구이기도 하다. 그것은 또한 외부와 차단된 이질적 세계이다. 처음에는 분열의 장으로서 거울이 제시된다. 거울 속의 세계 즉 현실이 비추어진 의식 세계는 비현실적이고 낯선 이질적 세계이다. 그 다음은 두 몸 간의 소외와 단절의 상황을 보여준다. 귀는 의사소통의 매개체인데 말을 알아듣지 못한다는 것은 두 몸 간에 의사소통이 불가능한 상태라는 것으로서 분열이 진행되는 상태를 함의한다. 그 다음 역시 분열이 진행되는 상태를 보여준다. '악수'는 화합의 매체인데 두 몸은 악수를 할 수 없다. 즉

---

7 『가톨닉靑年』, 1933.10.

단절, 소외, 불통의 상황에 놓여 있다. 그 다음에서 거울은 자의식의 분열을 조장시키는 도구로서, 이중적 의미의 역설을 통해 거울의 이중성을 보여준다. 이 모순성을 시인은 자조적 위안으로 표현한다. 마침내 분열이 완료된 결과 두 몸이 따로 떨어져 외로된 사업을 진행하게 된다. 마지막에서 분열된 두 몸은 서로가 상반되지만 그러나 '닮았다'는 말을 통해 두 자아의 화합의 가능성을 암시하고, 동시에 '진찰할 수 없다'는 화합의 한계성을 보여준다. 결국 몸은 분열된 채 소외, 단절, 불안 속에서 살아가고 있는 것이다. 그것은 한 불행한 천재의 의식 속에 극단화된 근대인의 분열에 대한 표상이다. 비극적 상황을 유머러스하게 여유 있는 어조로 말하고 있다는 점에서 어조의 아이러니가 두드러지는 시편이다. 몸 안팎에서 일어나는 분열과 통합의 아슬아슬한 동시 가능성, 그리고 끝끝내 분열과 통합 어느 것도 완결할 수 없는 자의식이 시편 안으로 자욱하게 깔린다.

喧噪때문에磨滅되는몸이다. 모도少年이라고들그리는데老爺인氣色이많다. 酷刑에씻기워서算盤알처럼資格너머로튀어올으기쉽다. 그러니까陸橋우에서또하나의편안한大陸을나려다보고僅僅히삵다. 동갑네가시시거리며떼를지어踏橋한다. 그렇지안아도陸橋는또月光으로充分히天秤처럼제무게에끄떽인다. 他人의그림자는위선넓다. 微微한그림자들이얼떨김에모조리앉어버린다. 櫻桃가진다. 種子도煙滅한다. 偵探도흐지부지—있어야옳을을拍手가어쩧서없느냐. 아마아버지를反逆한가싶다. 默默히—企圖를封鎖한체하고말을하면사투리다. 아니—이無言이喧噪의사투리리라. 쏟으랴는노릇—날카로운身端이싱싱한陸橋그중甚한구석을診斷하듯어루맞이기만한다. 나날이썩으면서가르치는指向으로奇蹟히골목이뚤렸다. 썩는것들이落差나머골목으로몰린다. 골목안에는侈奢스러워보이는門이있다. 門안에는金니가있다. 金니안에는추잡한혀가달린肺患이있다. 오-오-. 들어가면나오지못하는타잎기피가臟腑를닮는다. 그우로짝바뀐구두가비철거린다. 어느菌이어느아랫배를앓게하는것이다. 질다.

反芻한다. 老婆니까. 마즌편平滑한유리우에解消된正體를塗布한조름오는惠澤이뜯나. 꿈-꿈-꿈을짓밟는虛妄한勞役-이世紀의困憊와殺氣가바둑판처럼넓니깔였다. 먹어야사는입술이惡意로구긴진창우에서슬몃이食事흉내를낸다. 아들-여러아들-老婆의結婚을거더차는여러아들들의육중한구두-구두바닥의징이다.

層段을몇벌이고아래도나려가면갈사록우물이드물다. 좀遲刻해서는텁텁한바람이불고-하면學生들의地圖가曜日마다彩色을곷인다. 客地에서道理없이다수굿하든지붕들이어물어물한다. 卽이聚落은바로여드름돈는季節이래서으쓱거리다잠꼬대우에더운물을붓기도한다. 渴-이渴때문에견듸지못하겠다.

太古의湖水바탕이든地積이짜다. 幕을버틴기둥이濕해들어온다. 구름이近境에오지않고娛樂없는空氣속에서가끔扁桃腺들을알는다. 貨幣의스캔달-발처럼생긴손이염치없이老婆의痛苦하는손을잡는다.

　　　　　　　　　　　　　　　　　-「街外街傳」중에서[8]

'街外街傳'이라는 제목에서 암시되듯, 이 시편에는 두 대립적인 '거리

8　『시와 소설』, 1936.3.

[街]'가 등장한다. 몸 안팎의 거리가 그것이다. 육교, 골목, 마을, 방으로 이동하는 세계로서의 '바깥 거리[街外]'가 있는가 하면, 늙은 몸에서 입으로 목으로 폐로 이동하는 '몸의 거리[街]'가 있다. 이 시편은 이러한 두 거리를 서로 분열 병치하면서, 한 문장 안에서 강제로 통합하기도 한다. 말하자면 두 개의 거리는 상호 유사성을 지향하는 하나의 은유로 작동되는 것이 아니고, '바깥 거리'는 바깥 거리대로, '몸의 거리'는 몸의 거리대로 분열된 채 대립적으로 존재한다. 그럼에도 두 개의 거리는 서로 얽혀 있다. 서로 개별적이면서 몸 안팎의 풍경이 하나로 만나 배치되고 있는 것이다. 이처럼 몸과 세계의 관계를 표상하는 이 시편은 몸과 정신의 대립 같은 이원론적 사고와는 무관하고, 오직 몸을 중심으로 몸과 세계와의 관계가 상호 얽히고 있는 양상을 보여준다. 그 다음으로 시인은 소음을 의미하는 '훤조' 때문에 마멸되는 몸을 제시한다. 육교의 측면에서든, 몸의 측면에서든, 어느 쪽에서도 만족할 만한 비유적 관계가 되지 못하고 서로 어긋날 뿐이다. 인간의 병든 육체는 소음 때문에 괴로울 수 있지만 '마멸'되지는 못한다. 마멸되는 것은 오히려 '육교'의 특징이기 때문이다. 하지만 육교가 '훤조' 때문에 마멸된다는 것은 상식에 맞지 않는다. 그것은 육교의 표지판이 가리키는 곳에 마을의 골목이 있음을 의미하면서 또한 그 '골목'은 다름아닌 병든 몸인 것을 알 수 있다. 그만큼 이상 시편에서 만나는 두 개의 관념이나 실체는 원관념과 보조관념이 결합하여 새로운 의미를 생성해내는 은유적 관계가 아니라, 문장에 함께 위치할 뿐 개별적으로 존재하며 서로 대립하는 환유적 속성을 거느린다.

  기침이난다. 空氣속에空氣를힘들여배앝아놓는다. 답답하게걸어가는길이내스토

오리요기침해서찍는句讀를심심한空氣가주물러서삭여버린다. 나는한章이나걸어서
鐵路를건너지를적에그때누가내經路를디디는이가있다. 아픈것이ㅂ首에베어지면
서鐵路와열十字로어울린다. 나는무너지느라고기침을떨어뜨린다. 웃음소리가요란
하게나더니自嘲하는表情위에毒한잉크가끼얹힌다. 기침은思念우에그냥주저앉어서
떠든다. 기가탁막힌다.

—「行路」 전문9

기침을 하고 기가 탁 막히는 병든 몸이 있다. 기침의 '기'와 空氣의
'기', 기가탁막힌다의 '기'는 모두 동음이의어이다. 물론 기침이란 텅 빈
기운인 공기를 내뱉는 행위이기도 하므로 단순한 언어유희 이상의 의미
를 내포한다. 이러한 병적 증상으로서의 '기침'은 '기가 탁 막히는' 절망
적인 것이다. 또한 이 시편은 길을 걸어가는 화자의 입장과 글을 적어가
는 화자의 입장을 재미있는 말놀이로 중첩시킨다. 길을 갈 때 신는 신발
인 '구두'는 글 속에서는 '句讀'와 관련이 있다. 그러니까 이 시에선 '길'
이 곧 '글'이 되고 '글'이 곧 '길'이 되는 것이다. 이처럼 몸의 병은 화해
의 여력을 상실한 의식을 반영한다. 세계 속에서 평화와 안식을 발견하
지 못하는 자는 절망과 죽음의 나락으로 떨어질 수도 있다. 여기서 이상
은 분노하며 맞서 싸우는 혁명가의 자세가 아니라 스스로를 비웃으며 조
롱하며 유유히 탈주하는 아이러니의 방식으로 세계와 대결하고, 합리적
이성이 가리키는 지표들을 훌쩍 뛰어넘고 있는 것이다. 몸의 상상력이
관철되는 방식이다.

---

9 『가톨닉靑年』, 1936. 2.

꽃이보이지안는다. 꽃이香기롭다. 香氣가滿開한다. 나는거기墓穴을판다. 墓
穴도보이지안는다. 보이지안는墓穴속에나는들어안는다. 나는눕는다. 또꽃이
香기롭다. 꽃은보이지안는다. 香氣가滿開한다. 나는이저버리고再처거기墓穴
을판다. 墓穴은보이지안는다. 보이지안는墓穴로나는꽃을깜빡이저버리고들어
간다. 나는정말눕는다. 아아. 꽃이또香기롭다. 보이지도안는꽃이 — 보이지도
안는꽃이.

—『危篤』「絶壁」전문[10]

이 시편에서 만개한 꽃은 여성을 상징하고, "거기墓穴을" 파는 행위는
성적 함의를 띤다. '墓穴'은 '구멍[穴]'과 '죽음[墓]'을 동시에 함의하면
서, 에로스와 타나토스를 결속한다. 그러므로 묘혈을 파는 행위는 성적
의미를 함축하면서 동시에 죽음으로의 지향을 암시한다. 성과 죽음을 동
시에 의미하는 "보이지도안는꽃"과 "보이지안는墓穴"에 대한 집착은 이
시편에서 강박에 가까운 반복을 통해 표현된다. '墓穴'의 의미인 '죽음
[墓]+여성[穴]'은 그러니까 성적 쾌락과 연결된 죽음 충동의 주이상스를
재현하고 있다. 꽃이 보이지 않고, 묘혈이 보이지 않는데도 거기에 계속
집착을 하며 그 향기를 맡고 구멍을 파는 행위는 불연속적 현실을 넘어
서는 쾌락 원리인 '죽음과 성에 대한 충동'의 표현인 것이다. 결국 이 시
편에서 '죽음 충동'이 불연속적인 삶의 초월을 의미하는 것이라면 이를
넘어서려는 언어유희 또한 이상에게서는 고통스런 현실을 넘어서려는
적실한 방법이었음을 알 수 있다. 하지만 이상은 수필이나 소설에서는
이러한 유희적 효과를 최대한 억제하였다. 그의 장르 의식의 일단을 보

---

10 『조선일보』, 1936.10.6.

여주는 대목이 아닐 수 없다.

이처럼 분열과 대립의 항구성, 몸과 정신이 가지는 원심력의 확장 과정, 죽음 충동과 성적 탐닉의 과정에서 쓰인 이상 시편은 특유의 언어유희를 수반하면서 당대 현실과의 비동일화 전략을 일관되게 수행한 이상스러운 '거울' 시편이었다. 그 거울은 '면경'이나 '망원경'이나 '현미경'이나 '만화경'이 아니라 어쩌면 존재 내적 투시를 감당하는 내시경에 가까운 것이었을지도 모른다. 그 내시경에 비친 자신의 소멸해가는 병든 몸이야말로 이상이 바라본 근대의 허망한 꿈과 등가적이었을 것이다.

4. 아방가르디즘으로서의 이상

우리 근대시문학사에서 1930년대의 중요성에 대해서는 많은 이들이 공감하는 것 같다. 아닌 게 아니라 이 시기는, 그 전후 기간과 확연히 변별되는 특수성을 강하게 구현한 우리 근대시의 난숙기라고 할 법하다. 다양하게 출몰한 문예사조나 창작방법들, 그리고 전대에 비해 폭증한 매체들, 작가군(群) 등만 보더라도 이 시기의 역동성은 매우 독자적인 영역을 확보하고 있다. 그만큼 우리 근대시는 이 시기에 이르러 서정 장르 본연의 몫을 인식하면서 민족 현실과 시의 형상적 결합을 비로소 성취하게 된다. 이 시기에 하나의 뚜렷한 문학운동으로 각인된 모더니즘은 식민지 근대의 성립에 따른 미학적 반응의 한 소산이었는데, 이는 기본적으로

도시에서의 경험을 반영하는 사유 및 표현의 양식이었다. 따라서 농촌 공동체를 바탕으로 한 전통 서정시 개념 역시 모더니즘이라는 서구 충격의 여과를 거쳐 새로운 외연과 내포를 이루게 된다. 이러한 서정시 개념의 확장은 우리 근대시 발전에 커다란 자양을 부여했을 뿐더러, 시가 비로소 미학적 실체임을 자각하게 하는 계기가 되어주었다. 이러한 변화의 구체적 현상이 바로 1930년대의 모더니즘시였고, 그 세목에 정지용, 김기림, 김광균, 이상 등이 포괄되는 것이다.

사실 서구의 역사적 모더니즘은 아방가르드나 입체파 혹은 다다, 초현실주의 등의 전위적 운동으로 나타난 바 있다. 하나의 미학적 공통성으로는 도저히 포괄할 수 없을 정도로 다양한 진폭의 움직임을 보인 것이 모더니즘 운동이었던 셈이다. 하지만 1930년대 한국 시의 모더니즘은 이미지즘과 주지주의로 한정되어 펼쳐진다. 왜냐하면 시인들이 의식적 자각을 가지고 창작에 임했던 준거는 방법적 의미의 모더니즘이었지 세계관의 변혁을 수반하는 전위 운동 형태가 아니었기 때문이다. 실질적으로 이 시기의 맥락에서 아방가르드나 입체파, 다다, 미래파, 쉬르 등의 전위적 실험 양상을 뚜렷한 역사적 실체로 찾아보기는 여간 힘들지 않다. 그 맥락에서 이상만이 그러한 시사적 주류와 변별되는 확연한 예외로 등극하기에 모자람이 없는 것이다. 그 점에서 이상은 우리 시사에서 식민지 근대와 맞서고 또 그것을 해체하고 재구성하려 했던 거의 유일한 아방가르드 미학의 구현자로 각인될 것이다.

아방가르드는 제1차세계대전을 계기로 확산된 인간 소외 현상을 비판하고 이성에 의한 근대 기획을 반성하면서 제기된 이념적, 방법적 범주이다. 그것은 근대 부르주아의 세계관과 가치 체계가 막다른 길에 도달해 있다는 위기의식의 산물이며, 이성, 노동, 주체 등의 계몽 기획에 파산을 선고하고 욕망, 무의식, 비합리의 세계에서 새로운 진리를 구하고자 했던 낭만주의적 반동(reaction) 형식이기도 하다. 또한 그것은 재현을 유보하거나 포기한 자기 반영적 미학이고, 근대의 속물적 평균주의에 저항하는 미학적 정예주의(elitism)의 한 형식이라고 할 수 있다. 이러한 속성에 부합하는 거의 유일한 시사적 실례로서 우리는 이상이 보여주었던 지향을 예거할 수 있을 것이다. 김기림의 견해는 다음과 같이 이어진다.

> 감정의 선동으로 해서 이루어지는 '리듬'의 변화에 전혀 의지하는, 재래의 作詩法을 돌보지도 않고, 의미의 질량의 어떤 조화 있는 배정에 의하여 구성하는 새로운 화술을 스스로 생각해냈던 것이다.

말기적인 현대문명에 대한 저 淋漓한 진단(시 「斷崖」), 『조선일보』 연재), 그리고 비둘기(=평화)의 학살자에 대한 준열한 고발(『오감도』 「시제12호」), 착한 인간들의 기름으로만 살이 쪄가는 오늘의 황금의 질서에 항의하는 억누를 수 없는 분노(「지주회시」, 「倦怠」) − 그리하여 꽃이파리 같은 나르시스는 점점 더 비통한 순교자의 노기를 띠어간 것이다.[11]

해방 후에 이상 선집을 최초로 기획하고 실천했던 김기림은, '감정'과 '리듬'에 의존하는 기존 서정시 문법에서 이탈하여 "새로운 화술"을 스스로 생각해낸 이상이, "말기적인 현대문명에 대한 저 淋漓한 진단"과 "비둘기(=평화)의 학살자에 대한 준열한 고발" 그리고 "착한 인간들의 기

---

11 김기림, 「이상의 모습과 예술」, 김기림 편, 『이상선집』, 백양당, 1949.

름으로만 살이 쪄가는 오늘의 황금의 질서에 항의하는 억누를 수 없는 분노"를 일관되게 형상화한 점을 강조하였다. 그의 판단대로 이상 문학은 이미지즘 편향의 모더니즘을 뛰어넘어 아방가르드 미학의 핵심을 체현해냈던 것이다.

식민지 근대의 적폐와 모순을 발견하고 그것을 가능케 한 힘에 대해 예술적 저항을 시도했다는 점에서, 이상 시의 아방가르드적 성격은 비교적 분명해 보인다. 그의 예각적 형식 실험 의지와 자본주의에 대한 명민한 비판은, 그 자체로 근대를 내파하고 새로운 근대를 지향하려 했던 아방가르드 정신의 외화라고 평가할 수 있을 것이다. 따라서 우리는 이상을 근대 기획에 저항하면서 새로운 근대를 꿈꾼 '최후의 모더니스트'로 표상하는 것도 타당한 관점이 될 수 있다고 생각한다. 이러한 아방가르드로서의 모더니즘, 지극한 에너지를 내장했던 충동이자 의식이자 지향이 해방과 분단 이후 우리 문학사에서 축소되거나 소진되었다는 것은, '최후의 모더니스트' 이상을 해석해온 관점의 불구성을 단적으로 말해주는 것일 터이다.

이상李箱 시의 시간의식 연구[*]

장철환

1. 서론— 시간의 대칭성 문제

이상의 시는 난해하다. 그런 까닭에 그의 시는 통상 난해시로 분류되어 왔다. 이상 문학에 대한 기존의 에서[1] 찬사와 혹평이 극단적으로 갈리는 것도 이와 무관치 않다. 시도 아니라는 김억의 혹평[2]과 리얼리즘의 심화라는 최재서의 고평[3]은 대표적인 예이다. 그러나 난해성이라는 이유로 그의 시를 한국시사의 예외적 현상이나 주변부의 문제로 간주할 수는 없을 듯하다. 왜냐하면 난해성은 이상 시 자체가 지닌 의미의 결여와

---

* 장철환, 「이상 시의 시간의식 연구」, 『국어국문학』 174호, 2016.3, 275~307쪽.
1 이상 문학에 대한 연구사의 검토는 하나의 연구대상이 될 정도로 방대하다. 김주현은 이상 문학에 대한 기존의 연구를 일목요연하게 정리하고 있어 좋은 참조가 된다. 김주현, 『실험과 해제』, 지식산업사, 2014, 530~606쪽.
2 김억, 「詩는 機智가아니다」, 『매일신보』, 1935.4.11.
3 최재서, 「리얼리즘의 확대와 심화」, 『조선일보』, 1936.11.3.

이상 시의 시간의식 연구 239

사고의 비약에서 기인하는 바도 있지만, 연구와 해석상의 방법론적 한계에서 기인하는 바도 적지 않기 때문이다. 이상 시의 난해성을 돌파하기 위해서는 무엇보다 먼저 그의 시작술의 원리와 방법에 대한 면밀한 탐색이 선행될 필요가 있다. 이상에게 있어 시작술이 "기술이면서 동시에 그 원리"라는 점을 고려할 때, 방법론적 원리의 탐색은 시의 난해성을 돌파하는 핵심 지점이 될 수 있기 때문이다.

주지하다시피 이상의 시작술의 핵심에는 '대칭성'이 있다. 이상은 처녀작 「十二月十二日」에서 시작술의 방법론적 요체를 결정짓는 대칭성에 대해 다음과 같이 말한 바 있다. "그것에대해여생각하여보아라 그런 다음에 너는그첫번해답의대칭됨을구한다면 그것은최후의그것의정확한 해답일것이니".[4] 이상 시에서 "대칭됨"의 이해가 중요한 까닭은, 그것이 시작술의 방법론적 핵심일 뿐만 아니라 세계관과 인생관의 핵심 구조를 이루기 때문이기도 하다. 일찍이 김윤식은 "그의 앞에 늘 가로 놓인 거울이 사라지면 그는 길을 잃게 되어 있지요. 대칭점이 형성되지 않기 때문입니다. 이 사실을 아무도 가르쳐 주지 않았던 것입니다"[5]라고 말함으로써, 대칭성의 유지가 주체의 무화(無化)에 맞선 이상의 실존적 대응이라는 사실을 갈파한 바 있다. 이상에게 주체 내·외부의 대칭성을 유지하기 위한 '기교'의 창안의 실패(거울의 파괴와 아내의 가출)는 궁극적으로 '절망'으로 귀결될 수밖에 없었던 것이다.[6]

---

4   이상, 「十二月十二日」, 김주현 주해, 『증보 정본 이상문학전집』 제2권, 소명출판, 2005, 30쪽. 이하 이상의 인용은 김주현 주해본을 기준으로 함.
5   김윤식, 『이상연구』, 문학사상사, 1987, 11쪽.
6   이에 대해서는 다음을 참조할 것. 장철환, 「이상 글쓰기의 방법적 원리로서 '대칭성' 연구」, 『한국학연구』 39호, 2015.

만약 공시적 층위에서의 대칭성이 그의 세계관, 인생관 그리고 시작술의 방법론적 요체라고 한다면, '시간'이라는 통시적 차원에서는 어떠할 것인가? 본고의 문제의식은 바로 여기에서 비롯한다. 즉 '통시적 층위에서의 시간의 대칭 구조의 탐색. 그런데 흥미로운 것은 이상 시에서 공시적 대칭성은 통시적 대칭성과 분리되지 않는다는 사실이다. 보다 엄밀히 말한다면 시간의 대칭성은 공시적 대칭성의 배면에서 주체 내·외부의 거리와 강도를 결정짓는다. 이는 시간의 대칭성의 규명이 공시적 대칭성의 한계와 가능성을 가늠하는 관건이 됨을 암시한다.

그럼에도 불구하고 이상 시에 나타난 시간의식을 대칭성의 차원에서 논구한 글은 많지 않다. 이는 이상의 시적 건축술에 대한 기존 연구가 대체로 공간성의 구조적 원리의 해명에 주목하였다는 점과 시간의식에 대한 분석이 주로 서사성이 뚜렷이 드러나는 소설에 집중되었다는 점에서 기인하는 것으로 볼 수 있다. 아무튼 선행 연구 가운데 본고의 논의와 연관된 것은 다음과 같다.[7] 최재서는 「고 이상의 추억」에서 "「동해」에 있어서의 비논리적인 시간관념"[8]을 언급하고 그것을 '꿈과 현실의 혼동'으로 이해한 바 있다. 이는 이상의 시간관념을 "객관적이고 공적이 시간과 주관적이고 개인적 시간이란 양극적인 시간의 어긋남"[9]으로 간주한 이

---

7 김준오, 「자아와 시간의식에 관한 소고」, 『어문학』 33집, 1975; 이재선, 「이상 문학의 시간의식」, 『한국현대소설사』, 1979; 이승훈, 「이상 소설의 시간분석 1」, 『현대문학』, 1980.10; 이승훈, 「이상 소설의 시간분석 1, 2」, 『월간문학』, 1980.10, 1981.2; 진병도, 「시간으로부터의 도피의식」, 『현대문학』, 1983.3; 최재서, 「고 이상의 예술」, 『이상문학연구』 4, 문학사상사, 1995; 이보영, 「이상의 문학과 시간의 문제」, 『문예연구』 51, 2006.12.

8 최재서, 「고 이상의 예술」, 『이상문학연구』 4, 문학사상사, 1995, 13쪽.

9 이재선, 「이상 문학의 시간의식」, 『한국현대소설사』, 홍성사, 1979, 402쪽. "이와 같은 점은 역설적이게도 시간 속에서 자아의 주체를 지속시키려는 의지의 심리적인 문제를 반영시킬 것이라고 할 것이다. 즉 시간 속의 자아와 그런 자아가 바로 죽음의 의식의 최후의 殘留物임을 의식하고 있는 것이다."(425쪽)

재선의 경우와 다르지 않다. 이승훈은 「날개」에 나타난 시간을 '순간의 구조'로 파악하고, 그것의 시간구조를 "세기말적인 개념과 20세기적인 개념의 어중간한 지대"[10]로 설정하였다. 한상규는 이상의 시간관을 세 가지로 분별하였는데, "시간의 진화적 생성에 대한 불신(①), 똑같은 행위가 일정한 간격을 두고 반복해서 되풀이된다는 느낌(②), 그리고 외부 시간의 객관적 진행과는 무관하게 자신은 폐쇄된 공간에서 늘 정체되어 있다는 환각(③)"[11]이 바로 그것이다.

본고는 기존의 논의들을 참고하여, 이상 시에 시간의식이 어떻게 나타나는지 그리고 그것의 구조화의 원리가 무엇인지에 대해 논구하고자 한다. 특히 초기시와 『오감도』에 나타난 시간의식에서 대칭성의 양상과 구조를 집중적으로 해명할 것이다. 이를 통해 시간의 대칭성 구조가 공시적 층위에서의 대칭성의 원형을 이룬다는 사실을 확인하게 될 것이다. 그리고 최종적으로 시간의 대칭성이 '기교→절망'이라는 이상식 회귀 운동으로 귀착된다는 것을 보게 될 것이다. 여기서 우리는 과거 혹은 미래는 공시적 대칭에 의한 절망을 통시적 차원에서 해소하려는 시도로 발견할 수 있다. 대칭성이 공시적·통시적 차원에서 이상 시의 구조화 원리임을 밝힘으로써, 이상 시의 난해성을 해명할 일종의 교두보를 확보할 수 있기를 기대해 본다.

---

10 이승훈, 「이상 소설의 시간분석 1」, 『현대문학』, 1980.10, 265쪽, "「날개」에서 우리는 어떤 과거에의 집착도 읽지 못한다. 존재하는 것은 적나라한 순간의 구조"
11 한상규, 「1930년대 모더니즘 문학의 미적 자의식」, 『이상문학연구』 4, 문학사상사, 1995, 369쪽.

2. 현재로부터의 탈주와 과거로의 소급운동

이상 시에 나타난 시간의식을 살펴보기 위해서는 『三次角設計圖』의
「線에關한覺書」에 주목할 필요가 있다. 「線에關한覺書」는 "이상 문학의
원천지"[12]로서 그의 시간의식의 원형을 이루기 때문이다. 특히, 「線에關
한覺書」 1, 5, 7은 시간이 공간의 이동 및 주체의 운동과 밀접히 관련된
다는 것을 보여준다는 점에서 이상 시의 시간의식을 고찰하는 데 있어
매우 중요한 자리를 차지한다.

速度etc의統制例컨대光線은每秒當三00000키로메－터달아나는것이確實하
다면사람의發明은每秒當六00000키로메－터달아날수없다는法은勿論없다. 그
것을幾十培幾百培幾千培幾萬培幾億培幾兆培하면사람은數十年數百年數千年
數萬年數億年數兆年의太古의事實이보여질것이아닌가. 그것을또끊임없이崩壞
하는것이라하는가, 原子는原子이고原子이고原子이다. 生理作用은變移하는것인
가, 原子는原子가아니고原子가아니고原子가아니다. 放射는崩壞인가, 사람은永劫
인永劫을살수있는것은生命은生도아니고命도아니고光線인것이라는것이다.

臭覺의味覺과味覺의臭覺

---

12 신범순, 『이상의 무한정원과 삼차각나비』, 현암사, 2007, 142쪽, 신범순은 이상 시에서
『삼차각설계도』가 지닌 중요성을 강조하고 있다. 비록 이상 시 특유의 난해성으로 인해
제대로 해독되지는 않았지만, '시인의 나라'를 복구하는 출발점으로 간주하고 있다. 신범
순은 이들 시편에서 "순수한 동심의 세계와 원형적 문명이 지닌 고도의 지적 체계"(145
쪽)의 결합과, "우주적인 역학 속에서 재구성된 휴머니즘"(161쪽)을 발견해 낸다.

(立體에의絶望에依한誕生)

(運動에의絶望에依한誕生)

(地球는빈집일境遇封建時代는눈물이나리만큼그리워진다)

—「線에關한覺書 1」 부분

인용된 부분은 「線에關한覺書 1」의 후반부로,[13] 빛의 속도가 시간과
밀접한 관계가 있음을 보여준다. 주지하다시피 빛의 속도에 의한 시간의
상대적 흐름의 발견은 아인슈타인의 업적이다.[14] 이상은 이를 바탕으로
인간이 빛의 속도 이상으로 달릴 수 있다면, 시간을 거스를 수 있다는 가
정을 한다(가정①). 그러나 속도의 조절을 통해 과거의 특정 시점으로 회
귀할 수 있다는 생각은 아인슈타인의 상대성 이론과 완전히 일치하지는
않는다. 오히려 그것은 시간여행의 가능성에 대한 모색에 가깝다. 그렇
다면 그는 왜 속도의 조절을 통해 시간여행의 가능성을 모색하고 있는
것인가? "太古의事實이보여질것이아닌가"와 "生理作用은變移하는것인
가"는 그것의 일차적 목적이 우주와 인간의 기원의 탐색에 있음을 간접
적으로 보여준다. 여기서 주목할 것은, "사람은永劫인永劫을살수있는것
은生命은生도아니고命도아니고光線인것이라는것"이라는 진술에서 보
듯, 사람의 '생명'을 '광선'으로 이해한다는 사실이다.

---

13 전반부에 대한 해석은 다음을 참조할 것. 권영민, 『이상 문학의 비밀』13, 민음사, 2012,
    75~83쪽.
14 이상이 아인슈타인의 상대성 원리를 알고 있었다는 정황은 다음과 같다. 아인슈타인이
    노벨물리학상을 받은 것이 1921년이고, 그 이듬해 일본을 방문하는데, 이 시기를 전후해
    국내의 언론들은 아인슈타인과 그의 상대성 이론을 소개하는 기사를 연재 형식으로 내보
    낸 바 있다. 「아인스타인의 상대성원리」(1~7), 『동아일보』, 1922.2.23~3.3; 「상대론
    의물리학적원리」, 『동아일보』, 1922.11.13~11.17; 「아인슈타인은 누구인가」, 『동아일
    보』, 1922.11.18~11.20.

그러나 인간과 우주의 기원에 대한 탐색이 시간여행의 궁극적 목적은 아니다. 그것의 최종목적은, "달아나는것이確實하다면"에서 보듯, 현재 시간의 부정에 있다. 여기에는 현재의 시간으로부터 탈주하려는 시적 주체의 욕망이 내재되어 있다. 이러한 욕망이 출현하는 이유는 현재의 시간이 "立體에의絶望" 및 "運動에의絶望"과의 대면을 야기하기 때문이다. 결국 "數十年數百年數千年數萬年數億年數兆年의太古"에로의 시간여행은 겉으로는 인간과 우주의 기원에 대한 호기심에서 비롯하겠지만, 그 이면에는 현재의 시간과 상황에 대한 부정 의식이 숨겨져 있다고 봐야 있다. 해석상의 난점은 마지막 구절("地球는빈집일境遇封建時代는눈물이나리만큼그리워진다")에 있다. 만약 '봉건시대'를 이상 자신이 처한 현재로 본다면,[15] '태고'의 시간으로 돌아가 '지구'에 아무도 없음을 확인한 뒤에 다시 '봉건시대'를 그리워한다는 것은 역설이기 때문이다. 만약 우리가 이러한 역설을 모순으로 간주하지 않는다면, 이는 '봉건시대'에 대한 시적 주체의 이중적 인식을 내포하는 것으로 해석할 수 있다.[16] 예컨대, '달아나라', 그러나 달아나면 "그리워진다"는 역설. 여기서 "그리워진다"는 말의 초점은 현재에 대한 향수에 있지 않고, 과거로의 탈주가 절망으로 귀착된다는 데에 있다. 이는 "절망이 기교를 낳고 기교 때문에 또 절망한다"[17]는 이상식 절망과 기교의 회귀운동을 보여준다. 「線에關한覺書 5」는 이러한 생각을 다음과 같이 확장하고 있다.

---

15 이상이 자신이 처한 현재를 어떻게 바라보고 있는가는 중요한 문제이다. 뒤에서 살피겠지만, 이상은 자신을 '19세기와 20세기의 틈사구니'에 낀 존재로 규정하고, '19세기의 엄연한 도덕성의 피' 때문에 20세기로의 진입에 실패하였음을 선언한다.

16 이 구절을 '문명 이전'의 과거에 대한 향수로 간주하기는 어려워 보인다. 권영민, 앞의 책, 83쪽 참조.

17 이상, 김윤식 편, 『이상문학전집』 3, 문학사상사, 1993, 360쪽.

① 사람은光線보다도빠르게달아나면사람은光線을보는가, 사람은光線을본다, 年齡의眞空에있어서두번結婚한다, 세번結婚하는가, 사람은光線보다도빠르게달아나라.

② 未來로달아나서過去를본다, 過去로달아나서未來를보는가, 未來로달아나는것은過去로달아나는것과同一한것도아니고未來로달아나는것이過去로달아나는것이다. 擴大하는宇宙를憂慮하는者여, 過去에살으라, 光線보다도빠르게未來로달아나라.

③ 사람은다시한번나를맞이한다, 사람은보다젊은나에게적어도相逢한다, 사람은세번나를맞이한다, 사람은젊은나에게적어도相逢한다, 사람은適宜하게기다리라, 그리고파우스트를즐기거라, 메퓌스트는 나에게있는것도아니고나이다.

④ 速度를調節하는날사람은나를모은다, 無數한나는말(譚)하지아니한다, 無數한過去를傾聽하는現在를過去로하는것은不遠間이다, 자꾸만反復되는過去, 無數한過去를傾聽하는無數한過去, 現在는오직過去만을印刷하고過去는現在와一致하는것은그것들의複數의境遇에있어서도區別될수없는것이다.

—「線에關한覺書 5」 부분

위의 시는 현재를 달아나는 구체적 방법에 대한 모색이고, 그로 인해 초래되는 결과에 대한 탐색으로 볼 수 있다. 한 마디로 "시간의 가역성"[18] 실험이라고 할 수 있다. 우선, "사람은光線을본다"는 단언은 「線에

---

18 권영민, 앞의 책, 96쪽.

關한覺書 1」의 '사람은 광선이다'라는 것의 연장으로, 광선보다 빨리 달아나는 시간 속에서 광선의 시간 속의 자기를 볼 수 있다는 것을 의미한다. "年齡의眞空" 상태는 광선보다 빨리 달아나는 공간 속에서의 시간의 멈춤을 의미한다. 이것이 위의 시의 논리적 전개의 출발점이다. 그 결과 동일한 사건은 시차(時差)를 두고 두 번 반복하게 된다. 곧 두 번 '결혼'할 수 있게 된다. 여기서 난점은 다음 문장의 "세번結婚하는가"의 세 번 결혼할 가능성에 대한 질문에 있다. 이는 3연의 "사람은세번나를맞이한다"와 공명하는데, 여기에 이상의 독특한 시간관이 내재해 있다.

　세 번의 결혼에 대한 답을 찾기 위해서는 2연부터 세밀한 고찰을 할 필요가 있다. 2연은 현재의 시간으로부터의 탈주의 두 가지 방식에 대한 모색을 보여준다. 하나는 "未來로달아"나는 방법이고, 다른 하나는 "過去로달아"나는 방법이다. 전자와 후자 모두 현재로부터 탈주라는 공통점을 지닌다. "未來로달아나서過去를본다"는 진술은, 「線에關한覺書 1」의 "太古의事實이보여질것이아닌가"라는 가정의 확증으로 볼 수 있다(가정①→확정①). 문제는 후자의 방법, 곧 "過去로달아나서未來를보는가"라는 질문이 제기하는 과거로의 탈주의 가능성이다(가정②). 즉, 어떻게 과거로 달아날 수 있을 것인가? 추측컨대, 가정①의 역, 곧 주체의 운동 속도를 무한으로 감속할 때 과거로 달아날 방법을 찾을 수 있을 듯하다. 이로부터 "未來로달아나는것은過去로달아나는것과同一한것도아니고未來로달아나는것이過去로달아나는것이다"라는 역설적 진술의 의미를 추정할 수 있다. 미래로의 탈주와 과거로의 탈주가 현재로부터 벗어나는 두 가지 방법으로 상정되고 있는 것이다.

　이때 주체의 분열과 중첩이라는 문제가 파생된다. 3연에서 사람들이

"다시한번나를맞이"할 수 있는 이유는, 시간여행의 주체가 여행 이전과 이후의 시간에 동시적으로 존재하기 때문이다. 1연에서 "세번結婚하는가"라는 질문과 가정이 "사람은세번나를맞이한다"는 확정적 진술로 변이되었음에 주목할 필요가 있다. 이는 가정②가 3연에서 확정되었음을 보여준다(확정②). 이로써 시간여행의 주체는 운동의 속도의 조절을 통해 과거·현재·미래에 공존할 수 있는 발판을 마련하게 되었다. 여기서 한 가지 더 유의할 것은 두 번째 문장의 "보다젊은나"와 네 번째 문장의 "젊은나", 그리고 '나'의 구분이다. 여기서 '나'는 상점(上點)의 존재 유무에 의해 구별되고 있다. 이러한 구별은 주체의 중첩, 곧 과거·현재·미래의 시간에 동시적으로 공존하는 주체들을 표시한다. 따라서 "메퓌스트는 나에게있는것도아니고나이다"라는 문장은 "메퓌스트"가 상점 있는 '나'와 관계한다는 것을 의미한다. 만약 상점 없는 '나'를 시간여행의 주체로 간주하고 상점 있는 '나'를 다른 시간 속에서 대면하는 주체로 본다면, '나'는 "메퓌스트"에 의해 영혼을 저당 잡힌 "파우스트"가 된다. 즉, 상점 없는 '나'는 유혹하는 자아인 상점 있는 '나'에 의해 영혼을 저당 잡힌 자아인 것이다. 이는 '거울' 시편들에서 확인할 수 있는 분열된 자아의식의 기원이 어디인지를 가늠케 한다.

여기서 우리는 현재를 중점으로 한 시간의 대칭성을 확인할 수 있다. 미래로의 여행에서 과거의 '나'가 미래의 '나'와 만나는 것은, 과거로의 여행에서 매래의 '나'가 과거의 '나'와 만나는 것과 대칭적이다. 왜냐하면 양자는 분열된 주체의 만남과 중첩이라는 점에서 하등의 차이가 없기 때문이다. 따라서 과거·현재·미래의 시간은 기학학적 층위에서 '데칼코나미적 대칭성'을 이룬다고 할 수 있다. 마치 거울에 미친 자기의 모습이 좌우가 전도된 모습으로 나타나듯, 미래로의 탈주에서의 두 자아의 대면은 과거로의 탈주에서의 두 자아의 대면과 데칼코마니와 같은 대칭을 이루고 있는 것이다. 만약 현재를 축으로 양자를 중첩시킨다면, 양자는 좌우가 뒤바뀐 대칭적 형상을 띨 것이다. 따라서 시간의 층위에서 현재는 과거와 미래의 대칭선이라고 할 수 있다. 이런 의미에서 현재라는 시간은 주체의 '거울'이기도 하다. "光線이사람이라면사람은거울이다 (「線에關한覺書 7」)"는 이를 보여준다.

4연은 과거·현재·미래로 분할되고 중첩된 '나'의 확장이자 일반화이다. 만약 우리가 "速度를調節하는" 것이 가능하다면, 과거에서 다시 이전의 과거로 시간여행을 계속하는 것이 불가능할 이유는 없을 것이다.[19] 이는 현재가 "無數한過去를傾聽하는現在"임을, 그리고 '현재'를 다시 "過去로하는것"이 "不遠間"의 일임을 보여준다. 따라서 "無數한過去를傾聽하는無數한過去"는 이미 무수한 과거로 편입된 현재 속에 무수한 과거가 중첩되어 있음을 의미한다. 주목할 것은 마지막 문장에 표현되어 있는 현재라는 시간에 대한 이상의 관념이다. 과거가 무한히 소급된 "複數의境遇"인 경우, 현재가 "오직過去만을印刷"한다는 것은 현재의 시간으로부터의 탈주의 불가능성을 암시한다. 운동의 무한 가속이라는 방법에 의한 미래로의 탈주 및 과거로의 시간여행은 결론적으로 현재 시간의 탈주 불가능성을 보여준다고 하겠다. 「線에關한覺書 5」의 후반부는 이러한 시간관을 타자의 경우로 확장한다.

---

19 무한에 무한을 더하는 것의 가능성에 대해서는 현대 수학자 데이비드 힐버트의 '무한 호텔 증명'을 참조할 것.

⑤聯想은處女로하라,　過去를現在로알라,　사람은옛것을새것으로아는도다,
健忘이여, 永遠한忘却은忘却을모두求한다.

⑥到來할나는그때문에無意識中에서사람에一致하고사람보다도빠르게나는달
아난다, 새로운未來는새로웁게있다, 사람은빠르게달아난다, 사람은光線을도리
어先行하고未來에있어서過去를待期한다, 于先사람은하나의나를맞이하라, 사람
은全等形에있어서나를죽이라.

⑦사람은全等形의體操의技術을習得하라,　不然이라면사람은過去의나의破
片을如何히할것인가.

⑧思考의破片을反芻하라,　不然이라면새로운것은不完全이다,　聯想을죽이
라, 하나를아는者는셋을아는것을하나를아는것의다음으로하는것을그만두어라,
하나를아는것의다음은하나의것을아는것을하는것을있게하라.

⑨사람은한꺼번에한번을달아나라, 最大限달아나라, 사람은두번分娩되기前
에××되기前에祖上의祖上의祖上의星雲의星雲의星雲의太初를未來에있어서
보는두려움으로하여사람은빠르게달아나는것을留保한다, 사람은달아난다, 빠
르게달아나서永遠에살고過去를愛撫하고過去로부터다시그過去에산다, 童心이
여, 童心이여, 充足될수아없는永遠의童心이여.

—「線에關한覺書 5」 부분

⑤의 "聯想은處女로하라"는, ⑧의 "聯想을죽이라"를 참조컨대, 기존의
연상 방식에 의존하지 말라는 뜻으로 해석할 수 있다. 이는 시간에 대한

인식이 숫자에서의 단계적이고 순차적인 인식과 같은 방식으로 이루어질 수 없다는 것을 뜻한다. 시간의 인식은 1, 2, 3의 숫자의 계열과는 달리 역행적이고 순환적이어서 '중첩의 시간'으로 존재하기 때문이다. 문제는 "過去를現在로알라"의 요청과 "사람은옛것을새것으로아는도다, 健忘이여"의 탄식 사이에 존재하는 간극이다. 우선 "過去를現在로알라"는 조사 '-로'의 의미에 따라 두 가지로 해석 가능하다. 첫째, 과거를 현재와 동일시하라는 의미. 둘째, 과거를 현재에 의해 인식하라는 의미. 전자의 경우 '-로'는 '-로서'로, 후자의 경우는 '-로써'로 간주할 수 있다.[20] 두 경우 모두 새로운 난점이 파생된다. 전자의 난점은 "사람은옛것을새것으로아는도다"의 의미와의 상충이다. 이러한 충돌을 해소하기 위해서는 '과거＝옛것' 그리고 '현재＝새것'이라는 등식을 취소하고, '현재＝과거' 그리고 '현재＝옛것'이라는 새로운 등식을 요청할 필요가 있다. 다시 말해, '현재'는 "오직過去만을印刷"하기 때문에 실제로는 '과거'일 뿐인데, 사람들은 이러한 사실을 망각하고 '옛것'에 불과한 현재를 '새것'으로 오인하고 있다는 것이다. 이에 "健忘이여"라는 탄식과 함께, "永遠한忘却은忘却을모두求한다"는 아포리아가 산출된다. '현재'가 무수한 과거의 중첩이라는 것을 망각하는 것은, 만약 그것이 "永遠한忘却"일 경우, 망각의 입장에서는 망각의 '구함'에 해당하는 것이다.

⑥은 이러한 사람들의 무지와 망각에 의해 "새로운未來"와 "到來할나"가 착종될 수밖에 없음을 기술하고 있다. "到來할나는그때문에無意識中에사람에一致하고"는 주체와 타자의 일치를 진술하고 있는데, 여기서

---

20 "사람은옛것을새것으로아는도다"의 조사 '-으로'도 이런 두 가지 의미로 해석가능하다. 이러한 의미의 분기에 의한 불확정성은 난해성의 주요 원인이다.

"그때문에"가 지시하는 바가 무엇인지 분명치 않다는 것이 해석의 어려움을 야기한다. "그때문에"를 ⑤의 '망각'과 관련시킨다면, 이는 사람들의 망각과 무지 때문에 '과거의 나'가 현재의 사람들과 같은 상태가 되어버렸다는 의미로 독해할 수 있다. 이러한 상태에서 벗어나는 주체의 방법은 다시 '사람'보다 빠르게 달아나 "새로운未來"를 도모하는 것이다. 그러나 주체의 달아남과 동시에 '사람' 또한 다시 달아나기에 그들은 "未來에있어서過去를待期하"고 "하나의나를맞이하"게 될 것이다. 이건 제논의 '아킬레스와 거북이'의 역설과 유사하다. 이러한 역설은 「詩第二號」의 나와 아버지의 관계에서 다시 한 번 반복된다. 이러한 사태가 주체에게 '죽음'과 같은 절망적 상황으로 인식되고 있다는 것은 "사람은全等形에있어서나를죽이라"는 요구가 예증하고 있다.

⑦은 ⑥의 후일담, 곧 "全等形에있어서나"의 죽음 이후를 기술한다. 앞서 보았듯 '나'는 과거·현재·미래의 중첩된 '나'이기에, 그들은 하나의 '전등형'²¹을 이루고 있을 것이다. 이때 "하나의나"의 죽음은 '전등형'을 해체하고 '나의 파편들'을 산출하게 될 것이 분명하다. "사람은全等形의體操의技術을習得하라"는 요구는 이런 결여된 자리를 메워야 한다는 뜻으로 볼 수 있다. ⑧의 "不然이라면새로운것은不完全"이란 구절은, 만약 사람들이 "全等形에있어서나"를 대신할 수 없다면 '전등형' 전체가 불완전할 수밖에 없음을 보여준다.

⑨는 탈자 때문에 완전한 독해가 불가능하지만, 시간의 탈주의 최종

---

21 여기서 '전등형'은 시간을 달리하는 주체의 분신 혹은 닮은꼴(resemblance)로 간주할 수 있다. 이런 점에서 '전등형'은 거울 속의 자아와 밀접한 관련을 지닌다. 참고로 신범순은 전등형의 '나'를 "과거의 모든 나를 모두 '나'의 전체적 구성에 참여시키는 것"으로 이해하고 있다. 신범순, 앞의 책, 162쪽.

지향점이 어디인지를 보여준다는 점에서 의미심장하다. ⑧까지의 진행에서 시간 여행의 주체는 '나'에서 '사람'으로 변화하였다. 그런데 사람들은 "太初를未來에있어서보는두려움" 때문에 현재로부터의 탈주를 유보한다. '태초'는 주체의 시원("祖上의祖上의祖上의")과 우주의 기원("星雲의星雲의星雲의")이기 때문에, 사람들의 공포는 인간 역사[22]와 우주의 기원에 대한 두려움이라고 할 수 있다. ②의 "擴大하는宇宙를憂慮하는者"도 이와 동궤이다. 그렇다면 사람들의 공포는 현재라는 시간의 정지된 상태에서 벗어나는 것에 대한 두려움이라고 할 수 있겠다. 바로 이런 공포에서 벗어날 때 비로소 사람들의 탈주가 가능하다. 그러나 공포의 극복이 탈주를 촉발하더라도, 인간과 우주의 기원에 도달할 수 있는 것은 아니다. 신의 '무로부터의 창조(creatio ex nihilo)'를 가정하지 않는 이상, 과거시간으로의 소급 운동은 종료될 수 없기 때문이다. 따라서 "全等形에있어서나"를 대체한 '사람'의 시간여행은 비극적 결말로 종료될 수밖에 없다. "充足될수야없는永遠의童心"은, 인간과 우주의 기원을 향한 '나'와 '사람'의 욕망이 충족될 수 없다는 절망 의식을 표현한다. 다시 말해, 운동 속도의 조절에 의한 시간의 탈주 여행은 최종적으로 실패를 고지한다.

이러한 인식은 「線에關한覺書 7」에 나타난 운동과 속도에 대한 새로운 인식과 직접적으로 연결된다.

㉮ 空氣構造의 速度─音波에依한─速度처럼三百三十메─터를模倣한다(光線에比할때참너무도劣等하구나)

---

22 「線에關한覺書 6」의 "時間性(通俗思考에依한歷史性)"이란 구절은 시간과 역사가 상이한 문제가 아님을 잘 보여준다.

光線을즐기거라, 光線을슬퍼하거라, 光線을웃거라, 光線을울거라.

光線이사람이라면사람은거울이다.

光線을가지라.

(…중략…)

ⓒ 視覺의이름은光線을가지는光線을아니가진다. 사람은視覺의이름으로하
여光線보다도빠르게달아날必要는없다.

視覺의이름들을健忘하라.

視覺의이름을節約하라.

사람은光線보다빠르게달아나는速度를調節하고때때로過去를未來에있어서
淘汰하라.

— 「線에關한覺書 7」 부분

ⓐ에서 광선과 음파의 속도 비교는 광선에 대한 찬양으로 이어지지
않는다. "光線을즐기거라"와 "光線을슬퍼하거라"의 연쇄는 광선에 대한
주체의 이중적 태도를 잘 보여준다. 후자의 슬픔은 주체의 운동 속도 조
절에 의한 시간 탈주 여행의 실패에서 기인한다. 그렇다면 현재로부터의

탈주는 불가능한 것인가? 관건은 "光線이사람이라면사람은거울이다"라는 구절에 있다. 이 구절은 시 전체의 대전제로서, 빛의 반사작용과 시각의 형성원리에 기초한 '광선'과 '사람'의 새로운 관계를 설정한다. 우리는 여기서 '전등형'과 긴밀히 호응하는 '거울'의 탄생을 목도할 수 있다. 요컨대, 주체의 운동 속도의 조절을 통해서가 아니라 '거울'에 의한 시각의 방식을 통해 주체와 우주의 기원을 이해하라는 것이다. 바로 여기로부터 ㉯의 광선의 지각에 대한 "視覺의이름"이 갖는 방법적 함의가 도출된다. '이름'은 시각적 대상에 대한 명명(命名) 행위로 간주할 수 있다. 예컨대, "蒼空, 秋天, 蒼天, 靑天, 長天, 一天, 蒼穹" 등은 '하늘'의 '시각의 이름'인 것이다.

㉯의 "視覺의이름은光線을가지는光線을아니가진다"는 '視覺의이름'의 특성에 대한 진술이고, "사람은視覺의이름으로하여光線보다도빠르게달아날必要는없다"는 그 효용에 대한 진술이다. "視覺의이름"은 '광선'을 가지는 새로운 방식을 보여준다. 즉 그것은 "運動하지아니하면서運動의코오스를가질뿐"이다. 그렇다면 주체('나'와 '사람')가 굳이 광선보다 빠르게 달아날 필요는 없을 것이다. 이는 시간여행 자체의 공포를 겪지 않고, 명명행위를 통해 주체와 우주의 기원을 인식하는 '기교'라고 할 수 있다. 마치 하늘이 "視覺의이름에 對하여서만 存在를 明白히"하듯이, "代表인나"의 경우도 "視覺의이름"을 통해서만 자신의 존재와 본질을 명백히 드러낼 것이기 때문이다. 따라서 "視覺의이름들"을 건망하는 것은 기존의 다양한 이름들을 잊으라는 제언이고, "視覺의이름"을 절약하라는 것은 대상의 명명행위에 신중을 기하라는 권고로 볼 수 있다.

그렇다면 "過去를未來에있어서淘汰하라"라는 선언의 함의는 무엇인가? 이 문장을 '달아난 미래의 시간'에서 '과거'를 폐기하라는 뜻으로 이해한다면, 이는 재귀하는 과거의 시간의 부정으로 볼 수 있다. 미래로 달아나 과거로 귀속하지 않겠다는 욕망을 표현하는 것이다. 이는 「線에關한覺書 5」의 "未來에있어서過去를待期하다" 및 "充足될수야없는永遠의童心"과 비교된다. 「線에關한覺書 5」가 시간여행의 심리적·구조적 한계에 의한 주체의 탈주 불가능성을 보여준다면, 「線에關한覺書 7」의 '과거의 도태'는 '시각의 이름'을 통한 탈주의 모색 과정에서 도출된다. 즉, 전자가 빛의 속도에 의한 '시각(時刻)'의 장에서의 탈주라면, 후자는 빛의 반사에 의한 '시각(視覺)' 장에서의 탈주인 것이다. 여기서 '시각의 이름'은 대상의 명명과 관련되는데, 이점에서 이상의 글쓰기의 출발점이라고도 할 수 있다. 암시적이긴 하지만, "밤 소란한 靜寂 속에서 未來에 실린 記憶이 종이처럼 뒤엎어진다"(「喀血의 아침」)는 이러한 전환을 살짝 누설하고 있다.

3. 시간의식의 착종과 '종합된 역사의 망령'

현재 시간에 대한 부정의식과 탈주에의 욕망은 이상의 시간관을 이해하는 출발점이다. 그 첫 시도는 운동 속도 조절을 통한 미래 혹은 과거로의 접속이었다. 그러나 시간여행의 심리적·구조적 한계로 인해 인간과 우주의 기원을 보는 것은 실패하고 만다. 그의 시간관에 부정적·절망적

인식이 접합하는 것은 바로 이때이다.[23] "나의 希望은 過去分詞가 되어 사라져 버린다"(「作品 第3番」)에서 보듯, 희망은 절망으로 급격하게 경사된다. 이러한 한계를 극복하는 방안으로 대두된 것이 '거울'과 '시각의 이름'이다. 「一九三一(作品第一番)」은 이를 다음과 같이 표현하고 있다.

> 거울의 屈折反射의 法則은 時間方向留任問題를 解決하다. (軌跡의 光年運算)
>
> 나는 거울의 數量을 빛의 速度에 의해서 計算하였다. 그리고 로켓트의 設計를 中止하였다.
>
> 別報, 梨孃 R靑年公爵 家傳의 발(廉)에 감기어서 慘死하다.
>
> 別報, 象形文字에 의한 死都發掘探索隊 그의 機關紙를 가지고 聲明書를 發表하다.
>
> 거울의 不況과 함께 悲觀說 擡頭하다.
>
> ―「一九三一(作品第一番)」 부분

"거울의 屈折反射의 法則은 時間方向留任問題를 解決하다"는 구절은 이러한 전환을 직접적으로 보여준다. 여기서 "時間方向留任問題"는 시간여행자의 현재로부터의 탈주의 방향(과거와 미래)에 대한 문제이고, "거울의 屈折反射의 法則"은 빛의 반사에 의한 시각(視覺)의 원리에 대한 것이다. 전자에서 후자로의 전환은 두 가지 결과를 낳는데, 하나는 "로켓트의 設計를 中止"하는 일이고, 다른 하나는 "거울의 數量"을 계산하는 일이다. 그런데 이러한 전환은 '별보'가 예시하는 두 가지 사태, 곧 "梨

---

23 이상의 처녀작 「十二月 十二日」은 이를 다음과 같이 진술하고 있다. "과연 인간세계에 무엇이 끝났는가. 기막힌 한 비극이 그 종막을 내리우기도 전에 또 한 개의 비극을 다른 한 쪽에서 벌써 그 막을 열고 있지 않은가?"(143쪽)

孃"의 죽음과 "死都發掘探索隊"의 성명서(실제적 내용이 무엇인지는 불분명하다)에 의해 실패하고 만다. 이로써 "거울의 屈折反射의 法則"을 통해 "時間方向留任問題"를 입증하려는 시도, 곧 "軌跡의 光年運算"의 공식을 증명하려는 시도는 또 다른 "悲觀說"에 부딪치고 마는 것이다.

따라서 1931년의 선언, "거울의 屈折反射의 法則은 時間方向留任問題를 解決하다"는 아직 증명되지 않았다. 이는 "軌跡의 光年運算"을 통해 "거울의 屈折反射의 法則"을 해소하려는 시도가 미완결의 과제임을 의미한다. 실제로 1931년 무렵의 시편들은 이에 대한 다양한 모색과 실패 그리고 좌절의 체험을 기록하고 있다.

> 任意의半徑의圓(過去分詞의時勢)
>
> 圓內의一點과圓外의一點을結付한直線
>
> 二種類의存在의時間的影響性
> (우리들은이것에관하여무관심하다)
>
> 直線은圓을殺害하였는가
>
> ───「異常한可逆反應」 부분

인용문은 얼핏 기하학 자체에 대한 시처럼 보이지만, 이 시의 주안점은 시간의 기하학적 도해를 통해 시간의 교섭 현상을 논구하는 데 있다. "任意의半徑의圓(過去分詞의時勢)"은 이를 직접적으로 보여주는데, 원의 넓이는 과거 시간의 크기와 형세를 나타낸다. 여기서 "圓內의一點"은 과거의 특정 순간을, "圓外의一點"은 과거 이외의 시간의 특정 순간을 표시한다. 따라서 두 개의 점을 "結付한直線"은 과거와 다른 시간의 접속이자 중첩이다. 여기서 하나의 핵심적 질문이 제기된다. 만약 상이한 시차(時差)의 두 지점을 연결한다면 "二種類의存在의時間的影響性"은 어떻게 될 것인가? "直線은圓을殺害하였는가"는 과거와 현재 또는 미래의 접속('직선')이 "과거분사의 시세"라는 닫힌 시간('원')을 파열할 가능성에 대한 질문이다. 이는 뉴턴의 물리학과 유클리드의 기하학으로부터 발흥하는 절대적 시간에 대한 부정의식과 통한다.[24] 일상 세계에서의 시간의 착종은 바로 이러한 시간관으로부터 도출된다.

一層우에있는二層우에있는三層우에있는屋上庭園에올라서南쪽을보아도아무것도없고北쪽을보아도아무것도없고해서屋上庭園밑에있는三層밑에있는二層밑에있는一層으로내려간즉東쪽에서솟아오른太陽이西쪽에떨어지고東쪽에서솟아올라西쪽에떨어지고東쪽에서솟아올라西쪽에떨어지고東쪽에서솟아올라하늘한복판에와있기때문에時計를꺼내본즉서기는했으나時間은맞는것이지만時計는나보담도젊지않으냐하는것보담은나는時計보다는늙지아니하였다고아무리해도믿어지는것은필시그럴것임에틀림없는고로나는時計를내동댕이쳐버리고말았다.

— 「運動」 전문

---

24   "亦是나는『뉴―톤』이갈으치는物理學에는퍽 無知하얏다"(「普通紀念」)와 "유우크리트는 死亡해버린오늘유우크리트의焦點은到處에있어서人文의腦髓를마른풀과같이燒却하는收斂作用"(「線에關한覺書 2」).

이 시에 나타난 주체의 상하운동은 "수평적 대립에 대한 돌파구"[25]로서의 의미를 지닌다. 먼저, 여기서의 상하운동은 특정 건물이라는 기하하적 질서 내에서 이루어지고 있다. 주체의 상하운동은 "任意의半徑의圓"인 "過去分詞의時勢" 속에서의 운동인 것이다. "屋上庭園"에서 '남쪽'과 '북쪽'을 보아도 아무것도 발견할 수 없는 것은 이러한 운동의 실패를 암시한다. 그런데 '태양'은 이러한 실패로부터 자유롭다. 그 이유는 '태양'이 "任意의半徑의圓" 밖의 공간, 곧 "過去分詞의時勢" 밖의 시간의 운행이기 때문이다. 만약 주체가 찾는 것이 '태양'이라면, 이는 "圓內의一點과圓外의一點을結付한直線"을 그으려는 시도로 볼 수 있다. 다시 말해, 과거에 봉인된 주체의 시간과 공간에서 벗어나 "수평적 대립에 대한 돌파구"로서 새로운 시간과 공간에 접속하려는 시도인 것이다. 이 시의 후반부는 이러한 시도가 최종적으로 실패할 수밖에 없음을 고지한다. "屋上庭園"에서의 주체의 시선(남북 방향)이 '태양'의 운행(동서 방향)과 엇나가기 때문에, 주체는 아무것도 발견할 수 없는 것이다.

이러한 실패의 과정은 정확히 세 차례, 곧 일출과 일몰이 3회 반복되는 동안 진행된다. 우선, "時計를꺼내본즉서기는했으나"는 "時計를 보았다. 시계는 서있다"(「獚」)와 마찬가지로, '시계'로 분절된 시간에 대한 주체의 몰각을 의미한다. 그럼에도 불구하고 '시간'이 맞는 이유는 무엇인가? 그것은 '시계'가 정지한 시점이 '태양'이 "하늘한복판"에 있는 정오와 일치하기 때문이다. '정오'에 시작된 상하운동 내내 주체는 '시계'를 확인하지 않았던 것이다. 여기서 우리는 '시계'의 시간과 '자연'의 시간의 간

---

25 이경훈, 「긍정성의 부재 암시하는 역설적 글쓰기」, 『이상문학 연구 60년』, 문학사상사, 1998, 355쪽.

극을 확인할 수 있다. 보다 흥미로운 것은 '시계'의 시간과 '주체'의 시간과의 간극이다. "時計는나보담도젊지않으냐"는 '시계'의 정지 시점이 과거의 일이기 때문에 주체의 시간보다 늦다는 판단에서 비롯한다. 그런데 주체는 이를 부정하고 있다("나는時計보다도늙지아니하였다"). 추정컨대 그 이유는 다음과 같다. 만약 '시계'의 정지를 확인한 시점이 '정오'이고 현재의 시간과 일치한다면, '시계'보다 더 늙었다고 단정할 수는 없는 것이다. 이 경우 '시간'에 대한 주체의 인식, 곧 시선의 문제가 개입한다.

"時計를내동댕이쳐버리"는 행위는 시간에 대한 주체의 시선과 타자의 시선의 간극을 보여준다. '나'와 달리 사람들은 정지한 '시계'가 주체보다 젊다고 믿을 것이 틀림없기 때문이다("믿어지는것은필시그럴것이기에"). 따라서 이러한 행위는 '시계'가 정확한 시간을 지시할 수 없기 때문이 아니라, 정지한 '시계'가 사람들이 '나의 늙음'을 믿게 되는 계기가 되기 때문이다. 즉 시간에 대한 주체와 타자의 시선의 차이가 이러한 행위를 촉발하고 있는 것이다. 이상은 '시계'가 지시하는 등량으로 분할된 시간을 신뢰하지 않았다. "時計를보면 아모리하여도 一致하는 時日을 誘引할수없고"(「無題(其二)」)에서 보듯, '시계'에 대한 불신은 절대적 시간관에 대한 부정에서 비롯한다.

㉮時計는 左向으로 움직이고 있다. 그것은 무엇을 計算하는「메―터」일까. 그러나 그사람이라는 사람은 疲困하였을것도같다. 저「캐로리」의消滅―모든 機構는 年限이다.

—「面鏡」 부분

㉯ 시계도칠랴거든칠것이다 하는마음보로는한시간만에세번을치고삼분이
남은후에륙십삼분만에쳐도너할대로내버려두어버리는마음을먹어버리는관대
한세월은그에게이째에서시작된다.

— 「地圖의 暗室」 부분

㉮는 등량의 분할에 의한 시간관에 대한 부정을 표명한다. "그것은 무엇을
計算하는「메－터」일까"에 암시된 회의는 이를 보여준다. "時計文字盤에
XII에내리워진二個의侵水된黃昏"(『無限建築六面角體』)과 같은 비유나, '뻑
꾹이시계'(「正式 VI」)에 대한 언급들 또한 이와 다르지 않다. ㉯는 시계에
대한 불신을 넘어 시간에 대한 주체의 무관심을 보여준다는 점에서, 이상의
상대적 시간관의 원점을 잘 보여주고 있다. 이러한 불신으로부터 우리는
이상이 역사를 바라보는 시선의 특수성을 가늠할 수 있다.

古城압풀밧이잇고풀밧우에나는내帽子를버서노앗다.
城우에서나는내記憶에꽤묵어운돌을매여달아서는내힘과距離껏팔매질첫다. 抛
物線을逆行하는歷史의슯흔울음소리. 문득城밋내帽子겻헤한사람의乞人이장승과
가티서잇는것을나려다보앗다. 乞人은城밋헤서오히려내우에잇다. 或은綜合된歷
史의亡靈인가. 空中을向하야노힌내帽子의깁히는切迫한하늘을불은다. 별안간乞
人은慄慄한風采를허리굽혀한개의돌을내帽子속에치뜨려넛는다. 나는벌서氣絶
하얏다. 心臟이頭蓋骨속으로옴겨가는地圖가보인다. 싸늘한손이내니마에닷는
다. 내니마에는싸늘한손자옥이烙印되여언제까지지이저지지안앗다.

— 「詩第十四號」 전문

이 시에서 중요한 것은 공간과 시간의 층위에서의 수평과 수직의 교차이다. 성 위와 아래, 성 안과 밖의 관계가 주체와 분신('모자')의 관계와 대응한다고 볼 수 있다. 이때 "내記憶에꽤묶어운돌을매여달아서" 던지는 주체의 행위는 '성 안'에서 '성 밖'으로의 공간의 이동이자, '과거의 기억'으로부터 벗어나려는 행위이다. 즉 '돌팔매질'은 "二種類의存在의時間的影響性"에 대한 실험인 것이다. 그렇다면 이 시에서도 동일하게 "直線은圓을殺害하였는가" 라는 질문이 가능하다. '기억'을 매달은 '돌'이 그리는 포물선은 '직선'의 변용이고, 그것의 낙착은 "歷史의슲흔울음소리"로 귀환하기 때문이다. 이러한 '기억-역사'의 투기 행위가 '걸인'에 의해 '모자' 속으로 회귀한다는 것은 의미심장하다. 그것은 '기억-역사'의 다른 시간으로의 투기의 최종 귀착지가 '모자'라는 주체의 분신이기 때문이다. 여기서 우리는 "圓內의一點과圓外의一點을結付한直線"을 다시 한 번 확인하게 된다.

만약 우리가 '걸인'의 정체를 "綜合된歷史의亡靈"으로 간주할 수 있다면, '걸인'은 중첩된 시간 혹은 역사의 상징으로 이해할 수 있을 것이다. 그의 행위는 주체의 투기가 다시 주체에게 회귀하는 시간의 상징으로 이해된다. 이는 주체의 의도에 반역하는 "시간이라는것의무서운힘"(「地圖의暗室」)을 실증한다. 「易斷」의 "奸邪한 文書를때려주고또멱살을잡고끌고와보면그이도돈도없어지고疲困한 過去가멀건이앉어있"다는 구절은 시간의 힘 앞에서의 주체의 황망함을 잘 보여준다. 문제는 "내니마에는싸늘한손자옥이烙印되여" 있다는 구절이 암시하듯, 주체가 '기억-역사'의 힘에서 벗어날 수 없다는 데에 있다. 그렇다면 '걸인'이 찍은 '싸늘한손자옥'의 낙인의 실체는 무엇인가? 여기서 우리는 이상의 공포의 원천, 즉 "과거

발(發) '망령'의 아버지들이 현재 속 '생령'의 아버지들로 무한 복제되는 '이상한 가역 반응'에 대한 자아의 공포심"[26]이 내장되어 있음을 확인할 수 있다. '아버지'의 문제야말로 이상의 시간의식의 최종 수렴점이다.

4. '아버지의 요구'와 미래로의 투기

「詩第二號」는 주체와 아버지, 나아가 조상과의 관계를 설명하는 데 있어 주요한 참조점이 되는 시이다. 여기에는 이상의 독특한 시간의식이 내재되어 있는데, '아버지'로 대표되는 세대와 역사에 대한 태도를 확인할 수 있다.[27]

나의아버지가나의곁에서조을적에나는나의아버지가되고또나는나의아버지
의아버지가되고그런데도나의아버지는나의아버지대로나의아버지인데어쩌자
고나는자꾸나의아버지의아버지의아버지의……아버지가되느냐나는왜나의아
버지를껑충뛰어넘어야하는지나는왜드디어나와나의아버지와나의아버지의아
버지와나의아버지의아버지의아버지노릇을한꺼번에하면서살아야하는것이냐

— 「詩第二號」 전문

---

26 최현식, 「역사와 전통에 항한다는 것」, 『13인의 아해가 도로로 질주하오』, 수류산방,
    2013, 458쪽.
27 김승희는 이를 "규범 파괴의 욕망"으로 규정한 바 있다. 김승희, 『이상 시 연구』, 보고사,
    1998, 102쪽.

우선, '나'가 처한 상황부터 확인하자. '나'의 과거로의 소급운동은 "아버지가나의곁에서조을적"이라는 상황에서 이루어지고 있다. '졸음'을 "현실과 잠의 경계 상태"[28]로 본다면, 이는 '아버지'가 현실적·상징적 기능을 제대로 수행하지 못하는 상태를 표현한다. 여기서 우리는 과거로의 소급운동의 두 가지 방식을 분별할 필요가 있다. 즉 '아버지─되기'와 '아버지의아버지─되기'. 전자에 내재하는 것은 '아버지'와의 동일시의 욕망이지만, 후자에 내재하는 것은 '아버지'에 대한 초월의 욕망이다. 양자는 실존적 아버지를 부정하고 상징적 아버지('아버지의 이름')를 요청한다는 점에서 공통적이다. 그런데 문제는 "나의아버지는나의아버지대로나의아버지"에서 보듯, 실존적 아버지의 위상이 변하지 않는다는 점이다. 현존하는 아버지가 시간의 변수가 아니라 상수라면, 과거로의 소급운동은 그것이 동일시의 욕망이든 초월의 욕망이든 상관없는 일이 된다. 결국 상징적 아버지의 정립의 불가능성을 고지하기 때문이다.

여기서 파생되는 다른 문제는 실존적 아버지의 부정이 주체의 자기부정으로 귀착될 수밖에 없다는 점이다. "그것은 先祖가 或은 내 前身이 呼吸하던바로 그것이다(「自畵像(習作)」)"와 "한 마리의 뱀은 한 마리의 뱀의 꼬리와 같다. 또는 한사람의 나는 한사람의 나의 父親과 같다(「遺稿」)"에서 보듯, '나'는 아버지의 전등형의 닮은꼴이기 때문이다. 이런 맥락에서 아버지의 부정과 초월의 욕망은 실질적으로 '나'와 '아버지'의 반복과 회귀의 메커니즘으로 이해될 수 있다. 그러므로 독해의 방점은 '아버지─되기'의 욕망 자체보다는 과거로의 소급 운동의 실패에 찍어야 한다. "나는왜나의아버지를껑충뛰어넘어야하는지"라는 의문은 여기에서 비

---

28 이혜원, 「전통과 전위의 역동」, 『13인의 이해가 도로로 질주하오』, 수류산방, 2013, 117쪽.

롯한다. 결국 시적 주체의 의문과 불안은 과거로의 소급운동이 실존적 아버지가 처한 현재의 시간을 영구화한다는 데에서 기인한다. 이는 시적 주체가 "綜合된歷史의亡靈"과 함께 살아야 함을 암시한다.

墳塚에계신白骨까지가내게血淸의原價償還을强請하고있다. 天下에달이밝아서나는오들오들떨면서 到處에서들킨다. 당신의印鑑이이미失效된지오랜줄은꿈에도생각하지않으시나요ー하고나는의것이대꾸를해야겠는데나는이렇게싫은決算의函數를내몸에지닌내圖章처럼쉽사리끌러버릴수가참없다.

ー「門閥」 전문

"墳塚에계신白骨"을 '죽은 아버지'의 집합으로 본다면, "내게血淸의 原價償還을强請하고있다"는 구절은 거부할 수 없는 '죽은 아버지'의 요구를 표현한다. '혈청'이 암시하는 혈연관계는 '죽은 아버지'의 부채상환의 요구가 '혈청'의 계승, 곧 '자식'을 통해 혈족의 유지에 있음을 보여준다. '원가상환'에 대한 이러한 요구는 주체의 삶을 회수할지도 모른다는 점에서 치명적이다. 여기에서 고려할 것은 객혈 이후 이상의 건강이다. 이상은 죽음에 대한 인식에서 오는 절박과 함께, 자신의 병이 '혈청'의 계승을 불가능하게 할 것이라는 이중적 상황에서의 고뇌를 동시에 지니고 있었다. 후자의 경우 아버지의 요구는 부정의 대상이 될 수밖에 없는데, "당신의印鑑이이미失效된지오랜줄은꿈에도생각하지않으시나요"는 이를 표현한다. 그러나 이런 생각은 발화되지 않고 있다. 이것이 중요하다. 아버지의 요구는 "싫은決算의函數"임에 틀림없지만, 그것을 "내몸에지닌내圖章처럼쉽사리끌러버릴수"는 없었던 것이다. 그러니까 '나'는

아버지의 요구를 완전히 부정할 수도 충족시킬 수도 없는 진퇴양난의 상
황에 처해 있는 것이다.

　　크리스트에酷似한한襤褸한사나이가있으니이이는그의終生과殞命까지도내
　게떠맡기려는사나운마음씨다. 내時時刻刻에늘어서서한時代나訥辯인트집으로
　나를威脅한다. 恩愛나의着實한經營이늘새파랗게질린다. 나는이육중한크리스
　트의別身을暗殺하지않고는내門閥과내陰謀를掠奪당할까참걱정이다. 그러나내
　新鮮한逃亡이그끈적끈적한聽覺을벗어버릴수가없다.

―「肉親」전문

　「肉親」이란 제목으로 보건대, "크리스트에酷似한한襤褸한사나이"는
'아버지'를 뜻한다.[29] 「肉親의 章」의 "基督에 酷似한 한사람의 襤褸한 사
나이"라는 표현도 이를 방증한다. 여기서 '아버지의 요구'는 "그의終生
과殞命까지도내게떠맡기려는사나운마음씨"로 표현되고 있다. 이는 「門
閥」의 "血淸의原價償還"과 호응하며, 「詩第二號」의 "나와나의아버지와
나의아버지의아버지와나의아버지의아버지의아버지노릇"과 동궤를 이
룬다. 이러한 아버지의 요구와 "威脅"은 주체의 삶을 위태롭게 만든다
("늘새파랗게질린다"). 바로 여기에서 아버지에 대한 부정의식이 싹튼다.[30]

29　이상 시에 등장하는 '그리스도' 전체를 '아버지'의 상징으로 간주할 수는 없을 듯하다. 이
　　경훈이 엄밀히 논증하였듯이, 「二人」의 '그리스도'와 '알 카포네'는 이상과 문종혁의 상
　　징으로 볼 수 있기 때문이다. 이경훈, 「이상 연구 3」, 『비평문학』, 1997. 7, 359～377쪽.
　　참고로 다음과 같은 구절들은 '그리스도'가 이상 자신임을 보여준다. "가브리엘天使菌
　　(내가 가장 不世出의 그리스도라 치고)"(「喀血의 아침」), "흰빵끼로칠한十字架에서내가
　　漸漸키가커진다. 聖피―타―君이나에게세번式이나아알지못한다고그린다. 瞬間 닭이활
　　개를친다……(「內科」)"
30　"아마아버지를反逆한가싶다(「街外街傳」)"는 이를 직접적으로 보여준다.

"내門閥과내陰謀를掠奪당할"지도 모른다는 불안과 공포는 이를 보여주는데, 여기서 '문벌'에 대한 두려움은 기존의 아버지의 혈통을 고수하려는 의지가 아니라 '나'로부터 개시되는 새로운 '문벌'을 약탈당할지도 모른다는 불안과 공포로 해석되어야 한다. 「肉親의 章」의 일절은 이를 명시적으로 보여준다. "나는 이 模造基督을 暗殺하지 아니하면 안된다. 그렇지아니하면 내 一生을 押收하려는 氣色이 바야흐로 濃厚하다(「肉親의 章」)"

그러니 마지막 문장은 징후적이다. "내新鮮한逃亡이그끈적끈적한聽覺을벗어버릴수가없다"는 회피하고자 하나 부정할 수 없는 자신의 처지를 보여주기 때문이다. "그끈적끈적한聽覺"은 문맥상 "한時代나訥辯인트집"으로서의 아버지의 목소리를 의미한다. 이는 일차적으로 아버지의 요구에 대한 압박과 부정 사이에서 갈등하고 있음을 보여주며, 나아가 '아버지-되기' 혹은 '아버지-뛰어넘기'에 대한 주체의 고뇌와 번민을 암시한다. 이런 점에서 「獚의 記 作品 第二番」에 나오는 '아버지의 위조'는 중요한 의미를 지닌다.

언제나 나는 나의 祖上-肉親을 僞造하고픈 못된 충동에 끌렸다
恥辱의 系譜를 짊어진채 내가 解剖臺의 이슬로 사라질 날은 그 어느날에 올 것인가?

―「獚의 記 作品 第二番」 부분

"祖上-肉親을 僞造하고픈 못된 충동"은 지금까지의 논의를 압축한다. 운동의 속도 조절을 통한 미래 및 과거로의 시간여행, '시각의이름'

을 통한 "거울의 屈折反射의 法則"의 확립, '아버지-되기'를 통한 육친에 대한 부정의 욕망 등은 "祖上-肉親을 僞造하고픈" 충동의 일환이다. 주목할 것은 '아버지의 요구'의 부정성에도 불구하고, 이러한 충동이 "못된 충동"으로 규정되고 있다는 사실이다. 이것은 부정의 대상으로서 "나의 祖上-肉親"에 대한 주체의 태도 변화를 암시한다. "恥辱의 系譜를 짊어진채"라는 일절이 명시적으로 표명하듯, "歷史는 지겨운(무거운-인용자) 짐"[31]임에 틀림없지만, "解剖臺의 이슬로 사라질 날"까지 짊어지고 가야할 짐인 것이다. 이는 부정의 대상으로서 과거의 역사에 대한 '반역'의 철회를 의미한다. 그렇다고 이것이 새로운 역사의 개시를 의미하는 것은 아니다. 신생에 의한 새로운 '문벌'의 개시의 불가능성에 대한 자각이 자기 부정으로 귀결되기 때문이다.

자신의 '문벌'을 개시하고자 하는 욕망은 "나는24歲 나도어머니가나를낳으시드키무엇인가를낳아야겠다"에 명시적으로 표현되어 있다. "새로운 血統을얻어보겠다"(「肉親의 章」)는 욕망도 마찬가지이다. 「一九三一年(作品第一番)」에 나타난 가계도의 비밀은 이를 해명하는 출발점이 된다.

娼婦가 分娩한 死兒의 皮膚全面에 文身이 들어 있었다. 나는 그 暗號를 解題하였다.

그 死兒의 先祖는 옛날에 機關車를 치어서 그 機關車로 하여금 流血淋漓, 도망치게 한 當代의 豪傑이었다는 말이 記錄되어 있었다.

— 「一九三一年(作品第一番)」 부분

---

31 "歷史는 지겨운 짐이다 / 세상에 대한 辭表 쓰기란 더욱 지겨운 짐이다"(「悔恨의 章」)

위의 시는 공시적 대칭 구조의 실패에 따른 필연적 결과물이다. 즉 공시적 층위의 '나'와 '타자'('나'와 '아내')의 관계의 실패가 통시적 층위의 '나'와 '자식'의 관계의 실패로 드러나는 징후를 보여주는 최초의 발화 지점인 것이다. 여기에는 통시적 층위에서의 대칭성이 내재되어 있다. '나―자식'의 관계는 '아버지―나'의 관계와 대칭적인데, 이는 궁극적으로 과거·현재·미래의 시간의 대칭구조로 나타난다. 이때 현재는 과거와 미래의 데칼코마니적 대칭구조에서 거울과 같은 구실을 하는 대칭선이라고 할 수 있다. 위의 시는 주체의 기원에 대한 탐색과 타자와의 결합을 통한 주체의 재탄생에 대한 열망의 실패를 예기하는데, 이는 공시적 대칭구조의 불완전성이 통시적 대칭구조의 실패로 귀결되고 있음을 잘 보여준다. 기형적 자식의 출생[32]과, "死兒" 및 "死胎"[33]의 출현은 이를 상징적으로 보여준다. "血淸의原價償還"의 실패를 뜻하는 "死兒"의 출현은, '나'로부터 도래할 새로운 미래의 시간의 불가능성을 최종적으로 고지한다. 과거와 미래의 시간이 대칭을 이룬다는 점에서, "死兒"는 다름 아니라 '아버지―나'의 관계에서의 '나'의 죽음인 것이다. 주체에게 미래는 죽음의 시간이고, 그는 죽음의 시간 속에 산다.

이러한 실패는 현재의 시간에서의 주체의 자기 부정을 강화한다. "모두少年이라고들그리는데老翁인氣色이많다(「街外街傳」)"와 "허수아비여! / 자네는 老翁일세. 무릎이 귀를 넘는 骸骨일세, 아니, 아니. / 자네는 자네의 먼 祖上일세. 以上"(「終生記」)은 이를 총괄적으로 보여준다. '허수아비',

---

32 "키가크고愉快한壽木이키적은子息을나았다"(「正式 Ⅴ」)를 참조할 것.
33 "여자는마침내落胎한것이다. 크렁크속에는千갈래萬갈래로찢어진POUDRE VERTUEUSE 가複製된것과함께가득채워져있다.死胎도있다(「광녀의 고백」)"와 "아기들이번번이애총이 되고되고한다(「街外街傳」)"를 참조할 것.

'노옹', '해골', '조상' 등은 강화된 자기 부정의 언사들이다. 이상의 도일(渡日)은 이러한 부정의식에서 직접적으로 배태된 마지막 선택으로 볼 수 있다. 미래의 시간으로의 기투로서 일본행은, 그러나 처음부터 실현 불가능한 것이었다. 왜냐하면 동경은 그가 희망하던 신생으로서의 미래의 시간과 공간이 아니었기 때문이다. 여기서 우리는 "十九世紀와 二十世紀의 틈사구니에 끼워 卒倒하려 드는 無賴漢"을 발견한다.

> 그리고 危篤에 對事하여도 —
>
> 事實 나는 요새 그따위 詩밖에 써지지 않는구려, 차라리 그래서 徹底히 小說을 쓸 決心이고, 암만 해도 나는 十九世紀와 二十世紀 틈사구니에 끼여 卒倒하려 드는 無賴漢인 모양이오. 完全히 二十世紀 사람이 되기에는 내 血管에는 너무도 많은 十九世紀의 嚴肅한 道德性의 피가 威脅하듯이 흐르고 있소그려.
>
> — 「私信(7)」 부분

이상이 도일하여 바라본 동경은 '참 치사스런 도시'였다. 동경에 대한 실망은, "나는 참 東京이 이따위 卑俗 그것과 같은 シナモノ인 줄은 그래도 몰랐오. 그래도 뭐이 있겠거니 했드니 果然 속빈 강정 그것이다"(「私信(7)」)라는 언급에서도 확인할 수 있다. 여기서 경성과 동경의 대조가 "19세기적 봉건의식과 20세기적 현대의식의 대립"[34]을 보여준다는 것은 쉽게 확인할 수 있다. 중요한 것은 동경에 대한 실망이 스스로를 "十九世紀와 二十世紀 틈사구니에 끼여 卒倒하려 드는 無賴漢"으로 규정하는 사태를 초래한다는 것에 있다. 20세기의 '원외의점'으로 추정된 동경

---

34 이승훈, 『이상문학전집』 1, 문학사상사, 1989, 22쪽.

이 실상 19세기의 '원내의점'에 불과하다는 것을 그는 한 발 뒤늦게 깨닫고 있는 것이다. 이는 "二十世紀 사람"이 되려는 그의 시도가 최종적으로 실패하였음을 고지한다. 더욱 문제는 그 이유가 병이나 가난 같은 외적 요인이 아니라 "十九世紀의 嚴肅한 道德性의 피"라는 내적 요인에서 기인하는 바가 크다는 사실이다. 후자는 "二十世紀를 生活하는 데 十九世紀의 道德性 밖에는 없으니 나는 永遠한 절름발이로다"(「실화」) 라는 탄식으로도 반복되고 있다. 현재로부터의 탈주 욕망은 과거의 혈통이라는 닫힌 시간 속에서 공전하고 있을 뿐이다.

> 昨日의 일을 생각하였다─그暗黑을─그리고 來日의일도─그暗黑을
>
> (…중략…)
>
> 그리고 來日의 暗黑의 不吉을 徵候하였다.
>
> ─「月傷」 부분

과거의 일도 '암흑'이며, 내일의 일도 '암흑'이다. 그러기에 19세기 봉건으로의 소급은 불가능하고, 20세기 현대로의 진입도 불가능하다. "來日의 暗黑의 不吉"이 종생(終生)에의 징후라는 것은 분명해 보인다. 결국 "滿二十六歲와 三十個月"(「終生記」)의 생애는 "마이나스에서 0으로 到達하는 級數運動의 時間的現像"(「無題」)이었던 셈이다.

5. 결론—기교와 절망의 환유

　지금까지 우리는 이상 시에 나타난 시간의식을 크게 세 가지 층위로 분별하여 살펴보았다. 첫째, 주체의 속도조절을 통한 과거로의 소급운동. 둘째, '시각의 이름'의 명명을 통한 '時間方向留任問題'의 해결. 셋째, 아버지의 요구의 부정을 통한 미래에의 개시. 이를 통해 우리는 이상의 독특한 시간관이 현재로부터 벗어나려는 탈주의 욕망에서 추동되고 있음을 확인할 수 있었다. 그러나 중첩된 시간과 회귀하는 시간은 주체와 우주의 기원에 대한 탐색의 실패를 노정하고, 타자와의 결합을 통한 새로운 탄생의 불가능을 고지한다.

　여기서 우리는 이상 시작술의 원리로서 '대칭성'이 시간이라는 수직적 층위에서도 작동하고 있음을 확인하게 된다. 공간이라는 수평적 층위의 대칭성, 곧 '거울'을 매개로 한 주체 내부의 대칭성과 '집'을 매개로 한 주체와 타자('나'와 '아내')의 대칭 구조는, 수직적 층위에서의 '아버지 −나'와 '나−자식'의 대칭 구조와 대응하고 있는 것이다. 여기에는 현재를 대칭선으로 하는 과거와 미래의 대칭이 내재하는데, 이는 과거로의 소급운동과 미래로의 투기가 현재에서 벗어나려는 탈주 욕망에 의해 추동되고 있음을 암시한다. "19세기와 20세기의 틈사구니"는 이러한 시간의 대칭성을 표현한다.

　이상은 "절망이 기교를 낳고 기교 때문에 또 절망한다"고 선언한 바 있다. 시간의 대칭성은 이상의 '절망'과 '기교'의 함수 관계를 나타낸다. 다시 말해, 과거의 소급운동과 미래 시간으로의 투기는 현재의 '절망'에서 벗어나려는 '기교'의 운동을 창안하지만, 그것은 궁극적으로 '나'의 죽음의 내면화라는 '절망'으로 귀착되고 마는 것이다. 결국 이상의 시간 의식은 '절망→기교'와 '기교→절망'이라는 환유적 대칭 운동의 한 양상으로 볼 수 있다.

'가외가街外街'와 '인외인人外人'*

이상(李箱)의 시 「가외가전(街外街傳)」(1936)에 나타난 일제강점기의 공간 정치와 주체 분할의 이미지들

신형철

1. 의미심장한 누락의 역사 ― 왜 「가외가전」인가?

이상의 모든 시가 대체로 난해하지만 그중에서도 가장 난해한 시를 한 편 꼽으라면 「가외가전」을 지목할 연구자가 많을 것이다. 실은 한국시사 전체를 통틀어 가장 종잡을 수 없는 텍스트 중 하나라고 해도 과언이 아 닐 정도다.[1] 이상이 자신의 문학적 동지이자 경쟁자로 인식했던 '구인회' 소속 문인들의 합동작품집인 『시와 소설』 첫 호(이자 마지막 호)에 이 작품

---

* 이 글은 조선대학교 인문학연구원, 『인문학연구』 제50집(2015.8.)에 게재된 논문을 부 제 등을 포함하여 일부 수정한 것임.

1 이와 맞먹을 만한 시를 이상의 시가 아닌 것 중에서 고르라고 한다면 정지용의 「유선애상 (流線哀傷)」은 그 유력한 후보 중 하나가 될 것이다. 「가외가전」과 「유선애상」은 구인회 기관지 『시와 소설』 1호(1936.3)에 함께 실렸다. 『시와 소설』이 제한된 독자를 대상으로 발간된 동인지였으니만큼, 이 작품들에서 정지용과 이상은 자신들의 어떤 미학적 기질 중 하나를 극단적으로 밀어 붙여본 것이었으리라 짐작해 볼 수 있다.

을 실었다는 사실은 그에게 「가외가전」이 갖는 의미를 짐작할 수 있게 해주거니와, 한 회고에 따르면 실제로 이상은 이 작품에 상당한 자신감을 드러낸 것으로 돼 있다.[2] 그런데 이상을 대상으로 쓰인 저 수많은 논문과 저서들 중에서 「가외가전」에 대한 '자세히 읽기'(close reading)를 시도한 경우가 다섯 손가락 안에 꼽힐 정도 드물다는 사실은 놀랄 만한 일이다. 아니, 놀랄만한 것은 「가외가전」의 난해성이지, 많은 연구자들이 이 난해한 작품 앞에서 어찌할 바를 몰라 그냥 무시해버리고 만 것은 별로 놀랄만한 일이 아닐지도 모르겠다. 전체가 6연으로 돼 있는데, 1연은 다른 연에 비해 지나치게 길고 6연은 어색하게도 줄 바꿈 된 두 단락으로 이루어져 있다. 인쇄 과정에서 실수가 있었던 것은 아닌지 의심스러울 정도로 이상의 작품치고는 구조적 균형이 흐트러져 있는 편이다. 일단 전문을 옮긴다.[3]

훤조(喧噪시끄럽게 떠듦) 때문에 마멸(磨滅)되는 몸이다. 모두 소년이라고들 그러는데 노야(老爺노인)인 기색이 많다. 혹형(酷刑)에 씻기워서 산반(算盤주판)알처럼 자격(資格) 너머로 튀어 오르기 쉽다. 그러니까 육교 위에서 또 하나의 편안한 대륙을 내려다보고 근근이 산다. 동갑네가 시시거리며 떼를 지어 답교(踏橋)한다. 그렇지 않아도 육교는 또 월광(月光)으로 충분히 천칭(天秤)처럼 제 무게

---

2 "이번에 쓴 시 「가외가전」은 진실로 주옥같은 시요. 박 형 읽어보면 놀랄게요." 조용만, 「이상 시대, 젊은 예술가들의 초상」, 1987; 김유중·김주현 편,『그리운 그 이름, 이상』, 지식산업사, 2004, 336쪽; 조용만(1909~1995)은 구인회 멤버 중 하나였다.
3 전달과 논의의 편의를 위해 1) 표기를 모두 한글로 하되 한자를 병기하고 필요할 경우 뜻풀이를 달았으며, 2) 원문에는 무시돼 있는 띄어쓰기를 했고, 3) 표기법도 현대식으로 교정했다.『시와 소설』에 발표된 원문은 상허문학회,『근대문학과 구인회』(깊은샘, 1996)에 부록으로 수록돼 있다.

에 끄덕인다. 타인의 그림자는 우선 넓다. 미미한 그림자들이 얼떨김에 모조리 앉아버린다. 앵도가 진다. 종자(種子)도 연멸(煙滅)한다. 정탐(偵探)도 흐지부지—있어야 옳을 박수가 어째서 없느냐. 아마 아버지를 반역한가 싶다. 묵묵히—기도(企圖)를 봉쇄한 체 하고 말을 하면 사투리다. 아니—이 무언(無言)이 훤조의 사투리리라. 쏟으려는 노릇—날카로운 신단(身端^{몸의 끝})이 성성한 육교 그 중 심(甚)한 구석을 진단하듯 어루만지기만 한다. 나날이 썩으면서 가르치는 지향(指向)으로 기적(奇蹟)히 골목이 뚫렸다. 썩는 것들이 낙차(落差)나며 골목으로 몰린다. 골목 안에는 치사(侈奢)스러워보이는^{사치스러워보이는} 문이 있다. 문 안에는 금니가 있다. 금니 안에는 추잡한 혀가 달린 폐환(肺患)이 있다. 오—오—. 들어가면 나오지 못하는 타입^{type} 깊이가 장부(臟腑)를 닮는다. 그 위로 짝 바뀐 구두가 비철거린다. 어느 균이 어느 아랫배를 앓게 하는 것이다. 질다.

반추(反芻)한다. 노파(老婆)니까. 맞은편 평활(平滑)한 유리 위에 해소된 정체(政體)를 도포(塗布^{칠하기})한 졸음 오는 혜택이 뜬다. 꿈—꿈—꿈을 짓밟는 허망한 노역—이 세기의 곤비(困憊^{고달픔})와 살기(殺氣)가 바둑판처럼 널리 깔렸다. 먹어야 사는 입술이 악의(惡意)로 꾸긴 진창 위에서 슬며시 식사 흉내를 낸다. 아들—여러 아들—노파의 결혼을 걸어차는 여러 아들들의 육중한 구두—구두 바닥의 징이다.

층단(層段)을 몇벌이고 아래도[4] 내려가면 갈수록 우물이 드물다. 좀 지각해서는 텁텁한 바람이 불고—하면 학생들의 지도(地圖)가 요일마다 채색을 고친다. 객지에서 도리(道理) 없어 다수굿하던 지붕들이 어물어물한다. 즉 이 취락

---

[4] '아래로'의 오기로 보는 의견이 있으며 그렇게 간주하는 것이 문맥상 적절해 보인다.

(聚落)은 바로 여드름 돋는 계절이래서 으쓱거리다 잠꼬대 위에 더운 물을 붓기도 한다. 갈(渴)―이 갈 때문에 견디지 못하겠다.

태고의 호수 바탕이던 지적(地積)이 짜다. 막(幕)을 버틴 기둥이 습(濕)해 들어온다. 구름이 근경(近境)에 오지 않고 오락(娛樂) 없는 공기 속에서 가끔 편도선들을 앓는다. 화폐의 스캔들―발처럼 생긴 손이 염치없이 노야의 고통하는 손을 잡는다.

눈에 뜨이지 않는 폭군이 잠입하였다는 소문이 있다. 아기들이 번번이 애총이 되고 한다. 어디로 피해야 저 어른 구두와 어른 구두가 맞부딪는 꼴을 안 볼 수 있으랴. 한창 급한 시각이면 가가호호(家家戶戶)들이 한데 어우러져서 멀리 포성(砲聲)과 시반(屍班)이 제법 은은하다.

여기 있는 것들은 모두가 그 방대한 방을 쓸어 생긴 답답한 쓰레기다. 낙뢰(落雷) 심한 그 방대한 방 안에는 어디로선가 질식한 비둘기만한 까마귀 한 마리가 날아 들어왔다. 그러니까 강하던 것들이 역마(疫馬) 잡듯 픽픽 쓰러지면서 방은 금시 폭발할 만큼 정결하다. 반대로 여기 있는 것들은 통 요사이의 쓰레기다.

간다. 「손자(孫子)」도 탑재한 객차가 방을 피하나 보다. 속기(速記)를 펴놓은 상궤(床几) 위에 알뜰한 접시가 있고 접시 위에 삶은 계란 한 개―포크로 터뜨린 노른자 위 겨드랑에서 난데없이 부화하는 훈장(勳章)형 조류(鳥類)―푸드덕거리는 바람에 방안지(方眼紙)가 찢어지고 빙원(氷原) 위에 좌표 잃은 부첩(符牒) 떼가 난무한다. 권연(卷煙)에 피가 묻고 그날 밤에 유곽도 탔다. 번식한 고 거짓 천사들이 하늘을 가리고 온대(溫帶)로 건넌다. 그러나 여기 있는 것들은 뜨뜻해

지면서 한꺼번에 들떠든다. 들끓으며 떠든다 방대한 방은 속으로 곪아서 벽지가 가렵다. 쓰레기가 막 불ㅅ는다. 불어난다.

이어령과 임종국에 이어 세 번째로 『이상문학전집 1 — 시』(문학사상사, 1989)의 편찬에 참여한 이승훈의 주석들은 이상의 텍스트를 그의 결핵 병력과 도착적인 성적 강박의 산물로 이해했던 시대의 분위기를 어느 정도 반영하고 있다는 단점이 있기는 하지만, 적어도 「가외가전」에 대한 그의 주석만큼은 매우 논리적이고 합리적인 편에 속한다. 그는 이 시가 전반적으로 "거리의 풍경"을 묘사하고 있다고 보면서 이 시를 끌고 가는 화자를 실제로는 젊지만 자신이 늙었다고 생각하는 폐결핵에 걸린 (즉, 실제 이상과 대동소이한) 남자로 파악하고, 그 자신의 통증과 환상과 패배와 몽상을 순차적으로 노래한 시로 분석한다.[5] 이승훈의 주석에 따르면 이 시는 이상의 다른 많은 시들과 마찬가지로 내밀한 독백의 시다. 그런데 그것이 외적 현실을 지시하는 기호를 다채롭게 포함하고 있는 이 길고 복잡한 텍스트에 대한 온당한 대접인지는 의문의 여지가 있어 보인다.

「가외가전」에 대한 최초의 본격적인 분석을 시도했다는 점에서 이경훈의 연구를 짚고 넘어가지 않을 수 없다.[6] 이상의 작품들 간에는 상호 지시적 관계가 촘촘하게 존재하는 편인데 특히 이 점에 주목할 때 이경훈의 해석은 독창적인 결론에 도달하는 경우가 많다. 그러나 그는 각각의 작품들이 독자적으로 존립할 가능성을 충분히 인정하지 않는 경향이 있어서, '이상으로 이상을' 해석하는 순환논증에 이르거나 그의 작품을

---

5   이승훈 편, 『이상 문학 전집 1 — 시』, 문학사상사, 1989, 70~71쪽.
6   이경훈, 「「가외가전」 주석」, 『이상, 철천(徹天)의 수사학』, 소명출판, 2000 참조.

개인사로 매개 없이 환원하는 분석을 행할 때가 있다. "일단 街는 家와 의미적으로 대립된다. 이를테면 '街'는 '家外'에 있고, '家'는 '街外'에 있다. 따라서 '가외가전'이란 동일한 발음으로 반대의 것을 의미하는 서로 다른 '가'를 이용한 이상의 말놀이이다. 일상적 의미로는 '家外街'이거나 '街外家'일 터이다. 그런데 이상은 '街外街傳'이라 했다. 그리고 이 이상한 용법이야말로 이상 문학의 한 가지 핵심을 보이는 것이다. 이는 이 두 가지 '가'를 여자와 관련시켰을 때 가장 잘 이해된다. 즉 '街'의 경우는 거리의 여자(=창녀)이고, '家'는 집사람(=아내)이 될 것이다."[7](강조는 인용자) 이런 관점 하에서 이경훈은 「가외가전」을 "매춘의 장면을 다양한 방식으로 왜곡한 작품"[8]이라고 단언한다. 그러나 인용한 문장에서 "따라서"와 "즉"의 전후에는 논리의 비약이 있다는 점을 부정할 수가 없다. 애초에 설정된 이런 전제가 다소 자의적이어서 최종 결론 역시 받아들이기가 어렵다.

가장 최근에 출간된 『이상전집』의 편찬자이기도 한 권영민 역시 「가외가전」에 대한 꼼꼼한 해석을 시도한 바 있다.[9] 그는 이 시의 첫 구절인 "훤조(喧噪) 때문에 마멸(磨滅)되는 몸이다"에 대해 다음과 같은 독특한 해석을 제시한다. "'훤조'라는 단어는 말하는 기능과 관련되는 것이므로 이것을 인간의 입과 연관시켜 생각해 볼 수 있다. 그리고 입 가운데에서 조음 기관으로서 '마모'가 되는 것이 무엇인지를 생각해야 한다. 여기서 유추해낼 수 있는 것이 바로 입 안에 있는 '치아'이다. 여기서 문장의 주

---

7 위의 책, 248~9쪽.
8 위의 책, 257쪽.
9 권영민, 「병적 나르시시즘 혹은 고통의 미학」, 『이상 텍스트 연구—이상을 다시 묻다』, 뿔, 2009.

체를 '치아'라고 하면 문맥이 자연스럽게 이어진다."[10] 이것은 텍스트가 제공하는 정보를 포괄적으로 종합하여 내린 해석이라기보다는 작품의 핵심을 꿰뚫는 일종의 착상을 제시한 것으로 보이는데, 비록 흥미롭기는 하나, 이 착상을 시 전체에 관철시키려는 의지가 앞선 나머지 결국 그의 해석은 이 시를 호흡기관에 대한 유사–의학적 묘사로 만드는 데 이른다. "이 작품에서처럼 인간의 호흡기관의 구조와 기능을 병적인 것과 결부시켜 시로 그려낸다는 것은 매우 그로테스크한 취향에 속하는 일이지만, 이 작품이 시인 자신의 병환과 관련된 병적 나르시시즘의 산물이라는 점을 부인할 수 없다."[11] 이상이 결핵 환자였다는 사실에 지나친 주의를 기울인 나머지 연구자 자신도 스스로 받아들이기 힘든 해석에 도달한 경우가 아닌가 한다.

「가외가전」에 대한 이경훈과 권영민의 알레고리적 독해는 유독 이상 연구사에서 자주 발견되는 종류의 것이다. 이상의 작품을 연구하는 일은 곧 이상이라는 인간의 비밀을 파헤치는 작업이라는 식의 관점이 널리 공유되고 있는 것 같다. 그의 비밀 하나를 파악했다 여겨지는 순간 그의 난해한 작품들은 '바로 그' 비밀과 연관돼 있는 것처럼 보이기 시작한다. 그래서 연구자가 스스로 설정한 프레임에 지나친 확신을 가지게 되어 작품을 되레 그 프레임 속으로 밀어 넣는 일이 벌어진다. 이런 독법의 가장 큰 문제는 시를 일종의 '수수께끼'로, 즉 '하나가 풀리면 전부가 다 풀리는' 텍스트로 만든다는 데 있다. 그러나 「가외가전」이라는 시가 '매춘'과 '호흡기관'에 대한 집요한 반복 서술을 암호화해놓은 것이라면 다음

---

10 위의 책, 88쪽.
11 위의 책, 95쪽.

과 같은 반문을 피할 수 없을 것이다. '이상은 도대체 왜 이런 글을 썼는가?' '이것은 어째서 문학 작품인가?' 그와 같은 독법에 따르면 이상의 작품은 풀기 어려운 수수께끼를 제시하여 독자를 희롱하기 위해 제작된 것이 되고 만다. 한 두 작품을 그런 목적으로 쓸 수는 있어도 평생 독자를 희롱하기 위해 시와 소설을 쓰는 사람은 없을 것이다. 결과적으로 이런 독법은 이상을 이해할 수 없는 사람으로, 그가 쓴 것들을 '정교하지만 시시한' 것으로 만들고 만다.

희귀할 정도로 다른 입장을 취한 연구가 있다. 자주 인용되지는 않지만 도발적이라고 해야 할 정도로 독창적인 자신의 이상 연구서에서 이보영은 「가외가전」을 이상의 최고 걸작 중 하나로 높이 평가한다.[12] 이상이 「가외가전」에 와서야 그 이전까지 대다수 작품의 모티브였던 개인적인 관심사를 비(非)개인화하여 "수준 높은 문명 비판의 차원으로" 끌어올렸다는 것이 그의 평가다. 이상의 소설에 대해서는 사정이 나은 편이지만, 그의 시를 논하는 글에서 이와 같은 평가가 행해진 연구를 찾는 것은 쉬운 일이 아니다. 특히 「가외가전」에 그러한 현실 지시적 요소가 있음을 알아보고 그런 점에서 이 시가 이상 작품 목록 중에서도 이례적인 깊이를 갖고 있는 작품임을 최초로 논증했다는 점에서 이보영의 연구는 결정적인 것이라고 할 만하다. 그러나 이보영 역시 「가외가전」의 도입부는 "건전한 시민의 눈살을 찌푸리게 할 추괴(醜怪)하면서도 우스운 성적 환상의 표현"[13]일 뿐이라고 해석하면서 기존 연구의 어떤 습관을 반복하고 마는데, 그러면서 그는 이상에게 "왜 이상은 말세적 사건에 괴기한 성

---

12 이보영, 「불행한 트릭스터의 공헌―「가외가전」」, 『이상의 세계』, 금문서적, 1998, 12장.
13 위의 책, 350쪽.

적 망상을 굳이 잠입시켜야 했을까?"[14]라는 질문을 던진다. 뒤에서 보겠지만 「가외가전」은 제 도입부를 '성적 환상'으로 해석하지 않을 수 없게 강요하고 있지 않다. 꾸준히 반복되어온 성(性)-환원적 해석은 오히려 연구자들의 반복강박에 가까워 보인다.

보다시피 「가외가전」은 기존 이상 연구들이 보여 온 어떤 편향의 정체를 따져볼 수 있게 하는 시금석과 같은 작품이다. 리얼리즘과 모더니즘이라는 대당 구도의 지배를 받아온 탓에 기왕의 연구들은 '모더니스트' 이상이 쓴 텍스트의 '현실 재현적' 혹은 '현실 비판적' 요소에 대해서는 큰 관심을 갖지 않았다. 그의 '재현의 대상'은 결핵 병력과 경성 풍물과 연애 비화에 한정돼 있는 사소하고 개인적인 것들로 폄하되었고, 그 대신 그의 자기반영적 글쓰기가 '구성의 원리' 층위에서 보여준 현란한 활력은 동시대의 다른 텍스트들을 압도하는 것으로 평가됐다. 이런 편향적 평가가 반복되면서 생겨난 선입견 때문에 「가외가전」처럼 현실에 대한 비판적 지시 기능을 숨기고 있는 작품은 논의에서 소외되는 현상이 벌어지고 말았다. 지난 수십 년 동안 우리는 이상이 1930년대의 정치적·사회적 현실을 어떻게 재현했으며 식민권력의 테크놀로지와 어떤 긴장 관계 속에서 창작 활동을 했는지 아직 충분히 탐구하지 못했다.

---

14 위의 책, 343~4쪽.

2. "이 세기의 곤비(困憊)와 살기(殺氣)"

— 「가외가전」의 역사철학적 배경

최근 연구들과 함께 출발해야 할 것이다. 신범순은 이상 문학의 핵심 소재 중 하나가 '거리'라고 지적하면서 「가외가전」에 대해서도 여러 차례 언급했는데, 눈여겨봐야 할 것은 이 시의 거리가 이상 개인의 고립된 경험 공간이 아니라 당대의 역사적·사회적 맥락 속에서 이해되어야 할 공간임을 그가 부단히 강조한다는 점이다. 1930년대 거리풍경의 두 측면을 그는 다음과 같이 요약한다. "하나는 일본이 조선에 쏟아 부은 물품들의 전시장, 즉 소비시장의 측면이고, 다른 하나는 그들이 식민지적으로 구축한 왜곡된 자본주의 체계 속에서 살아남기 위해 서로 갈등하고 투쟁하는 측면이다. 그것은 다원주의적인 양육강식의 살벌한 풍경이다. 거리의 소음은 이 두 가지 측면을 모두 포함하고 있다."[15] 즉 거리는 유혹의 공간이자 전쟁의 공간이라는 것, 그래서 「가외가전」을 포함하여 거리를 소재로 쓰인 이상의 시는 다음 사실에 유의해서 읽힐 필요가 있다는 것이다. "이상이 대도시 도로에서 이러한 전쟁터 이미지와 성적인 이미지를 함께 다루고 있다는 것은 그래서 주목할 만한 것이다."[16] 함돈균의 최근 연구 역시 이 시에서 거리의 풍경과 육체에 대한 묘사가 계속 겹쳐진다는 점에 일단 주목하였고, 또 이 시에서 "금니", "화폐", "균", "폭군" 등의 이미지들이 하나의 계열을 이루고 있다는 점을 눈여겨보았다.

---

15 신범순, 『이상 문학 연구—불과 홍수의 달』, 지식과교양, 2013, 457쪽.
16 위의 책, 467쪽.

그의 결론은 이렇다. "결국 이 텍스트는 거리의 병을 신체의 질병과 동일시하면서 그 병의 핵심에 물신적(화폐교환가치) 세계의 타락상이 있다는 사실을 주체의 신체적 감각을 통해 지각하고 있는 시라고 짐작해볼 수 있는 것이다."[17]

　신범순과 함돈균을 통해 더 분명해진 것은 요컨대 「가외가전」의 거리는 개인적이고 추상적인 어떤 곳이 아니라는 점이다. 그것은 바로 1930년대 경성의 그것이다. 그리고 그곳은 '전쟁'의 거리이자 '질병'의 거리이다. 이 연구들의 연장선상에서 「가외가전」에 담겨 있는 '도시'와 '인간'의 풍경에 대해 몇 개의 주석을 더해 보려고 한다. 두 가지 점에 특히 주의를 기울일 것이다. 하나는 이 시 안에 구불구불하게나마 어떤 서사가 잠재돼 있다고 보고 그것을 좀 더 또렷하게 정리해보겠다는 것인데, 이는 이 시에 '전(傳)'이라는 제목이 붙어 있음을 간과할 수 없기 때문에 내린 판단이다. 다른 하나는 이 서사를 더 잘 이해할 수 있게 해주는 배경 지식에 대한 것인데, 우리는 이 시가 당시 일제의 '도시화 정책'이 낳은 결과와 밀접한 관련이 있다는 점을 논증할 것이다. 이 시 자체가 '전(傳)'이므로 이하의 논의에서는 운문에서 산문으로의 패러프레이즈가 큰 비중을 차지할 수밖에 없다.

　　[1] 훤조(喧噪) 때문에 마멸되는 몸이다. 모두 소년이라고들 그러는데 노야(老爺)인 기색이 많다. 혹형(酷刑)에 씻기워서 산반(算盤)알처럼 자격 너머로 튀어

17　함돈균, 「시의 정치화와 시적인 것의 정치성 – 임화의 「네 거리의 순이」와 이상의 「가외가전」에 나타난 시적 주체(화자) 유형에 대한 해석을 중심으로」, 원광대 인문학연구소 『열린정신 인문학연구』 제12집 제1호, 2011.6.

오르기 쉽다. 그러니까 육교 위에서 또 하나의 편안한 대륙을 내려다보고 근근이 산다. 동갑네가 시시거리며 떼를 지어 답교(踏橋)한다. 그렇지 않아도 육교는 또 월광으로 충분히 천칭(天秤)처럼 제 무게에 끄덕인다. 타인의 그림자는 우선 넓다. 미미한 그림자들이 얼떨김에 모조리 앉아버린다. 앵도가 진다. 종자(種子)도 연멸(煙滅)한다. 정탐도 흐지부지―있어야 옳을 박수가 어째서 없느냐. 아마 아버지를 반역한가 싶다. 묵묵히―기도(企圖)를 봉쇄한 체 하고 말을 하면 사투리다. 아니―이 무언(無言)이 훤조의 사투리리라. 쏟으려는 노릇―날카로운 신단(身端)이 성성한 육교 그 중 심(甚)한 구석을 진단하듯 어루만지기만 한다. 나날이 썩으면서 가르치는 지향(指向)으로 기적(奇蹟)히 골목이 뚫렸다. 썩는 것들이 낙차(落差)나며 골목으로 몰린다. 골목 안에는 치사(侈奢)스러워보이는 문이 있다. 문 안에는 금니가 있다. 금니 안에는 추잡한 혀가 달린 폐환(肺患)이 있다. 오―오―. 들어가면 나오지 못하는 타입 깊이가 장부(臟腑)를 닮는다. 그 위로 짝 바뀐 구두가 비칠거린다. 어느 균이 어느 아랫배를 앓게 하는 것이다. 질다.

시끌벅적함 때문에 몸이 닳아가는 한 사람이 있다. 어느 정도인가 하면, 남들에게 듣기로는 아직 소년이라고 하는데 외모는 노인("노야")처럼 보일 정도다. 시끌벅적함을 견디는 일은 "혹형"에 가까운 일이어서 그러다 보면 소년의 자격을 잃는 일("자격 너머로 튀어 오르기")이 생긴다는 것이다.[18] 이 '늙은 소년'은 지금 어디에 와 있는가. 온종일 시끄럽기 그지없

---

18 이승훈은 "가혹한 형벌에 시달렸기 때문에 '소년'의 자격을 넘어 '노야'가 되기 쉽다는 말"이라고 적절하게 풀이했는데, 여기에 덧붙여 "이러한 '나'의 비약을 '산반알', 곧 주판알로 비유한 것은 내적 필연성이 있다. 나이는 수로 헤아리는 것이기 때문이다"라고 했다. 축어적으로 충실한 주석이라고 판단되어 이를 따르기로 한다. 한편 이 시를 자본주의 하

는 이곳은 어디인가. 바로 그 답이 나온다. "그러니까 육교 위에서 또 하나의 편안한 대륙을 내려다보고 근근이 산다." 배경은 '육교'다. 수많은 사람들이 오가는, 시끌벅적한 곳이라고 할 만하다. 문맥을 보건대 소년은 어쩌다 우연히 거기에 있는 것이 아니라 매일같이 그곳에 나와 하루를 보내는 것처럼 보인다. 그곳에서 왜 소년이 "혹형"과도 같은 "훤조"로 인한 "마멸"을 견디고 있는지는 분명히 밝혀져 있지 않다. 다만 소년은 육교 아래를 딴 세상마냥 "또 하나의 편안한 대륙"인 듯 내려다보는 일로 소일한다. 세상이 "편안한 대륙"으로 보이는 것은 소년이 '불안한 공중'에 떠 있기 때문이며 소년의 심사가 편안하지 않기 때문일 것이다.

육교는 일반적인 길이 아니다. 그 명칭이 알려주듯 (물이 아니라) '땅 위에 떠 있는 다리'이며, 길이 없는 공중에 만들어 놓은 길이므로 '길 밖의 길("街外街")'이다. 소년에게 이 육교라는 '가외가'는 또래들과는 다른 삶의 '길'을 걷고 있는 자기 자신의 은유가 된다. 물론 소년이 이를 자각하고 있는지는 불확실한데, 마치 자각하게 해주겠다는 듯이, 이어지는 구절은 이렇다. "동갑네가 시시거리며 떼를 지어 답교한다." 학교에 다니는 동갑내기들의 무리를 지켜보는, 노인처럼 늙어버린 소년의 심정은 어떠할까. "월광"이 쏟아지는 시각이니 꽤 늦은 하교인 셈이다. "그렇지 않아도" 달빛의 무게로 "충분히" 흔들리고 있었던 육교는 또래들의 와자한 출현으로 더 흔들린다. 이 서정적인 묘사는 쓸쓸하다. 육교의 흔들림은

에서 상품의 운명에 대한 알레고리로 읽는 김예리의 관점도 흥미로운데 그는 "훤조 때문에 마멸되는 몸"에서 "상품 질서로 진입하여 가치를 획득함으로써 본래 사물 존재를 상실한 상품의 운명"을 읽어내고, "모두 소년이라고들 그리는데 노야인 기색이 많다"에서는 "새로운 것이 금세 낡은 것이 되는 상품의 속성"을 읽어낸다. 김예리, 「시적 주체의 탄생과 경성 아케이드의 시적 고찰―30년대 모더니즘 문학과 장 콕토 예술의 공유점에 대해서」, 『민족문학사연구』 49호, 2012.8, 283쪽.

소년의 마음의 흔들림일 것이기 때문이다. 이럴 때 "타인의 그림자"는 위압적이도록 넓어서, 소년 같은 존재의 "미미한 그림자들"은 주저앉아 버린다. 아니, 그 이상이다. "앵도가 진다. 종자(種子)도 연멸(煙滅)한다." 소년이 겪고 있는 상황은, 아직 작은 열매("앵두")에 불과한 소년이 주저 앉는 일이기를 넘어서, 소년 안에 있는 어떤 미래의 가능성("종자")조차 연기처럼 사라지는(즉, '연멸'하는) 고통스러운 일이다.

작은 소란이 끝나고 소년은 다시 혼자가 되어 있다. "정탐(偵探)도 흐지부지-있어야 옳을 박수가 어째서 없느냐" 탐정 놀이 하듯이 육교 위에서 밤의 도시를 "정탐"해 보지만 관객("박수")없는 행위는 이내 싫증이 난다. 어린 소년들에게는 언제나 관심과 애정으로 지켜보며 박수를 쳐주는 무조건적 애정의 발신자가 있어야 할 터인데 이 소년에게는 없는 것같다. 왜일까? "아마 아버지를 반역한가 싶다."[19] 지켜봐줄 사람 없으니 정탐도 흐지부지 되고 말았는데, 들어줄 사람이 없으니 말도 말이 되다 만다. "묵묵히-기도(企圖)를 봉쇄한 체 하고 말을 하면 사투리다." 시인 은 '기도(氣道)'가 더 어울릴 곳에 '기도(企圖)'를 사용했는데(오식일 가능 성도 완전히 배제할 수는 없을 것이다), "기도(企圖)를 봉쇄"했다는 애매모호 한 표현은, 소년이 자신의 말에 어떠한 의도도 담지 않고 어떠한 기대도 하지 않으면서 말을 했다는 것, 즉 마치 기도(氣道)를 막듯이 기도(企圖) 를 막고 무의미한 말을 중얼거렸다는 것을 뜻한다고 해석할 수밖에 없을

---

19 「가외가전」을 이상의 글쓰기에 대한 자의식을 암시적으로 드러낸 작품이라고 보는 하재 연은 이 대목에 이상의 자조적 진단이 담겨 있다고 해석한다. 아버지를 반역하여 박수를 받지 못했다는 것은 자신의 『오감도』 연작이 전통적인 시의 미학을 가장 극렬한 방식으 로 부정하여 대중으로부터 외면 받은 일을 우회적으로 지시하고 있다는 것이다. 이상이 이 소년의 형상에 자기 자신의 고독을 투영했다고 보는 것은 설득력이 있다. 하재연, 「이 상의 「가외가전」과 글쓰기에 관한 의식 연구」, 『비평문학』 42호, 2011.12, 475~476쪽.

것 같다. 기도가 없는, 그래서 변칙적인 말, 그것을 화자는 "사투리"라고 부른다(사투리는 표준어의 변칙이다). 소년은 이제 입을 다물어 버린 것 같다. 누구보다도 크게 소리치고 싶어서 오히려 입을 다물어 버린 것인지도 모른다. 소년의 "무언"은 "휜조"하고 싶은 마음의 변칙적 발산일 것이다. "이 무언이 휜조의 사투리리라."

이어지는 구절은 난해하다. "쏟으려는 노릇――날카로운 신단(身端)이 싱싱한 육교 그 중 심한 구석을 진단하듯 어루만지기만 한다." 문장의 뼈대는 이렇다. '소년이 무언가를 쏟아내려는 듯 어떤 행위를 한다.' 앞에서 '무언(無言)'의 소년은 아무 말도 못했으니 그가 쏟아내고 싶어 하는 것은 못다 한 내면의 말들일 것으로 짐작된다. 소년이 하는 행위는 "날카로운 신단이 싱싱한 육교 그 중 심한 구석을 진단하듯 어루만지기"이다. "신단(身端)"은 글자 그대로 풀이하면 '몸의 끝부분'인데, 이 말뜻을 아는 것만큼이나 중요한 것은 앞의 구절에 가상의 쉼표를 정확하게 찍는 일이다. "날카로운 신단이, 싱싱한 육교 그 중 심한 구석을 진단하듯 어루만지기만 한다"로 읽을 경우 "신단"은 문장의 주어가 되어 '소년의 끝부분', 즉 '손' 정도로 해석될 것이고, "날카로운 신단이 싱싱한 육교, 그 중 심한 구석을 진단하듯 어루만지기만 한다"로 읽으면 "신단"은 '육교의 끝부분'으로, 즉 '모서리'로 이해될 수 있을 것이다. 여기서 후자를 택해야 하는 이유는 "날카로운"과 "싱싱한" 사이의 상호 인력 때문이다. 날카롭기 때문에 싱싱하고 싱싱하기 때문에 날카롭다고 보는 것이 자연스럽다.[20] 결국 "날카로운 신단이 싱싱한 육교"는 '모서리들이 아직 마모되

---

20 대다수의 연구자들이 "신단"을 '소년의 끝'으로 파악하고 이를 "손이나 발"(이승훈), "손끝"(이보영), "혀의 끝"(권영민) 등으로 해석했는데, 우리는 혀는 말할 것도 없고 손과 발

지 않은 신축 육교'를 뜻할 것이다. 요컨대 소년은 못다 한 말을 하고 싶다는 듯이 날카로운 육교의 모서리를 어루만지고 있다. 육교는 '신단이 날카롭게' 싱싱하지만, 소년은 '노인처럼 보일 만큼' 피폐해 있다. 그래서 소년의 행위는 무용해 보이고 애처롭게 느껴진다.

그런데 갑자기 육교 아래쪽에서 무슨 일이 벌어진다. "나날이 썩으면서 가르치는 지향(指向)으로 기적(奇蹟)히 골목이 뚫렸다. 썩는 것들이 낙차(落差)나며 골목으로 몰린다." 없던 골목이 갑자기 생겨났다는 뜻이다. 지상에서 썩어가던 것들이 모여들던("지향"하던) 어떤 공간에서 그 힘에 못 이겨 골목이 뚫렸다. 이것이 가능한 일인가? 그래서 화자도 "기적히"라고 했다. 그 골목은 도시의 저지대로 이어지는 것처럼 보인다. "썩는 것들이 낙차(落差)나며 골목으로 몰린다", 「가외가전」은 '길 밖에 있는 길[街外街]'이 주인공인 '이야기[傳]'다. 이제 그 주인공의 형상이 '공중의 가외가'인 육교에서 '지상의 가외가'인 골목으로 바뀐 것이다. 1연의 마지막 몇 줄은 긴박해진다. 마치 줌인을 하듯, 카메라는 육교를 내려와 골목으로 진입하고, 어느 집으로 들어가 한 노파를 비추더니, 내시경처럼 그의 입 속을 거쳐 병든 폐(肺)로까지 내려간다. "골목 안에는 치사(侈奢)스러워 보이는 문이 있다. 문 안에는 금니가 있다. 금니 안에는 추잡한 혀가 달린 폐환(肺患)이 있다." 이제 육교 위 소년이 아니라 골목 안 노파의 이야기가 시작된다.[21]

이 도대체 "날카로운"이라는 말로 수식되는 것이 상식적으로 타당한지를 생각해 봐야 한다. 노인 같은 기색이 완연하다고 설명된 소년이 날카로운 손끝과 혀끝을 갖고 있다는 설정은 확실히 부자연스럽다.

21 이상이 "노파"라고 적었다면 실제 "노파"일 리가 없다는 듯이, 이 노파는 1연의 소년과 같은 인물이라는 의견도 있고(이승훈) 노파라고 해도 될 정도로 피폐한 창녀라는 의견도 있다(이보영). 그러나 전자의 경우 소년이 금니를 하고 폐병에 걸렸다는 설정이 어울리지

[2] 반추(反芻)한다. 노파니까. 맞은편 평활(平滑)한 유리 위에 해소된 정체(政體)를 도포(塗布)한 졸음 오는 혜택이 뜬다. 꿈—꿈—꿈을 짓밟는 허망한 노역(勞役)—이 세기의 곤비(困憊)와 살기(殺氣)가 바둑판처럼 널리 깔렸다. 먹어야 사는 입술이 악의(惡意)로 꾸긴 진창 위에서 슬며시 식사 흉내를 낸다. 아들—여러 아들—노파의 결혼을 걷어차는 여러 아들들의 육중한 구두—구두 바닥의 징이다.

폐병에 걸린 노인이 지나간 일을 "반추"하며 시간을 보내는 것은 이상한 일이 아니다. 그런데 이어지는 구절이 다시 한 번 난해하다. "맞은편 평활(平滑)한 유리 위에 해소된 정체(政體)를 도포(塗布)한 졸음 오는 혜택이 뜬다." 노파가 있는 곳 맞은편에는 '평활하다'는 수식어가 군이 필요할 만큼 큰 유리가 있고 지금 거기에 무엇인가가 뜬다. "뜬다"라는 서술어가 어울리는 대상이자 "졸음 오는 혜택"으로 은유될 만한 것은 아무래도 태양이라고 보는 편이 자연스럽다. 햇볕이 "혜택"처럼 내리쬐고 있어 노파는 지금 졸리다. 그런데 여기서 이상은 '온 세상을 뒤 덮는' 햇볕 정도로 쓰면 될 대목에서 기이하게도 "해소된 정체를 도포한" 햇볕이라고 적었다. 독자를 일순 긴장하게 만드는 이 대목에 그동안 아무도 주목하지 않았다는 것은 좀 놀라운 일이다.[22] 여기서 '정체(政體)'를 '국가의 조직 형태' 혹은 '통치권의 운용 형식'이라는 사전적 의미와 다르게 해

않으며 후자의 경우 적어도 지금까지의 맥락에서는 갑자기 '창녀'가 등장해야 할 어떠한 이유도 찾기 어렵다.

[22] 이승훈은 "政體"를 "통치 권력의 운용형식"이라고 뜻풀이를 해놓았을 뿐 이 어구의 의미를 묻지 않았고, 이보영은 "정체(政體)"를 '정체(正體)'로 잘못 읽어 "'정체'는 노파의 정체"라는 동어반복의 주석을 달았으며, 권영민은 이 대목을 언급하지 않았다.

석해야 될 어떠한 이유도 없다. "해소된 정체"란 좁게는 1897년 10월 12일에서 1910년 8월 29일까지 존재하다 사라진 '대한제국'을 가리키는 것이고, 넓게는 조선의 역사 전체를 가리키는 것으로 볼 여지가 있다. 그렇다면 이상이 쓴 저 구절은 이렇게 패러프레이즈될 수 있다. '식민지 뒷골목 어느 유리에 내리쬐는 햇볕은 이제는 해소되어버린 국가체제를 그 위에 도료를 칠하듯 뒤덮고 있으니 이 햇볕을 받으며 졸고 있는 식민지인들은 복되도다.'

이제부터 이상의 문장들은 좀 더 노골적인 것이 되어간다. "꿈─꿈─꿈을 짓밟는 허망한 노역(勞役)─이 세기의 곤비(困憊)와 살기(殺氣)가 바둑판처럼 널리 깔렸다." 노파에 대한 이야기만이 아니다. 이상은 "이 세기의 곤비와 살기"라는 다소 직접적인 어구를 통해 20세기 초입에 일본에 병합된 조선인들이 경험하는 중인 대표적인 두 감정이 피로("곤비")와 분노("살기")일 것임을 말하면서, 그 감정이 바둑판처럼 빈 틈 없이 깔려 있는 이 땅의 식민지인들은 그들 자신의 꿈을 스스로 짓밟는 "허망한 노역"에 시달리고 있다고 꼬집는다. 그러나 먹어야 살 수 있으니 노파는 "악의로 꾸긴(꾸겨진)" 진창 같은 식민지 땅에서 "식사 흉내"라도 내지 않을 수 없다. 그런데 그게 또 쉽지가 않다. "아들─여러 아들─노파의 결혼을 걷어차는 여러 아들들의 육중한 구두─구두 바닥의 징이다." 이 구절이 또 한 번 독자를 당혹스럽게 하는 것처럼 보이는데, 그러나 이 경우에도 문제를 해결하는 가장 간단한 방법은 그것을 문제로 간주하지 않는 것이다. "노파"와 "결혼"과 "아들"을 그것이 아닌 다른 무엇으로 만들려고 노력할 필요가 없다는 뜻이다. 노모의 개가(改嫁)를 (심리적인 이유로건 경제적인 이유로건) 마뜩찮아 하는 아들들의 행패("구두 바닥의 징")를 떠올려 보는 일은 특별히 기괴한 상상력이 필요한 일이 아니다. 이 상황의 핵심은 여하튼 상황을 개선해 보려는 노력이 짓밟힌다는 점에 있을 것이다. 이럴 때 노파가 느낀 감정 역시 "곤비와 살기"일 수밖에 없다. 육교 위의 소년에서 골목 안의 노파에 이르기까지, '길 바깥의 길'에서 살아가는 이 비극적 존재들의 모습을 식민지 조선의 은유적 표상으로 보아도 무리는 아닐 것이다.

3. '가외가(街外街)'와 '인외인(人外人)'

—식민지 경성 도시화 정책 비판

'육교'에서 '골목'으로 이동했으니 이제는 어디로 가는가? "이상의 주인공이 보다 넓은 장소에서 차례로 좁은 장소로 연이어 들어가는 경향을 작품에서 보여주곤 한 것은 잘 알려진 사실이다. (⋯중략⋯) 그것은 상자 속의 상자, 또 그 상자 속의 보다 작은 상자에 대한 관심의 나타남이요, 인간의 무의식 세계에 대한 호기심과 탐구욕의 대상이어서 쉬르리얼리스트의 각별한 관심거리였다. 「가외가전」의 경우도 성적 의미가 짙은, 공간 축소 지향의 결과가 그 '골목'이다."[23] 이 논평은 마지막 문장을 제외한다면 거의 동의할 수 있다. 「가외가전」에서 공간의 이동은 이 시의

---

23 이보영, 앞의 책, 340~341쪽.

가장 중요한 구성 원리이지만 거기에 성적인 뉘앙스를 찾아내는 것은 별로 도움이 되지 않아 보인다. 다시 말하지만 이 시의 제목은 '가외가전'이며 '전(傳)'의 본래 취지를 생각한다면 이 시는 '가외가'(에서 살아가는 사람들)의 '삶'을 이야기하는 작품으로 의도된 것이라 해야 할 것이다. 식민지 조선에서 '길 밖의 길'이라 할 만한 배제와 소외의 공간은 당연하게도 한두 군데가 아닐 텐데, 이 시에 나타나는 공간의 이동은 '가외가'의 '삶'의 여러 국면을 보여주기 위한 것으로 볼 수 있을 것이다. '육교'에서 '골목'을 거쳐 세 번째 등장하는 장소는 '우물'이다.

> [3] 층단(層段)을 몇 번이고 아래로[아래로] 내려가면 갈수록 우물이 드물다. 좀 지각해서는 텁텁한 바람이 불고―하면 학생들의 지도(地圖)가 요일마다 채색(彩色)을 고친다. 객지에서 도리(道理) 없어 다수굿하던[다소곳하던] 지붕들이 어물어물한다. 즉 이 취락(聚落)은 바로 여드름 돋는 계절이래서 으쓱거리다 잠꼬대 위에 더운 물을 붓기도 한다. 갈(渴)―이 갈 때문에 견디지 못하겠다.

1연에서도 "썩어가는 것들이 낙차나며 골목으로" 몰리는 장면을 근거로 육교 이후 이 시의 배경이 되는 곳은 도심의 저지대일 것이라고 짐작한 바 있지만, 이제 3연의 배경이 되는 장소는 계단을 통해 더 내려가야 하는 곳이다. 저지대로 내려갈수록 우물이 드물다는 것. 이런 곳에서라면 물 쟁탈전이 벌어질 공산이 크다. "지각"을 해서 "텁텁한 바람"이 부는 오후쯤에나 나가면 결국 수질에 문제가 있는 물을 얻을 수밖에 없는 실정이다. 이후에 나오는 세 구절, 학생들의 지도 색깔이 날마다 바뀐다는 것, 지붕들이 어물어물 움직인다는 것, 잠꼬대를 하는 사람에게 더운

물을 붓는다는 것 등은 이 열악한 "취락"에서 특유하게 나타나는 현상을 표현한 것으로 짐작되지만 정확히 무엇을 뜻하는 구절인지 단정하기는 어렵다. 그러나 설사 이 세 구절에 대한 해석이 연구자에 따라 달라진다 하더라도 3연의 첫 문장("…… 우물이 드물다")과 마지막 문장("이 갈 때문에 견디지 못하겠다")은 해석이 필요 없을 정도로 분명하기 때문에 이 대목의 골자가 무엇인지는 다음과 같이 확정할 수 있을 것이다. '이곳에서는 우물이 부족하여 모두들 갈증을 참느라 고통스러운 나날을 보내고 있다.'

여기서 확인해 둘 것은 왜 우물이 문제가 되고 있는가 하는 점이다. 「가외가전」의 후반부를 온전하게 읽어내기 위해서는 '식민지 도시화' 정책의 본질과 한계를 논의할 필요가 있다. 식민지 도시화의 핵심은 경성 안에서 일본인과 조선인을 공간적으로 분리하는 것이었다. 일본인과 조선인의 거주 지역을 각각 '마치[町]'와 '동'으로 구별·명명하여 공간 분리를 가시화하였고 각종 근대문명의 혜택도 차별적으로 제공했다. "이런 구분은 야만의 조선과 문명의 일본을 같은 도시의 하늘 아래 극명하게 대비시킴으로써 일제의 식민지 지배를 정당화하려는 상징 조작의 일환이었다."[24] 이 과정에서 공간 분리의 기준이 된 것은 청계천이었는데, 청계천 남쪽 지역에 '마치'가, 북쪽 지역에는 '동'이 집중되면서, 소위 남촌과 북촌의 분리 현상이 나타난다. 이쯤에서 따져보자면 「가외가전」의 저 독특한 제목은 혹자의 지적과는 달리 무슨 말장난 같은 것이 아니라, 식민 권력의 통치 테크놀로지 혹은 공간 정치학을 간명한 이미지로 포착한 것이라고 받아들여져야 한다. 저 제목은 이 시가, '가'와 '가외가'가 강제적으로 분할되던 시기에, '가외가'의 실상을 포착하기 위한

---

24 이준식, 『일제 강점기 사회와 문화』, 역사비평사, 2014, 105쪽.

은밀한 시적 고발임을 시사하고 있는 것이 된다.

식민 권력의 통치 테크놀로지 혹은 공간 정치학을 「가외가전」을 읽기 위한 배경으로 삼을 때 특히 주목할 만한 것은 상하수도 설비와 관련된 정책들이다. 「가외가전」 3연에 등장하는 '우물'과 '갈증'의 기원이 거기 있을 것이기 때문이다. 김백영[25]의 일목요연한 정리에 따르면, 1900년 대 초반까지 조선의 물 공급원은 당연하게도 우물과 하천이었는데, 1920년에 경성을 강타한 수인성(水因性) 전염병 콜레라의 영향으로 상수도 사용 인구가 늘어나기는 했지만, 여전히 70퍼센트 이상이 우물을 이용한 것으로 돼 있다. 그런데 문제는 이 무렵부터 우물의 수질이 급속히 악화되었다는 것이었다. 일본의 하수도 정책 실패가 그 원인이었다. 하수 설비가 제대로 갖추어져있지 않을 경우 토양과 지하수가 오염되어 우물의 수질은 악화된다. 재원 부족을 이유로 청계천과 북촌의 하수 정비 사업은 언제나 우선순위에서 밀려났고, 당국의 무관심 속에 방치된 청계천과 북촌의 하수 상태는 1930년대에 최악의 상태에 도달했다. 그 결과 1933년 기준으로 경성부 내 우물 중 80퍼센트가 음용 부적합 불량 우물로 판정받기에 이른다. 그러나 우물이 오염되어도 대다수의 조선인은 사실상 상품화돼 있는 상수도를 이용할 수 없었다.

더러운 우물물을 이용하는 조선인과 깨끗한 수돗물을 이용하는 일본인, 어두침침하고 악취 나는 오물투성이 북촌과 휘황찬란하고 청결한 문명의 진열장 남촌,

---

25 김백영, 「'청결'의 제국, '불결'의 고도─식민지 위생 담론과 상하수도의 공간 정치」, 『지배와 공간─식민지도시 경성과 제국 일본』, 문학과지성사, 2009. 이하 한 단락의 내용은 이 책의 454~5쪽에 의지한 것이다.

식민지도시 경성에는 이질적인 두 가지 주체, 대조적인 두 가지 공간이 병존하고 있었다. (…중략…) 전통 시대 맑은 샘물이 넘쳐났던 서울의 자연수가 근대 초기에 접어들면서 급격한 수질 악화를 겪게 된 원인은 무엇일까? 그것은 도시화와 근대화와 식민화라는 중첩된 역사적 변화의 '자연사적 과정'으로 볼 수도 있다. 하지만 적어도 대다수 조선인에게 그 과정은 공공재인 우물의 품질이 훼손되고 필수재인 상수원에 대한 접근 자격을 박탈당하는 폭력적 과정에 다름 아니었다.[26]

식민지 도시화에 내재돼 있는 선택과 배제의 원리는 이상 식으로 말하면 '길'과 '길 밖의 길'의 분리라는 현상을 낳았기 때문이다. 공간이 두 가지 유형으로 분리되면 그 각각의 공간에는 두 유형의 존재가 분할 배치될 것이다. 요컨대 "두 가지 공간"과 "두 가지 주체"가 있었다. 선택된 공간·주체로서의 '가'와 배제된 공간·주체로서의 '가외가'가 그것이다. 이상의 관심사는 후자에 있으며, 1연과 2연에서 그것은 육교와 골목이라는 '공간', 그리고 소년과 노파라는 '주체'의 모습으로 나타났다. 육교와 골목이 '길 아닌 길'로서의 '가외가'라면, 노인 같은 소년과 폐병 걸린 노파는 주체 아닌 주체로서의 '인외인(人外人)'이라고 불러야 할지도 모르겠다. 그렇다면 3연의 경우는 어떤가. 여기서 '가'와 '가외가'의 관계를 반향하는 것은 바로 '수도'와 '우물'의 관계가 될 것이다. 그리고 이곳에 거주하는 '인외인'들이 특정한 형상으로 나타난 것은 아니지만 아마도 여럿일 그들은 이렇게 외친 바 있다. "갈(渴)―이 갈 때문에 견디지 못하겠다." 이제 4연과 5연을 한꺼번에 읽어보자.

---

26 위의 책, 467~8쪽.

태고의 호수 바탕이던 지적(地積)이 짜다. 막(幕)을 버틴 기둥이 습(濕)해 들어온다. 구름이 근경(近境)에 오지 않고 오락 없는 공기 속에서 가끔 편도선들을 앓는다. 화폐의 스캔들—발처럼 생긴 손이 염치없이 노야의 고통하는 손을 잡는다.

눈에 뜨이지 않는 폭군이 잠입하였다는 소문이 있다. 아기들이 번번이 애총이 되고 한다. 어디로 피해야 저 어른 구두와 어른 구두가 맞부딪는 꼴을 안 볼 수 있으랴. 한창 급한 시각이면 가가호호(家家戶戶)들이 한데 어우러져서 멀리 포성과 시반(屍班)이 제법 은은하다.

4연의 공간은 어디인가. 처음 두 구절이 이 공간의 특성에 대해 말한다. 오래전 호수의 밑바닥이었던 땅("지적")²⁷이어서 짠 맛이 난다는 것이고, 막을 버텨주는 기둥들이 습기 때문에 약해져 가고 있다는 것이다. 그렇다고 비가 올 조짐은 보이지 않는다는 것("구름은 근경에 오지 않고"). 그렇다면 이곳은 하천 근처일까? 더 구체적인 단서는 바로 "막(幕)"에 있다. 앞에서 경성이 일본인과 조선인의 공간으로 양분되었다는 것을 언급했지만, 식민지 도시화는 소수의 중산층 조선인들을 도시 내에 남기고 수많은 도시빈민을 외곽으로 축출하는 결과를 낳기도 했다. 일제 강점 초기에 도시로 몰려든 하층민들의 일반적인 주거 패턴은 '행랑살이'였지만, 1920년대 중반부터 행랑살이 대신에 성행하기 시작한 것은 '토막

---

27 여기서 "지적(地積)"은 '땅의 면적'이라는 본래의 사전적 뜻을 나타내기 위해 쓰인 것이라기보다는 '넓은 땅바닥' 정도로 새기는 것이 적당해 보인다. 이보영 역시 "땅의 면적이라는 일반적인 뜻으로 쓰인 것이 아니므로 문자 그대로 쌓인 흙(적토)의 뜻으로 읽어야 한다"(이보영, 앞의 책, 332쪽)라는 주석을 달았다.

살이'였다. 도시 내에서 정상적인 주거 공간을 마련하지 못한 이들이 "산비탈, 성벽, 하천 주변, 철로 주변, 다리 밑, 제방, 화장장 주변 등, 한마디로 사람이 살 수 없는 환경을 갖춘 곳"에 가마니와 나뭇가지를 활용해 토막을 짓고 살기 시작했다.[28] 스쳐가듯 나오는 "막"이라는 정보를 통해 4연이 하천 근처의 토막과 그곳에 거주하는 토막민들을 재현한 것이라고 추론해볼 수 있을 것이다.

토막민들은 형편없이 나쁜 공기 속에서("오락 없는 공기"를 글자 그대로 해석하자면 '즐길 수가 없는 공기'가 될 것이다) "편도선"을 앓고 있고, 거기서는 어쩌면 병자들("노아의 고통하는 손")을 대상으로 한 은밀한 뒷거래("화폐의 스캔들")가 성행하기도 했을 것이다. 이런 곳에서 전염병이 돌지 않는다면 그것이야말로 이상한 일이다. 기왕의 연구들이 적절하게 지적했듯이 "눈에 보이지 않는 폭군"은 이상의 것치고는 비교적 쉬운 은유로 보이는데, 아기들이 그 희생제물("애총")이 되었다고 했으니 아마도 홍역 같은 것이라고 짐작해 볼 수 있겠다.[29] "어디로 피해야 저 어른 구두와 어른 구두가 맞부딪는 꼴을 안 볼 수 있으랴"에서 "어른 구두"란 아이의 시체를 처리하느라 분주한 부모를 뜻하는 환유(換喻)일 것인데,[30] 구두들이 서로 부딪힐 정도라면 그만큼 애통한 죽음이 빈발했다는 뜻이겠다. "가

---

28 토막민에 대한 이상의 내용은 이준식, 앞의 책, 101~103쪽.

29 하재연은 이 '애총'의 이미지가 「가외가전」과 같은 해에 발표된 이상의 글 「조춘점묘─도회의 인심」에 나오는 다음과 같은 대목과 연결돼 있음을 지적한 바 있다. "상해에서는 기아를─그것도 보통 죽은 것을─흔히 쓰레기통에 한다." 하재연, 앞의 글, 480쪽.

30 이 대목에 대한 주석으로는 권영민의 것을 그대로 따를 만하다. "첫 문장은 홍역이 돌기 시작했다는 소문이 퍼지게 됨을 말한다. 어린 아기들이 홍역에 걸려 죽게 되고 '애총'은 아기들의 무덤을 뜻하는 것이다. '어른 구두와 어른 구두가 맞부딪는 꼴'이라는 표현은 '애총'을 거두기 위한 어른들의 잦은걸음을 암시하는 것으로 읽힌다."(권영민, 앞의 책, 93쪽)

가호호"를 하나로 묶는 이 공평한 역병과의 투쟁은 다음 문장에서처럼 전쟁에 비유되어도 어색하지 않을 것이다. "한창 급한 시각이면 가가호호(家家戶戶)들이 한데 어우러져서 멀리 포성과 시반(屍班)이 제법 은은하다." 이제 「가외가전」은 대단원이라는 이름이 어색하지 않은, 놀랍도록 인상적인 마지막 한 연을 남겨두고 있다.

[6] **여기** 있는 것들은 모두가 그 방대한 **방**을 쓸어 생긴 답답한 쓰레기다. 낙뢰(落雷) 심한 그 방대한 **방** 안에는 어디로선가 질식한 비둘기만한 까마귀 한 마리가 날아 들어왔다. 그러니까 강하던 것들이 역마(疫馬) 잡듯 픽픽 쓰러지면서 **방**은 금시 폭발할 만큼 정결하다. 반대로 **여기** 있는 것들은 통 요사이의 쓰레기다. 간다. 「손자(孫子)」도 탑재한 객차가 **방**을 피하나 보다. 속기(速記)를 펴놓은 상궤(床几결상) 위에 알뜰한 접시가 있고 접시 위에 삶은 계란 한 개—포크로 터뜨린 노른자 위 겨드랑에서 난데없이 부화하는 훈장(勳章)형 조류(鳥類)—푸드덕거리는 바람에 방안지(方眼紙)가 찢어지고 빙원(氷原) 위에 좌표 잃은 부첩(符牒) 떼가 난무한다. 권연(卷煙)[궐련]에 피가 묻고 그날 밤에 유곽도 탔다. 번식한 고 거짓 천사들이 하늘을 가리고 온대(溫帶)로 건넌다. 그러나 **여기** 있는 것들은 뜨뜻해지면서 한꺼번에 들떠든다. 방대한 **방**은 속으로 곪아서 벽지가 가렵다. 쓰레기가 막 불ㅅ는다[불어난다]. (강조는 인용자)

6연에서 길을 잃지 않으려면 이 연이 "방"과 "여기" 사이의 대립 구도 위에 구축돼 있다는 사실에 주목해야 할 것 같다. "방"은 어떤 곳인가. 벼락("낙뢰")이 심하게 치고('벼락 맞을'이라는 관용어를 상기할 필요가 있겠다), "까마귀"가 날아들며, 역병에 걸린 말처럼 "강한 것들"도 힘없이 쓰러지는, 그런 곳이다. 그 방을 "정결"하다고 한 것은 "폭발" 직전의 고요함을 강조하기 위한 것으로 읽힌다. 요컨대 "그 방대한 방"은 위험하고 불길하며 오염돼 있고 폭발할 것만 같은 곳이다. 그런데 중요한 것은 그 "방"에 있던 쓰레기들이 "여기"로 다 옮겨졌다는 사실에 있다. "여기"가 쓰레기장이 된 것은 "그 방대한 방" 때문이다. 그리고 그것은 최근에 일어난 일이라고 돼 있다. 보다시피 이 마지막 연에서도 '가'와 '가외가'의 구조가 발견된다. '가외가'의 공간은 '가'에서 배출된 쓰레기들이 몰려드는 곳이다. 이 쓰레기는 지그문트 바우만이 "우리 시대의 가장 괴로운 문제인 동시에 가장 철저하게 지켜지는 비밀"[31]이라고 인상적으로 표현한 바 있는, '설계의 시대'인 근대의 필연적 부산물로서의 쓰레기일 것이다. 더 구체적으로 말하면 식민지 근대의 설계의지가 기획한 '대경성'("그 방대한 방")의 어두운 이면인 쓰레기장으로서의 경성일 것이다.

경성의 '가외가'를 훑어오던 이상의 눈은 여기 6연에 이르러 이제 이 시의 가장 높은 지점에 올라 시 전체를 조감하고 있는 것처럼 보인다. 그리고 여기서 그야말로 변증법적이라고 해야 할 시선의 역전이 시도된다. 즉, '가'가 곧 '가외가'라는 것. 적어도 지금 이상이 주목하고 있는 것은 쓰레기장이 된 '가외가'의 비참한 현실이 아니다. 지금 중요한 것은 '가'의 공간("그 방대한 방") 자체가 이미 이상에게는 발전과 번영의 공간인 것이 아니라 내파될 조짐을 보이는 파국적 공간이라는 사실이다. 정신분석학적으로 말하면 '가외가'는 '가'의 증상(symptom)이라고 할 수 있을 것이다. 이어지는 6─2연의 첫 문장은 단도직입적이게도 "간다"라는 서술어로 시작되는데 이것은 의미상으로 '떠난다' 혹은 '버린다'에 가까워 보인다. 주어가 생략돼 있으니 특정할 수는 없지만 "방"의 진실을 꿰뚫

---

31   지그문트 바우만, 정일준 역, 『쓰레기가 되는 삶들』, 새물결, 2008, 58쪽.

어본 어떤 이가 파국을 예감하게 하는 전쟁터와도 같은 그곳에서 (전쟁터이니까 필요한 것으로 간주됐었을)『손자병법』을 챙겨들고 떠난다. 객차가 방을 피해 떠나는 순간을 기점으로 "방"에서는 대폭발이 일어나고, 6-1연에서 이미 예고된 그 폭발을 6-2연은 묵시록적이고 계시적인 이미지로 보여준다.

마무리 단락답게 6-2는 극히 난해하다. 걸상("상궤") 위에 속기록이 있고, "알뜰한" 접시가 있으며, 그 접시에는 삶은 계란이 하나 있다. 이 정물 배치가 흔한 것은 아닐지언정 비현실적이라고 할 수는 없을 것이다. 그러나 그 다음 대목부터 이미지들은 현실 논리를 이탈하고 시적 자유를 구가하기 시작한다. 삶은 계란을 포크로 터뜨렸더니 계란의 "겨드랑이"라고 할 만한 곳에서 "훈장" 모양의 새가 부화했다는 것, 그리고 그 새가 날갯짓을 하는 바람에 종이("방안지")가 찢어지고 서류("부첩")들이 흩날린다는 것. 삶은 계란에서 닭이 부화했다는 말 만큼 이상하지는 않을지 몰라도, 거기서 훈장의 형태를 닮은 새가 부화했다는 것도 기괴하기로는 만만치 않아 보인다. 게다가 거기에서 그치는 것이 아니라, 삶은 계란에서 날아오른 한 마리 조류 때문에 연쇄적인 사건들이 벌어진다. 누군가가 다쳤거나 죽었고("권연에 피가 묻고"), "유곽"은 타버렸으며, 지상에서 번식한 "거짓 천사"들은 떠나버렸다. 한마디로 카타스트로피(catastrophe), 즉 '대재앙'으로서의 '대단원'이다.

이 이미지들을 어떻게 해석해야 할 것인지, 도대체 해석이라는 것이 가능하기나 한 이미지인지 확신하기 어려운 가운데서도 눈여겨봐야 할 것은 "속기", "훈장", "방안지", "부첩" 같은 소재들이 갖고 있는 공통된 성격이다. 그것은 역사적·정치적 성격을 갖는 것들이고 국가기관이나 지역 관공서에서 관리하거나 사용할 만한 물품들이다. "방"에서의 파국이 현실 논리를 초월하는 환상적 이미지들로 채색돼 있기는 하지만, 동원되는 소도구 하나하나는 이렇게 현실적이고 구체적이다. 그것들은 식민통치권력의 환유들로 거기에 존재하고 있다. 그리고 중요한 것은 이전까지 등장한 그 모든 '가외가'들을 산출한, 차별과 배제의 권력-공간인 '가'("방")가 마침내 폭발한다는 것이다. 그렇다면 이와 같은 요약이 최종적으로 가능해진다. 이 시에서 이상은 자신이 경험한 식민통치의 테크놀로지가 선택과 배제의 메커니즘을 구사하고 있다는 것을 파악했고, 그로 인해 생겨나는 공간과 주체의 두 가지 유형을 이해할 수 있었으며, 그중 배제된 공간과 그 주체들의 면면을 '가외가의 이야기'라는 제목의 시에서 다루기로 결심했고, 육교와 골목과 우물가와 토막으로 짐작되는 일련의 공간들을 순례한 끝에, 이 '가외가'의 공간을 산출해낸 '가'의 운명, 즉 식민통치와 제국주의의 필연적 파국을 예감하며 이 시를 끝냈다고 말이다.[32]

---

32 신범순은 「가외가전」 전문을 대상으로 논의를 한 것은 아니지만 마지막 6연에 대해서는 다음과 같은 논평을 제시한 적이 있다. 이 시의 마지막 연을 우리는 '폭발'(권력의 내파)로 읽었는데 아래 논저의 설명은 바로 그 6연에서 모종의 해방의 열기를 간취해내고 있으니 상통하는 데가 있다고 할 것이다. "이상은 이 시의 마지막 부분에서 '거리 밖의 거리'가 무슨 뜻인지 보여주려 한다. 마지막 장면에서 책상 위에 놓인 방안지와 서류들을 뒤엎고 사방에 흩어지게 하면서 알에서 깨어난 새가 비상의 날갯짓을 한다. 여기에는 규격화된 사각형(책상과 방안지와 서류)의 틀 속에 갇히지 않고 거리의 모든 구속적인 틀을 깨고 찢어버리며 탈출하는 존재의 폭발음이 있다. 거리에서 은은히 들리는 포성과도 같은 생존 투쟁의 소음들과 이 탈출의 폭발음은 선명하게 대립하고 있다. 이상은 도시 거리의 혼란스러운 장면들을 한데 뒤범벅시켜 이러한 환몽적 풍경을 만들어낸다. 그러한 것들로부터 깨어나 새로운 존재로 변신해서 비상하려는 욕망을 새의 날갯짓으로 표현한다." 신범순, 『이상의 무한정원 삼차각 나비』, 현암사, 2007, 114~5쪽.

4. 결론을 대신하여 — 모더니즘적 '기법'과 리얼리즘적 '태도'

이상의 악명 높은 시 「가외가전(街外街傳)」은 그 난해함 때문에 오랫동안 연구에서 방치돼 왔다. 이 점에 주목하는 일은 단지 「가외가전」이라는 한 작품에 대한 주의 환기이기를 넘어서 이상 연구의 어떤 편향에 문제를 제기하는 일이기도 하다. 이상의 시가 현실 재현적 요소 혹은 현실 비판적 요소를 갖고 있다는 사실을 놓친 채, 단지 결핵 병력(病歷)과 기행(奇行)의 반영이라는 측면 혹은 모더니즘적 기법의 실험이라는 측면에서만 바라볼 경우, 「가외가전」과 같은 시는 분류하기 어려운 애매한 작품으로 남을 수밖에 없다. 본 논문은 이와 같은 문제의식 하에 「가외가전」이 식민권력의 통치 테크놀로지의 작동과 그 결과를 비판적으로 재현하고 있음을 밝히려 한 작업이다. 기존 연구에서 이상의 매매춘 체험을 기록한 시로, 혹은 병든 신체 기관을 해부하듯 들여다보는 시 등으로 읽힌 이 시는 식민지 도시화 정책의 결과로 배제된 공간('가외가')들의 이야기('전')를 들려주는 작품으로 다시 연구될 필요가 있다. 육교, 골목, 우물, 토막(土幕) 등을 순차적으로 관찰하는 이상의 시선은 그곳의 실상을 은밀하게 재현하면서 또 그곳에 거주하는 조선인들의 삶의 풍경 역시 냉정하게 관찰한다. 그를 통해 '가외가'(길 밖의 길)에 거주하는 '인외인'(인간 밖의 인간)의 형상이 드러난다. 여기에 주목함으로써 이 시는 식민권력의 '공간 정치'와 '주체 분할'의 메커니즘을 예리하게 사유한 시로 재배치될 수 있다. 「가외가전」은 이상의 모더니스트적인 '기법' 때문에 흔히 간과되었던 리얼리스트적인 '태도'에 대해 향후 더 많은 연구가 이루어질 필요가 있음을 요청하는 작품이라고 할 수 있을 것이다. 물론 「가외가전」이 이상의 다른 작품들과 수평적으로 어떤 관련을 맺고 있는지를 살펴서 이상 문학 전체에서 이 작품의 위상과 가치를 논하는 작업은 차후의 과제로 남게 될 것이다.

모나드적으로 연결된 이상李箱의 작품 세계

배현자

1. 우주론적 원리를 담아내고자 한 이상의 작품 세계

이상은 그의 첫 발표 작품인 『12월 12일』이라는 장편 소설에서부터 그가 문학을 통해 무엇을 드러내고자 하는가를 피력하고 있다. 이 소설은 중심인물의 사건이 겹쳐지는 12월 12일을 모티프로 모든 일이 인과적으로 반복되는 것임을 드러낸다. 이 소설의 마지막 부분에서 중심인물의 죽음으로 버려진 아기를 묘사하면서 '강보 틈으로 새어나와 흔들리는 세상에도 조그맣고 귀여운 손은 일만 년의 인류 역사가 일찍이 풀지 못하고 그만둔 채의 대우주의 철리를 설명하고 있는 것인지도 모른다'고 언급하는가 하면, '과연 인간 세계에 무엇이 끝났는가 기막힌 한 비극이 그 종막을 내리기도 전에 또 한 개의 비극은 다른 한 쪽에서 그 막을 열고 있지 않는가?' 라는, 작가의 목소리를 대변하는 화자의 서술이 이어진다. 즉 이상은 이 소설을 통해 단순히 한 인물의 흥미진진한 이야기를 포착하여 극적으로 드러내는 게 목적이 아니라 개별자적 인생의 프리즘을 통해 '인과'의 반복적 패턴으로 흘러가는 보편적 세계의 법칙을 묘파해내고 싶었던 것이다.

그러나 이상이 파악한 세계의 속성을 문학으로 형상화하는 것은 그리 쉬운 작업이 아니었다. 이상은, 일반인들의 세계에 대한 오인(誤認)이 깊으며, 기존의 질서 정연한 언어 표현으로 그것을 깨뜨리기엔 부족하다고 인식했다. 첫 발표 소설인 『12월12일』에서 '그 부근에는 그것을 알아들을 수 있는 「파우스트」의 노철학자도 없었거니와 이것을 조소할 범인(凡人)들도 없었다'라고 표현하며 그 인식의 일단을 드러내기도 했다. 뿐만 아니라 그는 여러 작품 속에서 독자와의 소통이 막혀 있는 상황을 직간접적으로 토로한다.

그로 인해 이상은, 자신이 파악한 세계의 본질을 드러내기 위해서는 우선 억압으로 작동하는 기존의 규범적 틀을 흔들어야 할 필요성을 느꼈다. 작가 이상은 그의 문학을 통해, 일상적으로 말하고, 지각하고, 인식하는 것들의 상식적 판을 뒤흔든다. 그는 위트와 패러독스를 통해 규범적으로 형성되어온 말하기의 틀을 뒤집는가 하면, 이미지를 파편화시켜 추상적인 몽타주 방식으로 제시하면서 지각의 단일한 초점을 깨뜨린다. 또한 의식과 무의식을 표류하는 방식으로 인식의 허방을 제시한다. 이역시 단순한 설명적 말하기의 방식이 아니라 복합적이고 중층적으로 뒤섞어 흔들린 판의 모습을 보여주는 방식을 택한다.

일단 기존에 억압으로 작동하던 규범적 기제들을 흔든 뒤, 나누고 분할하는 경계를 무화시킨다. 문학에 다가들 때 일차적으로 형성될 수 있는 관습적 인식을 해체하기 위해 이상은 실제와 허구를 교착시키면서 눈에 보이는 현실을 단순하게 읽어내려는 시선을 교란시키고, 질서 정연하게 인식되는 현대적 시간과 공간 개념에 균열을 낸다. 그리고 그 시간과 공간 속에 살아가는 주체들에 대해 탐색한다. 즉 세상은 따로 구별되는 개별자의 집합체가 아니라, 존재들이 서로 불가분의 관계에 놓여 있기에 주체와 타자의 개별적 관계 인식으로는 세계를 제대로 인식하기 어렵다는 것이 이상 문학에 표현된 세계 통찰이었다.

이상은 그의 문학 작품들 속에서 사유하는 존재, 세상을 바라보는 관점, 그 관점에 의해서 포착된 세계, 그 속에서 살아가는 존재들을 자신의 방식으로 다양한 기법을 활용하여 문학적으로 표출하였다. 즉 그의 문학 작품의 기법과 세계관은 따로 노는 것이 아니라 하나로 관통한다. 그리고 그것을 반복과 순환이라는 프랙탈적 세계로 표출한다. 많은 작품에서 그러한 세계를 읽어낼 수 있는데, 이상의 소설 「지주회시」는 그러한 프랙탈적 세계관을 두드러지게 표출한 하나의 예이기도 하다. 문학 형상화의 기법으로 차용하고 있는 반복과 순환의 프랙탈적 구조는 이상이 세계를 통찰한 패턴이었다. 즉 이상은 자신의 문학 작품을 통해 우주의 형성 원리와 법칙을 담아내고자 한 것이다.

하나의 제목을 가진 하나의 작품은 그 자체로 완결성을 가진다. 그래서 하나의 작품은 각기 독자적인 세계를 구축한다. 이상의 문학 역시 마찬가지로 하나의 작품마다 독자적 세계를 구축하고 있다. 그런데 우주론적 원리를 담아내고자 한 이상의 작품 세계는 하나의 작품마다에 그 세계관이 투영되어 있으면서, 그 작품들은 다시 긴밀한 관계성을 가지고 모나드적으로 연결[1]된다. 물론 어느 작가든, 작가의 창조물들 속에는 관통하는 연결성이 있기도 하다. 하지만 이상의 작품 세계는 그 연결성이 더욱 더 긴밀하고 뚜렷하다는 특징을 보인다. 그럼에도 이에 대한 연구는 많지 않다. 이상 문학에 인용된 텍스트라든가, 영향을 미쳤을 법한 작가나 작품들과의 비교 연구는 얼마간 이루어지고 있지만,[2] 이상 작품 간의 연결 관계를 심도 깊게 살펴본 연구는 별로 없다. 여기서는 그 연결성을 좀 더 구체적으로 살펴보고, 그 연결로 인해 이상 문학이 드러내는 특질이 무엇인가를 탐색하고자 한다.

---

1 라이프니츠의 '모나드' 개념을 도입하였다. 라이프니츠의 모나드 일명 단자(單子)는 비물질적 단일실체이면서도 내적으로 다질성('여러 겹의 주름'으로 표현되는)을 갖춘 개념이다. 모든 복합체는 이 모나드의 집합체라고 할 수 있다. 모든 모나드들은 서로 다르며, 모든 모나드들은 스스로의 힘에 따라 끊임없이 변화한다. 이 모나드 즉 단순 실체가 조금만 바뀌어서 결합하여도 전혀 다른 복합 실체가 발생할 수 있다. 작품의 연결성을 살펴볼 때, 흔히 상호텍스트성(intertextuality)이라는 개념을 활용하지만, 여기에서는 라이프니츠의 이 '모나드' 개념을 활용하고자 한다. 상호텍스트성은 저자의 독창성이나 특수성보다 기존 텍스트들의 영향 관계를 드러내는 개념으로 인식되는 경우가 일반적인데, 여기에서 이상 작품들 간의 연결성을 살펴볼 때는 오히려 각 텍스트 및 그 구성 요소들의 독자성을 인정하고, 그 독자성을 해치지 않으면서도 연결 고리에서 파생될 수 있는 해석의 다양성을 강조하고자 하기 때문이다.

2 김명주, 「아쿠타가와문학과 이상문학 비교고찰―「월광(月光) 속에 있는 듯한 여인」을 중심으로」, 『일본어교육』 30권, 한국일본어교육학회, 2004, 267~285쪽.
　　　　, 「아쿠타가와 이상문학에 있어서의 '여성관'」, 『일어일문학연구』 55권 2호, 한국일어일문학회, 2005, 291~312쪽.
　　　　, 「아쿠타가와문학과 이상문학 비교고찰―「기아(棄兒) 및 양자(養子)체험」을 중심으로」, 『일본어교육』 33권, 한국일본어교육학회, 2005, 171~194쪽.
　　　　, 「아쿠타가와 이상문학에 나타난 기독교적 양상」, 『일본어교육』 39권, 한국일본어교육학회, 2007, 117~138쪽.
　　　　, 「아쿠타가와 류노스케[芥川龍之介]와 이상(李箱)문학 비교―도쿄[東京]를 중심으로」, 『일본어교육』 44권, 한국일본어교육학회, 2008, 193~215쪽.
　　　　, 「아쿠타가와문학과 이상문학에 있어서의 "예술관"비교(1)」, 『일본어교육』 50권, 한국일본어교육학회, 2009, 169~185쪽.
　　　　, 「아쿠타가와 이상문학에 있어서의 "예술관"비교(2)」 『일본어교육』 54권, 한국일본어교육학회, 2010, 195~211쪽.
김명주의 이러한 논문 외에도 비교문학적 관점에서 이상 문학 해석의 토대를 새롭게 구축하는 시도가 있는데, 그 중 괄목할 만한 것은 란명 외 여러 연구자의 논문을 묶어 펴낸 『이상(李箱)적 월경과 시의 생성』(역락, 2010)이 있다.

2. 모나드적 연결

1) 이상 작품 간 연결

이상의 작품은 작품들끼리 연결되어 있다. 우선『조선과 건축』에 실린 시들을 먼저 살펴보자. 이 잡지에는 모두 28편의 시가 네 번에 걸쳐 나누어 실려 있는데, 『건축무한육면각체』의 연작시인 7편을 제외하고 나머지 21편에는 시를 쓴 날짜가 표기되어 있다. 그리고『건축무한육면각체』의 시들 중 한 편인 「이십이년」에는 시의 본문 속에 시를 쓴 시기를 유추할 수 있는 단서가 들어 있다. 이 시들의 발표 시기와 쓰인 날짜를 정리하면 다음과 같다.

『조선과건축』게재 시의 쓰인 날짜 및 발표 시기 현황[3]

번호	작품명	쓰인 날짜	발표 시기
무-1	異常ナ可逆反應	1931.6.5.	
무-2	破片ノ景色-	1931.6.5.	
무-3	▽ノ遊戲-	1931.6.5.	
무-4	ひげ-	1931.6.5.	1931.7.
무-5	BOITEUX · BOITEUSE	1931.6.5.	
무-6	空腹	1931.6.5.	
조-1	鳥瞰圖 二人····1····	1931.8.11.(한자)	
조-2	鳥瞰圖 二人····2····	1931.8.11.(한자)	
조-3	鳥瞰圖 神經質に肥滿した三角形	1931.6.1.(한자)	1931.8.
조-4	鳥瞰圖 LE URINE	1931.6.18.(한자)	
조-5	鳥瞰圖 顔	1931.8.15.(한자)	

---

3   날짜 옆 괄호 안에 표시된 (한자)는 원문이 한자인 경우를 표시한 것이다. 날짜를 좀 더 명확하게 볼 수 있도록 이 도표에서는 전부 아라비아 숫자로 표시하였다.

조-6	鳥瞰圖 運動	1931.8.11.(한자)	
조-7	鳥瞰圖 狂女の告白	1931.8.17.(한자)	
조-8	鳥瞰圖 興行物天使	1931.8.18.(한자)	
삼-1	三次角設計圖 線に關する覺書 1	1931.5.31. 9.11.(한자)	
삼-2	三次角設計圖 線に關する覺書 2	1931.9.11.(한자)	
삼-3	三次角設計圖 線に關する覺書 3	1931.9.11.(한자)	
삼-4	三次角設計圖 線に關する覺書 4	1931.9.12.(한자)	1931.10.
삼-5	三次角設計圖 線に關する覺書 5	1931.9.12.(한자)	
삼-6	三次角設計圖 線に關する覺書 6	1931.9.12.(한자)	
삼-7	三次角設計圖 線に關する覺書 7	1931.9.12.(한자)	
건-1	建築無限六面角體 AU MAGASIN DE NOUVEAUTES		
건-2	建築無限六面角體 熱河略圖 No. 2		
건-3	建築無限六面角體 診斷 0：1	1931.10.26.(추정)	
건-4	建築無限六面角體 二十二年		1932.7.
건-5	建築無限六面角體 出版法		
건-6	建築無限六面角體 且8氏の出發		
건-7	建築無限六面角體 眞晝ー或るESQUISSEー		

이 중 가장 이른 날짜에 쓰인 것은『삼차각설계도』의 연작시 중 한 편인 「선에관한각서1」이다(표의 번호로는 「삼-1」).[4] 이 시는 쓴 날짜 표시 부분에 두 개의 날짜가 병기되어 있는데, 그 하나가 1931년 5월 31일이고, 하나는 9월 11일이다. 즉 초고를 쓰고 난 이후 수정했음을 말해준다. 『삼차각설계도』 연작시는 모두 이틀에 걸쳐 쓰이는데, 9월 11일은 「삼-2」와 「삼-3」이 쓰인 날이다. 「삼-1」은 바로 이 시들이 쓰일 때 수정되었다는 것을 알 수 있다. 「삼-1」에서 무엇이 어떻게 수정되었는가를 알 수는 없지만 적어도『삼차각설계도』라는 연작시의 한 편으로 묶일 수

4　이후로는 표의 번호로 표기한다. 표의 번호는 연작시의 형태가 아니라 낱낱의 제목으로 1931년 7월에 발표된 시들 6편의 경우 게재된 순서 앞에 '무'를 붙였고, 이후 발표된 연작시에는 게재된 순서 앞에 연작시 제목의 첫 글자를 붙였다.

있도록, 그리고 그 제일 첫 머리에 올 수 있도록 수정이 이루어졌을 것임은 짐작할 수 있다.

연작시는 몇 편으로 이루어졌든, 시들 속에 관통하는 전체 주제가 있으니 연작시로 묶이는 것이다. 이 시들 역시 마찬가지인데 특히 『삼차각설계도』는 연작시편들의 제목이 '선에관한각서'로 그 뒤에 1에서 7까지 일련번호만 붙는다. 즉 전체를 관통하는 하나의 중심 주제가 있다는 말이다. 그런데 이 시들 속에는 전체를 관통하는 주제의식 말고도 직접적으로 시들이 연결되어 있음을 드러내는 부분들이 있다. 「삼―1」은 이 연작시 7편의 가장 첫 머리를 장식한 시인데, 이 시부터 차례로 기준점을 삼아 다른 시들과 어떤 부분이 연결되어 있는지 살펴보면 다음과 같다.

「삼―1」을 기준점으로

「삼―1」

(立體에의絶望에依한탄생)

(運動에의絶望에依한탄생)

「삼―2」

人은絶望하는구나, 人은誕生하는구나, 人은誕生하는구나, 人은絶望하는구나)

....

「삼―1」

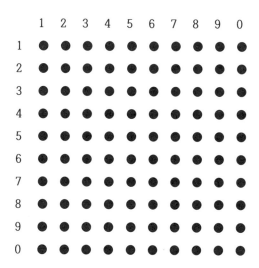

```
    1  2  3  4  5  6  7  8  9  0
1   ●  ●  ●  ●  ●  ●  ●  ●  ●  ●
2   ●  ●  ●  ●  ●  ●  ●  ●  ●  ●
3   ●  ●  ●  ●  ●  ●  ●  ●  ●  ●
4   ●  ●  ●  ●  ●  ●  ●  ●  ●  ●
5   ●  ●  ●  ●  ●  ●  ●  ●  ●  ●
6   ●  ●  ●  ●  ●  ●  ●  ●  ●  ●
7   ●  ●  ●  ●  ●  ●  ●  ●  ●  ●
8   ●  ●  ●  ●  ●  ●  ●  ●  ●  ●
9   ●  ●  ●  ●  ●  ●  ●  ●  ●  ●
0   ●  ●  ●  ●  ●  ●  ●  ●  ●  ●
```

「삼―3」

```
    1  2  3
1   ●  ●  ●
2   ●  ●  ●
3   ●  ●  ●
```

「삼―1」

　速度etc의統制例컨대빛은매초三○○○○○킬로미터로달아나는것이확실

하다면人의發明은매초六○○○○○킬로미터로달아날수없다는법은물론없

다.

「삼—5」

人은빛보다도빠르게달아나면人은빛을볼까

....

「삼—1」

(고요하게나를電子의陽子로하는구나)

「삼—6」

4 陽子核으로서의陽子와陽子와의聯想과選擇

....

「삼—1」

速度etc의統制例컨대빛은매초三○○○○○킬로미터로달아나는것이확실

하다면

「삼—7」

空氣構造의速度─音波에依한─速度처럼三百三十미터를模倣한다.(어떤빛

에比할때심하게도열등하구나)

─────────────────────────────────────

「삼—2」를 기준점으로(「삼—1」과의 관계는 생략)

─────────────────────────────────────

「삼—2」

腦髓

「삼—3」

腦髓

....

「삼—2」

1 + 3

「삼—5」

하나를아는人은셋을아는일을하나를아는일의다음에하는일

....

「삼—2」

凸렌즈때문에收斂光線이되어

「삼—6」

主觀의體系의收斂과收斂에依한凹렌즈

....

「삼—2」

樂

「삼—7」

樂

「삼─3」을 기준점으로(전술한 시와의 관계는 생략)

「삼─3」

1 2 3   3 2 1

「삼─5」

未來로달아나서過去를본다,

....

「삼─3」

$\therefore nPn=n(n-1)(n-2)\cdots\cdots(n-n+1)$

「삼─6」

方位와構造式과質量으로서의數字와

....

「삼─3」

$$\begin{array}{c|ccc} & 1 & 2 & 3 \\ 1 & \bullet & \bullet & \bullet \\ 2 & \bullet & \bullet & \bullet \\ 3 & \bullet & \bullet & \bullet \end{array}$$

「삼—7」

視覺의이름은人과같이永遠히살아야하는數字的인어떤一點이다.

「삼—5」를 기준점으로(전술한 시와의 관계는 생략)

「삼—5」

人은빛보다도빠르게달아나는구나

「삼—6」

算式은빛과빛보다도빠르게달아나는人과에依하여運算될것.

....

「삼—5」

人은빠르게달아난다, 人은빛을뛰어넘어未來에서過去를엎드려기다린다.

「삼—7」

人은빛보다도빠르게달아나는速度를調節하고때때로過去를未來에있어서淘汰하는구나.

「삼—6」을 기준점으로(전술한 시와의 관계는 생략)

「삼—6」

算式은빛과빛보다도빠르게달아나는人과에依하여運算될것.

「삼—7」

人은빛보다도빠르게달아나는速度를調節하고

「삼—7」을 기준점으로(전술되어 있음으로 생략)

상기한 것 말고도 연결고리들이 더 있지만 대표적인 것만을 제시한 것이다. 내용을 어떻게 해석하는가는 각기 다를 수 있으므로 여기에서는 최대한 조금 더 분명하게 포착되는 시어 등을 중심으로 살펴보았다.

그런데 위에는 「삼—4」를 기준점으로 한 것은 빠져 있다. 관련성이 없는 것이냐 하면 그것은 아니다. 물론 위에서 기술한 다른 시들처럼 직접적으로 시어의 연관성은 많지 않다. 하지만 그렇다고 해서 이 작품이 다른 시들과 연결되지 않는 것은 아니다. 연결고리를 확인하기 위해 「삼—4」의 시 전문을 제목과 함께 제시하면 다음과 같다.

線에關한覺書 4
　　　(未定稿)

彈丸이一圓壔를달린다(彈丸이一直線으로달린다에관한誤謬들의修正)

正六砂糖(角砂糖의실체)

瀑筒의海綿質填充(瀑布의文學的解說) 一九三一, 九, 一二
　　　　　　　　　　—『三次角設計圖』「線에關한覺書 4」전문

짧은 문장, 단 3행(1연이 1행으로 구성)으로 이루어진 이 시는 앞에서 명제들을 제시하고 괄호 속에서 그 명제를 설명하는 방식을 취하고 있다. 앞의 명제들은 기존 상식 또는 일반화된 명칭과 어긋나는 명제들이다. 그러나 새롭게 밝혀진 과학 이론이나 수학적으로 따지고 보면 앞에서 제시한 명제들이 '참'이라는 것을 알 수 있다. 첫 행은 아인슈타인의 일반상대성이론의 일명 '휘어진 공간'과 연결되고, 두 번째 행은 수학적 이론인 '각'의 개념 정립과 연결된다. 이처럼 앞의 두 행은 비교적 이해가 쉽다. 반면 세 번째 행에서는 문학의 영역으로 넘어와서 그 진의를 파악하기가 쉽지는 않다. 하지만 앞에서 제시하고 있는 명제들과 그 의미의 해석을 연장시키면, 실마리가 잡힌다. 앞의 두 행처럼 세 번째 행의 앞 명제에서 제시하고 있는 것을 '참'이라고 하면, 일반 상식과 어떤 점에서 어긋나는가. 그동안 문학은 정서적인 면을 표현한다는 것, 어떤 사실을 해설하는 것은 아니라고 하는 것 등이 문학으로 오인되고 있다는 것이 이상의 파악인 것이다. 그래서 이상은 그러한 오인을 깨뜨리고, 문학적 비유를 통해 얼마든지 과학적 이론들을 해설할 수 있거나, 혹은 본질의 실체를 규명하는 일을 할 수 있다는 것, 그것이 더 적절한 방향임을 이 시를 통해 암시하고 있다.

그런데 이 시는 제목에 '(未定稿)'라는 표현이 부제로 덧붙어 있다. 가장 최근에 발행한 『이상전집』의 해설에서 이 "부제를 붙이고 있는 것으로 보아 텍스트의 완결성을 갖추지 못하고 있음을 짐작할 수 있다"[5]

---

5 권영민 편본 1, 290쪽 참고. 권영민만이 아니라 이 시의 해석을 시도한 거의 모든 이들이 완결성을 갖추지 못하고 있는 것으로 보고 있다. 김주현 주해본에서도 (未定稿)라는 부제에 '아직 완성되지 않은 원고'라는 주석을 달고 있으며(김주현 주해본 1, 62쪽), 모더니즘의 수사학적인 관점으로 이상 시를 분석하고 있는 박현수도 이 부제를 통해 '완결된 것

고 보았는데, 부제의 표현을 일반적으로 받아들이면 이렇게 생각할 수도 있다. 그렇다면 왜 완성되지도 않은 원고를 발표한 것일까. 그리고 왜 완성되지 않은 원고를 『삼차각설계도』라는 연작시 7편 중 맨 뒤도 아니고, 하필이면 가장 중앙인 4의 자리에 배치하고 있는 것일까. 이상 본인의 말이나 지인의 말을 통해 유추하면 이 당시 이미 수많은 작품을 썼다는 것을 알 수 있는데, 이런 사실들로 미루어보면 발표 초기에 미완의 시를 발표한다는 것은 이해하기 어렵다. 분명 다른 의도가 있었다고 보아야 한다.

'(未定稿)'라는 부제를 제대로 이해하기 위해서는 이 시의 본문에서 말하고 있는 바를 떠올릴 필요가 있다. 이 시 속에서는 줄곧 기존 상식의 오류를 짚고, 그 실체를 되짚어 보면 좀 더 '참'에 다가설 수 있음을 말하고 있다. 이것을 기억하고 '(未定稿)'라는 부제를 보자. '아직 완성되지 않은 원고'라는 의미로 무심코 사용하던 것을 찬찬히 되짚어서 볼 필요가 있다. '未定稿'라는 단어는 '未(아니다, 아직 ~하지 못하다, 아직 그러하지 아니하다, 미래),' '定(정하다, 정해지다, 반드시)', '稿(원고)'라는 한자가 합쳐진 말이다. 이를 다시 붙여 의미를 정리하면 '정하지 않은 원고' '정해지지 않은 원고' '미래에 정해질 원고'이다. 즉 '완성되지 않은 원고'가 아닌 것이다. '완성되지 않은 원고'가 되려면 '未完稿'로 표현해야 적절하다. 이렇게 보고 나니 제목과, 기존 상식들에서 발견되는 오류를 바로잡을 필요가 있다는 주제와 긴밀하게 연결된다. 이상은 시의 본문만이 아

이 아님을 밝히고 있다'고 보고 있고(『모더니즘과 포스트모더니즘의 수사학』, 소명출판, 2003, 137쪽). 비교적 최근에 수학, 천문학, 물리학 등의 과학을 시적 변용을 통해 드러난 것으로 이상의 시를 보고 있는 김학은 역시 이 시를 완성되지 않은 시로 보고 있다(『이상의 시 괴델의 수』, 보고사, 2014, 164쪽.)

니라 제목에도 그 시의 주제를 담아놓는 형식을 그대로 차용한 것이다. 이것을 짚어낸 뒤 '線에關한覺書'라는 제목을 다시 보면 '覺書' 역시 '약속을 지키겠다는 내용을 적은 문서'라는 의미로 읽어낼 수도 있지만 한자의 뜻 그대로 '깨달음의 글'로 읽어낼 수 있다. 즉 「線에關한覺書」라는 시는 '線'에 대한 '깨달음'을 표현한 시라고 할 수 있는 것이다.

이상의 의도는 여기서 그치지 않는다. '(未定稿)'라는 부제에 괄호가 붙어 있는 것을 간과하고 지나가면 안 된다. 이상이 부제를 붙일 때 모두 괄호를 쓴 것은 아니기 때문이다. 시의 본문 속에서 괄호는 앞의 명제를 부연 설명하는 역할을 하였다. 제목에서 괄호 앞의 명제가 되는 것은 '선에관한각서4'이다. 그렇다면 이 말인즉슨, '선에관한각서4'라는 말을 고정적으로 해석하지 않아야 됨을 지칭한다.[6] 따라서 이 말 속에는 이 자리로 딱 못 박는 것은 아니라는 말 역시 내포하고 있다. 즉 어떤 자리에 둔다고 해도 그 자리에서 제 역할을 한다는 말이다. 이렇게 이해하면 이상이 자신의 문학을 통해서 말하고자 하는 것을 이 시를 통해 간명하게 드러내고 있다는 것을 짐작하게 한다. 즉 이상은 기존의 오류들을 바로잡고 대상의 실체를 문학적으로 해설하겠다는 것이다. 그리고 이렇게 자신의 문학이 무엇을 말하고자 하는지를 밝히고 있는 「삼─4」는 다른 시들과 분명하게 연결고리를 갖게 된다는 것을 알 수 있고, 또 7편 중 4라는 중앙의 자리에 배치한 것도 더욱 분명한 의미를 띠게 된다.

---

6   (未定稿)라는 표현의 부제는 『건축무한육면각체』의 「熱河略圖 No.2」에도 달려 있다. 권영민은 이 시의 해석에서도 이 부제로 보아 '정리되지 않은 상념들을 모아놓듯이 기록한 듯하다'고 말한다. 그리고 '열하'를 중국의 만주 지역에 있는 지명으로 단정한다. 이 해석역시 틀린 것이라고 말할 수는 없지만, 그 하나의 해석으로 단정 짓는 것은 재고해볼 필요가 있다.

이러한 연결고리를 바탕으로『삼차각설계도』라는 연작시 7편의 연결
망을 도해하면 〈그림 1〉과 같다.

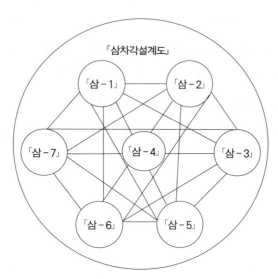

〈그림 1〉『삼차각설계도』의 모나드적 연결망

〈그림 1〉처럼『삼차각설계도』의 연작시 7편은 각기 길고 짧은 길이로
하나의 세계를 형성하고 있으면서 다시 그것이 서로 촘촘하게 연결되어
『삼차각설계도』라는 확장된 또 하나의 세계를 구축해낸다.『조선과건
축』에 실린 다른 연작시들 역시 각각 나름의 연결망을 가지고 하나의 세
계를 구축하고 있다. 그렇다면 연작시들은 각각 그 안의 작품들끼리만
연결되어 하나의 완결된 세계로 독립하여 그 자체의 해석 주름만 가진
작품인가 하면 그것이 아니다. 이 작품들은 또 다른 작품들과 연결되어
있다.

먼저 『삼차각설계도』와 다른 시들과의 연결고리를 보자. 「삼-4」는 이상 문학의 어떤 작품과도 연결될 수 있다는 것은 전기했거니와, 직접적으로는 '(未定稿)'라는 부제가 붙은 「건-2」와 연결된다. 이 연결성을 고려하면 「건-2」 역시 '미완성 원고'의 의미로 '(未定稿)'라는 표시를 하고 있는 것이 아니라는 것 또한 알 수 있다. 즉 그 역시 자리와 의미의 확장적 해석을 가능하게 만드는 역할을 한다고 보아야 한다.

연작시들 간의 또 다른 연결고리들을 보면 우선 「삼-1」이 쓰인 날짜를 들 수 있다. 「삼-1」은 이 연작시 7편의 가장 첫 머리를 장식한 시인데, 이 시가 이후 2~7까지의 시들과는 시를 처음 쓴 시기가 조금 차이가 나고, 그것을 빠뜨리지 않고 기록했다는 것을 주목할 필요가 있다. 이 작품에 병기된 두 개의 날짜 중 앞에 쓰인 게 5월 31인데, 날짜를 표기한 시들을 대상으로 볼 때 이다음에 바로 쓰인 시는 「조-3」이다. 「조-3」은 『조감도』 연작시의 한 편으로, 쓰인 날짜가 1931년 6월 1일자로 표기된 「신경질적으로비만한삼각형」이다. 날짜의 연관성만이 아니라 제목의 '삼각'에서도 『삼차각설계도』라는 제목과의 관련성이 보인다. 『삼차각설계도』 첫 시인 「삼-1」만이 아니라 마지막 시인 「삼-7」도 「조-3」과 연결되어 있다. 「조-3」에는 '▽은나의AMOUREUSE이다'라는 부제가 붙어 있는데, 「삼-7」의 본문에는 "△ 나의아내의이름(이미오래된과거에있어서나의AMOUREUSE는이와같이도총명하니라)"고 하는 문구가 있다. 이 문구는 『조감도』 연작시보다 앞서 『조선과건축』에 발표된 시들과 연결되는 데에도 한몫을 담당한다. 「무-2」, 「무-3」 두 편에 모두 '△은나의AMOUREUSE이다'라는 부제가 붙어있는데 이와 연결되는 것이다. 또한 「삼-1」과 「삼-6」은 그보다 뒤에 발표된 연작시, 『건축무

한육면각체』와 연결고리를 맺는다.『건축무한육면각체』의 세 번째 시는
「진단0 : 1」이라는 제목으로 다음과 같이 전개된다.

어떤患者의容態에關한問題.

1 2 3 4 5 6 7 8 9 0 ·

1 2 3 4 5 6 7 8 9 · 0

1 2 3 4 5 6 7 8 · 9 0

1 2 3 4 5 6 7 · 8 9 0

1 2 3 4 5 6 · 7 8 9 0

1 2 3 4 5 · 6 7 8 9 0

1 2 3 4 · 5 6 7 8 9 0

1 2 3 · 4 5 6 7 8 9 0

1 2 · 3 4 5 6 7 8 9 0

1 · 2 3 4 5 6 7 8 9 0

· 1 2 3 4 5 6 7 8 9 0

診斷 0 : 1

2 6 · 1 0 · 1 9 3 1

以上 責任醫師 李箱

　　　　　　　　　　　—『建築無限六面角體』「診斷0 : 1」 전문

이 시는 앞서 예시로 보였던 「삼—1」의 ‘●’[7]부분이 줄어들면서 그 자

7　위 인용문들에서 사용한 기호의 크기도 가능한 한 원문의 두 시에서 보이는 크기의 다름
　　을 표현하였다.

리를 숫자로 대체하고 있는 모습이다. 또한 제목 「진단0 : 1」은 「삼─6」
에 있는 "(1234567890의疾患의究明과詩的인情緒의버리는곳)"이라는
문구와 연결된다. 『삼차각설계도』와 다른 시들의 연결고리는 이것 말고
도 무수히 많은데, 이처럼 연작시 안에서만이 아니라 그 외의 다른 시들
과 연결되면서 의미의 관계망을 형성하고 있다. 이는 다른 시들 역시 마
찬가지이다.

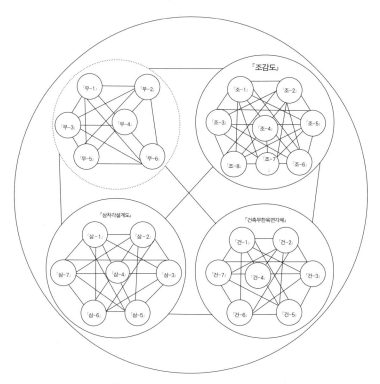

〈그림 2〉『조선과건축』에 실린 이상 연작시의 모나드적 연결망

이런 관계망은 『조선과건축』이라는 잡지에 발표된 시에 한정된 것만

도 아니다. 1934년 7월부터 8월까지 『조선중앙일보』에 연재된 『鳥瞰
圖』라는 연작시는 『조선과건축』에 발표된 시들과 매우 긴밀한 관계를
형성한다. 『오감도』 연작시 중 「시제4호」는 『조선과건축』에 실린 『건축
무한육면각체』의 「건-3」을, 「시제5호」는 「건-4」를 조금씩 변형하여
발표된 시라는 것은 이미 널리 알려져 있기도 하다.

『鳥瞰圖』라는 제목은 『조선과건축』의 『鳥瞰圖』와 연결되어 있다. '鳥
瞰圖'라는 것은 '새가 내려다본 그림' 즉 투시도의 하나로, 높은 곳에서
아래를 내려다보았을 때의 모양을 그린 그림이나 지도를 일컫는다. 즉
이 시의 제목은, 시적 대상들에 대해 거리를 유지한 채 관망한 것을 표현
한 것이라는 작가의 의도를 어느 정도 드러낸다. 그런데 왜 『조선중앙일
보』에 실린 시는 '조감도'가 아니라 '까마귀 오(烏)'자를 써서 '오감도'가
된 것일까.[8] 그 단서는 『조선과건축』에 실린 『조감도』의 한 편인 「LE
URINE」과의 연결성에서 찾아볼 수 있다. 이 시의 한 부분을 보면 다음
과 같다.

　　까마귀는마치孔雀의모양으로飛翔하여비늘을無秩序하게번쩍이는半個의天
　體에金剛石과조금도 다름없이平民的輪廓을日歿前에위조하여교만한것은아니
　고所有하고있는것이다.

　　　　　　　　　　　　　　　　　　　　　　　　　—『鳥瞰圖』「LE URINE」

『조선과건축』에 실린 『조감도』 8편의 시 중에서 위로 솟구쳐올라 내

8　이에 대해서는 여러 가지 설이 존재하고, 특히 신문 식자의 오류였을 가능성도 제기하는
　　이가 있기도 하다. 여기서는 오류가 아니고 작가의 의도에 의해서 변경되었을 경우를 바
　　탕으로 논의를 전개하였다.

려다보는 이미지로 형상화된 새의 종류는 이 시에 나온 '까마귀'가 유일하다. 「광녀의고백」에 '나비'가 등장을 하고, 「흥행물천사」에 '참새'라는 단어가 나오지만, 이는 시의 문장에서 원관념으로 등장하는 것이 아니라, 보조관념으로 등장을 한다. "여자는고풍스러운지도위를독모를살포하면서불나비처럼날은다"나, "천사는참새처럼수척한천사를데리고다닌다"처럼 '여자'와 '천사'를 빗대는 존재로 형상화되어 있는 것이다. 하지만 「LE URINE」에서 '까마귀'는 인용문에 제시되어 있다시피 그 자체로 표상되어 있고, 오히려 '공작'이나 '금강석' 등의 보조관념을 활용하여 그 존재를 구체화시키고 있다. 따라서 『조감도』에서 『오감도』로의 변화는, 위로 비상하여 굽어보고 투시할 수 있는 존재를 '새'라는 일반적 보통명사에서 좀 더 구체화된 '까마귀'라는 존재를 상정한 것으로 볼 수 있다. 이렇게 날아올라서 투시할 수 있는 존재는 작가 자신인 이상의 표상인 셈이다. '까마귀'는 「街外街傳」이라는 시 속에도 "落雷심한그虎大한房안에는어디로선가窒息한비들기만한까마귀한마리가날어들어왔다"라는 문구에 등장을 한다. 이 문구를 통해 보면 '낙뢰'를 피해서 방안에 들어온 '까마귀'라는 것인데, 이상의 작품 속에서 주로 방안에 머무는 인물은 이상 자신의 표상으로 등장하는 중심인물이라는 점에서도 일맥상통한다.

　작품 간 연결고리가 시에만 한정된 것은 아니다. 작품 간 연결고리는 짧은 시의 형태로 표현된 작품과 좀 더 길게 표현된 산문 작품과도 맺어져 있다. 단편소설 중 가장 먼저 발표된 작품은 「지도의 암실」인데, 이 작품의 제목에 쓰인 '지도'는 시의 제목들에 사용된 '조감도', '설계도' 등과 연결된다. 『조감도』, 『오감도』 등에서 표현된 새, 까마귀 등으로 현현되는 자신의 표상은 단편 「날개」의 첫머리 "'剝製가되어버린天才'를 아시오? 나는 愉快하오. 이런때 戀愛까지가愉快하오"와 "날개야 다시 돋아라. / 날자. 날자. 날자. 한번만 더 날자ㅅ구나. / 한번만 더 날아보자 ㅅ구나"[9]로 끝나는 마지막 부분과 연결된다. 뿐만 아니라 「날개」에는 다양한 시들의 모티프들이 녹아들어 있다. 『오감도』의 「시제15호」, 「거울」, 「명경」에서 활용된 '거울'이 인물의 놀이기구로 삽입되고, 「지비」라는 시에 표현된 '절름발이 부부' 모티프는 소설 「날개」의 마지막 부분, "우리부부는 숙명적으로 발이맞지않는 절름바리인 것이다"로 이어진다. 또 다른 시 「지비―어디갔는지모르는안해」, 『위독』이라는 연작시의 「추구」 등에 나오는 '외출하는 아내' 모티프 역시 「날개」의 아내 속에 녹아들어 있다.

작품들 간의 연관성은 제목과 본문 일부분의 유사성만이 아니라 전체 의미와 상징 구조가 복잡하게 구현되는 방식으로 연결되기도 한다. 일례를 보면 「I WED A TOY BRIDE」라는 시와 「동해」라는 소설이 대표적이다. 이 두 작품이 어떤 식으로 연결되어 있는지를 분석하기 위해 1936년 10월에 발간된 『三四文學』 5집에 발표한 「I WED A TOY BRIDE」라는 시의 전문을 보면 다음과 같다.

     1 밤

---

9 여기에서는 현대어 맞춤법으로 바꾸지 않고 사이'ㅅ'을 그냥 표기했는데, 그 이유는 이 작품에 유난히 사이'ㅅ'이 많이 들어가 있는 것을 발견했기 때문이다. 글자를 기호화하여 표현하는 것도 이상 문학의 특징 중 하나인데 이 역시 의도가 담긴 것으로 볼 수 있다.

작난감新婦살결에서 이따금 牛乳내음새가 나기도한다. 머(ㄹ)지아니하야아기를낳으려나보다. 燭불을끄고 나는 작난감新婦귀에다대이고 꾸즈람처럼 속삭여본다.

「그대는 꼭 갓난아기와같다」 고………

작난감新婦는 어둔데도 성을내이고대답한다.

「牧場까지 散步갔다왔답디[10]다」

작난감新婦는 낮에 色色이風景을暗誦해갖이고온것인지도모른다. 내手帖첨□[11] 내가슴안에서 따끈따끈하다. 이렇게 營養分내를 코로맡기만하니까 나는 자꾸 瘦瘠해간다.

2 밤

작난감新婦에게 내가 바늘을주면 작난감新婦는 아모것이나 막 찔른다. 日曆. 詩集. 時計. 또 내몸 내 經驗이들어앉어있음즉한곳.

이것은 작난감新婦마음속에 가시가 돋아있는證據다. 즉 薔薇꽃처럼………
………………

내 거벼운武裝에서 피가좀났다. 나는 이 傷차기를곷이기위하야 날만어두면 어둔속에서 싱싱한蜜柑을 먹는다. 몸에 반지밖에갖이지않은 작난감新婦는 어

---

10 전집들에 모두 '니'로 되어있는데 원문에는 '디'로 되어있다. '니'로 표현하면 화자의 직화가 되고 '디'가 되면 들은 이야기를 전하는 방식으로 전환되어 의미 해석상 차이가 날 수 있기에 이 글자 한 자의 차이는 크다. 더욱이 원문을 그대로 표기한 전집들에서의 오류는 바로잡아져야 한다.

11 김주현 주해본에는 '처럼'으로 바꾸고 '첨럼'이 오식인 것을 주석에 달고 있으며, 권영민 편본에서는 그냥 '처럼'으로 표기되어 있다. 앞 글자는 '첨'이 분명하게 보이기 때문에 권영민 편본의 오류는 바로잡아져야 한다. 뒷 글자는 잘 보이지 않아 여기에서는 그냥 □로 표기하였다.

둠을 커-틴열듯하면서 나를찾는다. 얼는 나는 들킨다. 반지가살에닿는 것을 나
는 바늘로잘못알고 아파한다.

 燭불을켜고 작난감新婦가 蜜柑을 찾는다.

 나는 아파하지않고 모른체한다.

—「I WED A TOY BRIDE」 전문

이 시는 1937년 『조광』에 발표된 소설 「동해」와 연결되어 있다. '작
난감新婦'는 '姙'으로 표상되었다. 이 이름의 표상 역시 시 첫 행의 '멀지
아니하여 아기를 낳으려나보다'를 내포한 '아이 밸 임'을 가져다 썼다.
이 외에 시의 구절들이 「동해」에 어떤 식으로 삽입되었는지 살펴보자.

 姙이가 도라오니까 몸에서 牛乳내가난다. 나는 徐徐히 내活力을 整理하야가
 면서 姙이에게 注意한다. 똑 간난애기같아서 썩 좋다.

 「牧場까지 갔다왔지요」

—「童骸」, 敗北시작

시 1연의 내용이 소설의 내용 속에 많이 바뀌지 않고 그대로 들어온
듯하다. 이렇게 이 시와 소설이 긴밀한 연관성을 맺고 있다는 것을 드러
낸 뒤에 2연은 꽤나 복잡한 구조로 소설 속에 삽입된다. 주의해서 봐야
할 소재는 '반지', '장미', '燭불', '바늘', '밀감' 등이다. 이 소재들은 소
설 속에서 조금씩 모양을 바꾸거나 다른 상황 속에서 제시된다. '반지'는
시에서는 신부가 가지고 있는 것으로 표현되었으나, 소설에서는 신부가
찾는 대상으로 전위되어 있다. 시에서 신부를 비유한 '장미'는 소설에서

나누어 표현된다. 소설의 맨 첫 부분에서 "花草처럼 놓여있는 한 젊은 女人"과 소설의 끝 부분에 나오는 "瞬間 姙이 얼굴에 毒花가핀다"가 그것인데, 이 둘은 시에서의 가시를 지닌 '장미'와 연결된다. 시에 등장한 '燭불'은 '내가 어둔 속에서' 먹는 밀감을 신부는 '燭불'을 켜고 찾는 것으로 제시가 되는데, 오히려 소설에서는 "속았다. 속아넘어갔다. 밤은 왔다. 촛불을켰다. 껏다. 즉 이런 假짜반지는 탄로가 나기쉬우니까 감춰야하겠기에 꺼도 얼른 켰다. 밤이 오래 걸려서 밤이었다"로 '반지'와 연결하여 한꺼번에 껐다 켰다를 반복 제시함으로써 두 상황을 수렴한다. 그러나 여기서도 '감춰야 하겠기에 꺼도 얼른 켰다' 등의 패러독스를 제시하면서 단순 해석을 지양한다.

'바늘'과 '밀감'은 훨씬 복잡한 양상을 띠면서 소설 속에 투영된다.

① 슈―트케―스를열고 그속에서 서슬이퍼런 칼 을 한자루만 끄낸다.
이런경우에 내가 놀래는빛을 보이거나 했다가는 뒷갈망 하기가 좀 어렵다. 反射的으로 그냥 손이 목을눌렀다 놓았다 하면서 제법 천연스럽게
『늬ㅁ재는 刺客 임늬까요?』

— 「童骸」, 觸角

② 理髮師는 낯익은 칼 을 들고 내 수염 많이난 턱을 치켜든다.
『늼재는 刺客입늬까』

— 「童骸」, 敗北시작

③ 尹은 새로 담배에 불을부처물드니 주머니를 뒤적뒤적 한다. 나를 殺害하

기위한 凶器를 찾는것일까.

—「童骸」, 明示

④『이상스러워 할것도없는게 자네가 주머니에 칼을 넣고 댕기지안는것으로
보아 자네에게 刺殺하려는 意思가 있다는걸 알수있지않겠나. 勿論 이것두 내게
아니구 남한테서 꿔온에피그람이지만』

—「童骸」, 顚跌

⑤ 나는 차츰차츰 이 客 다 빠진 텅 빈 空氣속에沈沒하는果實 씨 가내 허리띠
에 달린것같은 恐怖에 지질리면서 정신이 점점 몽롱해드러가는 벽두에 T군은
은근히 내 손에 한자루 서슬 퍼런 칼을 쥐어준다.

—「童骸」, 顚跌

여기서 ①은 '임'이 '나쓰미캉'을 깎기 위해 칼을 꺼내드는 장면, ②는
'이발사'가 '나'를 면도해주기 위해 칼을 드는 장면, ③은 '임'이의 또 다
른 남자로 제시한 인물인 尹이 '칼'을 꺼내든다고 착각하는 장면, ④는
'나'의 벗인 'T'가 '나'에게 건네는 말, ⑤는 'T'가 '칼'을 주었다고 생각
하는 장면이다. ①이 시와의 연관성을 제시하는 부분이라면, ②는 '임'과
자리바꿈을 하는 '이발사'로 연결되면서 상황의 전위를 이끌어내기 위
한 전초작업이다. 즉 ③, ④, ⑤로 연결되면서, 시에서의 '바늘'이 소설에
서 '칼'로 모양을 바꾸고, "아무것이나 막 찔른다"는 시의 상황이 소설에
서는 '아무든지 나를 위협한다'로 전위되는 것이다. 이러한 전위가 일어
난 상황 속에서 마지막 부분을 보면 ⑤에서 'T'가 쥐어준 것이 실은 칼이

아니라 '나쓰미캉'이었다는 것이 드러나면서 다시 ①과 밀접한 관계를 맺게 된다.

소설에 등장하는 '나쓰미캉'은 밀감 종류의 하나를 일컫는 일본어인데 이 역시 시와 긴밀하게 연결되어 있는 소재이다. 시에서 '밀감'은 두 번 제시되고, 소설에서 '나쓰미캉'은 네 번 제시된다. 소설에서 네 번 제시되는 동안, 시와의 연결성도 좀 더 선명하게 보이고 있으며, 아울러 소설의 의미 구조에 긴밀하게 작용하고 있다. 첫 부분과 끝 부분이 연결되면서 구조적 디딤돌로 작용을 하는가 하면, '칼'이라는 소재와 중첩되면서 이들을 단순하게 읽어낼 수 없게 만드는 작용을 하기도 하고, 문맥과 무관하게 툭 끼어들면서 실제와 허구의 교착을 일으키는 요소로 작용하기도 한다. 이를 통해 작품 간의 연결이 단순한 연결이 아니라 좀 더 복잡한 구조로 치환되고 전위되고 있음을 알 수 있다.

지금까지 대표적인 예들을 통해 작품 간 연결을 살피면서 이상의 작품들이 긴밀한 연관관계를 맺고 있음을 드러내었는데, 이 외에도 선명하게 짚어낼 수 있는 연결성을 보이는 작품들은 부지기수이다. 그런데 이상의 작품들은 위에서 서술해온 것처럼, 분명하게 연결성을 보이는 것만이 관계망을 가지고 있는 것은 아니다. 언뜻 보면 연결성을 찾아보기 어려운 작품인 듯한데 연결되어 있기도 하다. 다음과 같은 이시영의 글은 그 단서를 제공해준다.

李箱 (蜘蛛會豕에서)(街外街傳)을 빼어버리고 남은 것에다 다시(街外街傳)을 加한즉 그것은 도로(蜘蛛會豕)가 되어버렸다. 나는 街外街傳을 無作定하고 늘인 것이라고만 알았더니 李箱이는 無作定? 줄인 것이라고 하므로 無作定하고

줄인 것을 無作定하고 늘인 것으로만 여기었던 것은 나의 錯覺이었다.[12]

　여기에서 언급된 두 작품, 「가외가전」은 1936년 3월 『시와 소설』에 발표된 작품이고, 「지주회시」는 1936년 6월 『중앙』에 발표된 작품이다. 전자는 시로 분류되고 후자는 소설로 분류되었다. 이 두 작품은 언뜻 보면 연관성을 찾기가 쉽지 않다. 하지만 이시영의 위 글에 의하면 두 작품이 긴밀하게 연관되어 있다. 이 글에는, 이시영은 「지주회시」가 「가외가전」을 늘인 것으로 보았는데, 이상은 오히려 줄인 것이라고 했다는 내용이 나온다. 이 내용으로 보면, 늘이고 줄임의 차이를 보이지만 결국 두 작품이 연관되어 있음을 이상이 부정하지 않았다는 것이다. 이것을 통해 우리가 얻을 수 있는 시사점은, 겉으로 보았을 때 연관성을 찾기 어려운 작품이라고 할지라도 좀 더 천착해보면 그 연관성을 발견할 수 있다는 것이다.

　요컨대 이상의 문학 작품은 작품들끼리 긴밀한 관련성을 가지며 작품 하나가 쓰일 때마다 그 세계가 모나드적으로 연결되어 확장된다. 이는 하나의 작품이 하나의 작품으로 읽힐 때 읽어낼 수 있는 의미가 존재하지만 연관성 속에서 읽어내는 의미가 또 여러 겹으로 파생될 수 있음을 말해주는 것이기도 하다.

12　이시영, 「SURREALISME」, 『三四文學』 제5집, 1936.10.

2) 이상 작품 밖 연결

여기에서 한걸음 더 나아가 이상의 작품에 삽입된 인용과 패러디는 이상의 작품에 한정되지 않고, 인용되고 패러디된 세계와 접합되면서 세계는 더욱 확장된다. 이상의 작품 속에는 직접 인용부터 변용하고 왜곡한 인용까지 수없이 많은 인용이 있다. 문구를 인용한 것이 아니라 작가명, 작품명, 작품 속 인물명 등이 언급된 것까지 합하면 지금까지 찾아낸 것만 보아도 150개가 넘는다.

지금까지 드러나거나 밝혀진 것 중 가장 많은 인용이나 활용 횟수를 보인 것은 당시 이상이 몸담았던 구인회의 멤버이기도 했던 정지용의 글이다. 그 예들을 보면 다음과 같다.

표현 문구	원문과 출처	삽입 작품
검정콩 푸렁콩을 주마	검정 콩 푸렁 콩을 주마 정지용의 시 「말」의 한 구절	나의 애송시 아름다운 조선말
李箱은 勿論 子爵의 아들도 아무것도 아니겠읍니다	나는 子爵의 아들도 아무것도 아니란다 정지용의 「카페 프랑스」 후반부의 한 구절	실화
海峽午前二時의 망토를 둘르고	해협 오전 두시의 고독은 오롯한 원광(圓光)을 쓰다 정지용의 「해협」의 한 구절	실화
말아! 다락같은 말아! 貴下는 점잖기도 하다만은 또 貴下는 왜그리 슬퍼 보이오?	말아, 다락같은 말아, / 너는 즘잔도 하다마는 / 너는 왜 그리 슬퍼 뵈니? 정지용의 「말」의 한 구절	실화
戀愛보다도 위선 담배를 피우고 싶었다.	연애보담 담배를 먼저 배웠다. 정지용의 「다시 해협」의 한 구절	실화
나는 異國種강아지올시다	오오, 이국종 강아지야 정지용의 「카페 프랑스」의 한 구절	실화

작품명이 언급된 것들까지 합하면 이보다 더 많다. 특히 1935년[13] 1월

에 발간된 『중앙』지에 게재된 문답 중, '나의 애송시'로 정지용의 「유리창」을 언급하면서, 이와 함께 정지용 시 「말」의 한 구절 "검정콩 푸렁콩을 주마"를 "한량없이 매력 있는 발성"으로까지 칭송하는데, 이후 이 구절에 대해 「아름다운조선말」이라는 글에서 "잊을 수 없는 아름다운 말솜씨"임을 거듭 상찬한다. 소설 「실화」에서는 직접 인용은 아니지만, 정지용 작품의 여러 구절을 끌어와 문맥에서 활용한다.

한 작가의 말이 반복해서 인용된 경우도 있다. 그것을 보면 다음과 같다.

才能업는 藝術家가 제貧苦를 利用해먹는다는 복또 우의한마데말은 末期自然主義文學을 업수녁인듯 도시프나 그러타고해서 聖書를팔아서 피리를사도稱讚밧든 그런治外 法權性恩典을 어더입기도 이제와서는 다틀녀버린 오늘形便이다

               —「文學을 버리고 文化를想像할수업다」 (강조는 인용자)

赤貧이如洗 — 콕토—가 그랬느니라—**재조없는 藝術家야 부즐없이 네貧困을 내 세우지말라고**—아—내게 貧困을 팔아먹는 재조外에 무슨 技能이 남아있누.

                    —「失花」 (강조는 인용자)

강조된 부분을 보면, 프랑스 작가 장 콕토의 같은 말이 다른 작품에 연거푸 인용되어 있다. 서로 다른 문맥에 이용되기는 했으나, 이 문구 인용에서는 장 콕토나 그의 말 자체를 풍자하거나 패러독스로 이용한 것이 아니라는 것을 알 수 있다. 즉 이상의 머릿속에 인상 깊게 남은 말이고, 그것을 문맥에 따라 효과적으로 이용한 것이다. 이상은 자신의

---

13 전집들에서 1936년으로 되어 있는 것은 오류이다.

「동해」라는 작품 속에 장 콕토의 『백지(Carte Blanche)』라는 에세이집[14]에 담겨 있는 글을 길게 인용하고 있기도 하다. 이 외에도 장 콕토의 작품을 이상이 인상 깊게 보았다는 증거는 여러 곳에 남아 있는데, 이는 이상 작품의 경계를 넘어 인용된 작품들의 맥락과 그 작가들의 사상도 살펴본다면 이상의 작품들과 만나는 지점에서 또 다른 주름을 만들어낼 수 있음을 시사한다. 장 콕토는 당시 문필 활동만이 아니라 영화 제작에도 몸담고 있었는데, 그의 영화들에서 보여주는 환상적 기법들 역시 이상의 작품 속에서 보이는 환상성과 맥락이 닿아 있다. 당시 프랑스에서 제작된 영화들이 유입되기도 했으나 이상이 실제 장 콕토의 영화들을 보았는지는 분명하지 않다. 하지만, 장 콕토의 여러 작품들이 인용되어 있고, 기법적 측면에서 맞닿아 있는 면이 있다면 거기에는 생각보다 많은 해석 주름을 형성해낼 가능성이 존재하는 것이다.

이상 문학에는 당대 작가들의 작품과 작가만 언급되어 있는 것은 아니다. 성경, 논어, 맹자, 장자 등 동서양을 가로지르는 경전부터, 당나라 시인의 시, 셰익스피어의 희곡, 조선 시대 문인의 작품, 일본 작가와 작품 등 그의 인용 범위는 시대와 공간의 제한 없이 넘나든다.

그런데 이상의 작품에서는 인용들이 왜 이루어졌는지 그 의미나 의도를 짚어내는 것도 쉽지 않은 것들이 많기에 이 역시 모나드의 겹주름으로 다양한 해석을 수렴할 수 있는 여지를 확보한다. 예를 들면 『오감

---

14 이 에세이집은 1920년에 출판되었는데, 일본에서 호라구치 다이가쿠의 번역으로 일본 第一書房이라는 곳에서 1932년에 출판되었다고 한다. 이에 대해서는 송민호가 쓴 『'이상'이라는 현상』(예옥, 2014)에 나와 있다. 송민호는 이 책에서 30년대 초기 일본에 번역되어 소개된 장 콕토의 저작 일람도 보여주면서 이상과 장 콕토 작품의 연관성을 살피고 있는데, 이는 눈여겨볼 필요가 있다.

도』의 「시제5호」에는 『장자』의 산목편에 나오는 구절인 "翼殷不逝 目大不覩"가 인용되어 있다. 그런데 이 구절이 「시제5호」와 비슷하지만 먼저 발표된 일문시 『건축무한육면각체』의 「이십이년」에는 "翼段不逝 目大不覩"로 '殷'이 '段'으로 바뀌어 있다. 이 한 글자만 바뀌어 있다면 인쇄 상의 착오일 수도 있다고 생각하고 넘어갈 수도 있겠지만, 이 시는 다른 부분에서도 몇 글자가 바뀌어 있어서 그렇게 단순하지 않다. 이것을 이 상이 스스로 바꾼 것이라면, 「이십이년」에는 왜 글자를 바꾸었으며, 뒤에는 왜 원문대로 넣은 것일까. 만일 인쇄상의 오류라면 앞의 것이 오류일까, 뒤의 것이 오류일까도 의문으로 남는다. 앞서 살펴보았듯, 이상은 오류라는 것을 알면서 스스로 오류를 범하고 있는 경우도 있고, 패러독 스로 의도적인 비틀기를 하고 있는 경우도 있기 때문에 비록 발표문에서 원문과 다르게 삽입되어 있다고 할지라도 그것을 '단순한 오류'라고 단 정 짓는 것이 쉽지 않다. 그래서 이 간단한 문장 하나의 오류도 어떤 관 점으로 보고, 어떤 것과 어떻게 연결되느냐에 따라 무수히 많은 해석이 나올 수 있는 여지를 내포한다.

3. 모나드적 연결로 파생된 중층적 은유의 미로

이상의 작품은 모나드적으로 연결되고 확장되기에 작품에 쓰인 각 단 위 모나드의 단일한 해석은, 그 자체로 의미가 있기도 하지만, 그 이상의 은유로 읽어낼 수 있고 또 다른 해석 가능성이 있음을 염두에 두고 이루어져야 한다. 각각의 모나드가 연결되어 또 하나의 모나드가 만들어질 때, 여기에서 또 다시 해석의 주름이 겹겹이 만들어지기 때문이다.

일례로 우선 '여자'는 이상의 수많은 작품에서 등장하는데, 특히 소설의 경우 주인물인 남자와 어떤 식으로든 관계가 맺어져 있는 '여자'가 등장하지 않는 경우가 드물다. 그리고 많은 이들이 이상 작품에 등장하는 여자들을 이상이라는 작가의 사생활과 결합하여 구체적인 존재로 읽어내고, 혹은 시 속에 들어 있는 은유적 표상들을 남녀관계로 읽어내는 경우도 대다수 존재한다. 권영민 전집에 달린 해설이 그 한 예이다. 권영민 편본 전집 중 시를 모아놓은 1권은 작품의 해제가 달려있는데, 그 중 한 문투로 쓰인『오감도』「시제7호」에 대해 다음과 같이 설명하고 있다.

> 이 작품에서 암시되고 있는 시적 모티프들은 시인 이상 자신의 사적인 체험과 연결되어 있다. 그가 폐결핵으로 직장을 쉬게 된 후 백천 온천으로 요양을 떠났다가 그곳에서 '금홍'이라는 여인을 만나게 되는 과정은 널리 알려진 일이다. 이 작품의 텍스트 안에 제시되고 있는 이러한 요소들은 모두 이야기로 꾸며져 소설 「봉별기(逢別記)」로 발표된 바 있다.[15]

여기서는 직접적으로 표상되어 있지 않은데도 이 작품을 '금홍'이라는 이상 개인사적 여인 관계와 연결하고 있다. 이 외에도 이 전집에는 작품 다수를 이상이 폐결핵을 앓고 있는 것, 혹은 사적 연애를 모티프로 작품을 쓴 것이라고 해설하고 있다. 이러한 해석 역시 틀린 해석은 아니다.

---

15 권영민 편본 1, 61쪽.

앞서 말했듯이 이상 작품은 다양한 해석을 모두 수렴하기 때문이다. 하지만 이렇게만 해석했을 때 이상은 그야말로 언어의 기지를 활용하여 단순히 신변잡기적인 일들을 문학이라는 이름으로 표출한 작가에 그치고 만다. 물론 신변잡기적인 일들을 표현한다고 해서 그 작품이 열등하거나 폄하되어야 하는 것은 아니다. 하지만 앞서 살펴보았듯 이상은 문학을 통해서 이 세상을 통찰하여 우주의 섭리를 파헤치고자 했으며, 그것을 세상 사람들에게 전달하는 수단에 대해서 고민했던 작가였다. 그리고 작품 전반에서 수많은 기법을 통해 자신의 세계관을 문학적으로 형상화하고자 했다. 그런 점에 비추어볼 때 이상의 시와 서사 속에 등장하는 '여자'가 단지 그의 사적 경험 속에서 맺어진 남녀 관계 속의 '여자'이기만 한 것인가, 그것을 단정적으로 말할 수 있는가. 이에 대해서는 재고해 보아야 한다. 이상의 작품 속에서 '여자'는 시, 소설로 연결되면서 중층적으로 은유의 고리를 맺기 때문에 여러 가지 해석이 나올 수 있는 가능성을 내포하고 있다. 우선 이상이 겪은 사생활을 표현한 것이라고 읽어내기에 알맞은 시 하나를 보자.

○紙碑一

안해는 아츰이면 外出한다 그날에 該當한 한男子를 소기려가는것이다 順序야 밧귀어도 하로에한男子以上은 待遇하지안는다고 안해는말한다 오늘이야말로 정말도라오지안으려나보다하고 내가 完全히 絶望하고나면 化粧은잇고 人相은없는얼골로 안해는 形容처럼 簡單히돌아온다 나는 물어보면 안해는 모도率直히 이야기한다 나는 안해의日記에 萬一 안해가나를 소기려들었을때 함즉한

速記를 男便된資格밖에서 敏捷하게代書한다

　○紙碑二

　안해는 정말 鳥類엿든가보다 안해가 그러케 瘦瘠하고 거벼워젓는데도 나르지못한것은 그손까락에 끼기윗든 반지때문이다 午後에는 늘 粉을바를때 壁 한겹걸러서 나는 鳥籠을 느낀다 얼마안가서 없어질때까지 그 파르스레한주둥이로 한번도 쌀알을 쪼으려들지안앗다 또 가끔 미다지를열고 蒼空을 처다보면서도 고혼목소리로 지저귀려들지안앗다 안해는 날를줄과 죽을줄이나 알앗지 地上에 발자죽을 남기지안앗다 秘密한발은 늘보선신ㅅ고 남에게 안보이다가 어느날 정말 안해는 업서젓다 그제야 처음房안에 鳥糞내음새가 풍기고 날개퍼덕이든 傷處가 도배우에 은근하다 헤트러진 깃부스러기를 쓸어모으면서 나는 世上에도 이상스러운것을어덧다 散彈 아아안해는 鳥類이면서 염체 닷과같은쇠를 삼켯드라그리고 주저안젓섯드라 散彈은 녹슬엇고 솜털내음새도 나고 千斤무게드라 아아

　○紙碑三

　이房에는 門牌가업다 개는이번에는 저쪽을 向 하야짓는다 嘲笑와같이 안해의버서노은 버선이 나같은空腹을表情하면서 곧걸어갈것갓다 나는 이房을 첩첩이다치고 出他한다 그제야 개는 이쪽을向 하야 마즈막으로 슬프게 짓는다
　　　　　　　　　　　　　　—「紙碑—어디갓는지모르는안해」

이 시는 1936년 1월 『중앙』에 발표된 「紙碑」라는 시로 '어디 갔는지

모르는 아내'라는 부제가 붙어있다. 이 시는 표면상, 자주 외출했다 돌아
오는 아내가 방에 돌아와서는 죽은 듯이 있다가 어느 날 사라진 것을 그
리고 있다. 그런데 이 시는 이 자체로 하나의 모나드지만 부제가 붙어있
지 않은 채 동일한 제목으로 『조선중앙일보』, 1935년 9월 13일[16]자에
발표된 「紙碑」와 연결되고, 또 유고로 남겨져 사후 발표되었지만 1931
년에 쓴 것으로 남아있는 「獚」과 「獚의 記 作品 第二番—獚은 나의 목장
을 수위하는 개의 이름입니다」라는 시와 마지막 연에서 표현된 '개'라는
존재와 연결된다. 또한 아내를 빗대고 있는 새의 이미지, 외출하는 아내
와 그것을 바라보는 '나'라는 모티프들에서 소설 「날개」와 연결된다. 우
선 『조선중앙일보』에 발표된 동일 제목인 시부터 살펴보면 다음과 같다.

    내키는커서다리는길고왼다리압흐고안해키는적어서다리는짧고바른다리가
    압흐니내바른다리와안해왼다리와성한다리끼리한사람처럼걸어가면아아이夫
    婦는부축할수업는절름바리가되어버린다無事한世上이病院이고꼭治療를기다
    리는無病이꼿꼿내잇다

                                                              ―「紙碑」

    이 시에는 나와 아내의 신체적 특징을 그리고 그 결합이 불구적인 모
습이 되는 것을 드러내고 있다. 그런데 마지막 부분에 덧붙은 문구에서
한 번 더 역설적 표현으로 이 시의 의미구조를 중층의 겹으로 구축해낸
다. 즉 앞의 시나 이 시에서 표상하는 부부의 모습은 조화롭게 어울리는
모습이라기보다, 부조화스럽고, 불화하며, 불구적인 모습이다. 그것은

---

16 전집들에 15일로 되어 있는데 이는 오류이다.

치료를 해야 하는 것인데, 아내는 사라져버렸고, 그것을 바라보는 '개'가 존재한다. 이 모든 것은 다시 「獚」과 「獚의 記」라는 작품을 통해 그 표상들을 만날 수 있다. '피스톨을 건네며 그녀를 죽여달라고 말하는 개'(「황」), '내 주치의의 오른팔을 물고 온 개'(「황의 기」), 그런데 이 개는 다시 '나'라는 존재와 결부된다.

複話術이란 결국 言語의 貯藏倉庫의 經營일 것이다

한 마리의 畜生은 人間 이외의 모든 腦髓일 것이다

나의 腦髓가 擔任 支配하는 사건의 大部分을 나는 獚의 位置에 貯藏했다─冷却되고 加熱되도록─

나의 規則을─그러므로─리트머스紙에 썼다

배─그 속─의 結晶을 加減할 수 있도록 小量의 리트머스液을 나는 나의 食事에 곁들일 것을 잊지 않았다

나의 배의 발음은 마침내 三角形의 어느 頂點을 정직하게 출발하였다

—「獚의 記」

'나의 뇌수가 담임 지배하는 사건의 대부분을 나는 황의 위치에 저장'한다는 지점에서 '나'라는 존재와 '황'이라는 존재가 밀접한 연관성이 있다는 것을 짐작하게 한다. 그래서 김주현은 '황'에 대해 "이것은 黃 과 犬의 결합으로, 누렁이를 의미하며, 곧 獸性을 지닌 이상의 또 다른 분신을 뜻한다"고 말한다. 그렇다면 '여인', '그녀', '연인', '아내'는 '나'와

다른 존재인가. 금홍을 만나기 이전에 쓴 것이 분명한 작품들 속에서 어떻게 표현되는지 보면 다음과 같다.

△은나의AMOUREUSE이다

— 「破片의景致」,「▽의유희」의 부제

▽은나의AMOUREUSE이다

— 『鳥瞰圖』「神經質的으로肥滿한三角形」

□ 나의이름

△ 나의妻의이름(이미오래된過去에있어서나의 AMOUREUSE는이와같이총명하였다)

— 『三次角設計圖』「線에關한覺書 7」

去勢된양말(그녀의이름은와아즈였다)

— 『建築無限六面角體』「AU MAGASIN DE NOUVEAUTES」

□이 '나'라고 할 때 △은 '나의 반쪽'이다. △이 뒤집어진 형태도 '나의 반쪽'인데 이것은 결국 '나의 일부분'이라고 할 수 있다. 그리고 그것은 '연인'으로, '처'로, '그녀'로 표상되기도 한다. 소설 「날개」에서 해가 안 드는 방에 거주하는 '나'와 해가 조금이라도 드는 방을 점유하는 '아내'가 등장하지만, 결국 여기에 그려진 '아내' 역시 '나'의 일부라고도

할 수 있는 것이다. 「날개」에서 '나'가 자신의 방에 드나들기 위해 평소에는 아내 방을 통과해야만 하지만, 아내에 대한 배반감이 극에 달할 때 아내 방을 통과하지 않고 드나들었던 것 역시 관념을 공간적으로 형상화했다는 것을 드러내주는 증거인 셈이다. 그리고 「날개」에서 '박제가 되어버린 천재', '날고 싶어 하는 나'는 「紙碑」에서 '아내'로 표상되는데, 이는 결국 '나'와 '아내'는 치환될 수 있는 존재임을 암시한다. '紙碑'라는 것은 종이로 만든 비석, 즉 네모나게 오려진 종잇조각을 일컫는다고 볼 수 있는데, 이것은 사유의 흔적들을 적은 종잇조각으로 벽에 붙여놓았다가 떼거나 하는 것이고, 이렇게 보았을 때 "날개퍼덕이든 傷處가 도배우에 은근하다"는 구절이 제대로 이해된다.

위의 작품 「황의 기」에서 인용한 부분을 보면 사유와 인용, 그리고 글 쓰는 행위에 대한 통찰 등이 담겨 있다. 인용된 구절들은 난해하기로 소문난 『오감도』「시제5호」와 중층적 은유로 연결된다.

이상의 작품 속에서는 오브제로 쓰인 하나의 기호마저도 하나의 모나드이기 때문에 그 안에서 다양한 해석의 주름을 만들어내는데, 그 모나드가 다른 모나드와 이렇듯 중층적으로 연결되면서 은유의 미로를 파생시키고 있기 때문에 이상의 작품에서 하나의 단일한 의미를 추출해내기란 쉽지 않다. 이러한 중층적 은유의 미로는 해석의 출구를 쉽사리 열어주지 않기에 난해할 수밖에 없고 지극히 환상적인 세계를 구축하지만, 그로 인해 무수히 많은 해석이 나올 수 있는 보고(寶庫)이기도 하다.

이 모나드를 접하는 독자 역시 다양한 경험과 사유를 통해 이루어진 하나의 모나드인데, 이상 작품의 모나드와 독자의 모나드가 접합되는 지점에서 무수한 해석의 주름이 파생된다. 이상의 어떤 작품의 어떤 모나드를 먼저 접했는가, 또는 어떤 모나드가 인상적으로 다가왔는가에 따라 그 모나드의 성질을 기표 삼아 다른 모나드들에 접속하고, 그를 통해 독자는 결국 스스로의 관념, 사유, 세계관 혹은 무의식과 만나게 된다. 즉 독자가 어떤 주름을 펼치는가에 따라서 다양한 해석이 이루어질 수 있다는 것이다. 지금까지 이상 문학에 대한 연구들이 행해지면서 다양한 견해가 나오고 때로는 극과 극의 해석이 이루어지기도 했는데, 이러한 해석 중 어떤 해석도 틀렸다고 말하기 어려운 것도 바로 이 모두를 수렴할 수 있는 모나드적 해석 주름이 이상 문학 속에 내재되어 있기 때문이다. 어떤 실체도 분명하게 잡히지 않지만 무수한 해석적 실체를 만드는 지점, 이것이야말로 이상 문학의 요체이기도 하다. 구체적 의미를 현현해 내지 못한다고 할지라도 독자들은 그 안에서 이미 자신의 모습과 자신의 닮은꼴인 존재의 모습을 찾아내고 있다. 각각의 존재들은 이 세계를 구성하고 있는 제각각의 모나드이다. 이상의 문학을 통해 각각의 모나드들이 접속하면서 다시 하나의 모나드를 구성하고 거기에 해석 주름을 만들기 때문에, 이상의 문학은 어떤 사유, 철학, 사조의 프레임을 대입해도, 모든 존재와 해석을 수렴해 버리는 열린 텍스트가 되는 것이다.

　새 천 년이 시작된 지도 벌써 몇 해가 지났다. 식민지와 분단국가로 지낸 20세기 한국 역사의 와중에서 근대 민족국가 수립과 민족 문화 정립에 애써온 우리 한국학계는 세계사 속의 근대 한국을 학술적으로 미처 정리하지 못한 채 세계화와 지방화라는 또 다른 과제를 안게 되었다. 국가보다 개인, 지방, 동아시아가 새로운 한국학의 주요 대상이 된 작금의 현실에서 우리가 겪어온 근대성을 다시 한번 정리하고 21세기에 맞는 새로운 모습으로 탈바꿈시키는 것은 어느 과제보다 앞서 우리 학계가 정리해야 할 숙제이다. 20세기 초 전근대 한국학을 재구성하지 못한 채 맞은 지난 세기 조선학·한국학이 겪은 어려움을 상기해 보면, 새로운 세기를 맞아 한국 역사의 근대성을 정리하는 일의 시급성은 아무리 강조해도 지나치지 않다.

　우리 근대한국학연구소는 오랜 전통이 있는 연세대학교 조선학·한국학 연구 전통을 원주에서 창조적으로 계승하고자 하는 목표에서 설립되었다. 1928년 위당·동암·용재가 조선 유학과 마르크스주의, 그리고 서학이라는 상이한 학문적 기반에도 불구하고 조선학·한국학 정립을 목표로 힘을 합친 전통은 매우 중요한 경험이었다. 이에 외솔과 한결이 힘을 더함으로써 그 내포가 풍부해졌음은 두말할 나위가 없다. 연세대학교 원주캠퍼스에서 20년의 역사를 지닌 매지학술연구소를 모체로 삼아, 여러 학자들이 힘을 합쳐 근대한국학연구소를 탄생시킨 것은 이러한 선배학자들의 노력을 교훈으로 삼은 것이다.

이에 우리 연구소는 한국의 근대성을 밝히는 것을 주 과제로 삼고자 한다. 문학 부문에서는 개항을 전후로 한 근대 계몽기 문학의 특성을 밝히는 데 주력할 것이다. 역사 부문에서는 새로운 사회경제사를 재확립하고 지역학 활성화를 위한 원주학 연구에 경진할 것이다. 철학 부문에서는 근대 학문의 체계화를 이끌고 사회과학 분야에서는 학제 간 연구를 활성화시키며 근대성 연구에 역량을 축적해 온 국내외 학자들과 학술 교류를 추진할 것이다. 이러한 연구들은 일방성보다는 상호 이해와 소통을 중시하는 통합적인 결과물의 산출로 이어질 것이다.

근대한국학총서는 이런 연구 결과물을 집약적으로 정리하기 위해 마련한 총서이다. 여러 한국학 연구 분야 가운데 우리 연구소가 맡아야 할 특성화된 분야의 기초자료를 수집·출판하고 연구성과를 기획·발간할 수 있다면, 우리 시대 연구자들뿐만 아니라 학문 후속세대들에게도 편리함과 유용함을 줄 수 있을 것이다. 새롭게 시작한 근대한국학총서가 맡은 바 역할을 충분히 할 수 있도록 주변의 관심과 협조를 기대하는 바이다.

2003년 12월 3일
연세대학교 원주캠퍼스 근대한국학연구소